현실인식과 시적 상상력

채 수 영

국학자료원

─마음의 눈을 위해

사는 일이 무엇인가를 묻는 어리석음은 문학에서도 예외는 아닐 것이다. 더구나 시를 쓴다는 명패를 달고 살아온지 오랜 세월이었고 또 그런 논리를 앞세우고 말하고, 쓰는 일을 반복했지만 이제 허망을 느끼는 것도 사실이다. 가면 갈수록 어지럽고 또 아득함에 젖기 때문이다. 문학의 길을 찾기 위해 떠난 행로가 결국 길 없는 벌판에 서 있는 느낌을 지울 수 없어 다만 귀를 기우리는- 마음의 눈이 밝아질 때쯤도 되었으련만 미궁에 갖히운 나의 문학은 텅 빈 허무의 항아리 같다.

어느 새 주변에서 정리하는 소리들이 많이 들려 온다. 그럴 때마다 나와는 상관이 없는 일이라는 도리질을 하지만, 나 또한 흐르는 세월에서 벗어날 수 없다는 생각으로 의식의 창고를 정리하기로 했지만 특별한 이유가 있는 것은 아니다. 다만 작년에 이어 몇 권의 저서를 출간하는 일이 무슨 의미를 가질 것인가에 이르면 부끄러울 뿐이다.

4331년 섣달에

文井寓居의 虛靜堂에서

저자 삼가

차 례

제3부 의식의 그림 그리기

제1부 순수주의자의 표정

1. 사랑의 정신과 시적특징

—황금찬의 시—

1. 들어가면서

후백 황금찬의 시적 본질은 다양한 관심을 표백하지만 궁극의 일치점은 사랑의 좌표에 집중되고 있다. 이를 위한 다양한 데포르마시옹의 표정에 의해 바람이 되기도 하고 별, 나비나 새 혹은 꽃 등의 다양한 모습으로 변형의 길을 형상화 한다.

황금찬의 시는 쉽다는 공감을 말할 수 있다. 마치 담소하 듯 혹은 조용히 속삭이 듯, 때로는 마을 노인의 음성처럼 친근미를 갖는 바, 이런 특징은 황금찬 시의 상표가 된다. 시는 精緻한 사상이나 심오한 철학을 담아야만 고급한 맛을 내는 것은 아니기 때문에 황금찬만의 자리가 여기에 있다.

시는 술과 같다. 한 잔의 술맛은 기쁨을 주고 두 잔에서는 인생의 황홀한 느낌을 가져오고 석잔에서는 오로지 술과 마주 앉는 몰두의 시간이 허여하기 때문에 술은 도취의 하나됨를 강요한다. 물론 술의 종류가 많은 것처럼 시의 특색도 하나같이 무겁고 딱딱하고 교훈적인 사상만을 강요한다면 시는 이미 설 자리를 잃어버린 불행의 늪에 빠진 것이다. 이점에서 황금찬의 시는 우리네 막걸리 맛처럼 은은한 취기를 돋구는 특색을 갖고있다. 이 술의 재료는 사랑이다. 이 사랑은 수입품 재료가 아닌 身土不二의 우리 것이라는 점에서 황금찬의 시는 입지가 확보된다.

황금찬의 시에 관류하는 핵심은 사랑의 구현을 「어떻게」 실현할 수 있는가에 그의 시혼을 집중하면서 일생의 노래를 부른다.

황금찬의 시세계는 拙著로 출간한 『詩精神의 變形硏究』(동천사. 1987)에서 1965년 첫시집 『현장』부터 1987년 상재한 『지구에 비극적 종말은 오지 않는다』까지를 점검한 바 있다. 그 이후 발간한 시집으로 『사랑교실』(89). 『보석의 노래』(90) 『떨어져 있는 곳에서도 잊지 못하는 것은』(91년)과 『물새 꿈과 젊은 잉크로 쓴 편지』(92)와 홍금자와의 합동시집 『하늘에 걸린 정원』(92.12월)과 93년 『겨울 꽃』의 시집을 상재했다. 본고에서는 『물새 꿈과 젊은 잉크로 쓴 편지』를 바탕으로 최근의 정신적 추이를 점검한다. 이는 76세의 나이에도 불구하고 왕성한 노래를 부르는 이유가 어떤 에너지로부터 발원하는가를 검토하는 데 초점을 둔다.

2. 정신의 깊이

1) 사랑의 변형

시인은 사랑을 찾아 끝없는 인생의 길을 방황하는 사람이다. 사랑은 인간의 본질이자 인간으로의 특징을 나타내는 궁극적인 현상일 것이다. 물론 짐승의 경우도 생명의 본질을 이루는 것 또한 사실이지만 이는 본능으로의 맹목에 한하는 사랑인 반면 인간의 사랑은 지혜와 이성으로 견제를 받는 사랑이기에 아름다움을 창출할 수 있고 至高한 인간 관계를 이루게 된다. 곤경에 처한 춘향이 끝내 변사또의 사랑을 거절한 것이나 원수지간의 가문 틈새에서 죽음으로 사랑을 이룬 로미오와 쥬리엩의 사랑은 이성과 지혜의 도움으로 이루어진 경우이다. 이처럼 사랑은 인간관계의 본질이자 원형을 이루는 인자가 된다.

인간이 인간 되게 만드는 것은 사랑이다. 여기엔 이성간의 사랑도 그중의 한 요소이겠지만 정신적인 요소가 중심이 되어 인간의 모든 일들을 이루어 낸다. 오히려 육체적인 사랑보다는 정신적인 사랑—프라토닉러브라는 말조차 극복되는—종교의 신심이거나 인간을 위한 헌신적인 봉사에 사랑의 마음이 없다면 세상은 삭막한 벌판을 이루어 동물세계의 처절한 약육강식의 현상을 연출하게 된다.

가) 별

별은 높이에서 고귀함을 나타내고 빛에서 아름다움을 유발한다. 빛은 항상 어둠을 지켜주는 결정의 역할을 감당할 뿐만 아니라 인간의 심리적인 안정감—어둠의 두려움을 극복하게 하는 안도감의 위안을 준다. 인간은 태내 어둠에서 생명을 부여받았지만 어둠은 죽음의 공간과 연루되어 있기 때문에 빛의 세계에서 살고있는 사람에겐 두려움과 회피의 심리적인 영향을 준다. 황금찬의 별은 초기 시에서부터 가난이라는 어둠과, 삶에의 어둠을 벗어나기 위해 빛을 추구하는— 따스함을 찾아 그의 마음을 풀어헤친 시인이다.

> 밤 하늘에
> 별들이 저렇게
> 눈을 뜨고 있는 이유를
> 나는 알 것도 같습니다.

이 세상 어디에
저 별들처럼
사랑의 영혼들이
살아 눈을 뜨고
있기 때문인 것 같습니다.

사랑이 가슴에 살아 있는 것도
아직 살아야 한다는
희망을 버리지 않은 까닭이며,

사랑할 수 있는 사람이 있고
그를 사랑할 사랑이 있다면
나는 아직
밤이면 별을 바라보는 일을
결코 버리지 않겠습니다.

——〈별을 바라보며〉에서

    별은 시인의 정신지향이고 사랑은 현실의 이미지를 생성한다. 이런 단서 위에서 황시인의 정신지표는 사랑의 고귀함을 높이에 올려 놓음으로써 사랑이라는 궁극의 목표점을 아름다움으로 휘갑할 수 있은 상징을 만든다. 제 1연에 별의 이미지는 '저렇게'의 강조를 앞세워 2연에 시인의 의문점을 확인하는 절차에서 사랑의 영혼들이 살아 있음의 근거를 확보하여 삶과 거기에 따르는 희망을 확장하면서 4연에 사랑이 실체를 확인함으로써 사랑과 별의 관계가 공존의 이유로 남는다. 이는 사랑의 이유를 별의 빛과 연계함으로 현실공간에서 사랑의 확실한 정체를 별의 빛에 연결함으로써 별과 시인과 상관의 명백성을 확인하게 된다.

나) 나비

나비는 봄을 알리는 전령사의 역할에 충실한 기쁨의 이미지를 전달한다. 이런 이미지는 황시인의 정신을 충전하고 있는 구체적인 감수성의 에너지일 뿐만 아니라 생명력을 이끌어 가는 요소들에 하나가 된다. 황금찬의 시적 편력에서 변함없는 상징물들이 새요 나비이며 나무와 같은 시어들이다. 이런 현상은 황금찬의 정신에 여일한 행진을 뜻한다. 즉 변함없이 하나의 이미지에 매달리므로 표현의 종착을 만나려는 시인의 집념의 일단이면서 실험성의 변형이라는 점으로도 해석할수 있는 부분이다. 그러나 황금찬의 노숙한 정신의 편력은 과거와는 상당히 다른, 명쾌하고 부드럽고 진솔한 정서의 현상이 나이와 비례하는 「이상한 현상」을 접하게 된다. 이는 그의 생활의 요인들과 상관이 있을 것이고, 이런 인자들이 시의 표정을 부드럽고 따스한 느낌으로 단장하는 요인들로 보인다.

> 그 나비의 소녀도
> 지금쯤 늙었으리
>
> 구름의 언덕에서
> 장미의 노래를 부르던
> 나비의 소녀
> …략…
> 나비의 소녀는
> 지금 어느 언덕에서
> 날고 있을까.
>
> 구름은 피어있는데
> 장미의 노래는

들려오지 않네.

———⟨나비의 소녀⟩에서

봄 날의 안온한 이미지와 햇살 그리고 사랑의 표징으로 다가오는 아름다운 추억의 한 장면을 접하게 된다. 이런 징후는 황시인의 시에 정신을 구성하는 뼈대의 역할이면서 사랑의 추억을 재생하는 출구의 역할을 수행하는 시어가 된다. 첫사랑의 추억이 밀물져 오는 황시인의 가슴 한켠에 쌓여진 산이면서 건너지 못해 안타까운 강물과 같은 조바심으로 접근된다. 사랑의 마음은 인간의 본질이자 인간의 정서를 가장 아름다움으로 정리하는 정서의 밝음을 전달해 주는 변용의 암시를 주기 때문에 인간화의 길을 가게 한다. 물론 꽃과 나비의 연결점은 사랑의 구체적인 대상화이지만 황금찬의 시에서 나비는 꽃을 위한 구체적인 결합이 장미의 아름다움과 香의 전달로 문을 두드린다. 이런 감각의 결합은 곧 시인의 정신속에 담겨진 깨끗한 기억의 소중한 전달로 시인의 의식을 재생시킨다.

'지금쯤'이라는 먼 시간을 뒤로 돌려놓고 상상의 마음을 띄우는 시인의 마음은 어린 날의 언덕에 사운거리면서 다가오는 나비와 사랑의 마음이 어우러진 정경에서 밝고 깨끗한 정서의 유발을 즐거움으로 환치한다.

다) 꽃

나비와 꽃은 공생의 관계이자 생명력을 잉태하는 본질의 요인으로 다가온다. 사랑의 본질은 만남이고 이를 전달해주는 매개에 의해 이루어 진다. 꽃은 단순한 꽃으로서는 소정의 임무를 감당할 수 없지만 나비가 꽃가루를 이동시켜 줌으로 꽃의 존재를 생산하고 다시 씨앗을 잉태하는 역할을 다할 수 있다. 꽃은 수동적이고 나비는 능동적인 역할을 감당함으로써 음과 양의 조화를 원만하게 이행할 수 있으면서 소기의 사랑을 이루는 동력을 갖는다. 황금찬의 시는 사랑을 이루는 최대치에 목표를 두고 어떻게 달성할 수 있을 것인가의 부수적인 요소들이 꽃이요 나비요 나무 등의 이미지를 동원하여 하나의 공간을 달성하는 길을 만든다.

너
꽃으로 피라.

하늘
달무리.

저 모래 벌판
푸르지 않은

비수를
마음에 묻어라.

세상은
모두
너.

———⟨꽃⟩

꽃은 사랑을 이루는 상징이면서 시인의 정서를 응집하는 구체적인 목표로 작용하기 때문에 항상 은밀하고 내적인 손짓을 간직한다. '너'는 곧 시인이 생각하는 삶의 원형이면서 이로부터 의식의 촉수는 새로운 에너지를 발산할 수 있은 힘을 갖는 공간이다. 이리하여 '너'의 공간으로부터 '꽃'의 최종적인 개화에 이름으로 사랑의 달성은 더 없는 기쁨의 길에 이르게 된다. 세상은 모두 '너'라는 모두의 소유에 도달함으로 기쁨은 엑스터시의 즐거움을 행복으로 간직하게 된다. 꽃과 시인의 정신이미지는 항상 유기적인 관계를 밀착시킴으로써 정신의 위안과 삶의 지표를 확고하게 만드는 윤활유의 기능을 수행한다. 이런 이미지들은 소리치고 말하는 것보다 스미듯이 다가오는 정적인 이미지에서 확고한 뜻을 감당하고 있다.

라) 구름과 새

구름은 변화를 수행하고 때로는 사랑을 원활하게 작용하는 비의 이미지로 변용한다. 이런 현상은 인간의 길을 암시하기도 하고 때로는 다양한 메신저로의 임무를 수행한다. 결국 구름이 가는 곳은 좌표나 목표점이 뚜렷한 것은 아닐지라도 항상 사랑을 이룰 수 있는 공간으로의 뜻을 담고있다는 셈이다.

> 구름이 가는 곳을
> 구름이 모르듯이
> 내가 가는 곳을
> 나 또한 모르고 있다
>
> ──〈구름〉에서

황금찬의 시에 구름이미지는 만년의 시, 주로 80년대 후반에 번다하게 나타나는 현상이다. 이는 운명적인 길과 상통할 뿐만 아니라 구름에서 삶의 길을 유추하는 정신의 허무를 뜻하기도 한다. 인간은 자신의 길을 자신이 헤아리지 못하면서도 어딘가 가는 길을 떠돌 수밖에 없는 비유가 구름과 밀접한 현상을 만들고 있다. 이는 인간이 인간의 길을 모르면서 가는 것과 같이 구름도 바람의 방향이나 운명적인 언덕에 의해 전혀 의도하지 않는 길로 가는 것과 같다. 이와 같은 이미지는 나이많은 사람에게서 나타나는 「가는 길」의 암시가 된다. 이런 처연한 정서는 황혼의 정서와 맥을 이으면서 내일의 햇살이 매우 짧아진다는 인간의 지혜로부터 발동되는 암시로 보인다. 이런 초조감은 곧 현실의 공간에서 해야할 일들이 많다는, 즉 사랑의 짧음을 안타까워하는 느낌과 연결된다. 새의 이미지 또한 이런 사실을 확인한다.

> 이 삭막한 공간에서
> 한 남성이
> 하늘 새
> 한 마리를
> 죽도록 사랑한다고 해서
> 그 너그러움을 받지 못할 수야 있겠습니까

> —— 〈낙엽에 쓴 편지 〉에서

새는 높이에서 고귀하고 선망의 길을 제공한다. 이런 단서는 인간의 땅에서 보다 높이 있다는 것과 아름다움을 간직했다는 점에서 새는 인간에게 선망과 부러움으로 다가오는 결정적인 이유가 될 것이다. '삭막한 공간'에서 '하늘 새' 한 마리의 상징이 '죽도록 사랑'한다는 사랑의 깊이에 머물 수 없는 안타까움은 곧 황시인의 정신에 刻印된 지표로 확인되는 부분으로, 사랑은 황시인의 삶을 삶으로 지탱하는 가장 농축된 뜻을 내포하면서 내일의 삶을 이끌 수 있는 원소가 되는 셈이다. '죽도록'의 강조가 어디에 무엇을 암시하는가는 시인의 내면에 간직된 본심의 변형이기에 몇겹의 옷을 벗어야 알 수 있는 부분이지만 <대답하라>와 같은 시에서는 확신의 어떤 사랑과 연결되는 암시를 갖는다. 가령 옆집의 대추나무가지가 남의 담을 넘어왔으니, 이 가지에 열린 대추의 주인이 누구인가를 대답하라는 재촉을 신에게 묻는 시이다. 사랑은 주인이 없기에 이런 비유는 곧 시인의 정신내면에 간직된 아득한 암시의 일단으로 보이는 상징어이다.

마) 사랑의 메신저

사랑을 이루어 주는 것은 수단이 개제함으로 이루어지는 중간의
단계가 있다. 상대와 상대를 연결하는 구체적인 조짐이 없다면 사랑은
혼자의 뜻으로 끝난다. 황시인의 경우엔 바람과 편지라는 메신저에 의
해 소기의 성과를 기대하게 된다.

> 하늘도 잠든 밤에
> 나는 바람이 되어
> 그대의 방을 찾아 들어 갔었네
>
> 사랑의 사과나무에서
> 가장 아름다운
> 사과 한 개를 따냈었네
>
> ──〈내가 바람이 되어〉에서

바람은 장애물을 갖지 않고 무시로 어디에나 다가갈 수 있는 능력
을 가졌기에 시에서 중요한 임무를 감당한다. 황금찬은 '나는 바람이
되어'라는 바람으로의 변신에 의해 그대의 방에 찾아가는 애절한 소망
의 뜻을 관철할 수 있는 힘을 얻고 비로소 사랑의 뜻을 이루는 행복의
달성을 암시, '찾아 들어갔었네'의 뜻이 강조되면서 결국 '사과 한개
를'딸 수 있는 득의로움을 만나게 된다. 사과는 시인이 소망했던 목표
의 최종점이고 이 사과를 지키기 위해 온갖 심혈을 기우리는 형태로
이념을 공고화한다.

> 아직도 편지를 보낼 사람이
> 있다는 것은

행복한 사람이다.
그것은 편지를 받고 싶은 사람에게서
사랑의 편지를 받는 것보다
더 행복한 사람이다.
내가 누구에게서
사랑을 받는 것보다
내가 누구를 사랑하는 것이
더 행복하기 때문이다.

──〈시로 쓴 편지〉에서

　적극적인 뜻을 사랑의 편지로 보내는 역동성은 황시인의 안온한 성품과는 전혀 어울리지 않을만큼 적극성의 원인은 어디에 있는가? 시는 내면의 정서를 표출한다는 점에서 심리적이고 또 탄력을 가질 수 있은 힘의 진원지가 되고있다. '아직도'의 여백을 남겨놓고 현실의 갈등을 넘어 사랑의 길에 들어설 수 있은 정서는 매우 액티브한 용감성을 느끼게 한다. 이런 힘은 편지라는 보이지 않는 작용에 의해 가능한 일이지만 이 또한 쉬운 일은 아니다. 어떻든 황금찬은 사랑의 좌표를 실천하기 위해서는 어떤 높이에도 혹은 어떤 경우에도 도전의 깃발을 세우겠다는 의도를 앞세운 기백이 내면으로 흐르고있다. 물론 황금찬의 사랑에는 건널 수 없는 거리가 없는 게 아니다. <건널 수 없는 강>이나 <겨울 오후> 등에는 여전히 강이 가로놓여있어 건너야 할 고통의 강을 연상하게 한다. '너와 나와의 사이는\부르면 서로\대답할만한 거리인데… 건널 수 없는 \강이 있구나' <건널 수 없는 강>에서와 같이 시인의 현실은 암담한 처지를 극복하기 위한 난제가 도사리고 있어 또다른 날개의 도움을 안타까움으로 채색한다.

바) 고독의 모습

1918년생의 황금찬의 나이는 76세의 깊이에도 불고하고 시적으로는 왕성하고 또 정정한 생활을 영위하면서 언어의 탄력은 여전히 변함없는 긴장감을 유지하고 있다. 물론 황금찬의 시는 쉽고 또 평이하다는 느낌이 시의 품격을 폄하하는 것은 아니다. 흔히 젊은 시절에 왕성한 시적 긴장감도 나이가 기울면 마치 신선한 맥주병마개를 열어놓고 5시간 지난 맛을 내는 경우는 흔하다. 이리하여 앙상한 감수성에 매달려 안간힘을 쓰지만 시의 탄력은 이미 어젯날을 되돌아 볼 수 없는 안타까움에 젖어야 한다. 이런 경우와는 다른 황금찬의 시적 토운과 분위기는 크게 변함이 없지만 오늘을 바라보는 시인의 표정은 어느 듯 아득한 표정이 감지된다.

> 비와 바람에 못이겨
> 지고 있는 꽃잎이
> 흡사 눈을 감은 비둘기처럼 진다.
>
> 나와 그리고
> 사랑하는 사람아
> 우리는 무슨 모습으로
> 지고있을까.
>
> 하늘 저편으로
> 유성이 하나 외롭게
> 흘러가고 있었다.
>
> ──〈슬프게 한다〉에서

'유성'과 '낙엽' 그리고 '구름'의 이미지가 쓸쓸하고 아픈 현실의 분위기를 연출한다. '유성이 하나 외롭게'는 곧 시인 자신의 현실적인 외로움과 맥을 닿고 또 눈을 감은 비둘기의 비극은 시인의 감정에 닿아 있는 어떤 느낌을 부추기는 이미지가 낙엽과 어울린다. 이런 슬픔의 진원은 어디서 오는가? 시는 시인의 내면정서에서 울려오는 뜻이기에 간섭할 수 없고 또 제 3의 관객으로는 이해하기 지난한 암시를 나타낼 뿐이다. 어떻든 <슬프게 한다>는 오늘의 쓸쓸한 표정이고 또 현실을 감당하기 힘든 내면의 소리인 것만은 틀림이 없는 것 같다.

> 혼자다
> 소나무는
> 언제나 혼자 있다.

———〈소나무〉에서

소나무는 곧 황시인의 운명적인 느낌의 고독을 연상한다. '언제나'라는 강조의 농도에서 '혼자다'의 강조는 곧 인간의 필연적인 현상을 암시하고 이로부터 연상되는 오늘의 처지는 황금찬시인의 경우만이 아니라 인간 모두의 경우라는데서 '혼자 나서 고독하게 서 있다가'의 원형적인 아픔을 감내하기 위해 처참한 자기의 길을 외면할 수 없게 된다. 결국 소나무는 시인 자신을 바라보는 또다른 그림이란 점에서 숙명적인 고독을 아픔으로 느끼게 하는 상징으로 남는다.

사) 상실의 시대감각

잃어버리는 것은 인간의 존재를 확신시켜 주는 구체적인 느낌이다. 잃어진 것을 확보하기 위해 심혈을 기우리지만 또다시 잃어버리는 운명적인 허전은 곧 사는 일의 일단이고 살고있는 사람의 주소이다. 이런 일들은 항상 되풀이 혹은 반복의 궤도를 계속함으로 망각과 재생의 일상을 여행해야 한다.

여기다.

바로 이곳에서
내가
나를
잃어버린 곳이다.

노을이 떠있다
병든 계절이
내게
길을 묻는다.

긴 꼬리별이
어둠 저편으로
사라지고 있다.

                              ──〈상실〉

　잃어지는 것은 충족을 위한 예비이고 충족은 또다시 잃어지는 것을
위한 윤회의 되풀이가 인간사라면 사는 일의 본질은 언제나 잃고 채
움의 연속선을 외면해서는 안된다. 얻기 위한 자는 잃고 잃기 위한 자
는 얻는 이치를 터득하기까지는 고달픈 삶의 갈등이 점철되어야 하
고 이런 일들이 항상 인간의 지혜를 위한 교훈으로 남지만 이를 쉽사
리 알아차리는 사람은 많지 않다. 결국 현명한 사람은 자기의 부족을
얼마나 긍정하는가의 여백에 있다. '오늘 우리들은\영혼과 생명을\잃어
버리고 있다' <잃어버리는 시대>에서 황금찬은 소멸하는 인간의 슬픔
을 인지하는 고백에 처연한 자화상을 바라보게 한다.

　우주의 질서가 파괴되고 있다.
　이 이상 더 우주의 질서를

사랑하지 않는다면
다시 만날 수 없으리라.

　　　── 〈아기노루 이야기〉에서

　청록파의 흔적을 느끼게 하는 자연회복의 염원이 투영되었다. 자연
의 회복은 곧 인간의 생명을 연장하는 길을 만들기 위한 일이고 이는
인간의 삶이 풍요로움을 견지하기 위한 발상에 이어질 때, 곧 인간을
사랑하는 일에 이르게 된다. 시인은 이런 자연의 원시상태를 유지하기
위해 사랑의 마음을 강조하는 셈이다. <지구의 파수꾼이 되자> 역시
자연회복의 염원을 담고 있는 최근의 황금찬 시의 또다른 일부이다
이는 『지구에 비극적 종말은 오지 않는다』(1987년)의 시집에서부터 나
타난 자연 사랑의 일단으로 오늘의 환경위기를 예감한 시인의 예지를
보이는 관심의 생각들이다. <모국어와 한글>에서는 영원한 우리의 정
신적 고향인 한글의 사랑을, <나 살던 곳>에서는 고향의 정서를 담고
있어, 상실되어 가는 인간의 모든 문화현상을 보존하고 사랑해야 한다
는 마음을 표백하는 황금찬의 정신은 넓고 아득한 인간애의 정서로
보인다.

3. 마무리

　사랑은 인간을 가장 인간답게 만드는 길이기에 사랑을 간직한 사람
의 눈엔 천사의 미소가 담겨있고, 생명의 따스한 감정의 깊이가 느껴
진다. 사랑은 결코 맹목이 아닌 화해와 이해의 바탕에서 출발하지만
여기엔 높고 험준한 산과 강이 가로놓여 있어 애닯음을 부추긴다. 그
러나 이런 장애물이 있음으로 사랑은 따스한 체온을 유지할 수 있다
는 역설적인 현상을 만나기도 한다.
　황금찬의 사랑은 현실의 모두를 포괄하는 넓이를 갖고 있지만 때로

한 사람을 잊지 못하는 느낌도 있고—추억의 아득한 음성을 놓지 않으려 마음을 태우는 여백이 투명한 느낌을 주기도 한다. 그의 사랑은 때로 바람의 삽상한 맛이 되기도 하고, 땅으로 내려오는 비와 구름이 길을 만들면서 새들의 날개에 힘을 부추기는 느낌도 준다.

아울러 별이 至高한 빛으로의 길을 인도하면서 지상의 교감을 잊지 않을 때 상상의 진폭은 커진다. 이런 천상의 이미지군과 어울리는 것이 땅의 이미지로 나비와 꽃의 현실에 닿기 위해 편지를 수단화하지만, 때로 건너지 못하는 강에 아쉬움을 느끼고, 고독한 현실의 안타까움을 고백하는 정서의 편차는 굴곡을 갖지 않고 평안한 느낌을 생산한다. 최근의 황시인의 시는 어둠에서 빛을 추구하는가 하면 상실의 시대에서 건강을 회복해야하는 당위성을 역설하는 면모를 보이는 정정한 시인이다.

2. 순수주의자의 허무와 그리운 햇살
─박재삼시집 『허무에 갇혀』를 중심으로─

1. 서론

　시가 한 사람의 **精神圖**를 확인하는 방도로 표현될 때, 시인의 감수성은 객관성을 요구하면서 표정을 전달하는 절차를 내장해야 한다. 이런 특징은 곧 한 인간의 특징을 만나는 일과 같다는 점에서 시는 인간**化**를 외치는 소리에 다가갈 수 있다. 모든 문학의 바탕에는 인간의 가슴을 위한 호소가 담겨야하고 이를 외면하는 문학은 설 땅을 갖지 못하게 되기 때문이다. 슬픔을 위해서는 슬픈 표정을 만들어야하고 기쁜 현실에는 기쁜 모양으로 독자의 가슴을 위무할 수 있는 변용의 미학은 시가 가진 독특한 특징의 일단이면서 시의 전용적인 영역으로 **認知**되는 바, 인간을 위한 임무에 **獻身**하는 자세를 필요로 한다. 인간을 위해 체온을 제공함으로써 인간의 땅을 따스하게 만드는 예술의 본질이 고귀한 생명력을 획득하는 이유가 인간화를 위한 본질에서 비롯되기에 시도 이런 일의 앞자리에 위치해야 한다.

　시를 읽는 이유가 단순한 문학의 효능인 교훈이나 쾌락을 위한다면 너무 실용적인 한계를 극복하지 못하게 된다. 이런 단서에 묶이운 시는 미감의 정서를 확보하지 못할 뿐만 아니라 「실용적인 요구」를 충족하기 위해 예술의 표정을 외면하는 경우가 된다. 이런 시는 시간의 단위에 소멸하는 운명을 감수해야 한다. 예술은 시간과 공간을 넘어 보편의 원리를 감당할 수 있는 因子가 변용의 표정을 관리하는 다양함의 요인에서 정서를 잉태하기 때문에 두루 통용할 수 있은 언어의 관리는 시의 생명을 획득하는 지름길이 될 수 있으며, 이를 개성이라는 말로 대신할 수 있게 된다.

시의 개성은 한국현대시 문제의 하나이다. 일찌기 개화이후 서구 홍내의 질펀한 행진을 익히 보아온 현실에서 개성의 시는 곧 가장 한국적인 정서를 뜻할 뿐만 아니라 특성을 확보하게 된다. 서구지향의 함정에서 헤어나지 못하고 사팔눈으로 문학의 표정을 일그러뜨린 경우가 오늘의 시단에도 통용이 된다는 점은 매우 우울한 현실이다. 우리의 정서에서 발원한 시를 개성있게 만드는 작업이 곧 세계속의 한국시를 만드는 일이 되기 때문이다. 외국사조, 이즘의 포로가 된 것을 색다름의 호기심으로 충족하려 하는 현상은 한국시의 주체적인 중심을 확보하는 현상이 되기 때문에 자기발견의 몫은 아집이 아니라는 점이다.

박재삼[1]은 이 땅의 전통적인 정한을 그의 가슴으로 삭여 오면서도 원망이나 분노조차 숙명의 물살로 인식하면서 ─인생을 거역해보지 못한 ─더불어 가는 그의 인생행로는 항상 이 땅의 슬픈 현실에 용해된

---

1) 박재삼은 1933년 4월 동경에서 출생. 1953년 ≪문예≫에 시조 <강물에서>로 첫추천을 받은 후 1955년 <<현대문학>>에 <靜寂>과 시조 <섭리>가 천료되어 등단. 첫시집 『춘향이 마음』과 시조집 『내 사랑은』과 1993년 『허무에 갇혀』 등 14권의 시집을 발간했고, 8권의 수필집을 발간했다. 본고에서는 환갑에 발간한 『허무에 갇혀』를 중심으로 그의 정신적 궤적이 과거와는 다른 침잠의 특색을 검증하는데 한한다. 이는 일정한 라인을 설정하고 거기에 도달하면 과거와는 다른 정신적 변화를 갖는다는 인간 심리의 보편적인 가설을 증명하는데 본고의 초점을 둔다.

토착적인 표정을 담고 살아가는 토종 정서의 시인이다. 그를 만나면 편안하고, 그의 시를 대하면 아득한 슬픔이 다가오지만 질축하거나 앙상하지 않고, 마치 따스한 양지쪽에 내리쬐는 이 땅의 햇살같기도 하고, 때로 힘없는 형님의 음성으로 다가오기도 한다. 그의 어눌한(중풍 이후의) 음성조차 다감하고, 그의 뒤뚱거리는 步幅조차도 순진무구해서 오히려 슬픈 백성의 모습과 닿고 있다. 평생 직장이라곤 가져본 적이 없는 그는 오로지 시와 더불어 삶의 밭을 일구는 —시가 아니라면 어떻게 살았을까를 염려할 만큼 생활의 재주와는 동떨어진 박재삼이다. 그러니 시는 그의 마음이었고, 시는 그의 삶에 애환을 담는 容器였고, 시는 그의 인생을 끌고가는 인도자의 손짓이었다. 시로써 박재삼의 인생을 담았지만 반면에 그의 시는 이땅에 사는 가장 순수한 함량의 민족정서를 담고있으며, 토종의 순수한 한국사람의 전형을 이룬 감수성의 시인—백성의 質朴한 표본이다.

2. 정서의 얼굴들

1) 허무라는 이름

허무는 인간이 自覺의 문으로 들어가는 궁극의 문이자 이를 벗어날 수 없는 지혜앞에서 자기를 발견하는 초라한 모습이다. 젊은 시절엔 자기를 모르지만 깊은 나이와 어울리는 때는 矮小하고 초라한 스스로의 모습에 지나온 날들의 헤아림을 시작한다. 이는 자각의 문에서 비틀거리면서 인간의 위대성을 부각하는 구체적인 사실과 만나는 조짐이다. 아울러 이로부터 자기를 알았다는 긴 그림자의 초라함으로부터 자기의 변모된 모습에 놀랄 수 밖에 다른 도리가 없다. 물론 예수도 허무라는 말을 했던 걸로 보면 허무를 자각하는 것은 나이와 상관이 없는 사실일 수도 있다. 박재삼의 육성을 빌려 점검의 절차로 들어 간다.

이것으로 나에게는 어느 새 14권째의 시집이 된다. 처음 낼 때는 흥분도 좀 되고 그러더니 이제는 그저 담담할 뿐이다. 그것은 나이가 조금 들게 되니까 해도 해도 좋은 시는 잘 빚을 수가 없고, 어쩐지 이렇게 써도 되는 것인가 하고 허무한 생각이 들곤 한다. 그래서 그런지, 냉혹하게 따져서 역사에 남아 날 작품을 내놓는다는 것이 가망 없게 여겨져서 그것이 슬픈 현실이 된다고 하겠다.[2]

산다는 일의 의미를 터득한다는 것은 인간으로서는 불가능한지 모른다. 이런 사실을 이해하는 방도는 지혜의 인간으로 돌아가는 일이지만 이 또한 인간의 능력으로는 도달할 길 없는 무력함을 실감해야 한다. 이런 현상에 이르는 방도는 항상 늦게 다가오는데서 그 깨달음의 순간이 짧다는 속성을 갖는다.

老子도 이 虛無를 道體로 삼았고, 無爲自然한 것이 인간의 삶을 이루는 본질로 의미를 앞세운다 말했다. 이리하여 허무는 物의 실체요 이를 깨닫는 것은 사는 일의 본질일 수 밖에 없는 삶의 실체이기에 허무는 인간의 본질이고 이를 아는 것은 곧 삶의 뜻을 이해하는 지혜의 발동이 된다.

시의 達人쯤 되는 박재삼도 시의 숲에서 무엇이 좋은 시의 척도인지를 가늠하지 못하는 우울의 음성이 단지 겸손만의 이유는 아니다. 이는 모든 시인들의 한결같은 슬픈 고백이었다는 점에서 벗어날 수 없는 멍에이자 숙명적인 탄식이다. '가망없게'의 아픔에서 박재삼의 기력은 耳順의 아득한 한계를 절감하는 고백이다. 이는 '나이가 조금 들게 되니까'의 운명적인 세월의 절벽에서 만나는 인간의 절망이지만

---

2) 박재삼의 14번째 시집인 『허무에 갇혀』(시와 시학사. 1993년간행)에 自序로 1부는 인생의 허무를, 2부엔 계절이주는 무늬, 3부엔 일상사에서 취한 작품으로 도합 69편을 담고 있다.

이를 터득한 지혜는 더욱 빛으로의 길을 확보하는 계기가 인간의 문명이다. 결국 절망은 인간의 스승이며, 절망은 인간을 키우는 때로 어머니의 포근한 체온이 될 수도 있다. 이런 논지는 자칫 독선의 함정을 벗어날 수 없는 自虐의 원인이 제공될 가능은 누구에게나 있지만 세월은 결코 불공평의 편견을 대동하지 않는다는 점에서 스승이다. 이를 자각하느냐 아니면 무심결에 지나느냐의 감지 능력에 따라 달라질 뿐이다. 어떻든 투사의 일생을 살아온 빛나는 인간이나 무기력한 삶으로 살아온 사람의 결말이 세월앞에 허무를 發聲한다는 점에서는 다름이 아니다. 예의 박재삼도 허무앞에서 자기를 돌아보는 아픔을 외면하지 못한다는 사실에 이른다. 이는 자기를 돌아보는 나이와 떨어질 수 없는 현실을 인지하는데서 출발한 인간적인 고백이다.

> 나이 예순에 접어드니
> 주위에 어른들이 줄어들고
> 옛날부터 아는 분들이
> 차츰 사라져 가고
> 세상은 이렇게
> 적막해 가기 마련인가.
>
> 물기를 머금고
> 사방을 날것만 같던
> 그 신나는 기운은 어느덧 다 사라지고
> 이제 마르고 빈
> 날개죽지만 처져 버렸네.
>
> ——〈日常에서. 2〉중

나이는 인간이 만든 개념이다. 들판의 동물이나 식물은 나이라는 개념을 모르고 살기 때문에 시간의 두려움을 모른다. 시간은 이점에서 인간의 발목을 붙잡는 잔혹한 족쇄로 작용하기도 하고 또 시간속에서 역사를 만들어가는 과정을 겪는다. 이런 모든 것들은 한결같이 시간을 검증하는 인간의 지혜로부터 파생되는 현상들이지만 이를 벗어나려는 인간의 노력은 언제나 徒勞에 그치게 된다.

시간은 인간의 것이 아니고 오직 우주 자연의 섭리이지만 이를 한사코 극복하려는 욕망을 발동하기 때문에 인간의 삶은 반복과 되풀이에 지칠 줄을 모른다. 물론 시간이란 개념은 인간의 머리속에 저장된 사실일 뿐 어디에도 시간을 증명하는 우주의 증거는 없다. <日常에서>는 결국 시인의 삶에 대한 시간의 경과에서 느끼는 所懷이지만 이는 박재삼 자신만의 素懷는 아니다. 주위에서 함께했던 동료들이 하나 둘 없어지고 어느 날 우뚝 남아지는 자기 존재의 외로움에서 허무는 한층 명료하게 자리잡는다. 이런 박재삼의 생각은 하냥 적막의 농도를 더해가면서 젊은 날들의 기운이 소진하는 외로움을 감지하게 된다. '신나던 기운'이 점차 없어지고 무기력해지는 자신의 모습에서 '날개 죽지 처진'아픔의 모습은 인간이 세월앞에서 필연적으로 맞게되는 비극적인 인식으로, 이런 발상은 사는 자에게 다가오는 고통의 함수일 수 밖에 없다.

> 저 산 너머 아득한 길을 가면
> 드디어 새 세상이 나오겠지,
> 늘 이 꿈에 취해 있었지만,
> 드러나 늦게 깨달은 것은,
> 그걸 찾으면 무얼 하느냐의
> 虛無한 생각으로 돌아온다.
>
> 아,이것이 평생
> 나에게 닥달을 해서

죽자 사자 그래도 달려 왔네.

그러다 어느 날
발 밑에 부지런히 기어다니는
개미를 보고 나자
그들보다 한결 나을 듯싶은
슬프고 절실한 가락을 뽑을 수 있는,
저절로 배인 이 목청만이 처져 남았네

          ——〈虛無와 非虛無〉에서

1연은 허무를 認知하는 것이라면 2연은 허무인줄 알면서도 살아온 젊은 날들의 모습이고 3연은 이런 와중에 개미의 삶을 보고 허무가 무엇인가를 확인하는 절차로 시의 분위기를 잡았다. 산을 넘어 새 세상을 꿈꾸는 젊은 날의 이상은 점차 현실의 깊이에 비례하여 왜소해지는 자화상을 바라보노라면 인생의 의미는 점차 퇴색해지는 것으로 체념의 농도를 익혀야 한다. 이런 박재삼의 허무는 일상을 살아가는 사람들에게서 들려오는 흔한 한숨이자 고통의 표정이지만 박재삼에게 이르르면 고통도 불안도 심지어 아픔까지도 무색무취 혹은 표정없는 이 땅의 민초를 닮아 버린다. 이리하여 웃는건지 아니면 울고있는 표정인가를 모르게 담담한 모습으로 또 다시 내일을 바라보는 눈빛만이 남게 된다. 이런 아픔속에서도 발밑에 개미를 바라보는 시선의 확보는 역사의 유장한 숨결로 이어지고 노래를 불러야하는 시인의 당위성이 교훈으로 돌아온다.

2) 땅밑의식
죽음을 하강 이미지로 보고 생의 활동을 상승이미지로 구분한다면 박재삼의 시에서 흔하게 등장하는 이미지는 땅의 이미지가 煩多하다는 사실이다. 이는 그의 나이 60이라는 환갑과 대비하면 쉽사리 이해되는 부분으로써 저물어지는 황혼을 豫感하는 사실에 이른다. 황혼의 시간이 되면 집으로 돌아 가려는 육감은, 시간이 해결하는 것이 아니라 생명체 내의 기운에 의해 비로소 마음을 결정하는 것이다. 박재삼의 시에서 땅의 詩語와 나이 60을 유난히 강조하는 것은 곧 그의 허무라는 맥락과 상통하는 심리적인 基底를 외면할 길이 없다. 「오늘의 현실」을 절감하는 심리적인 깨달음에서 나오는 내면의 소리라는 점이다.

> 아무리 富者나 壯士라도
> 결국 땅에 묻히지 않을 수 없는
> 분명한 天理를 보게,
> 세상을 마음대로
> 누빌 것 같아도
> 그것은 그 한때에나 머물 뿐이네.
>
> ――〈虛無의 높은 봉우리〉에서

죽음이 가까워지면 인생의 虛無를 느끼는 일은 당연한 일인지 모른다. 이는 『허무에 갇혀』에 가장 빈도많게 등장하는 시어가 「땅밑」에 함축된 암시인 것을 보면 얼마나 절실한 문제로 떠오는 문제인가를 느낄 수 있게 한다. <부활의 생각>·<영롱한 가치>·<서릿길을 밟으며>·<가을 하늘>·<잠자는 아내를 보며>·<멍청한 구경>·<이 한때의 고마움>·<영원한 이별생각>·<나무와 사람> 등에 땅밑을 강조하는 시어가 유다르게 반복하고 있다. 도합 69편의 작품에서 10편에서의 빈도수는 결코 시인의 정신적 추이와 무관한 것이 아니기 때문이다.

> 땅 밑에 묻혀

스미는 물로 변하여

        ——〈復活의 생각〉에서

땅 위에 목숨이 있을 때에만
無償으로 느끼는 것이니

        ——〈영롱한 가치〉에서

섭섭하지만
그저 경건하게 땅위에 차린
하늘의 뜻에 새삼

        ——〈서릿길을 밟으며〉에서

땅에 묻힐 일만이 빤히 보이는
아, 가을 하늘이 끝간데 없이

        ——〈가을 하늘〉에서

지금 잎은 모조리
땅을 향해 노랗게

        ——〈虛無와 非虛無〉에서

억울하게 땅 밑에 묻히는
그 虛無를 어쩔꺼나,

        ——〈잠자는 아내를 보며〉에서

그렇게 아우성을 치며 살더라도
죽으면 다 땅밑에 묻히는데,

        ——〈멍청한 구경〉에서

실상 한번 죽어

땅 밑에 묻히면

——〈이 한때의 고마움〉에서

먼저 죽어 땅밑에 묻히고

——〈영원한 이별 생각〉에서

땅밑으로 들어간 세상
이제는 아무리 두드려도
열리는 법이라고는 없네

——〈나무와 사람〉에서

　땅이 현실을 마감하는 최종목적의 이미지로 나타난 바, 이는 죽음이
라는 한계 앞에선 시인의 침통한 모습이지만 어디에도 참담하게 항거
하는 절망의 구석은 없다. 오히려 예감을 旣定事實化하기 위해 담담한
자신의 모습을 긍정속에 유입함으로 삶의 의의를 高揚하는데 뜻을 두
고있다. 즉 절망의 질축임에서 벗어나 담담한 삶의 오늘을 새기는 의
미에 가치를 남기려는 생각이 '분명한 天理'의 중심을 이룬다. 이는 부
활의 생각이 박재삼의 절망을 극복하는 단계로 설정되었고 또 이런
징후는 오늘을 살고있는 그의 詩作의 자세에서 더욱 윤기를 더하고
있는 의식의 일단이다. 순리의 흐름에 따르는 자세는 박재삼 詩의 본
질적인 표정이자 그의 인간미를 나타내는 가장 확실한 음성이다.

3) 耳順의 나이

　공자가 나이 60을 耳順이라 했을 때, 그는 비로소 이 세상의 소리에
대한 철학을 터득했다는 의미를 갖는다. 싫은 소리와 그렇지 않은 소
리를 구분해서 들을 수 있다는 것은 인생의 깊이를 헤아린 사람이 아
니면 가능하지 않는 일인 지 모른다. 박재삼의 시에서 60을 유난히 강

조하는 것은 그가 경험으로 다가온 수치와 오늘을 살고있는 그의 생각이 하나로 결합된 암시를 갖는다. 물론 땅밑의식과 60의 암시는 허무의 원인을 제공하는 구체적인 단서들이지만 기울어지는 황혼을 안타까워하는 심리적인 아픔이 수반된다. <무상의 광채에서>·<일상에서·2>·<봄맞이 감격>·<무제>·<무제> 등은 이런 시인의 정서를 대변하는 구체적인 암시들이다.

> 그러나 이런 하늘이 높고 맑은
> 이 좋은 가을을
> 몇번을 더 맞으려는지
> 문득 기가 차고나.
> 내 나이 어느새 60고개면
> 그 계절을 예순 번이나 맞았건만
> 한정없이 짧다는 느낌만 들 뿐
> 어정어정하는 가운데
> 모두 나만 버리고 스쳐갔네.
>
> ──〈無題〉에서

60이라는 수치는 많은 것이지만 '어느새'라는 짧은 발성에서 '몇번을 더 맞으려는지'의 미래와 지나버린 60년의 짧음 사이에 갈등이 부각된다. '한정없이 짧다는 느낌만 들 뿐'의 회고는 곧 모든 사람들이 느끼는 심정적인 사실과 일치한다.

고대 국가가 형성되고 문자가 발명된 뒤 '天'으로 표시되는 저 하늘이 사람의 운명을 결정한다는 天命觀[3]으로 이어진 동양의 사상은 곧 시간의 경과에 따라 인간의 운명적인 현상에 대한 분석이었다. 이런 현상은 나이가 많음에 점차 뒤로 밀리는 ─토정비결도 60이 넘으면

---

3) 洪丕謨·姜玉珍 지음. 『時의 철학』(예문지.1993.) P.33

보지 않는 이치와 같이 古來稀의 사상은 모조리 천명사상에서 존재의 근원을 해석하려 했다. 이런 운명사상은 자칫 과감하지 못한 현실 安住 혹은 棄世와 隱遁을 부추겼고 자연의 품속에서 자기의 존재를 망각하는 사상을 배태했다. 이런 사상은 일찌기 맹자가 오래 살든 일찍 죽든 나는 상관하지 않으며 몸과 마음을 닦아 천명을 기다리는 것이 바로 安身立命하는 길이다4)는 사고에 도달하고, 또 바람을 타고 다니며 모든 근심을 떠나 한껏 정신적 자유를 누렸다고 하는 列子와 같이 운명을 믿는 사람의 범주에 들기도 한다. 결국 동양의 사상은 자연과 인간의 분리가 아닌 統合에서 바라본 인간관이자 順命의 발상이었다. 그렇다면 나이라는 변화는 자기자신에 비추어 변해간다는 깨달음이라는 점에서 타의적인 현상은 아니다. 시간이 지나기 때문에 자기가 지나간다고 느끼지만 이는 사실이 아니고 인간이 지나기 때문에 시간을 의식하게 된다. 시간이란 애당초 없을 뿐만 아니라 인간의 단순한 개념에 불과하다는 사실은 시간의 족쇄에 묶이어가는 인간의 불행이다. 인간이 시간을 만든 것은 과학적인 得意로움이지만 반면에 인간의 가장 참담한 불행의 하나이다. 식물이나 여타 동물은 시간을 알지 못해도 하등에 불편을 느끼지 않기 때문이다.

> 가난하게 사는 형편일수록
> 햇빛은 더 光彩를 곁들이고
> 윤이 나고 반짝이며
> 無償으로 내린다.
> ……략……
> 아, 이런 천지의 이치를
> 나는 60년 동안이나 겪었지만
> 그 소상한 맛을

---

4) 『맹자』 盡心上

오늘토록 잘은 모르고
그저 멍청히 보고 지내네.

———〈무상의 광채에서〉중

　나이가 들면 자연의 이치에 가까이 가고 또 자연의 아름다움에 무상의 행복감을 느낀다. 살찐 햇살에 느꺼움을 갖고, 바람 한줌에도 희열을 갖는다. 작은 것에도 고마움을 느끼는 마음의 문이 열린다는 데서 나이는 인간의 성숙을 가늠하게 된다. 박재삼의 정신속에는 관용과 지나온 것들에 대한 고마움을 버리지 않고 새삼 반추하는 형태로 자기를 확인한다. 60이 지나 과거의 소상한 맛을 느끼는 마음의 성숙은 곧 박재삼 시의 깊이에 도달하는 아름다움이다.

　나이에는 두 가지의 특색을 내장한다. 젊은 시절의 나이는 자랑이 되지만 늙어지는 나이는 추하고 슬퍼지는 자화상에 비감을 느낀다. 전자에서는 봄날의 생동감이 있고 후자에서는 스산한 가을이 느껴지면서 아픔을 발동하는 예가 된다. '분명 가을이 천천히\한눈도 팔고\쉬어가며 오고 있네' <無題>와 같이 느린 속도로 다가오는 가을은 곧 60고개를 넘어가는 박재삼의 정신적인 내면의 그림을 그려가는 서글픔이지만 박재삼의 가을은 조용하고, 투명하고 깨끗한 호수의 변용으로 보이는 잔잔하고 햇살바른 풍경화가 펼쳐진다. 이것이 이순의 나이에서 느끼는 박재삼 의식의 전부다.

4) 復活의 생각

　떠나는 것은 슬픔의 바다에 이르고 돌아오는 것은 기쁨의 언덕에 꽃들을 피운다. 이리하여 다가오는 기쁨의 향기는 영원의 좌표로 설정되어 정지하고픈 소망이 투영된다. 사는 일의 전부는 가버리는 것에 보내는 호소가 대부분이지만 돌아오기를 염원하는 마음은 숙성한 사람의 향기가 들어있어 믿음을 남긴다. 절망에서 부활의 신념은 곧 삶

의 성숙도에 이르러야만 깨달음의 깃발을 날릴 수 있을 것이다. 박재
삼의 시는 아픔을 전제로 노래를 부르고 나면 언제나 평온한 긍정의
대답이 평안하게 자리잡는 시의 구조를 나타낸다. 이런 안정감은 모든
사물을 편견으로 보지 않는 자세의 문제일 뿐만 아니라 인간성의 일
단으로 돌릴 수 있을 것이다.

> 천지가 꽝꽝 얼고 나서
> 그 동안 얼마나 참아 왔다구.
> 그것이 어서 녹기를 빌어 왔다구.
>
> 그러나 사람이 그러기 전에
> 神明은 그냥 있지 않았네.
> 훨씬 이전부터
> 땅밑에 물을 흐르게 하고
>
> 남몰래 더운 입김을 불어 넣기를
> 한시도 쉬지 않고 하더니
> 이제 놀랍게도
> 풀잎을 파릇파릇 솟게 하고
> 먼 아지랑이까지 불러 들였네.
> ……략……
> 그럴 수 없이 고마와하는 것이
> 쌓이고 쌓여
> 나이 육십에
> 그 恩德에 제일 귀한 눈물을 바치노니.
>
> ──〈봄맞이 感激〉에서

   얼어 붙은 천지의 현실을 시인의 감수성으로 어떻게 일으켜 세울
수 있을 것인가?

박재삼은 천지의 얼어 붙음을 소생시키기 위해 忍從의 기다림을 앞세우기 때문에 자연에 順應하는 마음을 앞자리에 놓고 祈願의 마음을 투영한다. '어서 녹기를 빌어 왔다구'의 천진한 마음의 표백은 순수의 농도만큼 이루어질 수 있은 가능의 문을 넓게하는 뜻으로 작용한다. 그러나 2연에 오면 시인의 소망보다 먼저 자연의 순리는 '훨씬 이전부터'라는 통찰에 의해 땅밑으로 물이 흐르게 하는 생명의 돌아옴을 認知하게 된다. 이런 작용은 박재삼의 내면에 흐르는 소망의 因子와 자연의 호흡이 일치하는데서 시적 발상은 이루어지기 때문이다. 결국 풀잎과 아지랑이를 봄날의 세상에 풀어 놓으면서 세상의 풍경에 동화되는 박재삼의 마음은 항상 봄이기를 바라는 일상의 뜻과 交接된다.

한가지 짚고 넘어갈 문제는 '왔다구.' '왔다구.' '않았네.' '들였네.' '눈물을 비치노니.'에서 마침표의 과다한 의미는 무엇을 뜻하는지 모를 문제이다. 시는 부호에서 의미를 만든다는 사실을 몰랐을까? 어떻든 봄날과 같은 마음을 바라는 생각으로 일생을 살아 온 박재삼의 내면은 고독과 그리움 그리고 외로움에 지친 표정을 안으로 감추기 위해 고달픈 나그네의 행로였음이 푸른 색감의 이미지나 그리움 혹은 봄의 이미지로 감싸려는 뜻을 내장하고있는 정신의 표정이다. 이런 마음을 60여년 동안이나 지속적으로 간직해 온 따스함의 소망과 봄이 오기를 바라는 심정이 일치하는 데서 유연미의 진원지를 발견하게 된다. 이와 같은 비유는 주로 봄의 이미지를 앞세워 시인의 정서를 변용하는 절차로 새로운 이미지를 창출한다. <봄바람의 이치>나 <무언으로 오는 봄>·<부활의 생각>·<나무와 사람> 등은 봄의 이미지를 혼합하여 부활의 생각을 담고있는 구체적인 작품들이다.

    문을 두드려라
    그 안에 살아 숨쉬는
    사람은 엄연히 있는 한

문은 언제든 열리게 되어 있네.
……략……
결국 나무가
말은 못하지만
때가 되면 어김없이
부활을 하게 되어 있는
이것이 정말 꿈같기만 하고
사람의 일은 이에 미치지 못하네.

——〈나무와 사람〉에서

　시적 에피그람을 전면에 내세우고 시인의 생각은 뒤에서 상징의 손짓으로 전체의 의미를 연결하는 기법의 시이다. 박재삼의 시는 언어의 유연함과 리듬의 유장함으로 자신의 생각을 가다듬어 본래와 다른 형태로 독자앞에 펴놓기 때문에 고급한 상품으로 다가든다. 새로운 변형의 2차적인 창조-칼칼한 언어의 손짓이 아니라 화사하고 靜的인 느낌을 배가하는 시의 무드는 항상 안온하고 다감한 속삭임 때문에 친근미를- 따스한 가슴으로부터의 소리를 연상한다.

　나무의 부활을 바라보는 시인의 생각과 일상의 경우를 대입하면 나무는 곧 인간의 변형이라는 사실에 이른다. 이리하여 '그 괴롭고 지겨운\찬바람만 씽씽 보내던 하늘에서\이제 신기하게도\그것을 많이 누그럽히더니\남쪽 바닷가에서나\연약한 풀잎 근처에 와서는 \그 동안 잘못했다고\한정없이 빌며\이렇게 부드러운 바람을 빚고 있는\눈물겨운 기적을 보아라<봄바람의 이치>'와 같은 순박한 염원의 세계는 이루어진다.

　박재삼의 시에는 내일이 두드러진다. 이는 오늘의 고달픔을 극복하기위한 내면의 어떤 생각으로 신념화된 인상을 남기는 여백과 같다는 뜻이다. 물론 종교적인 패각(貝殼)의 느낌은 없지만 일상을 자기 뜻으로 살아가는 사람의 믿음 —말없이 살아가는 나무의 일생과 유사한, 자연의 순리로 살아가는 상징에서 느끼는 인간적인 면모이다. 박재삼 의 시에 비유는 항상 깊고 심오한 철학적인 깊이의 명상보다는 주변 의 사소한 사물을 끌어들여서 비유와 상징의 옷을 입히면 눈물겨운 생명으로 살아난다. 이런 경우는 소재나 재제의 특이함이 아니라는데 서 정감을 재촉하는 원인이 되고 모든 시에 貫流하는 특징이 되고있 다. 이는 초기시에서부터 작금에 이르러서도 일관성을 유지하는 특징 이지만 이는 장점과 단점을 공유하는 문제가 될 수도 있다. 인간은 愛 憎의 감정이 있지만 박재삼에게서는 憎의 농도가 약하고 愛만 앞선 느낌과 深思한 思想의 깊이를 바라볼 수 없는 느낌이 그렇다. 이 또한 나무=박재삼의 등식과 일치하는 부분이다. 물론 시는 사상의 도구가 아니라 정서의 표현임을 모르는 바는 아니다. 그러나 시는 결국 사상 과 철학을 포괄하는 그릇이라는 본질을 외면해서는 안된다.

5) 순응의 자연관

자연은 인간이 살고있는 장소로서의 개념만이 아니라 살 수 있는 可能의 공간까지를 확대하여 바라보는 인식이 우선되어야 한다. 바라 보이는 곳 만을 지칭한다면 이미 자연은 과학의 한부분에 용해되었을 것이고 철학이 排除되는 비참한 운명을 감내해야 한다. 서구는 과학이 고 동양은 철학이지만 과학은 분석에 따르는 초조 때문에 비극적인 인식을 쌓아가는 특징이있다. 그러나 동양에서는 비극의 명료한 개념 이나 이를 요령있게 표현한 문학작품이 드문 것도, 이런 징조라면 동 양은 철학의 원인때문에 비극을 승화한 작품이 없다는 이치에 닿는다. 일제치하나 한국전쟁을 겪었어도 레마르크의 『서부전선 이상없다』와 비견할 수 있은 작품이 없는 이유 등은 동양의 사상적인 배태에서 유 추할 수 있을 것이다. 물론 테느(Taine)가 말했듯이 소설가는 단지 현실을 報告하는 사람이라면 그는 현실을 벗어나서는 문학적인 재능을 인정받지 못하는 限界 속에 있는 존재인 반면 시인은 철학을 용해하는 무한의 자유를 갖고있는 존재의 차이가 있다. 여기서 시를 과학으로 끌어 들이지 않았던 동양 시인들의 넓은 세계가 자연으로 펼쳐진다.

박재삼의 시는 보이는 것보다 보이지 않는 자연의 가락을 용해하는 심도의 가늠자를 갖고있다. 이는 명료하거나 증명하기에 애매모호한 시의 음성으로 나타난다는 뜻이다. 물론 서구인의 자연은 정복의 자연인데 비해 동양은 조화와 순응과 조화ㅡ「하나 되기」에 자연이 용해된 느낌을 준다.

> 어릴 때는
> 세상 物情 돌아가는 것은
> 잘 모르면서
> 밤이 오면 어두워지고
> 낮이 오면 밝아지는
> 그 정한 天理는
> 벌써 몸이 알고
> 거기에 맞추어 나갔네.
>
> ㅡㅡ〈막연한 순서〉에서

박재삼의 최근 시에 結尾처리는 서술형 어미이기 보다는 감탄적인 어미로 처리하는 기색이 흔하다. 이는 여백의 리듬을 살리기위해 유장한 분위기의 고조에도 있겠지만 대상과 나와의 관계설정에 딱딱한 의미를 제거하기 위한 배려일 뿐만 아니라 대상과 시인의 관계를 하나로 만들기 위한 성숙한 조화의 느낌으로, 이런 배려는 자연에 자신을 용해하는데서 두드러진다. 밤과 낮의 순환을 젊은 날에는 느껴보지 못

했던 깨달음이 나이들어 순응하는 신체의 변화는 과학으로의 분석이
아니라 깨달음의 「애매성」일 뿐이다. 시는 결코 과학의 칼날로는 설명
할 길 없는, 아득한 이치의 문에 들기도 어려운, 논리의 함정으로는
결단코 풀어낼 수 없는 거대한 생명구조의 신비가 깃들어 있다.
   자연은 인간이 살고있는 장소이지만 이는 극히 미세한 공간으로 이
를 분석하고 재단한다는 부질없음이야 말로 가장 非詩的인 일이다. 이
점에서 시는 자연(natural과 self so의 의미를 공유한)이다. 이는 자연
속에 포함된 의미가 곧 사는 일이고 존재의 본질일 뿐만 아니라 순리
의 뜻을 내포한 의미에 이르기 때문이다.

> 아버지, 어머니는
> 일하러 바깥에 나가고
> 혼자 남아 집보는 날
> 햇빛 유독
> 우리 집을 향하여
> 제일 잘 내리는 것 같은
> 착각 속을 누비고
> 흙장난에 빠져 있었다.
> 그 흙은 햇빛하고만 잘 어울리는지
> 부연 것이
> 살에 닿는 기척도 눈부셨다.
> 그때 거짓말 같이
> 나는 아름다운 왕자가 되어 있었다.
>
> ──〈아름다운 착각〉

   인간과 햇빛이 어울리는 장면이다. 누가 햇빛을 끌어온 것도 아니
고, 대상과 대상이 「하나로」 어울린 조화의 풍경화─파스텔화적인 따스
함과 아련함을 느끼는 시적 긴장감을 부추긴다. 이런 긴장감은 바람이

불면 어쩌나의 염려나, 아니면 구름이 끼면 햇살과 페르조나의 관계가 깨질까의 조바심이 독자의 가슴을 졸이게 한다. 이처럼 둘의 관계가 틈새없이 「하나로」의 일치에서 박시인의 시는 특유의 인간미를 시화한다. 따스한 햇살과 아름다운 왕자의 모습을 오랫동안 지켜보기위한 독자의 초조감과 긴장감의 장면은 '햇빛이 유독'과 '흙장난에 빠졌다'의 '유독'과 '빠졌다'의 아름다움이 다음 장면으로의 전환을 두려워하는 관객의 심정이, 영원성으로 간직하고 싶은 소망 곧 육화된 자연에서 비롯되는 박재삼 시의 독특성이다. <바람의 장난>이나 '참새들은 새벽 일찍부터'의 <無題> · <童心 한 자락> · <노래가 없는 別天地> · <햇빛과 바람> · <푸르름과 그늘> 등은 이런 박시인의 내면적인 정서와 자연의 숨소리가 일체화한 시들이다.

6) 순수주의자의 표정

가장 진실함을 나타내는 방도는 무엇이 있는가? 죽음과 눈물이 가장 가까운 대답이 아닐까. 성숙한 사람이 3살 어린애로 돌아갈 수 없는 이치와 같이 진실 표현의 막다름에서는 눈물 이외에 다른 방도가 막연하다.

> 네캉 내캉
> 보듬고 실컷 울어 보자.
>
> 우리 고생을
> 서로 아는 것은
> 이 세상에서 우리 둘뿐이 아닌가.
> ……랴……
> 결국 하나 공통된 것은
> 아무도 몰래 감춰 두었던

그 新鮮티 新鮮한
울음 말고는 무엇이 더 있겠는가.

　　　　　　　　──〈가난한 수확 끝에〉서

　울음은 정서의 고조가 내면에서 밀어내는 가장 순수한 함량의 표백
이다. 거짓의 눈물은 없기 때문이다. 진실은 곧 눈물의 순수한 결정이
고 이는 잡된 것이 섞이지 않는 마음에서 터져오는 알 수 없는 정서의
산물이다. '울음 말고는 무엇이 있겠는가'를 반문하는 것은 시인의 마
음을 투명하게 바라보는 「거울의 정서」로 가난도 행복함으로 비추게
하는 능력을 보이는 특유의 감수성으로써 〈옛 생각〉의 어머니 생각이
나, 〈어머니의 하루〉·〈갈매기가 새긴 슬픔〉·〈잠자는 아내를 보며〉·
〈석류를 보며〉등에 들어있는 정서의 평균율은 박재삼의 슬픔조차 어떻
게 변용의 화려한 옷을 입는가를 보여주는 작품들이다.

　　　몇십 년 전
　　　어머니는 도붓장수로
　　　생선을 머리에 이고
　　　집집마다 돌아다니며 팔고
　　　우리 집 生計를 도왔다.

　　　　　　　　──〈옛 생각〉에서

　　　희부연 새벽길은
　　　살아서 퍼득퍼득 뛰는
　　　생선을 머리에 이고
　　　도붓장수로 떠나는 어머니의
　　　활발한 치맛바람으로부터
　　　서서히 열리는 것인가.

　　　　　　　　──〈어머니의 하루〉에서

사람은 자기의 과거를 묻어두려 하고 보여주지 않으려는 속성을 갖는다. 그러나 박시인의 시에서는 이런 것 조차 훌륭한 아름다움으로 만드는 진실의 힘이 있다. 즉 말로 은폐 또는 미화하기 보다는 진솔하게 보여주는 형태이기 때문에 쉽게 다가오는 이유가 있다. 복잡하고 어려운 세상의 일들이 박재삼의 腦裡에 들어오면 가장 단순한 방법-순수의 함량으로 용해하기 때문에 친근한 생명력으로 전달되어 온다. 이런 이치때문에 난해의 성벽에 갇히지 않고 활보하는 유연미를 생성하게 된다. '아버지는 지게지고\몇푼 안 받는 짐삯으로\종일 밖에서 지내고'(젊은 날의 아득한 청승)의 부모의 슬픈 하루를 바라보고 성장한 시인은 가난의 외로움을 가슴속에 담고도 이를 질축하게 펴지않는, 忍從의 언덕을 넘어 행복하고 아름다운 추억의 노래로 변모시키는 방도를 취한다. 이런 박재삼의 시는 복잡하고 어려운 사건들을 단순함으로 녹이는 용해에서 전달의 묘미가 가장 두드러진 특징으로 다가든다.

7) 푸른 그리움

색채가 마음을 나타낸다는 것은 잘 알려진 사실이다. 시는 언어로 되어있고, 이미지는 말을 밖으로 만든 그림[5]일 뿐만 아니라, 색이란 마음에 작용한다는 루이스 체스킨의 말은 색채가 인간의 심리적인 반응과 밀접하다는 사실을 암시한다. 색채로 나타나는 상징은 시인의 精神圖와 일치한다는 사실은 「청록파」라는 이름에서도 드러난다. 푸른 사슴은 없는데 왜 푸른 사슴이라는 말을 썼는가는 일제의 암흑을 푸른 색채-이는 자연회복과 구원의 의미를 갖는다. 고려 청자등은 색채로 인간의 마음을 표현한 구체적인 실례이다.

---

5) 졸저;『한국 현대시의 색채의식 연구』(집문당. 1987) P.15

온 산천이 푸르른 녹음만으로 덮쳐
그것이 오직 숨차기만 하더니,
바람도 그 근처에 와서
헉헉 거리기만 하더니,

                    ——〈가을 하늘〉에서

당신이 푸른 빛과
별로 관계가 없는 것은
뻔하고 분명하건만,
그러나 늘 그 근처에서
자나 새나
그리워하고 산 것은
너무나 확실하다.

                    ——〈復活의 생각〉에서

　색채는 현실의 생각을 상징으로 바꾸는 작업이다. 물론 고대의 품계
에 따른 의복의 색, 백색이 臣下(백성)의 색이었고, 자주색이 천자(권
력자)의 색채6)로 의복을 구분하여 입은 것들은 모두 색채 상징의 오
랜 역사를 뜻한다. 가령 고려는 건국 초기 100여년을 제외하고는 내우
외란에 허덕이는 역사였다. 고려가요 대부분의 노래가 이별을 주제로
하고 있는거나, 무명 도공이 빚은 청자의 밑면은 현실─매우 불안하게
균형을 이루고 있으면서 그 색채는 삶의 구원을 뜻하는 청색으로 이
루어진 표현미는 참담한 현실의 불안과 어두운 고통에서 벗어나려는
내면 심리학과 상관이 있다.
　박재삼도 어린시절의 가난을 벗어나기 위한 방편으로 청색의 아득
한 공간을 설정하여 자기고백의 노래를 불렀던 것이다. 푸른 색채는

────────────
6) 졸저: 「색채와 헌화가」, 『韓國文學의 距離論』(시인의 집. 1987) P.96 참조

동서양을 막론하고 가장 좋아하는 색채이면서 하늘의 이미지 ─구원의 뜻을 내포한다. <부활의 생각>이나 <가을 하늘> 혹은 <녹음 앞에서>는 박시인의 정신적 생동감을 채색하는 결정의 색감으로 시인의 정신적 추구를 대변하는 상징들이다.

> 그리움이 얼마나
> 속속들이 간절하고
> 편지 한줄 한줄을
> 다시 읽고 곱씹어
> 만나고 싶은 것을
> 남몰래 안으로 삼켜 다져 왔었네.
>
> ──⟨무제⟩에서

> 못 견딜 그리움을 섞어
> 사랑하는 이를 불현듯이 생각하고
> 세상은 또다시
> 활기를 띠기 시작하리라.
>
> ──⟨바람 끝에서⟩중

박재삼의 그리움의 방향은 어딘가? 어지러운 어린시절의 뒤엉킴과 가난의 배고픔과 어울려 유난히 빛났던 햇살의 추억, 바람을 기다리면서 푸르게 서있는 나무의 정정한 모습들, 이런 추억의 길에서 만났던 기억들을 되돌아 보는 눈엔 그리움이 어려있고 또 미래를 생각하는 가슴에 생의 환희가 일렁이면 정확한 모습은 알 길이 없을지라도 눈물과 더불어 가장 가까이 손을 잡는 정서가 그리움으로 형태화 된다.

8) 정서의 매개자

박재삼의 시에 햇빛과 바람은 사물과 사물을 이어주는 매개자의 구실을 한다. 슬픔에서 환희로 혹은 詩想의 朱구도를 전환하는 촉매 이미지로 바꾸는 기능을 감당하면서 새로운 세계를 향한 방향타의 구실을 맡는다.

> 갚을 빚이 많을 때에는
> 바람아
> 네가 그럴 수 없이 부럽고,
> 사랑하는 사람 앞에서
> 過慾만 잔뜩 속으로 품은 때에는
> 왜 나는 살랑살랑
> 불 줄 모르는가 싶어
> 언짢아 지기는 마찬가지였네.
>
> 한정 없는 그리움밖에
> 가지지 못한 바람이여
> 나는 언제나
> 앞이 캄캄해지는구나.

──〈바람의 노래〉

바람은 막힘이 없는 이미지 때문에 어디든 갈 수 있고 또 누구에게도 제한 없이 도달할 수 있는, 인간의 눈으로 보면 부러운 대상이다. '사랑하는 사람 앞에' 살랑살랑의 친근미를 나타낼 수 있는 연결점으로의 바람을 생각하면서 시인의 주관적인 선택7)의 정서와 대상과의 동일화를 유도한다.

---

7) 김준오:『시론』(삼지원. 1991) p.107

가난하게 사는 형편일수록
햇빛은 또 光彩를 곁들이고
윤이 나고 반짝이며
무상으로 내린다.

—— 〈무상의 광채에서〉중

　가난한 사람의 가슴에 내리는 햇살의 밝음은 더욱 가난을 선명하게
드러나게 한다. 이런 경험을 겪고 자라온 박시인의 심정은 어린시절
유난히 선명하게 느끼는 이유가 —부모가 생존의 광장에 나가고나면
할 일 없는 형제와 흙장난으로 소일해야하는 이들에게 유난히 빛나는
햇살, 외로움과 배고픔을 함께 부추겼을 상상을 대입하면 빛나는 햇살
은 결코 화려한 의미에 닿지 못하고 오히려 슬픈 과거의 길을 넓게 한
다. 그러나 어린시절의 햇살은 오늘의 시적 정서를 풍윤하게 만드는
촉매의 역할을 충실하게 감당하고 있을 뿐만 아니라 과거와 오늘의
징검다리에 찬란한 의미를 생산하는 역할을 수행하고 있다.

햇빛이 너무 골고루 내려
전신을 뻗어버리고
하늘이 시키는 대로 내맡겨
머릿속이 한정없이
비어만 있는데.
문득 갈매기가 갯가를 날며
끼이룩 끼이룩 이 슬픔 새로 새겨주네.

——〈갈매기가 새긴 슬픔〉에서

　박재삼의 시적 바탕은 슬픔이다. 이는 과거의 精神因子와 깊은 맥락
이 닿아 있다는 심리적인 추정이 가능해진다. 슬픔에서 순수를 추구했

고 고독에서 자신의 위안을 위무했고, 가난에서 파생된 서러움은 시의 정서를 일구는 요소들로 환치되었다. 물론 이런 정서를 구성하는 여러 인자를 취합하는 각기의 대상들은 박재삼의 知的牽制에 의해 激情이나 흩어진 감정으로 逸脫하지 않았기에 박재삼의 시는 품격이 있고 枯淡한 한국적인 정서를 담게 된다. 만약 한국적인 정서의 진원이 恨이라면 이는 박재삼 삶의 과거에 겪었던 슬픔과 외로움 그리고 아픔을 忍從하면서 이루어진 정서의 모두 일 것이다. 여기서 그리움의 시어가 생기를 얻었고 푸르른 색감이 찬란한 의미의 옷을 입었고, 가난조차도 아름다움으로 돌아오는 손짓이 되었다. 바람과 햇빛은 결국 과거를 오늘에 이어주는 성실한 매개자의 임무로 슬픔조차 새로운 뜻으로 생동감을 주는 변화의 시어가 되었다.

3. 마무리

시인의 나이와 언어탄력의 농도는 비례와 더불어 상관을 가질 수 있다. 문제는 젊은 감정에서 느끼는 생동감의 탄력과 기력없는 나이에서 오는 이완감의 정서적인 언어 긴장감에 차이가 있어서는 안된다. 여기서 시인의 정서 평균율의 지속을 위해 고심에 찬 심혈을 기울여야 한다. 만약 정서의 기복이 심하다면 이는 표현의 갈피를 잡지 못하는 경우엔 불행한 평가의 운명을 감수해야 한다. 시는 그만큼 긴장의 팽팽함을 유지함으로 시인의 운명적인 시간에 도전해야만 살아 남을 수 있은 독특한 경지가 시의 특징이다. 여기서 시인은 시간속의 존재(창작에서만)일 것인가 아니면 시인으로서 如一한 정서를 조종하는 운명이 될 것인가를 가늠하게 된다. 이와 같은 이치를 충족하면서 시를 쓸 수 있다는 것은 드문일 일 뿐만 아니라 매우 희귀한 일로써, 나이가 깊어지면 새로운 모험과 실험에 몰두하기 보다는 과거의 정서에 매달리면서 시적 탄력을 잃고 감수성에만 의지해서 시를 빚기때문에 긴장감을 상실한 만네리즘의 포로가 된다. 여기서 시인의 정서를 운용하는 정점의 나이는 개인적 편차가 있게 되지만 대체로 기력의 쇠진에 따라 정리의 생각을 갖기 마련이다. 이런 이치는 자연의 봄 여름 가을 겨울의 순환이치와 상통하면서 시적인 정서도 일치하는 행보를 유지하게 된다.

박재삼의 나이 60은 상승의 감수성보다는 하강적인 의미를 갖고 시의 행로를 터벅인다. 허무는 이런 전체의 윤곽을 대변하는 灰色의 정서이면서 땅밑의식은 그 증거를 확실하게 하는 이미지가 되고 있다. 이는 봄으로의 생동감을 부추기는 것보다 가을의 정리의식을 내면으로 감당하는 안타까움의 근거가 되기도 한다.

박재삼의 시는 안온하고 静的이면서 가장 우리적인 아픔의 과거를 현실로 끌어오는데서 가난과 고독조차도 아름다움으로 변용하여 언어의 빛을 더하고 있다. 이는 자연을 분리하는 데서가 아니라 조화와 융화의 근거를 삶과 일체화하는 데서 부활의 의미는 더욱 선명한 채색을 갖는다.

박재삼은 순수의 눈물이 가슴에 가득 고여있어 이를 적절히 꺼내서 옷을 입히므로 과거의 통증조차 빛나는 햇빛에 반짝이는 암시로 살아난다. 햇빛은 그의 시의 정신을 이루는 어린시절의 흔적이 여전히 남아있다는 증거가 되면서 손짓은 푸른 색감과 어울려 그리움의 풍경화가 만들어진다. 이런 정서들을 하나로 통합하는 매개자는 하늘과 바람으로써 매듭없이 연결하는 언어기교는 전적으로 박재삼의 시적 재능으로 돌릴 수 있은 부분이다. 물론 박재삼의 시에는 보이는 것보다 보이지 않는 자연의 가락에 눈을 두고있는 것도 일찌기 시조에 관심을 가졌던 율격의 바탕이 오늘에도 지속적인 흐름을 간직하고 있어 유장한 느낌을 생산하는 것과 상통한다.

그러나 박재삼의 시에서 정서의 단조성, 이에 따라 정서의 깊이와 넓이를 심오한 사상으로 연결하지 못하는—물론 시는 사상의 표현이나 의미 전달이 목적이 아닌 다만 시라는 사실을 모르는 바 아니지만, — 그의 삶의 여러 요소들과 밀접하다는 생각이다. 어떻든 박재삼은 파도와 격랑의 바다이기 보다는 오히려 밝고 투명하고 깨끗한 호수의 미감을 가진 이 땅의 조용한 의미의 시인이다.

3. 정신의 공복과 경험의 깊이
—채규판론—

1. 시와 거울

시는 인간을 위한 몫으로 정신의 깊이를 탐색하는 작업이라면 이는 어차피 인간의 내면 흔적을 추적하는 작업에 한정하게 된다. 문학이 무엇을 위한 소용인가는 오랫동안 논의되어 온 음성들이었지만 어느 것도 결국 정답으로 삼기엔 미흡하다는 점에서 문학은 곧 인간학의 광범위한 바다를 떠도는 운명을 감당해야 한다. 가령 사르트르의 사회 참여는 문학과 사회의 역할을 하나의 범주로 생각했지만 정작 문학은 사회를 대상으로 하는 점에서 거울의 기능을 다할 뿐이다. 문학을 이용하여 사회 개조 혹은 목적의 도구로 생각한 사람들의 실망은 이점에서 항상 되풀이되는 迷路의 해답일지 모른다. 문학은 거울의 기능에서 현실을 다시 조감하고 또다시 현실을 개조하려는 發心을 재촉한다는 역할에 머물 뿐, 결코 문학의 기능은 현실을 위한 힘으로 작용하는 것은 아니다. 가령 거울을 바라봄으로 자기의 용모에 관심을 갖고 또는 단정하게 한다는 역할에 충실함으로써 현실을 교정하는 사실에 도달 할 수 있다는 점, 어디까지나 간접 교훈이라는 사실을 벗어나지 않는다. 이점에서 시인이 상상력을 재료로 또다른 세계를 예감케 하는 임무에서 벗어나지 않으며, 여기서 시인이 시를 쓰는 이유도 해답을 건져 올리는 셈이다. 자기도취의 美感을 발표함으로써 독자의 心性을 자극 할 수 있는 역할이 곧 시를 쓰는 이유일 것이고, 시인은 끝없는 독백의 행로를 마다하지 않을 것이다. 결국 자기 위안의 방편—카타르시스라는 말이겠지만 —이런 흔적을 문자로 나타냄으로써 또다른 반응을 기대하는 점에서 引導者의 역할에 이른다. 시인은 정서의 인도자일 뿐만 아니라 정서를 소화한 독자에게 아름다움의 세상을 촉구하는 현실 인도자의 기능을 감당함으로 종교적 역할을 감당하는 가능을 뜻하게 된다. 즉 종교와는 달리 예술 창조의 임무는 곧 현실의 인간을 순화하여 아름다움의 세상으로 보완하는 현실로 귀착된다.

한 시인의 足跡을 뒤쫓다 보면 결국 그 시인의 일생을 점검하는 일이 되고 또 정신적인 변화를 짐작하는 한 인간의 총체적인 흔적을 만나게 된다. 이런 단서는 모두 표현된 언어의 뒷자락을 분석하거나 종합하는 절차를 반복할 때, 가능한 단서를 확보하게 된다. 시는 상징과 비유라는 옷을 입고 있기 때문에 발가벗은 나체를 연상하는 흥미도 있지만, 반면에 두꺼운 외투 자락에 몸을 감추고 있는 근엄한 모습도 만나게 된다. 이런 정서의 특징은 시가 가진 영역의 무한 속에서 가능해진다.

시는 한계를 갖지 않는 점에서 자유의 속성을 갖고 있지만 일정한 절차와 격식이 내면으로 규정되어 있기 때문에 항상 긴장의 농도를 갖지 않으면 안된다. 긴장은 시의 요건 중에 가장 필요를 切感하는 부분이다. 단순한 언어의 조립이나 조합으로는 결코 탄력있는 이미지를 생성할 수 없기 때문에 기교를 요한다. 시인의 기교는 언어의 運用을 가장 능숙하게 진행할 수 있을 때, 생명력을 갖고 아름다운 손짓을 만들게 된다. 시는 의미의 구조 —이를 이루기 위해서는 이른바 체험의 농익음에서 변형의 형태를 만들면서 사상적인 깊이를 생산하여, 여기에 언어의 기교는 이미지의 숲을 만들게 되면서 시의 구조(의미)는 미감의 숲을 이룩하게 된다. 물론 시를 사상이나 철학의 두꺼운 옷을 입힌다는 것은 불편한 일이다. 단지 모든 인간학의 범주를 커버한다는 점에서 무한의 임무를 감당하게 되면서 자유의 속성을 유감없이 발휘할 수 있게 된다.

　채규판1)의 시를 논하는 앞자리에 시의 특성을 검증하는 이유는 결국 채규판의 시적 한계를 논리의 그물로 포획하기 어려운 이유가 될지 모른다. 어두운 내면의 정신세계를 투명한 視線으로 검증한다는 것은 불가능의 문제이자 이를 확신한다는 것 또한 모순의 일이다. 그러나 언어는 그 시인의 정신적인 단서가 된다는 점은 결코 예외 일수 없다. 인간의 心情은 알고 있는 「어떤 것」을 밖으로 분출하는 표현의 일차적인 특징이 있기 때문이다. 이런 단서를 위안 삼아 그의 시를 80년대 후반으로 한정하여 검토한다. 이는 '굳이 따진다면 내 중기 이후'2)의 시들로 새로운 출발의 의미로 삼기 위한 시인의 의도를 읽을 수 있기 때문이다.

---

1) 1940년 4.11일생. 호는 金烏. 전북 옥구군 성산면 태생. 1966년 「한국일보」에 시 <바람속에 서서>가 당선. 1967년 시집 『바람속에 서서』(인간사)와 69년 제 2시집 『채규판 소곡집』(원광사)과 1985년 제10시집 『만경강에 드리운 낚시끝』을 묶어 88년에 『채규판시전집』을 출간, 1993년에 『채규판시전집 2』를 상재했다.본고에서는 11시집 『허망의 노래』(1990년 신아출판사)와 90년 5월에 출간한 『만경강』(신원문화사)과 92년의 『줄포기행』(신원문화사)(약200여수)을 토대로 그의 정신적 추이를 점검한다. 92년에 발표한 서사시 『잠자는 병사의 기도』는 장시로 검토에서 예외로 한다.
2) 1989년 12월에 쓴 11시집 『허망의 노래』서문이다. 30년 가까운 시수업을 일단 정리하는 —이는 『채규판 전집』이후의 작품이기에 더욱 새로운 출발의 의미를 부여하는 것 같다.

2. 감수성의 흐름들

1) 序文 탐색

시인이 詩集을 마련하고 마지막에 쓰는 글이 序文일 것이다. 이는 自己詩를 총체적으로 辯護 내지는 辨明을 해야 할 일단의 필요성을 합리적으로 설명하는 방도에서 시인의 정신적인 궤적과 일치하는 경우를 뜻한다. 시를 쓰는 행위도 궁극적으로는 한 인간의 고백이라는 범주에 있을 뿐만 아니라 이를 시의 특성으로 나타냈다는 가정을 代入하면 한 권의 시집에 담겨진 정신적 흔적과 상통하게 된다. 「시를 쓰는 까닭은 자기 무능을 합리화하기 위하여 비롯된 데서 찾을 수 있을 것 같다.」[3]. 이는 채규판의 詩觀을 보이는 부분, 시 쓰는 이유를 밝히는 구절로 시인 모두에게 합리적인 규정인가는 의문이다. 시는 個性의 표현이고 또 개성을 나타내는 방도의 차이가 있을 뿐, 궁극적으로는 개성을 위한 독특성의 발언일 수밖에 없다는 사실에 이르게 된다.

30년 가까운 동안의 詩수업이 조금은 고통스러운 생각에 이른다. 어차피 새롭게 하기위한 단장을 서둘러야 겠지만 하나의 욕심에 그치지 않을 지 두렵기까지 하다.

——『허망의 노래』 서문에서

시인이 시를 쓴다는 행위는 영혼의 에센스를 뽑아 올리는 정신 작업이다. 이런 단서를 충족하기 위해 그가 가지고 있는 육신의 에너지와 정신의 에너지를 통합하여 하나의 이미지를 위한 獻身을 감행하기

---

3) 채규판의 열번째 시집 『만경강에 드리운 낚시 끝』(시문학사.1985) P.87 참조.본 시집엔 서문이 없이 자작시 해설을 붙이고 있다.

때문에 氣力이 다하고 또 기진맥진하게 되는 이유는 자명하다. 즉 詩 쓰기의 고심, 그리고 정신 영역을 새롭게 단장해야 하겠다는 결의에 대한 두려움이 주조를 이룬 내용이다. 채규판의 중기 이후의 안정적인 교직 생활과 이에 수반하는 성숙의 정신적인 사색이 깊이에 이를 만한 충분한 이유와 그런 근거를 갖춘 생활에서 나온 發聲임이 분명하다. 첫번째 전집을 발간하고 난 후에 낸 시집의 서문에는 비교적 간단한 所懷를 쓰고 있지만 이는 여느 시인들의 말과 다를 바 없이 시쓰기의 어려움을 토로한 채규판의 정신 질감을 확인하는 절차로『허망의 노래』는 시집의 내용보다는 시에 대한 일반론을 피력한 서문이다.

시집『만경강』의 서문은 90년 5월에 쓴 걸로 附記되어 있다. 그러나 그 내용은 새로운 것이 아니라 5년전에 나온 시집의 자작시 해설의 요지와 거의 같다.

> 시에 대하여 생각을 어떻게 갖추고 있는가 한 점인데, 나는 몇 가지 이유를 불러낼 수 있다.
> 첫째, 구성에 대하여 특별한 신경을 쓰지 않는다.
> 둘째, 내용의 전개에 있어서 나의 경우는 단계적이지를 못하다.
> 셋째, 시인은 적어도 추상적 의미나 가치에 대하여 철저하게 긍정해야 한다고 생각한다.
> 시는 진실이나 진리라고 믿는 말로 표현되는 의식상의 절대성을 표현하기 위한 여러 개의 개념이 목적 상황을 위하여 견양되어야 한다고 믿고있다.[4]

시집『만경강에 드리운 낚시 끝』의 자작시 해설 <하나의 변화를 위한 演習>에 앞부분의 글을 다시 요약하고 있다. 시인의 나이 중년을 넘어선 무렵에 쓴 시론이라면, 그리고 대학 강단에서 시론을 강의하다

---

4) 채규판:『만경강』(신원. 1990.5) <책 머리에>중

보면 이미 시에 대한 견해는 확고하다는 유추가 가능해진다. 그것도 가장 왕성한 나이 무렵에 발간한 시집의 글이 90년에 와서도 변함없다는 발상으로 본다면 채규판의 詩觀은 그만큼 진지한 정신의 支柱를 느끼게 한다.

시인이 자기 시에 대한 변호는 가능하다. 그러나 아무리 자기가 쓴 시라 할지라도 시는 하나만의 해답을 강요할 수는 없다. 알다시피 시는 애매성이라는 다양한 얼굴을 가진 의미의 연결체이자 생명이라는 사실을 대입하면 시인 자신이 쓴 시에 대한 변호는 결국 徒勞에 그치게 된다는 점이다. 시는 이미 시인의 손끝을 떠나면 그의 시가 아니라 독자의 시가 되기 때문이다. 共有해야 하고 또 그럴 수밖에 없는 한계적인 특징을 외면할 수 없는 것이 표현된 문학의 특색이어야 한다. 첫번째, 구성에 대해 특별한 신경을 쓰지 않는다는 채규판의 시론은 행과 연을 띄고 붙이는 가에 대한 견해로 일관하고 있으나, 시는 행과 연 혹은 맞춤법에 이르기까지 시의 구성과 밀접하다는 점이다. 물론 시의 구성―이는 의미를 뜻한다. 이미지와 이미지의 연결을 위해 시는 몸짓과 손짓 심지어 눈짓까지도 의미의 함량을 갖지 않는다면 시는 이미 산문의 거리로 들어가게 된다. 가령 '그는 영원을 노래했다'라는 시어에 맞춤법을 찍어야 하는가 아닌가 의미의 맥락을 위해서는 서술형 종결어미 일지라도 시에서는 마침표를 찍어서는 안된다. 영원과 마침의 상관은 역설적인 현상으로 돌아눕기 때문이다. 둘째와 셋째의 경우에도 이론의 여지가 없는게 아니지만 ―채규판의 정신적 자유를 무한으로 남기려는 발상으로 보면 의미전개와 추상적인 가치는 결국 그의 시를 점검함으로 검증될 수 있은 여지로 남겨야 할 일이다.

30년 가까이 시를 써 오면서 이번처럼 허전한 느낌을 가진 적은 흔치 않았다. 왜냐하면 작품 대부분이 삶의 진행에 편승되지 못하고 어떤 의미에서 삶의 해체(?)에 대한 속박 속에 있다는 현실성 때문인

지도 모른다.5)

91년 12월에 쓴 서문이다. 시력 30년 채규판의 정신에 **虛無**가 고이는 것은 당연하다. 50고개를 넘어서면 인생의 허망을 느끼는 일이야 당연한 귀결이기에 돌아온 날들을 생각하고 또 앞으로의 길을 생각하다 보면 남는 것은 허무의 헐렁한 옷일 수밖에 없는 일이다. 하여 앞을 바라는 눈에는 또다시 인생의 의미를 찾으려는 길이 아름거리고 돌아보는 시선에는 짧은 생의 허전이 다가온다. 이룬 것 없는 허무요 달성할 길 없는 미래의 불확실은 결국 오늘의 우울을 대동하는 자각의 문에서 아픔의 고백만 남는다. '삶의 해체(?)'라는 부분에서 채규판의 시적 특징은 여전히 迷路를 헤매는 고백의 줄기가 된다는 느낌이다. 이제 이런 단서를 앞세워 그의 시의 목청을 들어 볼 일이다.

2) 공복 의식

인간은 공복에서 먹이를 찾고 갈증에서 물을 찾아 나선다. 물론 육신의 허기야 음식물로 간단히 해결 할 수 있지만 정신의 공복은 음식물로 해결되지 않고 또 남의 도움이 미치지 못하는—자기 힘으로 해결해야 할 숙명적인 답안이다. 더구나 인생의 진면목을 투시한 사람의 지혜에서 나오는 허무는 항상 인생의 본질로 숙고되기에 이르렀고 또 벗어날 수 없는 종교요 철학의 중심 명제가 되어 왔다. 인생에 허무를 깨닫는다는 것은 곧 인생의 중심이 무엇인가를 터득하는 길을 확보하는 일과 같다. 채규판의 내면 무드는 허망이라는 옷을 입기 위해 그의 정신적인 변화가 민감한 반응을 보인다. 이는 50줄이 넘어 나타나는 일반적인 현상이지만 보다 명징하게 드러나는 변화의 증거는 『허망의 노래』라는 제목에서 이런 반응을 보이는 현상이다.

---

5) 채규판 시 집 『줄포기행』(신원. 1992) <책머리에>중

총총히 사라진 病이 든 사내의 손끝에
點點點點
피멍만 늘어나고,
旺盛한 식욕도 없으면서
밥을 찾는다
밥을 찾는다.
내가 할 수 있은 유일한 것이래야
겨우 絶望뿐이구나.

———〈葉書〉에서

　절망은 허무의 前兆이면서 절망은 곧 인간의 자화상을 찾아 나서는
구체적인 현상이다. 채규판도 절망의 일상을 딛고서서 돌아보는 과거
에 탄식의 아픔을 뱉어 낼 수밖에 없어 허전한 공복을 채우기 위해
'밥을 찾는다'라는 시어를 두 번이나 반복하여 강조한다. 이런 징후는
'왕성한 식욕도 없으면서'라는 오늘의 이유가 있기에 밥은 곧 시인의
허기를 감당할 수 있은 구체적인 「찾음」의 대상이 된다. '밥'과 '절망'
이 방황의 내용을 이루면서 이 둘의 상관은 보다 緊切한 정신의 갈증
을 유발하는 함량으로 작용한다. 이런 단서는 세월이라는 존재의 무게
와 비례를 이루었기에 현실의 책임이 남고 있지만 채규판의 시에서는
확증적인 단서는 보이지 않는다.

　虛妄에 매달려 있는
　눈물이 아니라
　부질없는 흐느낌이 아니라

　잠재우지 못하는
　잠을 잘 수 없는

새까만
山 그림자여.

——〈허망의 노래〉에서

'아니라'와 '못하는'·'없는'의 두번씩 반복은 긍정을 예비하기 위한 조치로 '산그림자'와 상관을 마련하기 위한 저축이다. 산그림자가 '새까만'의 색채 이미지를 동원함으로 시인 자신의 얼굴을 겹쳐서 보이기 위한 상징이다. 허망의 부정은 곧 시인 자신의 존재를 확보하기 위한 구체적인 탈출로의 의미로 다가온다. 이런 시인의 의지는 오늘의 의미를 보다 확대하기 위한 의도를 내장했다는 점에서 허무는 허무가 아니고 새로운 의지의 뜻을 암시한다. 물론 채시인의 시에 명확한 의도의 좌표를 확인하는 절차는 모든 시에서 至難함도 사실이다. 이는 앞에서 시인의 말에 내포된 구성의 자의성에 원인을 발견할 수 있을 것이다. 구성이라는 말은 소설의 용어이지만 이는 이야기의 전개를 확보하기 위한 질서의 구축을 뜻한다. 무의식의 세계를 의식으로 재편성하는 일은 문학의 작업이다. 시는 토운을 연결하는 이미지의 구축이고 소설은 구조, 수필은 주제의 예술이라는 말은 이런 일련의 작업을 뜻한다. 하여 시 또한 의미의 生成을 위해 치밀한 논리의 배경을 뒷자락에 숨겨 놓아야 감동의 잉태를 전달하게 된다는 뜻이다.

　기쁨도 기쁨의 집념도 없어진
　갈 데라곤
　虛虛뿐인 나 또한
　여기와 쉬고 있는 것을. . . . .

——〈城趾에서〉중

<성지에서>는 '쉬었어야 한다'와 '쉬어야 한다'를 반복하여 과거완

료의 어떤 일들과 연결된다. 3연에서 '쉬도록 했으면 한다'의 시인의 소망이 개입되면서 제 4연에서 '여기와 쉬고 있는 것을……'이라는 전환을 마련하여 이미 이루어진 과거의 그림자를 확인하는 절차로 시의 분위기를 정리한다. 결국 '허허뿐인 나'의 참담한 자기 발견에서 시인은 모르고 살아온 과거의 그림자가 새삼 오늘의 자기 곁에 머물러 있음을 攄得하는 발성으로 구조의 미학을 연출했지만 이런 아픔에 후회나 회한의 발성이 보이지 않고 그러려니의 마음으로 정리된다.

어이하리,
한 間 남짓한 波長으로 어이하리
雨雷를 휘몰아 오는 세월,
虛妄의 時間을.

———〈노을도 저무는데〉중

'노을'이 자신의 나이와 깊은 연관이 있다면 이는 발견된 자화상에 대한 아픔이다. 知天命을 깨닫는 세월 앞에 지혜의 눈은 떠 있지만 기력으로 따라잡을 수 없는 세월과의 함수가 시인의 고독을 부추기는 요인으로 작용하고, 이를 알면서도 어쩔 길 모르는 채규판의 정서는 다만 노래의 곡조에 허무를 달래는 느낌을 준다.

세월과 허망의 관계는 풀어낼 길 없는 인간의 운명적 관계이기 때문에 담담하게 받아들이는 順命의 자세야말로 시의 깊이를 더하는 참다운 노래일지 모른다. 이런 관계를 명확하게 하는 〈복고조〉는 채규판의 세월을 단적으로 정리하는 계기를 갖는다.

푸르게 푸르게 살다 간
우리들의 새,
……략……

새의 이름을 부르며
조용히 내리는 비,
鋪道에 서서
鋪道 저쪽에서 달려오는
虛妄을 줍는다.

——〈復古調〉에서

'우리들'과 '새'의 상관은 모두가 겪어야 하는 세월 속의 존재들이다. 그러나 이런 느낌을 발견하는 사람과 그렇지 못하는 사람은 분명 엄존한다. '새'를 세 번 반복하여 과거의 시간 속에 사라진 존재를 뜻하면서 '허망을 줍는다'의 오늘에 時制를 대입하여 새는 곧 시인 자신의 페르조나가 될 수 있다는 암시와 '우리들의 새의 절망을 만난다'라는 우리들과 새의 상징이 동시에 만나는 의미를 확보할 때, 시인의 절망은 곧 세월 속에 만나야 하는 숙명적인 관계로 나타난다. 절망은 인간의 본질이고 또 이를 피하지 못하는 허무도 인간의 필연적인 관계이기 때문이다. 결국 허무는 인간의 정신을 채우지 못하는 공복의 의식이자 이를 극복하기 위한 고뇌는 곧 시의 원동력을 이루는 因子로 작용하면서 또다른 노래를 이어갈 수 있은 繼起性의 작용이 채규판의 허망 의식이다.

3) 시간의 늪 건너기

시간은 인간만이 가진 개념이지만 이는 인간의 得意로운 문명 발전의 견인차의 기능을 담당한다. 밤과 낮을 쪼개어 각기 쓰임의 구분을 만들었고 시간의 단위 속에서 문명의 톱니를 날카롭게 하는 방도를 考案하는 지혜의 축적을 가져오면서 어제와 다른 오늘을 연출하는 방법이 시간의 발견에 있다. 동물이 가진 시간은 본능일 뿐 지혜의 개념이 아니기에 발전의 기준이 마련되지 않지만 인간의 시간은 지혜의 시간이기에 찬란한 정복자의 쾌감을 누린다. 그러나 인간은 시간의 발견으로 하여 결국 시간의 늪에서 벗어나지 못하는 참담한 비극의 존재라는 사실도 예외는 아니다. 인간이 시간을 정복하기 위해 벌리는 과학은 결국 시간 속에 머물 수밖에 없는 한계의 존재임을 터득하기 때문이다. 이로 보면 시간은 인간을 묶고 있는 족쇄이자 이를 벗어나기 위해 문명의 탑을 織造하는 모순의 개념에 나포된 어쩔 줄 모르는 존재의 특성이 인간이다.

모든 문학은 시간을 쪼개면서 대상화한다. 이런 구조의 특성은 시간의 배열에 합리성을 부여하는 방법으로 개성을 실린다. 예의 채규판도 시간을 다루는 한계 앞에 신음하는 노래가 있다.

> 아, 물줄기에 시간은 다시 흘러가게 되는데
> 또, 흘러가지 않는 시간이 있는데
> 나는 왜, 이렇게 너 앞에 앉았다.
>
> ──〈줄어기. 25〉에서

물줄기는 역사를 암시하고 이는 흐른다는 시간의 경과를 뜻한다. 인간의 생명이 강물의 흐름과 상관을 갖고, 이런 시간의 경과는 필연적으로 존재의 변화를 재촉하는 다음 단계를 설정한다. 우리의 시간 경험은 순간의 이어짐이 영속성으로 가고 여기서 변화의 다양함을 추구하는 交織에서 순간으로부터 영원의 개념은 상호 연결의 고리를 갖는다. 베르그송은 시간의 연속적 흐름이나 지속성이 시간의 물리적인 개념 속에 충분히 반영되지 않는다 주장했지만 이는 문학에 있어 시간을 취급하는데 영향을 주었던 것이다.[6] 문학적인 시간은 주관적이고 경험적인 한계를 벗어나지 못하며 이를 한스 마이어호프는 實存的이

---

6) Hans Meyerhoff. 김준오역 『Time in literature』(삼영사. 1987.) p.29

라는 말로 처리한다. 시간과 존재는 시의 요소이자 시인의 삶을 총체적으로 결정 지우는 문제가 된다. 물론 '너'라는 대상을 나와 어떻게 하나로 통합할 수 있는가를 고뇌하는 것이 시의 본질이다. 가령 사랑하는 사람을 어떻게 「나와 하나」로 만들 수 있을 것인가에 사랑의 스토리가 생성되는 이치와 같이 문학은 대상을 하나로 용해하는 절차상의 문제에 따라 대상과의 합일을 위한 강구가 곧 노래의 절차로 남는다. 결국 나와 너를 위한 시간의 범주 속에 있는 구조가 채시인의 <출어기·25>의 내용이지만 시간을 어떻게 「하나」로 이룩하는가를 염려하는 존재의 문제가 남는데서 채규판의 고민은 긴 연작의 노래를 만들게 된다.

'아, 강은 멈추지 않는다' <만경강에 드리운 낚시끝>와 같이 시간은 유장한 흐름을 유지하지만 인간의 존재는 한계를 遊泳하는 須臾의 존재이기에 시인의 촉수는 더욱 예리한 관념을 앞세워 자신을 불태운다.

> 영원이란 것을 영원하다고 생각하면서
> 영원을 묶을 수 없어서
> 영원을 매달 수 없어서
> 영원의 굴레를 짊어질 수 없어서
> 달을 타고 노를 젓는다
>
> ──〈출어기. 26〉에서

시간이란 단위는 인간의 것이고 시간은 애당초 우주에 존재하지 않는 오직 인간의 개념일 따름이다. 영원이란 것도 설명의 요소가 아닌 추상적인 느낌의 요소일 뿐 우주 내의 아무 지점에서나 모순 없이 무차별 적용될 수 있는 보편적 시간이 독립적으로 존재하지 않다는 것[7]

---

7) Bertrand Russell, 오채환 역 『The ABC of Relativity』(이웃. 1992.) p.61

은 명백한 사실이다. 시간을 운용하는 인간의 비극은 항상 시간 앞에 참담한 절망을 맛보는 운명이지만 이를 도외시하고 시간에 무작정 도전하는 돈키호테의 습성은 인간의 특성이다. 또 이점이 인간의 지혜를 무한으로 축적하는 문화의 탑과 상관이 있는 부분이다. '영원이란' 개념은 인간이 추구하는 최종의 목표요 달성의 농도이지만 이는 결단코 도달할 길이 없는 목표일 뿐이다. 마치 당근을 따라가는 노새의 운명과 다름이 없는 때로 우둔한 동물과 다름이 없이 맹목적이기도 하다. 우둔함을 스스로 터득하고 잘알고 있지만 또다시 이런 일을 되풀이하는 이유는 탈출로가 막혀 다른 방도가 없는데서 나오는 반복의 행위가 된다. '없어서'의 3번 반복은 시인의 뇌리에 刻印된 절망의 심연을 바라보는 안타까움이기에 채규판은 태양의 현실이 아닌 달의 공간에서 '노를 젓는다'라는 추상의 깊이를 遊泳하게 된다.

인간은 현실에 다리를 놓고 미래를 건너가려는 발상을 갖는다. 이는 오늘에서 내일을 생각하는 인간의 유연하면서도 강인한 특징이 될 것이다.

> 그렇지,
> 목숨을 조금씩 깎아 내면서
> 나는 나의 조금 남은
> 젊음을 불태우기로 한다.
>
> 증오와 함께
> 눈물 겨운 애정과 함께
> 떨칠 수 없는 공포와 함께.
>
> ──〈줄어기·40〉에서

고기를 잡기 위해 배를 타고 나간 어부는 본질적으로 다시 빈 배로 돌아오는 논리의 특색이 인간의 삶일지 모른다. 고기를 잡으러 간다는 목적만 남고 행위의 되풀이는 끝없는 반복에 다름이 아니기에 출어기는 결국 공허의 되풀이로 남는다. 이런 인간의 반복적인 삶은 그 자체로 허무적인 되풀이일지라도 이를 반복하는 행동에서 의미를 남기려는 인간의 발상이 역사라는 시간의 연장 개념으로 치부한다. 채규판은 '목숨을 조금씩 깎아 내리면서'의 죽음 개념을 연결하여 남아 있는 생이 '젊음을 불태우기로'한다는 의지를 동원하지만, 젊음을 불태우기 위해서는 증오, 눈물과 애정과 공포라는 현실의 두려운 요소들과 동행해야 한다. 이는 살아 있는 사람에게 더불어 다니는 아픔의 인자들로 살아 있는 자의 전유물이다.

4) 자기 찾기

나는 어디에 있는가? 이는 철학의 시작이자 철학의 끝이다. 자기를 향한 인간의 열망은 언제나 공허의 숲을 방황해야 하고 잡히지 않는 손바닥을 움켜쥐고 득의로운 쾌감에 젖는 순간 손안에는 아무 것도 없는 모래알의 비극, 이것이 자기를 발견하는 슬픔이다. 모든 문학의 중심 과제는 인간의 회복 즉 자기 찾기의 술래 놀음에 다름이 아니다. 이 未知의 좌표를 향해 끝없는 되풀이는 결국 종점이 없는 출발과 같이 무작정의 속력을 배가해도 가는 곳은 일정하게 똑같은 대답이 도사리고 있는 허방의 다리와 같다는데서 문학의 샘은 한량없다. 그렇더라도 「나」를 향한 중심의 축을 세우는 피나는 노력은 문학이 소유한 영역이어야 한다. 채규판은 이런 작업에 그의 精神圖를 투영하고 있다. 이는 농익은 시인들이 들어가는 철학의 문이자 자기의 작품 세계를 깊게하는 또다른 방도가 될 수 있다는 점에서 위안이 된다.

　　　새도 울고

새보다 작은 짐승도 울었고
재를 넘어오면서
다 잊어버렸던
기억의 조각들을 꿰어 보았고
시간은 죽음처럼 머물러 있는
나의 머리맡 쓸쓸한 빈 터에
소스라치는
목통이 부러져 버린
한 마리의 벌레가 있다.

       ——〈줄어기. 2〉에서

 자기 존재는 자기를 확인하는 절차에서부터 비롯된다면 이는 기쁨
이 아니라 슬픔에 가깝다는데서 인간은 비극적인 존재라 한다. 지나온
과정들이 엮어지고 또 이런 날줄의 날들과 씨줄의 생각들이 混在하면
서 인간의 일생은 점철된다. '재를 넘어 오면서'의 지나온 길들에 혼합
되는 요인들은 울고, 울었고와 보았고, 머물러 있는 '빈 터에'의 쓸쓸
함을 끌어들여 새삼 '소스라치는'의 자각에서 자화상은 '목통이 부러
져 버린\한 마리의 벌레가 있다'라는 비극의 중심에 서게 된다. 인간은
유일하게 비극을 아는 동물이라는 점에서 역사의 줄기를 세우게 되고
또 여기서 비극과의 도전에 피어린 시간을 창조하게 된다. 목이 부러
진 벌레는 죽음을 목전에 둔 자화상이자 인간이 경험하는 최종적인
현상으로 시인의 예감에 의해 이런 예언의 노래는 가락을 실리우게
된다면 이는 예지의 감수성이 마련한 인간의 또다른 자기 확인의 방
법일 것이다. 이런 존재의 실상을 터득하고 채규판은 다음으로 넘기는
장면을 예비하게 된다.

  길은 사방으로 나 있고
  길은 아무 데나 갈 수 있고

그리하여 우리들의 길은 동행인이지만
터럭 하나 사이에 두고
맞닿을 때도 있지만
반드시 포개진 것은 아니다.

————〈출어기. 13〉에서

老子는 도를 말한 사람이다. 도는 어디에도 있고 또 어디에도 길이 없다는 말은 길이 인간의 현실을 말하는 운명적인 삶의 무한성과 연관을 지을 수 있는 부분이다. 사방으로 나 있는 길이지만 인간이 갈 수 있는 길이란 지극히 한계적이고 또 엄격하게 제한적이라는 뜻을 이해하기란 쉬운 일이 아니다. 갈 수 있는 길은 없고 또 가게 되어 있는 길은 많은 것이 아니다. 많을 길을 갈 수 있다면 이는 미로를 헤매는 방황의 여정에 머물게 되기에 인생에는 안내자가 필요하고 또 선각자의 발길이 뒷사람에 귀감이 되기도 하는 것이다. 또 동행인이 되는 듯하지만 본질적으로 홀로의 길이라는 데서 길은 오직 하나의 길만 선택적으로 남아 있고 그 길을 선택하면서 가야 하는 운명적인 갈림이 있게 되는 것이다. 설사 체온을 함께 한 사람이라도 그 차이는 푸른 강물의 넓이만큼 아득한 것이 인간의 관계요 인간의 본질일 것이다. 채시인은 이런 자각의 판도를 놓고 어디로 갈까를 궁리하지만 갈 수 있는 길은 어디에도 없다는 데서 채규판의 고민은 인간의 보편적인 고민으로 연결된다.

5) 귀향의 노래

문명은 인간을 편리하게 하지만 인간을 행복하게 하지 못하는데 고민이 있다. 물론 고민이 있다 해서 외면의 길을 선택해야 하는 것은 아니다. 여기서 육신은 문명의 중심에 살기를 원하지만 정신의 갈증은 항상 원시의 때묻지 않는 공간을 그리워한다. 이런 모순의 양날에서 일상을 영위하고 또 삶의 벌판을 지속적으로 확장한다. 여기에 인간의 문제는 해답의 미궁을 헤매는 길이 多岐한 양상으로 전개된다. 채규판도 버튼으로 점철되는 문명의 중심에서 원시의 숨소리를 그리워하는 귀향의 心事가 일렁이는 느낌을 준다. 물론 명징하다거나 확연한 표정으로 감지되는 것이 아니라 암시의 손짓으로 다가오기 때문에 그 진의를 파악하기란 지난한 것도 사실이다.

> 문명이 개떡처럼 설치고 지나간
> 논머리에서
> 문명이 가슴만 골라 할퀴고 지나간
> 산머리에서
> 내가 듣고 싶은 것은
> 안개나 비구름을 뚫고 퍼지는
> 먼 절의 쇠북 소리인데,
> 육자배기 가락이 이골 저골 누비면서
> 노랭이 잔등을 두들겨 패는
> 그런 소리들이,
>
> ──〈고향을 생각하다가〉에서

'먼 절의 쇠북소리'를 듣기 위해서는 「먼 절」만큼의 거리 확보가 있어야만 들리는 소리를 만날 수 있다는 점에서 먼과 절의 상관은 종교적인 느낌이 아니라 문명을 회피한 공간을 떠오르게 한다. 이런 미지의 공간은 인간이 일찌기 잃어버렸던 공간이고 다시 찾아가는 – 상상으로 머물러야 하며, 아픔의 시간을 뒤로한 공간이다. 아울러 육자배기의 구성진 가락은 때묻지 않는 우리들의 아득한 조상의 숨소리가 잠겨 있는 골짜기요 들판이라는 데서 이미 떠나 버린 공간의 상징이다. 여기 누런 소들의 잔등에 햇살이 쏟아지는 푸른 초원의 아늑한 이름을 그리워하는 시인의 마음은 이미 열린 가슴으로 꿈꾸는 모습이다. 고향은 실제의 공간이 아니라 꿈꾸는 곳이기에 돌아가기엔 너무 아득한 거리가 남고, 채규판은 이처럼 꿈꾸는 공간을 설정하고 찾아가는 노래를 부르지만 그 길은 무릉도원의 어부처럼 놓쳐버린 길로 남고 있다. '비온 뒤 \밟히는 흙을 그리워한다.' <아스팔트 소묘>처럼 흙의 부드러움은 채규판 시인의 정신을 채우는 안온한 그리움의 체온인 셈이다. '옛적 할머니 무릎에 어푸러져 듣던\피리 소리 닮은\이야기를 생각하자' <이 기도하고 싶은 시간에>와 같이 청유로 독자를 인도하고 싶어하는 따스한 마음을 발동한다. 때묻지 않는 생각은 때묻지 않는 사람으로 현실을 살게 되기에 그는 악착한 현실에서 때로 어리석은 인간으로 대우되는 가파름을 모면할 길이 없게 된다. 아마도 채규판은 '이슬이 새알을 품은'혹은 바람의 스침에도 마음이 흔들리는 향내를 감지하는 촉감을 발동하면서 그의 정서는 한층 아름다움의 정서를 흐벅하게 취하는 시인의 행보를 계속한다.

졸린 눈이다가도, 가리키는 대로 가다 보면
아아, 고향이구나.
올망졸망한 초가 몇 채가 그저 을씨년스럽더라니
하늘만큼 큰 박덩이에 깔려 허우적거리다가도
할아버지가 즐겨 매만지시던,
글쎄 귀물(貴物)이었을까.
그 귀물로 찾아나서면
쇠라는 쇠는 다 모여 들었는데
아아, 고향에서
내 할아버지는 소문난 쇠부자였다.
그랬을까, 묻겠지만……

───〈지남철이라는 것〉

고향은 인간의 원형이 담겨진 곳이고 마음의 평안을 갈구하는 은신

처의 공간이기에 떠나 버린 距離에서는 애닲은 정서의 응집 현상이 배가되는 곳이다. 채시인은 이미 떠나 버린 거리만큼의 갈증을 고향에 투척하고 있지만 지남철이라는 쇠붙이의 추상에서 아득함의 음성에 귀를 귀우리는 형상이다. 이는 문명의 갈등을 떠나기 위한 발상이지만 초가, 박덩이, 할아버지의 둔중한 정서에서 도시의 갈등 문화와는 판이한 정서의 확장 현상을 눈여기게 한다. 설사 할아버지가 '쇠부자'였던 아니었던 문제의 본질은 고향의 정서를 高揚하는 점에서 채시인의 시는 한층 문명 회피적이면서 귀향의 노래가 된다는 점이다.

6) 가는 길과 자화상

시인은 현실에 꿈꾸는 자이고 또 현실을 용해하여 말한다.

> 너를 부르다 못해
> 너를 끄집어 당기지 못해
> 조금씩 다가가야 한다.

——〈저 산에 가서〉중

채규판의 시는 질축거리는 정서이기보다는 건져지는 언어의 묘미가 있고 언어를 집중하는 것보다는 오히려 언어를 분산하여 의미를 모으는 현상을 갖는다. 서술시(narrative poem)적인가 하면 서정의 물씬한 특징이 드러난다. 이는 그의 시적 성숙의 도가 원숙의 경지를 더듬고 있다는 뜻과도 상통한다. 물론 서술시의 특징은 자칫 산문적인 함정에서 시의 얼굴을 훼손할 염려가 있고 서정적인 편애는 자칫 시의 영역을 단조롭게 제한 할 수 있은 우려가 있지만 채시인의 경우는 풍윤한 경험과 문학적인 소양이 시적 경계를 유연함으로 처리하고 있다.

<저 산에 가서>는 '너'라는 대상을 나로 동화하려는 의도이지만 이

내 끌어당기지 못한다는 판단이 우선할 때 '조금씩 다가간다'는 동화의 경지를 허락한다는 데서 어딘 가로 가는 길을 想定하고 있다. 어디인가? 그리고 무엇을 위해 나그네의 행로를 자청하는가? 이는 오로지 채시인만의 내밀한 정신 지표로 해석되는 부분이다. 시인은 독자를 위해서 시를 쓰지 않는다. 때로는 독자를 무시하고 시를 쓰는가 하면 때로는 독자를 염두에 두고 시를 쓴다. 오로지 자기 자신을 위해 시인은 시를 쓰는 지 모른다. 설혹 독자만을 위해 시를 쓴다면 이미 시인이 아니라 천박한 구걸꾼에 지나지 않을 뿐만 아니라 시인의 자존을 버린 사람이 된다. 궁극적으로 시인이 가는 길은 설명이 아니라 다만 認知하는 걸로 끝나야 할 명제라는 데서 채규판의 가는 길은 상징의 숲에 가리운다.

> 꼭 그래야 한다면 가자.
> 지향(指向)도 생각도 없이
> 꼭 그래야 한다면 가자
> 어디로 가는 것인지
> 어디를 왜 가는 것인지 알지 못한다.
> 알지도 못하며 약속한 일도 없지만
> 꼭 그래야 한다면 가자
> 목과(木果) 나무보다 노란 달빛을 그리워하며
> 조금씩 굳어져가는 눈물을 그리워하며
> 그래도 꼭 그래야 한다면
> 어디론가 가자.
>
> ──〈서둘러 가야 한다면〉

가는 곳이 명백하게 어디인가는 지시되어 있지 않지만 가는 곳의 방향은 인간의 마지막이 예비된 곳으로 보인다. '가자'의 반복이 4번 이어지면서 절실성을 고조하고, 또 가야만 한다는 필연을 강조하면서 시의 긴장감을 잃지 않을 때, 뇌리에 담겨지는 방향은 한층 먼 곳으로 눈을 맞추게 된다. 그러나 모과나무의 향내는 곧 이승의 인연을 아쉬워하는 시인의 내면에 감추어진 유연한 정서의 일단으로 생각된다. 결국 지향없는 방향에서 나이 들어가는 시인의 경험이 미지의 가야 할 곳을 셈하는 것은 당연한 정서의 층계로 보인다. 그렇다고 서둘러 가야 할 곳이라는 지점은 인간이 결코 빨리 도착해야 할 만큼 절실한 것만은 아니다. 어차피 언젠가는 가야 할 곳이고 또 그렇게 결정 지워지는 당연함을 숙명으로 간직하고 있기 때문에 죽음은 항상 가까운 곳에 숨어 있는 얼굴이지만 불안의 대상은 아니다.

인간은 살고 있는 바와 같이 가야 할 곳도 함께 동숙하고 있는 두 개념이 한 곳에 있을 뿐이다. 채규판의 시는 이런 삶과 죽음의 관심을 함께 손을 잡고 길을 가는 나그네의 담담한 모습으로 보인다.

> 팔다리가 꺾일지라도
> 내가 갈 수 있는 곳은 가보아야 한다.
> 내 눈 속에 박힌 모든 것을
> 풀어 헤쳐서라도
> 나는 가야 한다.

>　　　　　　　──〈새의 여행〉에서

새는 자유롭게 비상할 수 있다는 하늘의 능력과 무한의 자유를 향유할 수 있다는 점에서 인간에게 선망의 대상으로 인식된다. 채시인은 새를 자화상으로 삼고 미지의 공간을 향해 자유 정신을 내포한다. 이런 현상은 곧 상상의 뼈대를 이루는 근간을 형성하면서 내일의 좌표를 가야 할 곳으로 설정한다. 물론 숙명적인 패배나 혹은 자만의 성을 쌓아 놓고 은신의 몸짓을 보이지 않다는 점에서 투명하고 건강하다. 결국 '내가 가야 하는 것은'의 필연적인 의지에 따라 채규판의 가야 할 공간은 땅도 하늘도 목표가 아닌 정신의 어떤 의미를 생산하는 승화된 장소로 인식된다는 점에서, 새로 상징된 시의 모티프는 자기를 승화하는 시인의 태도와 오버랩 되면서 인상을 남긴다.

3. 마무리

시는 대상을 인식하여 새로운 형태로 데포르마시옹의 화학적인 변화를 시인의 뇌수에서 만들어 내는 점에서 산문이 따르지 못하는 독특한 領地가 있다. 그렇더라도 시인은 자기의 城을 구축하기 위해 남다른 守城의 맹장이 되지 않는다면 언젠가 지키고 있는 영지는 이름도 모르는 시인에게 빼앗기는 운명을 감수해야 한다. 여기서 시인의 자질은 단순한 감수성만으로는 시적 긴장감을 유지하지 못하는—마치 젊음의 탄력을 잃어버리는 노년의 경우가 된다. 그러나 시적 긴장감을 유지하는 비결은 탄력을 간직하는 요소—시인의 참담한 자기 관리가 우선되어야 한다. 그 첫째 요소는 지적 충전을 공급하는 일이고 둘째는 정서의 관리를 위해 유연한 감성의 훈련을 게을리 해서는 안된다. 셋째는 자기 시의 생명에 활력을 유지하기 위해서는 끊임없는 시의 분위기—시세계의 변화에 민감한 촉수를 가져야 한다. 이런 요소들은 각기 분리해서가 아니라 통합적인 관리에서 시적 탄력은 생명력을 갖는다는 입장이다.

시를 이해하기 위해서는 분석적인 경험의 해체보다는 종합적인 안목에서 신선한 생동의 생명을 느낄 수 있기에 시의 분위기는 시인의 생동감에서 인지되어야 한다. 채규판의 시는 세가지의 요소를 고루 갖추고 있지만 다소 완만함도 공유하고 있다. 이는 언어를 서술화하는데서 오는 이미지 긴축력의 경향이다.

지금까지의 논의를 요약하면 다음과 같다.

채규판의 시에 허무는 공복의 삶에 대한 일반적인 인식이 시로 승화된 것이고, 시간의 늪을 건너기 위해 채시인은 忍苦의 강을 건너 인간의 땅을 무한으로 연장하려는 자유 의식이 투영되었다.

자기를 찾는 일은 자기 본래를 회복함으로 가능한 일이다. 채규판은 보다 확실한 인식의 촉수를 앞세워 상징의 同一化를 염원한다. 이런 일들은 상징의 옷을 입고 의도를 내장하기 때문에 쉽사리 발견되지 않을 뿐만 아니라 시의 중심부를 찾아가기 위해서 독자는 보다 진지한 비밀의 열쇠를 획득해야 한다. 이는 궁극적으로 채규판의 경험과 사상을 이해하는 전제에서 가능한 해답이다.

인간은 누구나 가는 길을 염려한다. 곧 가야만 하는 길과 가는 길이 둘이 아니고 필연적인 통합에서 생각되어야 할 숙명의 암시를 갖는다. 즉 인간의 삶은 곧 죽음과 공존에서 의미의 확장을 내용으로 담고 있어야 한다는 입장이다.

채규판의 시는 긴 여정을 위해 끈기와 정력을 오로지 시에만 투영하는 정서 집중 현상을 갖는다. 이는 그의 왕성한 詩業이 대답이 된다는 것과 여전히 이런 행보를 유지하는 속도가 변함이 없다는 점에서 유추의 신빙성이 있다.

4. 회색시대와 의식의 표출방법

—정의홍의 시의 변용 양상—

1. 시정신의 발현

시의 형태는 시인의 정신에서 발원되어 독자의 강변에 이를 때, 변용의 형태로 도달한다. 다시 말해서 시의 단초는 시인의 경험과 상상력의 조력을 받아 완성되지만 독자에 이를 때 일정한 파장을 일으키지 않으면 시로서의 자족적인 생명력을 갖지 못한다. 여기서 시인의 삶은 시의 모양에 결정적인 원인이 될 뿐 만 아니라 시의 개성과 특성을 나타내는 임무를 결정하게 된다.

시가 독자에 이를 때는 정신가치로 환산되고 시인자신에서는 정신적인 분출의 위안이 된다. 즉 시인의 시는 그가 살아가는 도정에서 세상에 반응하는 목소리가 예술적인 의복을 걸치고 드러나고 이런 의복이 독자에 이르러 정서를 자극하여 반응에 이르게 된다. 여기서 시인은 일정한 규격의 의도를 독자에 건네는 경우와 무심으로 자기성안에서 감성을 표출하는 두 경우가 있을 수 있다. 어떤 것이든 독자에 반응하는—무관심과 관심이라는 양 갈래의 길이 있지만 시인에게서는 개의할 사항이 아닐 것이다. 한 편의 시가 독자에 이르는 방도는 항상

美感을 앞세우는 외길만을 요구하는 식성이 있기 때문이다. 물론 시인은 독자의 식성에 영입하는 편만을 따라갈 때 무개성에 떨어진다는 점에서 시인의 이름은 고고성을 유지하려는 선택을 주저해서는 안된다.

시인은 대체로 그가 살아온 경험의 총체성과 태어날 때부터의 가계적인 유전자에 의해 성격을 소유하게 된다. 이를 반응의 원리라 한다면 곧 시의 특성과 결부될 수 있을 것이다. 물론 일정한 규격이 있을 이유는 없지만 태생적인 성격과 살아가면서 체험으로 굳어진 성질에 따라 시인의 개성은 일관성을 유지하는 삶을 살게되고 또 이를 시의 특성으로 연결되기 때문에 시인의 삶에 대한 속성과 시의 표정은 종합적이라야 한다. 일제시대 독립운동을 하던 사람과 나라를 팔아먹은 사람이 있다는 것은 결국 시인의 정신적 표출과 상관이 있다는 발상으로 이어진다. 여기서 예언자적인 시의 특성과 장식적인 시의 특성이 구분된다. 전자는 고난과 시련에서 독자를 평화의 땅으로 이끌고 가는 노래를 부르게 되고 후자는 평화로운 시대를 장식하는 사랑과 아름다움에 탐닉하게 된다. 문제는 두 개의 속성을 시인이 갖고 있다는 점에서 개성과 밀착된다. 물론 전자와 후자는 모두 시인이 가져야되는 양면의 날개로써 우선 순위를 나타낼 수는 없다. 가령 전쟁터에서 남녀간에 아름다운 사랑을 노래한다면 난센스에 가깝고 또 춘향과 이도령의 무르익은 사랑의 장면에 전쟁의 이야기를 노래한다면 이 또한 우스운 일이다. 전쟁터에서는 승리를 예언해야 되고 사랑에서는 아름다움을 노래했을 때 상황에 어울리게 된다. 결국 시인은 그가 살고있는 현실에 어떤 반응을 접목시킬 수 있을 것인가에 따라 독자의 정서와 시인과의 반응은 밀착할 수 있게 된다. 여기서 미적 가치라는 말은 두 개의 현실에서 분리해서 바라보는 안목을 필요로 한다.

예술이란 단순한 공리적인 역할로 전락되어서는 안되고 인간성의 주된 임무로부터 멀어져서도 안 된다. 우리는 근육이나 두뇌만으로가 아니라 눈·귀·전체 몸과 마음을 가지고 창조적 능력의 전 영역을 지니고 완전하게 살아야 한다. 그렇게 살기 위해서는 숙련되고 능동적이며 예술적인 방식으로 우리의 감각을 일깨우며 취미를 가꾸고 상상력을 가동시키면서 세계에 반응해야 한다.[1]

예술은 반응을 전제로 출발한다는 점은 새로운 발상은 아니다. 다만 시인의 종합적인 능력이 독자에 어떤 반응으로 전달할 수 있는가는 시인의 예술적인 능력이자 개성으로 용해될 수 있다는 점에서 한 편의 작품은 시인자신의 목소리가 된다. '인간성'이라는 요건을 구비하기 위해 시인은 「바르게 산다」는 목표를 설정하고 생애를 투척하는 작업을 지속한다. 전방위로 자신을 소진하고 빚게되는 시가 시인의 의도와 일치화를 이룰 수 있을 때, 비로소 한 편의 작품은 가치로 환원되면서 영생의 가치를 획득하게 된다. 이런 목표를 위해 모든 시인은 심혈을 기울이지만 정작 목적을 달성하기란 至難한 요소들이 얽혀있게 된다. 한 편의 작품엔 환경적인 요소와 시간적인 요소 그리고 보편성이라는 요소를 충족했을 때 비로소 가치로 환원된다. 가령 김소월의 <진달래 꽃>—내가 싫어서 간다고 말을 하는 대상에게 꽃으로 카펫을 깔아줄 수 있는 여성은 오늘날 존재할 수 없기 때문이다. 이는 1920년대의 여성에게는 합당한 정서였지만 오늘에 와서는 어긋난 정서로 치부된다는 점에서 보편성을 벗어난 이유가 된다.

---

1) 멜빈 레이더, 버트람 제섭, 김광명 옮김, "예술과 인간가치", 이론과 실천, 1993, P.164

2. 70년대 그리고 80년대의 사회상과 시인의 노래

역사 속에서 일정한 공간을 스펙트럼으로 비추면 흥미를 주는 요소가 있다. 가령 일제치하를 보면 시인들은 몇 가지의 행동양식을 보였다. 즉 독립운동에 참가하여 시와 독립을 일체화시킨 한용운이나 이육사가 있다면 이와는 달리 침묵으로 은신한 시인의 경우와 더러는 훼절과 변명으로 문사의 이름을 어지럽힌 경우가 있다. 첫째는 행동과 작품에 일관성을 가졌다면 둘째는 행동의 결여는 있지만 작품 속에서 자기의 의사를 소극적으로나마 표출했던 사람들—윤동주나 이상화의 경우를 위시해서 상당한 사람들이 있지만, 후자에는 나라를 팔아먹는 것과 작품의 일치점을 어긋나게 설정한 오명이 뒷날까지 괴롭히는 경우가 된다. 여기서 한 작가의 시대의식과 시대를 살아간 삶과의 궤적의 일치와 작품의 상관성은 서로 유기적인 일체를 이룰 수 있어야 한다.

박정희의 집권은 가난을 물리친다는 명분은 있었지만 이에 따르는 인권의 문제는 심각한 불균형을 가져왔다. 집권 후 10여년이 경과하자 차츰 염증을 느끼면서 저항의 농도가 드세어진 것과 비례해서 탄압의 농도도 높아지는 추세에 문학의 형편도 점차 두 개의 판세를 이루게 되었다. 즉 순수라는 의복 속에 살았던 시인들과 사회의 불합리에 모순의 목청을 높이는 그룹이었다.

이 때(70년대)의 이론가들은 지식인이었고, 주로 외국문학을 전공한 사람들이었다. 이 때문에 한국문학의 전통조차 파악하지 못한 우를 범했을지라도, 정치적 사회적 불합리에 도전하는 맹장으로 박수를 받았었다. 이런 선대의 맹장들이 펴놓은 멍석 위에 1980년대는 주인이 바뀌어져 버린다.

노동현장의 주인공들이 직접 문학을 생산하는—비록 문학이 아니라 휴게실의 울적을 文字化한 것이었지만 이들의 문학을 민중의 평론으로 인도하고 포장하기엔 너무 난삽한 시정의 잡박한 언어 나열이었지 문학으로 승화된 경우는 태무했었다. 이런 저간의 사정을 미봉해 오면서 1980년대를 맞았다.[2]

　　이른바 당시의 『창비』의 위력은 대단했고 또 여기의 주동적인 백낙청은 '한국문학은 전통이 태무하다'는 사시적 발상으로 한국문학의 오랜 줄기를 밟아버리는 일종의 폭력을 행사하면서 70년대를 풍미했었지만 이들의 이론도 80년대에 오면 노동현장의 주인공들이 직접 문학의 생산자로 이들을 비판하는 역전의 시대가 연출되었으며 80년대 중반을 넘어오면 민중문학은 뒷모습을 보이게 된다.[3] 아울러 이런 현상과 병행하여 이른바 순수추구의 맥없는 문사들은 시대의 흐름에 방관자적인 태도로 살아가고 있었지만, 정작 민중 소용돌이를 부추긴 민중문학에서는 이렇다할 작품을 생산하지 못함으로써 결국 민중문학은 실패라는 문패를 90년대에 와서는 달게된다. 당시의 매스컴의 절대적인 지원을 받으면서도 민중문학의 중심에서는 정작 한 편의 작품도 건져 올리지 못한 원인은 지나치게 사회의식에 다가간 거리조정의 실패를 거론하게 된다. 다시 말해서 너무 대상에 가까이 접근함으로써 대상을 명확하게 파악하지 못하게 되었고 이렇다보니 생경하고 조악한 언어를 결합하여 시라는 이름을 붙였지만 문학적으로 소득을 올리지 못한 과오가 남는다. 그렇다면 외려 이들과는 어울리지 못한 아웃사이더 쪽으로 초점을 돌리면 소득의 일단이 발견된다.

　　민중문학의 주동자들이 외국문학을 전공했던 사람들이 초창기를 장

---

2) 졸저, "표정문학론", 인문당, 1989, p.241
3) 이런 징후는 아른바 민중문학의 맹장이었던 고은이나 김지하가 "애린"이나 "전원시편"을 출간함으로써 문학출발 초창기에 추구했던 정서로 돌아간다. 이때로부터 민중문학 소용돌이는 사실상 마감하는 때로 보고있다.

악했고 이어 노동현장으로 중심권이 넘어감으로써 문학성이 아닌 소리지르기 혹은 욕설하기 등등 비문학적인 흐름으로 중심권이 옮아감으로써 민중문학에 관심을 보였던-문학의 기반을 탄탄하게 다진 문인들의 참여를 차단하게 되었다. 여기서 민중문학은 한국문학사에서 새로운 활력의 장면을 연출할 수 있는 계기를 잃게되는 원인이 된다.

정의홍[4]의 시는 이런 예를 충족하기에 충분할 것 같다. 물론 그는 민중문학의 중심에 선 시인도 아니고 -휘문고등학교 교사에서 대전대 교수였다. - 또 행동으로 소리지를 수 있는 성품의 시인도 아니었다. 다시 말해서 소리지르고 악머구리를 연출하는 민중시판에 끼여들기에는 너무 저급한 물탕에 몸을 적실 수 없는 의식과 행동이 갈등하는 경우가 되었다. 이제 정의홍의 작품으로부터 원인을 설명하게 된다.

3. 시대의식과 표출의 언어

시인은 현실을 살아감으로 상상력을 발동하게 된다. 물론 산문은 현실의 함량에 주된 골격을 형성하고 시는 상상력을 중심으로 현실의 문제를 수용하는 특성을 갖고 있다. 상상력과 현실은 항상 서로 상보적으로 결합할 때 비로소 문학의 특성을 이루는 인자가 될 수 있지만 현실을 어떻게 받아들이는가는 시와 산문에서는 다를 수밖에 없다.

불안의 시대에 언어는 항상 격한 표정을 연출하면서 자칫 좌표를

---

4) 1944년생. 경북 예천 갈마리 출생. "현대문학"에 1965년 <나의 습작>과 1966년 <나의 손금은>과 1967년 <눈의 서곡>이 천료 데뷔. 시집 1976년 『밤의 환상곡』과 1996년 『하루만 허락 받은 시인』이 있고, 이 해에 예천 초등학교 동창회에 참석하고 대전으로 돌아오다 교통사고로 殞命한다. 초기의 시는 사물의 이미지 포착에 주력했으나 군사 문화가 기승을 부리는 무렵부터 정치적인 발성과 현실의 불합리에 고발과 풍자로 민중의 아픔을 위무하는 경향으로 의식의 출구가 바뀐다.

잃게되는 소용돌이가 연출된다. 아울러 불안은 더욱 큰 위압의 그림자가 되어 다가오고 다시 목청을 높여야하는 심리적 불안은 결국 알아들을 수 없는 발음으로 허공을 채우게 된다. 박정희로 시작된 유신과 전두환의 80년대 아픔은 결국 이런 악머구리의 목청이 우리가 살고있던 공간을 점했던 이유 없는 시대였다.

순박한 정의홍의 내면은 이런 시대상황에서 변모의 의식을 채운다.

> 솔직하게 말하여 첫시집 『밤의 幻想曲』 무렵의 나의 작품 경향은 예리한 감각의 표출과 이미지 탐구에 주력하였으나 유신독재와 전두환 군사구테타의 영향으로 나도 모르는 사이 창작방향의 대전환을 이루게 되었다. 국가비상시에 있어서의 시의 사명은 사회 현실에 대한 비판. 고발. 저항의 목소리를 담아야 한다고 나는 믿었기 때문이다. 시에 대한 이러한 갑작스런 시각의 변화는 또한 나에게 시에 대한 결벽증을 초래하게 하여, 시집을 선뜻 묶어낼 수 없는 원인을 제공했다.
>
> ──시집 〈하루만 허락 받은 시인〉의 「책머리에」 중

시는 고통과 아픔을 먹고 미학을 토해내는 역설의 대상이라는 말은 별로 특이한 말은 아닐 것이다. 그러나 이런 가정에 두 개의 대답은 가능할 것이다. 오히려 고통에 무릎을 꿇고 아름다움으로 승화하는 경우와 또 하나는 오히려 고통과 아픔에 맞섬으로 그 고통과의 처절한 대결에서 피흘리는 전사의 승리로 승화하는 경우라면 정의홍은 후자에 속하지만 피흘리는 전사의 영광은 따라오지 못하고 있다. 이는 언어가 앞서고 행동양식이 뒤따르지 못하는─ 시인과 대상과의 거리조정에 문제가 있다는 대답이 될 것이다.

서로가 서로를 믿지 못하는 불신의 시대와 살벌함으로 점철된 침묵의 사회에서 감시와 감시가 두리번거리는 회색시대를 지질리게 살아가는 모습이 투영된다.

우가 우리집 창문을
엿듣고 있다
검은 밤은 해적떼처럼
무섭게 와 섰는데
아내는 놀란 눈으로
제 마음을 쪼고
바람소린 이리떼처럼
으르렁거리며 분다
혹시나 남편도 가담되지 않았을까
걱정은 양철지붕에
소나기 내리듯 요란한데
겨우 잡은 직장마저
쫓겨나지 않았을까
광주소식이 꿀벌처럼
윙윙거리며 울고 간 뒤
풋참외도 주먹을 쥐고
익어 가는 밤
누가 우리집 창문을
엿듣고 있다

　　　　　──〈우리집 창문을 엿듣고 있다〉

　80년대의 비극을 시화한 작품으로 이른바 광주사태 비극이 꿀벌로
비유되면서 '풋참외'의 울분이 지질린 시대의 저항에 대한 합리성이
암시된다. 근 200여명이 죽었으나 죽인 자가 없고 죽은 자만 있는 비
극의 사건 속에 당시를 건너온 지식인은 신음으로 살아야하는─ 침묵
이 가로누운 시대였다. 아울러 죽인 자들은 권력을 장악했고 죽은 자
는 몇 푼의 보상금과 망월동 묘역에 이름 하나를 얻고 잠들어야 했다.

살벌과 참혹히 전라도 광주 땅에 외롭게 고립되었을 때 역사는 항상 정의로운 길을 잃고 헤매는 형상이 우리 앞에 다가왔었지만 정작 이를 명쾌하게 밝히는 사람들은 없었다. 정의홍은 이런 비극의 아수라를 가슴에 새기고 역사의 왜곡을 바로 잡아야 한다는 노래를 부르고 있다. 그의 노래는 물론 고등학교 선생으로의 한계가 있었으니 이는 '누가 우리집 창문을 엿듣고'라는 암시와 '해적떼' 그리고 '이리떼'들이 으르렁거리는 소리에 묻혀야할 비참한 운명을 걱정하는 모습이었다. 혹시 남편이 연루되지 않았을까의 걱정과 실직의 불안과 정보부라는 무서운 공간에서 인간의 권리가 짓이겨지는 경우는 흔했기에 겨우 '풋 참외도 주먹을 쥐는'일로 참담한 가슴을 닫아야 했던 시절이었다. 누군가 집의 창문을 엿듣고 있을 거라는 불안이 지배하던 시절에 민주라는 햇살은 항상 비를 맞고 있었던 초라한 모습이었다. 그러나 정의홍의 정신에는 역사를 바라보는 신념이 있었다. 이는 역사가 항시 대립의 순환을 유지하면서 지속하기 때문에 신념을 앞세운 시인의 가슴에 찾아오는 복음의 소리가 밝음을 지향하는 의식의 발동이었다.

학교 담벼락에 가득 차 기어오른
우리의 서럽고 억센 팔들

마음 하나로는 살기 힘든 세상에
무엇으로 텅 빈 마음
저들처럼 가득히 채워 주랴
봄이 와도 사람들은 성난 파도
파도가 되어 일렁이고
아직도 최루탄가스가 우리의 봄빛을
앗아가는구나
우리는 버릇처럼 눈물을 흘리지만
눈물이란 사랑보다 뜨거운 것

눈물만큼 뜨겁고 순수한 땅이 있다면
작은 소망의 집이라도 지을까 보다

———〈담쟁이 넝쿨〉에서

　시인 설정식은 <잡초>로 백성의 끈질긴 희망과 승리를 노래했다면, 김수영은 <풀>에서 맨 마지막 시어에서 '풀뿌리가 눕는다'로 영영 눕고 말았다. 적어도 뿌리의 존재는 다시 소생할 수 있는 희망이자 꿈이 깃들 수 있는 의미가 있기 때문이다. 정의홍은 집념과 승리의 에너지를 척박한 시멘트벽을 기어오르는 <담쟁이 넝쿨>에서 존재의 근거를 마련하는 혜안이 있다. 역사적으로 지배자는 항상 역동적이었고 군림하는 혜택을 누렸지만 역사의 불행을 불러들인 사람이나 역사의 굴곡에 앞장선 자들은 국민이 아니었고 지배자들이었다. 16살 짜리 유관순은 죽음으로 나라를 되찾자는 운동을 했지만 과거에 합격한 지식인 이완용이나 송병준은 나라를 팔아먹는데 앞장을 섰다. 이런 예는 역사를 소급할수록 더 많은 예를 만날 수 있다는 점에서 굴곡된 사회의 원인이 되고 있다. '우리의 서럽고 억센 팔들'의 이미지는 확실히 서러운 80년대의 눈물과 닿고 또 이런 억센 팔들의 힘에 의해 한국사는 새로운 장면을 연출할 수 있는 바탕을 마련할 수 있었다는 점에서 눈물의 시대였다. 10월 유신을 앞세워 선전했던 나팔수는 총장이요 교수였지 이름 없는 학생이나 백성이 아니었다. 더구나 최루탄가스를 마시면서 외쳤던 함성은 역사를 바로잡는 일에 다가오는 눈물이었고 서러움이었으나 이를 앞세워 저지한 지식인은 희소했었다. 이는 '순수한 땅'을 찾고자하는 젊은 사람들의 열정이었고 희망이었다. '학교 담벼락'이라는 이미지에서 현대사의 굴곡을 바로잡은 세력을 상징하는 의미로 정의홍의식의 전환은 나른한 시인의 목청에서 투사로의 시선을 바꾸려는 근거가 학교라는 공간으로 설정되어 있다는 점이다.

그렇다면 80년대의 암울은 현대사에서 어떤 이름을 헌사할 수 있을 것인가? 이는 치료해야 할 구체적인 대상을 설정하는 데서부터 비롯될 일이다.

아무리 모가지를 비틀고 손톱으로 짓이겨 보아도 돋아나는 놈이 있습니다. 저놈들은 그렇고 그런 놈들의 앞잡이들처럼 국경도 핏줄도 없는 모양입니다. 양심과 법을 모르는 게 아니라, 양심과 법을 휴지통에 구겨넣고 거만하게 거만하게 서 있습니다. 저 놈들을 바라보면, 울화통이 치밀어 어느 새 내 손가락은 사타구니의 성난 촛불을 목이 잘리듯 꽉잡고 오줌이라도, 오줌이라도 갈겨 보고 싶습니다. 이미 철늦은 밭이지만 지나간 추위를 솎아내기도 하고, 번덕스런 불만들을 모조리 캐내어 흙속에 묻어 버리기도 합니다. ……략…… 서로가 다정하게 웃으며 저 곡식들의 얼굴을 바라보고 싶습니다.

——〈김을 매면서〉에서

치료대상은 잡초라면 이는 곡식을 위해 시인의 마음이 분노하고 있다. 이는 '그렇고 그런 놈들'의 '앞잡이'와 양심과 법을 휴지처럼 주무르는 사람들이 구체적으로 증오의 대상이 된다. 물론 국경도 핏줄도 없는 '그렇고 그런 놈들은' 나라를 외세에 종속시키려는 지배자들로 암시되었고, 이들은 결국 잡초로 제거되어야만 할 대상이 된다. 이는 비단 유신과 80년대에 한하는 일이 아닐 것이다. 일제침략 이후 외세에 나라를 종속시키려는 자들이었고 해방이 되었어도 이승만은 이런 잡초를 국가의 중요자리에 앉히는 우를 범했고 또 지도자의 위치에서 권세와 행복을 누리는 사람들이었다. 그렇다면 이런 잡초를 치료하는 방법은 '솎아내기도'와 '캐내어' 흙속에 묻어버리는 방법이나 모가지를 비틀고 손톱으로 짓이기는 방법들이 동원되지만 끝내 어찌할 수 없는 노릇에 한할 때 시인의 가슴을 애타게 만드는 원인이 되고 있다. 이리하여 정의홍은 행동으로의 언어이기보다는 오히려 침묵으로 애태우는 언어를 가슴속으로 흐르게 하는 방법을 선택한다.

> 하고 싶어도 못하는 말을
> 나 혼자, 혼자서 어떻게 하랴.
> 우리가 모두 소낙비라면
> 차라리 천둥소리처럼
> 큰 기침이라도 하며 살아갈 것을,
> 말을 한다는 것은 살아 있다는 것
> 서로의 흐름은
> 빛깔이 같다는 것
> 추운 계절은 다 가버렸는데
> 나는 아직도 차가운 채로 몸살을 하고
> 피는 조금도 흐르지 않는구나
>
> ──〈사는 연습〉에서

정의홍이 대사회에 접촉하는 일단을 토로한 작품이다. 피흘리며 앞장서는 전사의 모습이기보다는 언어로 울분을 삭이는 내면으로의 노래를 부르는 방법을 선택하는 모습이 투영된다. 즉 '하고 싶어도 못하는 말을\나 혼자 혼자서 어떻게 하랴'의 어떻게 할 것인가의 방법을 모르고 분노하는 길을 한탄하는 데서 정의홍의 분노는 좀더 적극적인 방도를 선택할 수 없는 자신의 문제가 드러난다. 여기서 '나 혼자서, 혼자서 어떻게 하랴'의 묘연한 방법론에 빠져버린 정의홍의 근심은 결국 행동하는 지성인이 아니라 한탄하는 지식인의 나약한 모습이 드러난다. 이는 '우리 모두가 소낙비라면'의 가정법을 충족할 수 있다면 정의홍의 발성은 더욱 크게 소리칠 수 있지만 감시와 회유에 지질린 땅에서 천둥소리와 큰기침을 기대할 방도가 없기 때문에 속으로 흐르는 함성을 잠재우기 위해 비유의 언어를 동원하고 있다. 이는 겨울의 매서움이 움츠린 가슴을 강타하는 회색시대를 살아가는 유일의 방법은 침묵으로 지나가는 얌전한 나그네의 행색이었으니, 소리지르고 대드는 일은 직장을 잃어버리는 일이었고 이는 곧 생존의 방법에 숨통을 조이는 길이었기에 박수를 치라면 그렇게 위장하였고, 울분을 안으로 쏟아 부으면서 탄식으로 지새운 시대의 노래가 정의홍의 아픔이었다.

4. 언론과 민주추구

80년대의 특성은 언론이 철저하게 길들여진 시대였고 이런 현상은 백성을 다스리는 새로운 메카니즘으로 이용되었던 시대였다. 언론인들이 정치에 발탁되어 그들의 유창한 시대분석이나 언어가 독재자의 식탁에 구미를 맞추는 방편으로 이용되었고 국회의원이 되고 장관이 되는 호사를 하사 받는 시대였다. 일찌기 무관의 제왕이라는 말은 박해의 사슬로 변했고 말을 잘 듣느냐 아닌가의 잣대에 따라 언론의 역할은 카멜레온의 변신을 자유자재로 행했다. 정직이 눈물 흘리는 시대에 지켜야할 파수꾼들은 모조리 음모의 필봉을 들고 수군거리는 대열을 따라 흩어지는 모양들이었다.

> 무엇인가 외쳐야 할 때다
> 바람은 시방도 무서운 빛깔로 불어오고
> 죽어 가는 네 이름을 되살리기 위해
> 지금은 빛나는 활자로 스크럼을 짤 시간
> 진리의 말씀으로 행하고
> 지성과 눈으로
> 뜻을 밝힐 줄 아는 키가 큰 나무
> 키가 큰 나무로 자라게 하라
>
> ──〈무엇인가 생각할 때다〉에서

「K기자에게」라는 헌사가 붙어있는 시로 언론이 일어서야 한다는 당위성을 외치고 있다. 무서운 빛깔과 죽어 가는 네 이름 위에 무언가 스크럼을 짜고 일어나는 노래를 불러야 한다는 현실 진단은 당연한 것이었지만 정작 이런 당위성에 따른 의로운 언론은 없었고 오히려 간을 맞추고 조미료를 치는 언론이 기승을 부렸고 신나게 횡행했었다. '반성할 때다'와 '나이를 먹었으니 이제 일어나야 할 때를 주장하지만 더는 어쩔 수 없다고 체념하는 마음으로 '쓸쓸한 박수를 꽃잎처럼 날린다'라는 모습으로 발언의 강도를 약하게 낮춘다.

현대의 매스컴은 대중문화를 선도하는 역할뿐만 아니라 막강한 위력으로 제3의 지배권을 형성하는 것이 현실이다. 다시 말해서 또다른 정부와 같은 위력을 가지고 국민 앞에 군림한다. 이들이 굴곡되거나 왜곡의 잣대를 휘두를 때, 국민들은 어쩔 수없이 믿고 따르는 맹위를 부정하는 사람들은 없을 것이다. 그만큼 매스컴의 힘은 막강하다. 이런 강력한 파위의 대상이 권력자와 야합을 할 수 있을 때 어쩔 수 없는 어둠의 시대는 연출되기 마련이다. 정의홍이 '쓸쓸한 박수를 꽃잎처럼 날린다'의 암시도 언론의 기능이 심하게 탈선한－언론을 이용해서 국회의원이나 정부의 각료가 되거나 사장이 된다는 것은 이미 타락의 길을 넓히는 것과 같은 경우를 보아왔기 때문에 커다란 기대치를 부여할 수 없는 진단으로 보인다. 그러나 문학은 사회제도나 기후 혹은 지리적인 특수성에 따라 문학의 특성에 영향을 끼친다는 헤르더나 스탈부인의 주장이 아니더라도 사회 정치적인 영향에 따라 일정한 개성을 나타낼 수밖에 없다. 왜냐하면 문학은 환경이라는 요소에 민감하게 반응하는 심리적인 것과 상관이 있기 때문이다. 이는 문학을 제작하는 인간의 삶을 떠나서 근거를 마련할 수 없다는 것과 같을 것이다.

지식인의 특성은 자기변명에 유달리 강하다는 점일 것이다. 이는 신라가 영토확장을 마친 이후 이 땅에는 외세지향의 부류들은 거개가 지식인이었고 또 나라의 위기에 몸을 사린 자들도 거개가 지배계층이었다면 불행한 일이다. 그러나 임진왜란이나 병자호란 혹은 근세에 6.25 등을 되짚어보면 위기를 구출한 주동층은 서민들로 변명 없는 조국애를 키웠던 사람들이었다. 지식인은 몸보신과 기회를 잃지 않기 위해 성쌓기를 도모하면서 자기보신에 철저한 삶을 살아왔다. 현대에 와서 대학의 특성은 정체와 편견 그리고 자기 편가르기와 괄호 안에 넣기라는 면에서 정체성을 지속하고 있다.

> 참 좋은 이름이다
> 데모하는 학생을 둔 교수에게도
> 계속 준다는 게 이상하다
> 못된 구호를 듣고도 모르는 척,
> 눈 속의 최루탄까스만 씻어내는
> 그런 교수는 제외되어야 한다
>
> ——〈학생특별지도비〉에서

80년대의 풍속에서 교수는 두 가지의 역할을 수행했다. 독재자의 비위를 맞추기 위해 학문의 줄기를 꾸미는 분장사의 역할로 유신을 혹은 한 시대의 아픔을 외면하고 권력자의 그늘아래서 영화와 대학문화의 질을 분탕질한 면과 침묵으로 명철보신의 그날 그날의 맴돌기의 일상을 살아온 부류가 있다. 시대의 공간을 벗어나지 못하는 일면과 대학이라는 공간에서 사회라는 또다른 공간을 연결하는 학문적인 노력이 있어야 하지만 이런 역할에 역동적인 교수들은 없었다. 결국 데모를 막아달라는 미명으로 주는 '학생특별지도비'는 회유의 일단이었지만 이를 거부한 교수들은 없었다. 이는 정부정책에 군말없이 따라오

라는 입막음을 위한 약인 셈이다. '못된 구호를 듣고도 못들은 척'에서
특별지도비는 약효를 나타내는 증거가 되기 때문이다. '이 무서운 시
대에\팔자에 없는 교수라도 되어\그 잘난 비평론을 한답시고\거짓 강의
를 한다' <서낭당>과 같은 피흘리는 고백으로 지식인의 무능력과 위
선의 자책감을 괴로워하고 있다. 물론 행동이 준비되지 않는 울분이라
는 것도 지식인이 갖는 또다른 아픔인 것도 사실로 보인다. 그러나 이
런 생각을 갖고 있다는 것만으로도 무사하게 살아가는 사람보다 역사
의 진전을 기대할 수 있는 요인이 된다.

정의홍은 갈증을 느끼면서 시대의 강을 건너는 고통을 안으로 다스
린 시인으로 보인다. 이는 그가 살고있는 현실에 대해 냉엄한 통찰의
시선을 확보하였기 때문에 여느 사람들이 바라보는 시선과는 다른 각
도에서 사물을 관조하기 때문에 가능한 일로 생각된다.

> 물은 흘러서 목마른 자에게
> 마음을 끓이며 그리워하는 자에게
> 물은 흘러서
> 끊어진 핏줄들을 뜨겁게 이어주고
> 모두들 높은 곳만 향해 몸부림치지만
> 너라도 빈 들녘 혼자 서서
> 알몸으로 우는 풀잎소리 들으며
> 낮은 곳으로
> 낮은 곳으로만 흘러가야 한다
>
> ——〈물은 흘러서 목마른 자에게〉중

정의홍은 나라를 생각하는 마음이 두 개의 방향을 설정하고 있다.
첫째는 남한에 갈증 없는 사랑을 갈구하고 또 남북이 하나로 이어지
는 것을 희구하는 형태로 물이라는 비유를 동원하고 있다. 서로가 양

보와 겸손이라는 미덕을 갖출 때—이는 물이라는 속성에 가까워질 때 비로소 결합의 완벽성을 이루어질 수 있다는 발상이다. 노자가 上善若水라는 말로 겸손의 비유를 가르친 것도 '낮은 곳으로 흘러가야 한다'는 인간의 이치를 암시한 것이다. 서로를 고집하고 서로를 헐뜯는 것도 물이라는 용해에서는 아무런 불평도 나타날 수 없다는 점이다. '빈 들녘에 혼자 서서'의 고독한 발성으로 시대의 아픔을 고민하는 정의홍의 마음에는 빛으로의 탈출구를 발견하지 못한 고뇌의 모색이 진행되고 있다. 물론 정의홍의 시에서 남한의 문제를 거론하는 요란한 목청은 있어도 북한의 인권과 독재를 거론하지 않고 있다는 것도 짚고 넘어가야 할 문제일 것이다. 살벌하고 암담한 독재의 시대일지라도 북한의 지옥과는 비교할 수 없는 균형의 문제가 결코 생략으로 처리할 일이 아니기 때문이다.

민주라는 이름은 고통을 지불하고 얻어지는 삶의 한 방편일 뿐이지만, 인류사에서 가장 합리성으로 인식한다. 이는 모두를 만족시킬 수 있는 제도일 뿐만 아니라 삶의 질을 인간의 욕망과 결부시키면서 생산의 극대화로 이어지기 때문이다.

> 사랑이 그리움을 먹고 자라나듯
> 민주라는 이름은
> 고통을 먹으며 자라나는 것
> 기나긴 겨울이 하도 지루해
> 나사 빠진 생활을 털어내 버리고
> 눈 내리는 벌판을 방황해 본다

———〈하루만 허락 받은 시인1〉에서

정의홍의 가슴속에 간직된 민주라는 이름은 절대의 목표로 설정된 이름이기에 '그리움'이라는 상징으로 설정되었다. 이 그리움은 고통과 겨울이라는 긴 고난을 겪고 난 뒤에 맞게되는 「하루 만」의 짧음을 감내하려는 결의를 신념으로 채우고 있다. 이런 신념은 방황과 시련의 좌표가 하루만 살다가는 하루살이의 '불빛추구'에 부러움을 갖는다. 물론 정의홍의 신념은 정작 불 길속으로 뛰어들 수 없는 한계를 가졌다는 점에서 다소 공소함을 벗어나지 못하는 일면도 있다.

5. 전통의 묵수와 현실비판

전통은 살아온 시간의 수직적인 이름이라면 이는 자기의 존재가 내포된 개념을 뜻한다. 정의홍은 「진단시」동인으로 활동하면서 주로 전통적인 사물에서 현대적인 풍자를 접합하는 새로운 해석에 집착을 보였다. 이는 함께 가면서 더불어 발견하는 전통 찾기이었지만 정의홍의 경우는 보다 현실의 함량을 전면에 많이 포진하면서 전통의 줄기를 찾아 나서는 형식을 취하고 있다.

현대라는 의미는 언제나 과거와의 타협이거나 긍정의 바탕 위에서 특징을 드러내기 마련이다. 그러나 전통의 묵수는 자칫 외곬로 흐를 염려가 있고 또 전통으로부터의 일탈은 경박함과 특징 없는 얼굴을 그릴 염려가 있다. 이 둘의 조화는 결국 미래로 가는 길을 넓히는 일이라는 점에서 일시적인 것과 영구적인 것을 함께 인식하는 의식이나 혼자서 완전한 의의를 갖지 못한다는[5] 발상에서 자아를 발견하는 몫으로 처리된다. 서낭당·장승·수로부인·등잔불·말뚝이·온달·배비장·대금산조·도깨비 등에서 결합된 신. 구의 조화는 결국 한국문학에 정체성을 확립하는 문제와 일치된다는 점에서 의미를 부여하게 된다.

---

5) T.S.Eliot, 이창배역 <전통과 개인의 재능>, "T.S. Eliot문학론", 정연사, 1957. P.15

이젠 그 잘난 얼굴로
창녀가 되었다
오랜 세월 그대가 나의 뿌리였을 때
애가 멍이 든 한숨으로
그대 이름을 애타게 불렀을 때
첫날 밤 새색시처럼
부끄러운 몸짓으로 다가왔었다
이젠 그의 음부도 썩어버렸다
침략자와 독재자
그 못난 자들을 거부하지 못하고
병들고 약한 자들의 마음만 흔들어 놓는
이젠 타락한 창녀가 되었다

———〈장승에게〉중

　이른바 반만년을 지켜온 우리가 어느 새 외세의 그늘에서 벗어나지 못하고 있다는 것은 새삼스러운 일은 아니다. 미국이라는 그늘 속에서 독재자의 실행을 꿈꾸었고 또 썩어진 외래문화에 중독 되어 전통적인 양식을 파묻어 버리는 일이 다반사였다. '음부도 썩었다'라는 지조의 문제는 곧 식민지의 허기진 백성의 슬픔이자 우리의 자화상이었다. 현대라는 이름으로 다가온 열강의 틈새에서 자존의 역사를 잃고 그늘아래 살고있는 것을 당연하게 여기는 굴곡의 세월이 우리 자신들의 문제라면 중심을 회복하는 일이 선행되어야 할 것이지만 그런 조짐은 어디에도 없다는 점에서 장승은 이미 역사 속에서 슬픈 눈물을 흘리는 모양으로 부각된다.

누가 나를 열녀라고 불러줄까
내 욕심, 내 가문 먼저 챙기기 위해
당신을 처음 만난 바로 그 날밤

그렇게도 쉽게 그것을 바쳤는데
누가 나를 열녀라고 불러줄까

———〈춘향이가 이도령에게〉중

춘향이의 정조를 계산된 꿈의 실현으로 해석, 변질된 아픔을 꼬집는 시이다. 민족의 여인으로 부각된 춘향의 모습은 이미 신분 상승을 위한 도구로 전락되었고 또 그런 일에 도덕의 옷을 입히기에도 어지러운 사회풍토를 바라보는 시인의 시야는 흐리다. 이미 우리 사회는 이질적인 외래문화에 젖었고 이를 무감각으로 바라보는 중심 이탈의 사회에 춘향의 곧은 정조를 기대할 사람도 없어졌다.

줏대를 상실한 문화는 사상이 없는 ─얼굴없는 몸통으로 비춰진다. 정치가들이 주장하기 훨씬 전에 이미 우리의 문화의 줏대는 세계화에 무리가 없다는 판단은 비극이다. 이는 전도된 의식을 갖고 내 것이 없는 「따라가기」의 추종자가 되어버리기 때문이다. 우리 문화는 누군지도 모르는 사람을 따라가는 나그네의 문화이다. 다시 말해서 정조가 흐릿한 국제적 창녀의 비극적인 이름은 세계열강의 틈새에서 자존을 세우려는 탈출의 의지가 부족하다는 결말로 돌아간다.

사회의 변화는 진보라는 개념에서 볼 때는 당연한 일이다. 그러나 변화가 어떤 진로를 선택하는가는 일정한 방향의 설정이 있어야 한다. 그렇지 않을 때는 지리멸렬한 형상으로 일그러진다. 우리의 사회는 신양반전을 형성한 세력─말뚝이의 사설에서 비뚤어진 현상이 도마에 오른다.

굿거리에 맞추어 점잖은 척 춤을 추는 저 양반님네들 좀 보세요
부동산 투기 증권 투기 그것도 부족해서, 놀부심보로 양반이 된 저분들의 춤사위를 보아주세요

———〈말뚝이 제1경 양반놀이〉중에서

군림하고 지배하고 또 수탈을 합리로 위장하는 양반은 역사의 전면에서 역동적인 역할로 서민 앞에 군림했지만 국가의 위난이 닥쳐오면 은신의 표정으로 숨어 들어간 배신의 이름이었다. 물론 깨어있는 자들이 없는 게 아니었지만 역사의 중심을 지켜온 사람들은 명백히 '점잖은 양반'의 이름이 아니었으니 ─ 학생과 이름 없는 사람들에 의해 현대사의 이름을 지녀왔다.

장면을 현대로 돌리면 부동산 투기와 증권투기로 신양반을 형성하였고 또 지도자로 둔갑하는 역설의 현상을 꼬집고있는 ─ 대사회의 불합리에 화살을 돌리는 정의홍의 언술은 차라리 자학적인 고백으로 들린다.

동인지의 특색에 부합하기 위해 일정한 테마시를 쓸 경우 대부분 사물의 특성을 나열하는데 그치는 것과 사회적인 문제와 결부될 때 다소 과장된 느낌도 없는 게 아니지만 현실을 지나치게 부정적인 시선으로 바라보는 점은 소박한 시인의 감성으로 치부할 수 있을 것 같다. 불합리와 모순은 사회를 총체적으로 바라볼 때 상존하는 부분이지만 전체로 바라볼 때와는 다르다는 것도 염두에 두어야 하기 때문이다. 이점에서 한 편의 작품에 투영된 시인의 생각은 역사 속에 보편가치를 얼마나 함유하고 있는가와 연결된다고 본다.

6. 분단과 화해

통일은 지상명제이지만 어떻게 하나가 되는가는 선택되어야 할 문제일 것이다. 왜냐하면 신라가 이른바 「삼국을 통일했다」는 잘못된 말은 엄밀하게 통일이 안된 삼국의 정립보다 못하기 때문이다. 굶어 죽으면서도 지상낙원을 선전하는 공간에 민족구성원으로서 애정을 보내는 것은 당연하지만 동조의 뜻이라면 무가치한 일이리라. 그러나 통일은 구차한 이념의 껍질 속에 갇히거나 아집이라는 패각을 뚫지 못하고 지배자들의 미사여구에 밀리는 형상으로 세월을 넘어갔다. 이런 반세기의 신음은 항상 내일이라는 좌표에 묻히거나 강대국의 논리에 짓밟히는 명분 앞에 사그러들게 된다.

> 모든 것을 의심할지라도
> 생각 자체는 의심할 수 없구나
> 물은 흘러야 썩지 않고
> 길은 오가야 길일 수 있거니
> 왜 우리는
> 경의선 철길처럼 죽은 듯
> 죽은 듯 누워만 있는가
> 조국이여 우리에게
> 물을 다오, 길을 다오
>
> ——〈휴전선〉

해방과 더불어 갈라진 나라, 한 핏줄이라는 같은 줄기에서 너는 나를 욕해야 하고 또 나는 너를 비난해야 서로가 살 수 있다는 이상한 논리의 시발은 이데올로기라는 그물이었다. 이념이 피보다 진한 것도 아니고 또 이념이 민족의 이름보다 앞서는 것도 아닌데 서로를 원수로 치부하면서 패거리 싸움을 일삼고 오랜 시대의 강을 건너왔다.

문제의 핵심은 타의적인 것에 있기보다는 오히려 우리 자신의 문제와 책무로 돌리는 것이 타당한 일이다. 미국을, 러시아를 아니면 일본과 중국을 탓하기 전에 우리 자신의 문제로 돌려야 통일의 길은 열린다. 서로의 아집과 명분을 민족 앞에 버릴 수 있을 때 비로소 화해의 길은 열리게 된다. '조국이여, 물을 다오'를 갈구하는 정의홍의 마음에는 통일에의 열망이 갈증으로 변했다.

휴움이나 밴텀은 공리주의적인 생각으로 정치에서 정의의 기원을 사회의 利害에 두었다. 이런 견해는 서로가 정의라는 미명으로 본질을 훼손하는 이유를 만들었고 맹목의 길을 넓히는 結末에 이르러 결국 민족의 이름을 더럽히는 역사를 만들고 있다. 민족의 이해를 따지는데 열성이었다면 애국자의 이름으로 남겠지만 자신과 도당을 위해 사연을 만들게 되면 ─아니면 강대국의 사주에 의해 권력을 유지하는 수단으로 정의라는 이해를 고집한다면─이런 가정은 어김없이 정확한 사연으로 오늘에 이르렀다.

> 북에서 피와 눈물을 실어 나르다가
> 남으로 흘러가도 되는지 잠시 망설이다가
> 수줍음 타는 첫날 밤 신부처럼
> 마음은 가도 쉽게 안길 수 없는 신세를
> 밤새도록 흐르며 한탄하다가
> 남몰래 남몰래 문산까지 숨어오다가
> 외국산 개들이 아무렇게나 내 갈긴
> 그 더러운 배설물도 받아먹다가
> 끝내는 외세에 강간당한
> 부끄러운 알몸을 씻어내려 하다가
> 아, 허리마저 잘려나간 강이여
> 언젠가는 강가 파아란 잔디 위에
> 눈부시게 뜨거움을 나누며 끌어안다가
> 눈부시게 흘러갈 우리의 강이여
>
> ──〈임진강〉

강은 구분 없이 하나로 만드는 스밈의 이미지 혹은 화해의 암시를 갖고 유장한 시간을 점령한다. 분단의 현장을 지키고있는 임진강은 분단과 통일이라는 두 개의 의미를 통곡하는 공간도 될 수 있고 또 하나로 통합하는 증언의 공간도 될 수 있는 상징의 강이다. 어떻든 남과 북으로 대치한 임진강은 무궁한 사연을 담고있지만 말없는 민족의 아픔을 담고 건너지 못하는 슬픔의 기점이 된다. '피와 눈물'의 이유는 오로지 우리 자신의 문제이지 임진강의 탓은 아니다. 그러나 외국산 개들─좀 지나친 표현이다. 왜냐하면 이를 불러들인 것도 우리 자신의 문제이지 먹이를 찾아 두리번거리는 개들의 잘못은 아니기 때문이다. 개들은 으레 먹이를 찾아 들판을 헤매는 약육강식의 원리는 그들 원죄는 아니다. 그러나 외세에 의존하면서 우리의 지조를 팔아 넘긴 이유는 우리자신의 서러움이자 고쳐야할 문제의 본질이다. 결국 정의홍은 허리 잘린 강가에서 '서로의 뜨거움을 나누며 끌어안다가'에서 눈부시게 흘러갈 「우리의 강」이라는 바램으로 하나이기를 바라는 희망이 세워진다. 이는 '언젠가는'이라는 가능의 문을 열어 놓음으로써 미구에 도달할 수 있는 화해의 이름을 예약하는 의미를 갖는다. 이는 <서로 눈짓하기>로부터 단초를 마련해야 한다. '이제 우리는 서로의 \고통을 보고 눈짓을 해야겠어요\설익은 곡식들에게도 눈짓을 해야겠지요\진한 가슴으로 눈짓을 해야 겠어요'처럼 눈짓이라는 화해의 제스처에서 동질성을 확인하는 이름으로 돌아가야 한다는 방법론은 '서로의 뜨거움을 나누며'라는 경지에 이르는 방도가 될 것이다. 이는 꿈에도 그리는 통일이라는 하나되기의 발상이고 또 하나여야만 한다는 당위성을 말하는 근거가 될 것이기 때문이다.

7. 나가면서

시는 의식의 흐름을 포착하여 인간의 아름다움을 긍정으로 채색하는 한 편의 그림이다. 불행에서는 희망의 노래가 이어져야하고 절망에서는 생의 길을 만드는 논리가 채워져야 한다.

정의홍의 시는 회색시대의 암담한 처지를 너무 절망의 눈으로 분석하는 안목은 있지만 이를 해결하는 방도의 조짐은 없다. 다시 말해서 대상의 본질을 헤아리면서 분노하는 지식인의 특성은 있지만 이를 해결하는 길의 제시에서는 침묵과 같다. 그러나 70년대의 암담한 유신의 망령과 80년대의 독재의 사슬에서 이것들을 부인하는 의사를 표출한다는 것은 확실히 범상한 용기가 아닐 수 없다. 아울러 민중문학의 제조자들이 비문학성의 소리지르기 게임이었다면 이들의 소득은 거의 전무했다는데서 정의홍의 시적 발상은 용기이자 신념이 아니면 불가능한 점이다.

그러나 사실을 육화하는 대상의 관찰에는 다소 지나친 판단이 앞서는 것과 감정을 앞세워 분노의 그림자에 밟히는 경우도 없지 않지만 정의홍의 사심 없는 순수의 시정신에서는 오히려 누가 되지 않는 느낌이다.

5. 별을 기다리는 마음과 시인의 정신
—김지향 19시집 『밤, 별이 혼자 보고 있는』을 중심으로

1. 머리의 말

　시는 의식의 깊은 층을 뚫고 빛의 세상을 방문할 때 환영을 받겠다는 것도 아니고 또 無時로의 바람에 사라지는 운명을 예감하지도 않는다. 이는 인간의 운명과 같이 오로지 삶의 의미를 추구하는 목표에 시인의 생명을 걸고 무한의 여행을 결행하는 길을 터벅이는 임무에 머문다. 어느 길로 자기의 목표를 결정하든 삶의 質과 여기에 따른 인생의 내면은 다름이 없을 것이다. 인간은 살고 있는 현재의 자리에서 그가 살아온 과거와 미래를 함축하는 발성을 갖게 된다. 어떤 경우가 되든 시인은 그가 살고 있는 세상에 대한 삶의 의무와 권리의 카드를 갖고 적절하게 사용하면서 살지 않을 수 없다는 데서 고정된 운명적인 것과 새로운 변화를 위한 길이 상정된다. 시인은 음풍농월의 「노래하는 자」가 아니라 노래를 만드는 제작자의 길에 충실할 때 생동감의 인생은 시간의 벽을 극복하게 될 것이라는 말도 제작자의 책무에서 비롯된다.

　1956년 첫 시집 『병실』이후 19권의 시집—38년의 긴 詩歷의 길을

걸어 온—김지향의 시는 항상 새로운 목소리를 채우기 위해 목청을 가다듬는 「기다림의 시」이자 다음 노래의 맛은 무엇인가를 기다리게 하는 속성을 가지고 있다. 달리 말하면 끝없는 길을 터벅이게 하는 당나귀 앞에 당근의 속성이 예술의 경우에 얼마나 진지한 시인의 속성에서 나오느냐의 고혈을 특징으로 한다는 말이다.

19번째의 시집인 『밤, 별이 혼자 보고 있는』은 시대의 위기감과 현대를 살아가는 필연적인 고민들의 엉켜 있는 **환경적인 관심**이 주조를 이루어 시집의 전반을 채색하고 있다. 이런 발상은 긍정적인 예감이기보다는 오히려 부정적이며 난감한 환경의 요인들이 삶을 호위하는데서 나온 불안의 문명적인 현상이 압도적이다. 5부 63편의 시에 들어 있는 목소리는 모두 우울한 색감으로 분위기를 장식하고 있다. 더불어 시의 토운이 상당히 긴 호흡을 지향하면서 「하고 싶은 말」들의 흐름이 다양하지만 문명의 파괴에서 오는 인간들의 우울한 모습이 김지향의 정서를 충족하고 있다. 이런 현상은 현대를 살아가는 사람에게서 발견할 수 있는 무기력과 허탈의 양상을 대변하고 있는 느낌을 남긴다.

또 다른 김지향의 시적 특징은 대상을 시인의 내면으로 불러들여 육화의 방편으로 자기 가치의 틀을 마련하는 인상이다. 이는 오랜 시 작업의 결과에서 시를 단순한 언어의 조립으로 생각하지 않고 4차원의 숙명적인 물음에 귀속시키는 철학의 시작이 나타난다는 사실이다.

> 혹자는 내 시에서 '지겨운 세상 싸움을 또 본다'며 신경질을 낸다. 그러나 그것은 근시안적인 평가이거나 오독이 아닐까. 세상 싸움의 재현이 아니라 시대 고발이며, 먼 훗날 시 한편으로도 당시대의 양상을 조망해 볼 수 있는 측면도 구비하고 있을 때, 오히려 존재 가치가 있지 않을까
>
> ——「책머리에」중 〈나의 체험적 시관〉에서

시인의 말은 스스로의 시에 대한 지향점을 시사한다. 즉 시대의 불합리를 고발하는 것은 곧 시인이 살고 있는 존재 자체의 물음이자 존재의 확인을 거치는 본질적인 작업이기 때문에 그만의 출구를 가진 당위성으로 다가온다. 시인도 세상을 관조하는 존재가 아니라 세상을 살고 있는 사람이기에 세상에 대한 고뇌와 허무에 대한 발성은 당연한 사실이다. 다만 이런 발성이 얼마나 공감의 폭으로 독자의 뇌리를 점령할 수 있는가에 따라 긍정의 농도는 달라질 수 있다. '시대를 고발'하는 주조의 시에 의미를 두고 있는 김지향의 정신 추이는 현실을 지배하기 위해 혹은 소유하기 위해 안달하는 마음보다는 시대를 살아가는 사람으로의 완곡한 감수성이자 깨어 있는 사람의 순수한 소면(素面)의 표정과 그런 순수 질감을 느끼게 한다. 물론 시의 소재로 선택하고 있는 관심의 분야가 여성적인 나른함보다는 좀더 시야가 넓다는 점에서 이번 시집의 입장은 관념을 벗어나는 의외성조차 감당하는 느낌이다.

또 다른 시의 내면은 현실에서의 눈을 들어 죽음이라는 어둠에 흥미를 느끼는 양상이다. 이는 나이와 시의 깊이와는 떨어질 수 없는 변화라는 점이다. 젊은 나이에는 죽음을 외면하지만 점차 원숙한 나이가 되면 현실 세계가 아닌 다른 세계에 관심을 갖게 된다. 이런 징후가 김지향의 최근 시에 관심을 집중하는 느낌을 배가 한다. 여기서 공중으로 가는 길이나 꿈, 새 혹은 밤 등의 시어가 주조를 이룬다. 이는 김지향의 나이에서 오는 삶의 원숙이거나 달관의 느낌과 떨어질 수 없다는 인식을 남긴다.

김지향 시의 외형적인 특징은 산문적인 공간으로 길을 찾아 나서는 듯 점차 정서의 길이가 과거와 다른 느낌을 보여준다. 이런 현상은 길어지는 경향과 짧아지는 경향의 두 가지의 특징에서 보다 현실적인 관심의 언어에 대한 속성이고 후자는 현실을 점차 외면하는 경우에서 만나는 점으로 볼 때, 어느 것이 우선한다는 경중은 無意味하지만, 시인이 살고 있는 삶의 여러 유형들과 상관을 갖기 때문에 한가지만의 공식이 적용될 수 없는 사실이다.

또 다른 외형의 특징은 시의 결미에 종결어미를 거의 모든 시에 찍고 있다는 점이다. 물론 시는 하나의 부호나 마침표조차도 의미를 수반한다는 것을 모를 리 없는 일이지만 이는 시인의 품성과 밀접한 상관을 갖는다. 시의 언어는 곧 시인의 생을 대변하는 종합적인 상징으로 나타나기 때문에 시인의 시어와 시인의 정신적인 결합의 결과는 일치하게 된다. 물론 시는 이미지와 이미지의 결합에서 전체의 분위기를 만들지만 전체의 분위기를 이루는 詩語의 낱낱은 시인의 정신 속에 부유하는 시인의 품성과 밀접함을 분리해서 생각할 수는 없다.

2. 절망 만나기

산다는 일에 절망은 인간에게는 당연한 귀결이다. 왜냐하면 사는 일 자체가 곧 불합리의 광장을 방황하는 일이자 모순을 벗어날 수 있는 탈출로가 차단되었기 때문이다. 절망에는 개인적인 혹은 신변에서 만나는 절망이 있는가 하면 사회적인 상황에 따른 절망도 있을 수 있다. 김지향의 경우는 주로 사회 상황, 문명에 따른 절망이 대부분을 이루고 있다는 점이다. 이런 현상은 문화의 발달에 따른 필연적인 현상일 뿐만 아니라 문화의 발달은 또 다른 문제를 파생하면서 역사 진전의 바퀴를 움직이게 된다. 인간의 역사는 모순의 축적이요 또 그 모순을 해결하기 위해 끝없는 모순을 잉태하면서 살아가는 길에 있다. 만약 이런 모순을 벗어날 수 있다면 이는 인간의 세상이 아니라 공상으로 찾아가는 길일 것이다. 어떻든 인간이 모순에 고뇌하고 저항하면서도 그 모순을 외면하지 않고 정면으로 저항 할 수 있을 때 인간의 역사는 새로운 변화를 맞게 될 것이다. 김지향의 관심은 이런 인간의 절망이 인간에게 무슨 의미를 갖는가에 대한 본질을 회상하게 한다.

> 통속적 사건이 통속적으로 매듭되어야
> 동의재청으로 숨을 돌리는 이 세대에
> 통속의 저 쪽에 눈을 던지는 첫번째 남자의
> '저 쪽'의 삶은 무엇일까
> 우리가 일심으로 풀이해야 할
> 불가사의 바로 그것.
>
> ──〈삶, 그 불가사의〉에서

산다는 일을 모두 아는 자는 절망의 震源을 알 것이지만 삶의 본질을 결코 모두 이해하거나 알 수는 없다. 이는 삶이 곧 인간 자신의 본질이고 또 본질은 모순의 함량에 젖어진 상태를 벗어날 수는 없기 때문이다. 김지향은 삶의 원인을 불가사의라는 모호 속에 집어넣고 여기에 새로운 변화의 장면을 신파연극의 장면으로 바라보는 戲畵的인 시선을 확보한다. 여기와 저기라는 공간의 문제는 더이상 해답으로 손에 쥐기는 불가능하기 때문에 이를 연극으로 想定한 관심이 결코 부족하다는 인상이 아니라 보다 적극적인 관심의 농도로 換置되면서 삶의 이유를 찾아 나서는 것이 삶의 궁극에 대한 관심으로 보인다. '우리가 일심으로 풀이해야 할'의 작심은 곧 삶의 본질에서 만나는 인간의 의지로 귀속되기에 김지향의 詩心은 곧 인간의 본질 추구에 그리움을 남긴다. '저 쪽'과 이쪽의 대칭은 곧 오늘의 나를 확보하는 구체적인─ 각론의 확실성을 담보하기 위한 관념으로 남기에 여백의 공간은 여기에 집중되는 인상을 남긴다. 그렇다면 「여기」의 문제는 불가사의에서 오는 절망의 얼굴로 다가온다.

오늘도 길은 낯선 곳으로 뚫고간다

시간은 날마다
내 발에 노끈을 묶어 낯선 길로
끌고 가지만(낯선 시간에 희망을 걸고)
나는 따라가지만
그 곳도 똑 같은 세상이구나

———〈다시 또 절망에게〉중

　　살아 있는 인간은 절망의 옷을 입고—이를 벗어날 수는 없다. 절망의 심연에서 자기를 확인하는 方便으로 오늘을 보내고 또 이런 반복에서도 끊임없이 도전의 연속성에 운명을 맡긴다. '낯선 길로\ 끌고'의 피동적인 문제는 인간이 숙명적으로 감당할 수밖에 없는 슬픈 일이지만 나그네의 낯선 감정은 결코 김지향만의 문제로 작아지지는 않는다. 그러나 '그곳도 똑같은 세상이구나'의 자각에서는 다르다. '오늘도 길은 낯선 곳으로 뚫고 간다'라는 김지향의 정신적 방랑의 길은 인간이 어떻게 살고 있는가를 뜻하는 숙명적인 예감을 덧붙인다. 더구나 '낯선'의 이방성은 누구도 벗어날 길 없는 필연의 현실성과 닿고 있기에 '낯선 시간에 희망을 걸고'의 예상은 항상 절망의 심연 혹은 그런 상태로 자기의 운명을 깨닫게 된다. 이때 절망은 인간을 깨우치는 길을 제시하는 구체적인 조짐이면서 인간에게 새로운 길을 찾아가게 하는 더듬이의 역할을 감당하게 하면서 안테나의 기능을 수행한다. 김지향의 시에 절망은 곧 새로운 인간의 운명을 만나게 하는 점에서 희망의 역설적인 시어로 상징된다.

3. 어디로 갈까

사는 일은 「어디로」에서 「어떻게」를 충족시키는 방도를 연구하게
하는 길찾기에 다름이 아니다. 어디로가 공간을 뜻하고─공간은 인간
의 육신이 머물 수 있는 용적의 문제이면서 어떻게는 공간의 확보를
위한 구체적인 방법을 뜻한다. 어디로는 원초적인 물음이고 어떻게는
지적인 발동을 필요로 한다는 점에서 과학적인 조력을 필요로 한다.
가령 어둠의 공간에서 빛으로의 길을 찾아 나선다면 공간은 어디를
암시하고 이런 암시를 찾아가기 위한 지혜의 발동은 인간의 처지를
보다 확고하게 만드는 작용을 감당한다.

> 발이 혼자
> 생각도 없이 어둠에게 가다가
> 어둠의 발에 걸려 넘어졌다
> 넘어지기 전에 이미
> 머리끝을 잡는 숙제가 하나 있었다
> 어둠이 왜 '어둠'인가를
> 풀이해야 하는 숙제였다
>
> ──〈어둠 앞에서〉중

어둠이란 창조의 본질이고 여기서 빛을 잉태하는 순환의 암시가
태동한다. 하기에 어둠은 부정이나 회피할 수 있는 그런 대상이 아니
라 역설적인 공간으로 인간의 뇌리를 점령하게 된다. '발이 혼자'라는
자발성에서 어둠의 암시는 곧 빛의 길을 찾아가는 끝모를 반복성이
연상된다. 여기서 어둠은 단순한 어둠이 아니라 인간에게 숙제의 길─
어둠을 除去하고 빛으로의 확보를 전제로 하는 길 찾기에 이른다. 물

론 길이란 시행착오 혹은 참담한 실패라는 결말에 이르러서야 발견의 기쁨을 갖게 된다는 점에서 숙제는 해답을 완성하게 된다. 김지향의 시는 이런 입장에서 관념의 탈을 벗고 벌거벗은 **自己 個性**의 문패를 자랑스레 걸고 있지만 쉽게 독자의 머리를 **점령**하기는 어려운 느낌을 준다. 이는 30여년의 시작업에서 얻어진 **노회(老獪)**함과 연결되었기 때문이며, 시는 꾸밈이 아니고 인간의 본질을 있는 그대로 나타내면서 말하는 개성의 표현이면 되기 때문이다.

> '갑갑해 문 열어'
> 가위 눌린 현장을 빠져 나와서야
> 겨우 잠에서 깼다
> 나는, 하필 왜 아이로 길을 잃었을까
>
> ──〈미아가 되어서〉중

　　방황은 인간의 몫이고 길을 찾아야 하는 숙명적인 명제는 인간이 길을 발견해야 하는 본질과 연결된다. 어둠에서 길을 찾아야 하는 고된 장면의 〈미아가 되어서〉는 인간이 처한 보편적인 상황이지만 여기서 어떻게 탈출할 수 있는가의 명제 또한 인간에 배당 받은 운명적인 현실과 닿고 있다. 어둠에서 갑갑함을 느끼고 이런 상황을 벗어나려는 시인의 육성은 곧 빛을 찾아가는 길 찾기의 상징을 뜻한다. 그렇다면 어디로 갈까의 공간이 설정된다.

> 새야, 죽은 새야
> 너는 어디로 가니?
> 눈을 들어 쳐다보지도 못하는
> 나는 풀밭에 서서
> 날아가는 너의 죽음을

감은 눈 속으로 본다

             ——〈안부〉에서

  새는 순수한 자연을 뜻하고 '죽음'은 자연의 파괴 혹은 본질을 잃어버린 비정상의 현상을 뜻하겠지만 이 대칭에서 시인이 노리는 의도는 어둠으로의 귀환을 암시한다. 물론 유쾌한 귀환이 아니라 비극적인 종말에서 느끼는 새의 처지를 객관적인 입장에서 조망하는 시인의 감정은 극도로 자제력을 보이고 있지만 '날아가는 너의 죽음을\감은 눈 속으로 본다'라는 '감은 눈 속'에 달관의 경험이 내장되었기에 이런 유추는 더욱 신빙성을 부추기고 있다. 停電으로 인한 어둠의 참혹한 현실 속에서 길 찾기를 모색하는 김지향의 시는 강인하고 의지적인 태도에서 시는 결코 아름다움만이 아닌 또 다른 공간을 말하는 메시지를 전달하는 듯하다.

4. 희망의 길로

  판도라의 마지막 상자에 남은 대상이 희망이었으니 인간이 삶을 이루는 절망에서 기대할 수 있는 가장 확실한 인간의 소유는 잡히지 않는 희망이다. 절망의 반대에 있는 희망은 마치 불행의 반대편에 있는 행복처럼 순간적이고 찰나적인데서 항상 모색하는 사람에게 다가온다. 희망이란 그처럼 적극적인 사람의 소유물이라는 점에서 「찾아가는」 혹은 「찾으려 하는 사람」의 대상이다. 예술에서 시는 신념을 고취하는 속성만은 아니다. 그러나 모든 예술은 언제나 인간의 희망을 향해 좁은 길을 찾으려는 자세를 강조하기 때문에 인간의 가슴을 慰撫하는 역할에 헌신할 수 있다는 점이다. 여기서 예술은 인간의 반 운명적이라는 假說을 정립할 수 있고 시는 이런 조건에 가장 충실한 임무를 수행할 수 있는 넓은 길을 확보하고 있다. 상징의 오지랖 혹은 이미지로

형성되는 대화의 무궁성이나 ―물론 언어로 주된 임무를 수행하지만
결코 언어의 핍박상을 갖지 않고 전달되는 시의 특징은 곧 인간의 내
면을 다스리는 확실성을 확보하고 있는 예술이다. 시가 오늘을 고발하
는 표정을 짓고 있다 해도 내일을 말하는데 초점이 모아지는 불빛으
로의 기능을 벗어날 수는 없는 일이다.

　김지향의 <죽음 탐색 1-6>은 인간의 종말에 대한 한계를 설정하고
어둠의 심연에 이르는 길이 얼마나 처참한가를 보여주는데서 시작한
다. '거리는 지금 아황산가스로\부식된 사물들의 하치장이 되었음' <죽
음탐색1>이라는 인간이 만든 비극에서 죽음이라는 참담한 처지가 만
들어진다. 이는 결국 인간 자신에 의해 만들어지는 것이고 인간 자신
으로 돌아가는 부메랑의 결말에 이른다. 이런 결말은 '죽음 나라 영토
를 확장시킨다'는 비극의 광장이 넓어진다. 이런 처지임에도 인간의
문명은 편리와 비례해서 죽음의 공간은 더욱 넓어진다. 여기서 과학
문명의 발달과 편리는 인간에게 남기는 것이 없고 오직 죽음이라는
길을 넓게 만드는 일로 간다. '우리는 아주 눈을 감을 밖에\길이 없다
길이 없어' <눈을 감았다>라는 절망의 늪에서 시인은 예지의 노래를
만들어야 한다. 죽음에서 생의 통로가 열리는 이치는 시인의 통찰력에
서 넓은 운명이 만들어진다.

　　　다시는 늙음과 그리움과 고통과 슬픔을
　　　겪지 않을 풀빛 창조로
　　　하늘 너머 우주 전체에 집 짓고
　　　넓게 편 날개로 헤엄쳐 다닐
　　　가장 깨끗한 생명으로 다시 살
　　　세계가 영원처럼
　　　그렇게 펼쳐진 들판이 보이네
　　　이제 점점 가까이 보이네

보이네.

청작(靑雀) 혹은 고지새, 파랑새 혹은 반가운 사자라는 새는 낙원의
의미를 주고, 여기서 시인이 생각하는 파라다이스는 인간의 공간이 아
니고 날개를 가진 대상만이(상징이지만) 도달할 수 있는 것으로 생각
된다. 이는 '다시 삶'이라는 영원의 세계를 위해 무언가 인간의 노력이
아닌 운명적인 맞음과 연결되고 있다. 물론 '보이네'의 강조는 보통의
안간으로는 그 길을 찾아 갈 길이 없지만 시인은 그 구체적인 '하늘
너머 우주'의 광막한 視界를 확보한 사람만이 알 수 있는 느낌을 준
다. 인간의 길은 추상이고 추상에서 실제의 길을 만들어 가는 점에서
시인은 예지의 노래를 만드는 사람이다. 이 비밀을 알 수 있다는 것은
비밀의 열쇠를 확보한 시의 즐거움과 상통한다. 푸른 새가 되어야 혹
은 되려는 노력의 배가에서 다시 사는 길을 확보하게 된다는 김지향
의 희망은 인간의 모습으로 다시 돌아가는 방법에서 겸허의 미덕을
앞자리에 놓아야 할 것이다. 희망은 겸손과 성실 그리고 인간만이 가
질 수 있는 靑鳥와 같기 때문이다.

5. 나가면서

시인은 오늘을 살고 있는 者이면서 내일의 길을 넓히려는 임무를
수행하는 사람이다. 현실은 무작정 달려가는 기관차에서 내릴 줄 모르
는 과학 문명의 결말을 돌아보아야 할 당위성을 키우고 있다. 인간은
죽음으로 가는 길을 확실하게 담보하면서 그 참담한 결말의 징후를
여전히 모르고 있기에 비극의 길은 더욱 넓어지고 또 그런 징후가 당
연한 것으로 인식되는데서 더욱 참담한 고통이 인간의 면전으로 다가
온다. 과학 메카니즘에 심취한 사람은 이미 인간성을 잃고 왜소해지는

자기를 발견하지 못하는 비극을 키우는 자이다. 현대의 문명은 이런 맹목에서 가려진 눈을 두리번거리고 있기 때문에 더욱 가속적으로 불행의 옷을 입고 있어 작금에 환경문제를 거론하는 우려는 이런 단서를 제공한다. 김지향의 시는 이런 현실 문제와 그의 삶에서 빚어지는 철학의 문이 점차 넓어지는 느낌을 준다. 시는 철학의 문을 지향하고 철학은 시의 길을 향해 다가오는 상관을 갖기 때문에 시인은 궁극에 철학자가 되고 철학자는 시인으로 결합하는 **本源**에서 김지향은 이런 교차점을 향해 길을 만든 조짐의 시집이 『밤, 별이 혼자 보고 있는』이다. 그런 의미로 다음 행로를 주시해야 할 당위성이 남고 있다.

6. 물과의 동화 혹은 화해와 사랑

—장승재의 시전집 『잃어버린 바다 그리고 다시 찾는 바다』—

1. 시 공화국을 위해

시는 본질적으로 감동의 산물을 모두에게 나누어 줄 수 있을 때, 시
인의 임무는 화려한 득명을 가질 수 있을 것이고, 공감에 따른 공화국
의 임무를 수행하는 정서 이데올로기를 특성으로 하게 된다. 이를 운
용하고 전개하는 기교는 전적으로 시인의 재능으로 귀속하게 된다. 시
의 특성은 결코 편견이나 불합리를 합리로 가장하는 예술이 아니라
공평하고 정당한 사리를 공정하게 나누어주는 시혜적인 점에서 인간
에게 필요를 제공하게 된다.

인간의 마음은 언제나 소망을 펼치는 나래를 가지고 있기 때문에
이를 충족시켜 주는 기능이 시의 주된 임무를 수행할 수 있을 때 비로
소 필요의 자리를 가지게 된다.

예술은 인간을 위해 봉사하는 것인가 아니면 인간을 손짓하고 부르
는 오만의 특성인가는 명징하게 구분할 수는 없지만 감동을 전달해
주는 점에서 인간 곁에 자리를 잡을 수 있다. 물론 시의 구조는 인간

을 움직이는 의미의 결합이 특정한 언어의 재료-상징이나 비유 혹은 이미지 등을 조합하여 숙련의 기능으로 결합하는 재주는 시인이 가진 체험과 상상력의 독특함이라야 한다.

한 시인의 작품을 대면하면 우선 언어의 운용이 독특한가의 여부와 사물을 포착하여 새로운 이름으로 탄생할 수 있는 요건을 갖추었는가를 살피는 일로 작품의 표정을 분석하게 된다. 가령 언어를 재료로 한 작품일지라도 거기엔 탄탄한 표피에서 단단한 육질을 가진 개체인가의 여부에 따라 인상은 달라진다. 아울러 친근미를 줄 수 있는가의 여부와 느슨한 조직을 가진 생명체인가의 여부도 선택의 기준을 설정하는 몫을 감당한다. 결국 시는 총체적인 인상으로 전달하는 기교라는 점에서 시인의 모든 요소를 조감하는 단서를 제공하게 된다.

장승재는 1960년 ≪자유문학≫에 <탑>이 신인상에 당선됨으로 시인의 이름을 얻었다. 이로부터 근 40년 후에 시전집이라는 이름-시의 체온을 세상에 내 놓음으로써 그 이름에 값하는 시의 무게를 가늠하게 된다. 더구나 그가 윤용화와 새로운 생활을 시작하는 1997년의 암시를 더하면 '다시 찾는 바다'의 의미가 어디에 있는가를 깨닫게 한다. 나이 이순의 고개를 넘어가는 세월에서 한 권의 시집에 커다란 의미를 부여하면서 호들갑을 떨 만한 나이도 지났고 또 과거에 젖어 낡은 이름을 닦기엔 지혜의 축적이 허락을 않을 만큼의 인생 고개를 넘어왔다. 이런 점에서 한 권으로 압축한 전집을 접한다는 것은-어떻든 장승재의 정신적인 삶의 궤적을 제공하고 있다는 점에서 의미를 갖는다.

2. 흔적들의 표정

1) 길을 찾는 나그네
길은 인간의 삶을 이어가는 상징으로부터 삶의 이력을 한 줄에 꿰어 가는 상징으로 다가온다. 서양의 길은 일직선으로 산의 중심을 관통하지만 동양의 길은 순리를 쫓아 물이 흐르는 대로 구불구불 흘러간다. 여기서 길에 대한 상징은 서양과 동양의 삶에 다름이 있게 된다. 즉 서양은 과학에 바탕을 두고 인간에 편리를 따르지만 동양의 삶은 순리적인 방도로 운명적인 특성을 개입하게 된다.

> 가야 할 곳, 가야 할 사람
> 있어야 할 이유, 있어야 할 사람
> 그 모두가 언젠가는
> 모두가 돌아가야 할 사람들
> 그러나 돌아가야 할 곳이 어딘지
> 돌아갈 때가 언제인지 모르고
> 그저 바람으로 서 있기만 하는 것을……
>
> ——〈돌아가는 길. 1〉에서

누구나 돌아가거나 원점으로 가게 된다는 것을 모르는 인간은 없을 것이다. 그러나 욕망을 앞세워 탐욕과 이기와 질투로 빠른 길을 찾아 혈안이 될 때, 길은 빠른 길이 아니라 오히려 미로를 연출하게 된다. 삶의 道程도 이런 이치에서 벗어나는 것이 아니라는 점을 대입하면 '돌아가야 할 곳'과 '돌아가야 할 때'가 망연하게 다가온다. 그리하여 해답을 마련하지 못했을 때, '바람으로 서 있기만'을 계속하게 된다. 돌아간다는 것은 시간을 염두에 둔 인간의 관념이다. 시간이 되면 자연 자리를 떠야 되고 새로운 사람으로 채워지는 공간에 결국 낯선 인간으로 변해야 한다. 이런 운명을 피하기 위해 끊임없는 나그네의 행로를 터벅이는 것이 인간의 숙명이다. '돌아가는 길\그것은 언제나 정해 있다'라는 것처럼 정해진 시간을 알지 못하는 인간의 우둔에서 길은 항상 재촉하는 모습으로 다가온다. 이를 얼마나 지혜로 대응하는가는 개인의 개성이자 통찰력의 힘으로 돌릴 수 있다. 장승재는 길에서 존재의 의미를 받아들이는 유추를 터득하고 있다.

> 어제와 오늘과 내일의 합일점에서……
> 언제나 들리는
> 누가 오는 소리
> 아 누가 부르는 소리……
>
> ——〈자정에 들리는 소리〉에서

어제와 오늘은 분리된 개념이 아니라 하나의 줄에 이어진 인간의 삶이다. 시간을 나누는 것은 인간이 만든 편리한 구분의 개념일 뿐 실제로 우주 공간에는 시간의 의미는 존재하지 않는다. 어떻든 돌아간다는 생각으로 환청의 소리를 개입한 장시인의 마음에는 삶의 언덕에서 점차 내려가는 속도를 느끼면서 누군가의 손짓을 설정하고 있을 뿐이다. '언제나 들리는'의 계속성이 나이에 비례하여 속도가 빈번해지고 인연으로 엮어진 사람들이 주변을 떠남으로 인해 나도 그럴 것이라는 동일 의미를 접합하면서 파생되는 느낌을 남긴다.

삶의 그림자가 희미해질 때 다가오는 죽음의 환상은 인간의 신체 전부와 연결된다. 물론 그 반응의 최초는 약해진 마음의 창구를 통해서 조짐을 보이게 된다. 죽음을 물리칠 수 있다는 것은 인간이 존재하고 있는 숙명적인 끈으로부터 자유로울 수 없다는 점에서 두려움이자 피하고 싶은 대상일 것이다. 장승재는 이런 두려움에서 자유롭지 못한 정신적인 흔적을 가지고 있다.

> 술 취해 집으로 돌아온 밤
> 현관에 놓여진 부고장 하나
> 누가 또 죽었단 말인가

돋보기가 없어 읽혀지지 않은 글짜
부고라고 찍힌 검은 그림자가
큼직하게 방안을 떠 다니고
어둠 속에 또 하나의 부고장이
예약을 마친 여행자처럼
취한 눈앞을 빨리 스쳐지나 간다

———〈부고장〉

부르는 소리의 구체적인 의미가 죽음이라는 검은 그림자와의 대면
이다. 그렇다면 장시인의 죽음에 대한 두려움은 '누가 또 죽었단 말인
가'의 반복적인 의미 「또」에서 수많은 경험을 축적했다는 이별에의 아
픔이 상처를 이루고 있다. <葬禮考>나 친구 김민부의 죽음이나 여타
주변의 사람들이 어느 날 휑한 주변의 스산함에 놀라는 모습으로 허
전을 느끼는 것은 비단 장승재만의 감성은 아닐 것이다. 죽음의 검은
그림자는 도처에서 웃음을 흘리고 있지만 이를 정작 의식한다는 것은
삶의 도정에서 경험의 계단을 높이 쌓은 사람의 눈에는 보이게 된다.
삶을 숙고하고 명상하는 경지가 여기에 이르렀다는 원숙경이다. '예약
을 마친 여행자처럼' 미리 다가올 것들을 터득하고 있다는 점에서 삶
을 부정으로 발버둥 하는 것이 아니라 긍정으로 받아들이는 순리의
생이라는 점에서 장시인의 시는 차라리 枯淡함을 전달한다.

2) 同化 – 물의 이미지

물은 스미는 것으로 감싼다. 이는 양성적인 것보다는 음성적이고 땅
의 이미지 혹은 어머니의 상징에 이른다. 또한 물은 존재할 수 있은
에너지로 환기시켜 주는 점에서 생명의 근원을 이루는 요소가 될 것
이다. 장시인의 시에는 그가 살아왔던 포항의 바다가 원형을 이루면서
그의 체온에 간직되고 있다. 바다는 거의 동반자적인 상징으로 바닥을

채우고 있을 뿐만 아니라 물이 고갈될 때는 생의 표정도 시름겨운 모습으로 부각된다. 전집의 제목이 굳이 『잃어버린 바다 그리고 다시 찾은 바다』라는 바다에 대한 생각을 덧붙이는 이유도 곧 그의 삶에 바탕을 이루는 질료가 물이라는 것을 확인시켜 주는 요소가 된다는 것을 암시한다. 다시 말해서 잃어버린 것이 물기 없는 생의 드라이함이라면 물기를 다시 찾은 것은 생의 활기를 뜻하는 의미로 부각된다. 이런 의미가 바다라는 요인으로 전환될 때 시인의 삶과 물은 본질적으로 연결될 것이며 어머니의 가슴으로 이어지게 된다. 이처럼 물이 장승재의 정신을 지탱하는 근거를 갖고 한 마리의 물고기로의 생을 상징하고 있어 물과 시인과는 불가 분리의 경우가 된다. 그 최초의 조짐은 물에 대한 갈증이다.

목마른 짐승은
으레 물을 찾아간다

물은 목을 축이고
오직 하나 목숨을 잇게 하고
살아 있는 것들
오늘보다 내일까지
살아갈 수 있도록 하는
진리요 길이요 생명인 물

——〈목마른 짐승〉에서

아마도 장승재는 목마른 한 마리의 짐승으로 물―상징으로 보이지만― 을 찾아 헤매는 존재이다. 이는 생명의 원형을 유지하기 위해 또는 삶의 본질을 연장하기 위해 물은 필수적인 암시로 이해된다. 설사 사랑이든 아니면 그가 목적으로 삼았던 의미이건 물로 환치된 갈증은 삶의 길을 가게 할 수 있는 동력을 제공한다는 점이다. '으레 물을 찾아간다'라는 「으레」의 의미는 물과 시인의 정신과의 관계에는 벗어날 수 없는 숙명적인 연관을 유추하게 한다. 이는 '오직 하나 목숨을 잇게'와 내일까지 존재의 근원을 제공하는 원인을 물에서 확인하기 때문에 장승재의 갈증은 원형적인 의미로 이해된다.

인간은 어머니 뱃속에 양수를 통해 물이 생명을 보호하는 일차적인 기능을 원천적으로 알았고 또 생명의 조직을 가동할 수 있는 신체의 거의 대부분이 물이라는 점에서의 물의 의미는 벗어날 수 없는 원형의 작용일 뿐만 아니라 태생적인 본질에 이어진다. <강이야기>, <앓는 바다>, <비를 맞으며>, <바다이야기>, <비의 말씀1. 2>, <바다의 안개>, <바다에서>, <흐르는 강>, <형산강에서>, <물고기가 되는 일>, <삼월의 바다>, <바다 가는 길>, <바다>와 물의 이미지를 변형한 <흙> 등 많은 작품은 물과 어떻게 하나가 될 수 있는가의 일체화를 고민하고 있다. 이제 그 구체적인 원인을 찾아 나선다.

> 겨울비가 오는 밤
> 빗소리를 듣다가 문득
> 벌거벗은 또 하나의 나를 본다
>
> 어디서 왔을까
> 이 보잘 것 없는 존재
> 빗방울처럼 아무 기약없이
> 그렇게 떨어져 왔을까
>
> ——⟨비를 맞으며⟩에서

비의 행방은 인간의 운명적인 것과 이미지가 일치한다. '어디서'라는 태생적인 신비와 또 땅으로 떨어져서 어디로 갈 것인가 행방의 묘연성과 낮은 곳에서는 아래로 흐르고 높은 곳에서는 돌아가는 행로가 삶의 길과 일체화를 이루면서 벌거벗은 진실에서 비와 인간은 하나로 밀착한다. 장승재는 빗소리에서 자기의 깨달음─벌거벗은 나를 깨닫는 순간에 비와 시인이 「하나」라는 인식에서 '보잘 것 없는 존재'의 각성이 도출되고 또 '어디서 흘러'의 원형에 대한 탐구를 시작하면서 '어디서 머물다 사라질 것인지'라는 최종 종착지의 미래를 생각한다. 물론 비가 땅으로 내려올 때, 물은 인간의 삶과 하나의 동화를 이루면서 다시 길을 떠나야 하는 노래를 만들게 된다.

> 비가 내린다
> 바다에 산 위에
> 어디든 내리는 비의 말씀에
> 귀 기울이면
> 기쁨도 슬픔도 없는
> 오직 투명한 의식으로
> 우리도 함께 비가 되는 것을……

> ──⟨비의 말씀. 3⟩에서

　　비가 땅위에 내림으로 땅과 하늘과의 일체화가 되고 또 인간과 비는 분리할 수 없는 절대의 요소로 결합한다. '바다'나 '산' 등 비가 지상으로 내려오는 선택은 그 자체로 운명적인 탄생이 된다. 이런 비의 탄생은 '기쁨도 슬픔도 없는' 용해의 운명을 다독이면서 깨끗함을 이루는 목적을 이루게 된다. 다시 말해서 비가 지상의 모든 물상을 맑고 투명한 이름으로 다시 태어나게 정화하는 기능과 생명으로의 존재를 지속할 수 있는 계기를 이루어 준다는 뜻이다. 이는 '귀 기울이면'이라는 조건이 합당한 인간에게라는 단서가 따라붙는 것도 깨달음으로의 사람에게라는 점이다. 이처럼 물의 이미지는 장승재의 시에 원천적인 역할을 수행하면서 삶과 일체화를 이루는 작용을 한다. 그러나 물의 큰 개념인 바다는 항상 앓고 있는 신음을 토해 내는 것도 인간의 고통의 일상과 다름이 없는 것 같다. <앓는 바다>에서 오염과 고통의 암시와 '바닷물을 한 모금 들이켜\내 안에 바다를 채운다' <바다에 안겨>는 식으로 바다에서 에너지를 마련하면서 생의 근원을 만들고 있다. 더불어 그가 윤용화와 결합하기 1년전에 쓴 <강 이야기>에는 '지금 나의 발목을 적시는 당신은'에서 강이 대상이 되고 그 강에 자기가 젖어 드는 행복을 노래하고 있어, 물의 이미지에 갈증을 느끼는 장승재의 精神圖는 항상 물과 함께 하려는 생각을 벗어나는 것이 아닌 것 같은 변용의 미학을 내포하고 있다.

> 내가 바다를 찾아가는 건
> 거기 모든 것을 빠뜨릴 수 있고
> 거기 새로운 것을 얻을 수 있기에
> 가슴을 비우고
> 온몸에 싱그러운 힘 가득 담아
> 언제나 처음으로 시작할 수 있기에.
>
> ──〈바다〉에서

바다가 시인과 어떤 상관으로 결합하는가를 發聲한 시이다. 시인이 바다를 찾아가는 것은 거기 모든 것을 젖게 하는데서 행복을 향수할 수 있고 또 새로운 에너지를 추출할 수 있어─ 삶의 활력을 보강할 공간이면서 「언제나」의 강조를 앞세워 '처음으로 시작할 수 있기에'라는 단언적인 어사에서 바다는 그의 시의 중심 모티브로 설정된다. 이런 근거는 삶의 고통과 때를 말끔히 씻어 낼 수 있는 것과 푸르고 넓은 바다를 안으로 끌어들여 삶의 풍요를 느끼고 위안을 받을 수 있는 정화의 원천적인 공간으로 인식하는 점에서도 물과 바다는 화해와 사랑을 하나로 결합하는 의미를 갖는다.

3) 존재를 바라보는 눈

인간은 살아가는데서 삶의 이력을 펼친다. 땀을 흘리면서 열성으로
사는 삶과 빨리 가는 길을 선택하면서 꾀를 부리는 사람 혹은 봉사와
희생으로 생의 길을 가는 사람들이 있다. 어느 길을 가든 인간에게 유
익한 일을 선택할 때, 생의 가치를 실현하는 일이 될 것이다. '시간에
쫓기는 방송과 일찍부터 인연이 닿아 30여 년을 방송에만 매달려 살
아오다 보니 책 내는 일에 익숙지 않았던 것' 같은 고백으로 미루어
볼 때 장승재의 삶은 스피드에 묻히면서 열성으로 살았다는 느낌을
갖는다. 그러나 인간의 본질은 끝없는 의문을 던지면서 길을 마련하는
지 모른다. '-나는 어디서 나서 어디서 살다가 오늘 여기 서 있으며
언제 또 어디로 가게 되는가'(墓祀斷想)를 묻는 방황에서 삶의 길은
새로운 방향을 모색하게 된다는 점이다.

> 한 번 가 보았던 길이라면
> 어느 날 지나다 보면
> 꼭 처음 와본 듯 생소하게 여겨지는
> 길은 어디에든 있다
>
> ——〈길〉에서

사는 일이 길을 가는 일이라는 것은 새삼스러운 일은 아닐 것이다.
그러나 존재를 묻는 일생의 여정은 항상 두려움과 초조 혹은 선택의
방랑이 겹쳐진다. 한 번 간 길일지라도 다시 그 길을 만났을 때는 이
미 변해 버린 환경이 되기 때문이다. 허기와 공복으로 일상을 살아가
는 나날은 다시 돌아보기에도 빠른 속도감으로 지나치기 십상이고 또
는 지친 걸음으로 쉴 자리를 찾는 일이 삶의 여정인지 모른다.

장승재의 시는 이동의 시이다. 이는 그의 시가 정지태에서 미감을
도출하는 것이 아니라 이동의 이미지를 구사하면서 생의 의미를 천착
하는 일이 잦다는 점이다.

새들이 부지런히 움직이면서 집을 짓는 모양을 보고 인간의 무력감
을 한탄하기도 하고 새로운 교훈을 내놓기도 한다.

> 부리로 집을 짓는
> 저 새들을 보아라
> 배운 일도 없는데
> 열심히 아주 부지런히
> 한 시도 쉬지 않고
> 저렇게 보금자리를 트는
> 저 착한 새들을 보아라
>
> ──〈부끄러운 일〉에서

새들은 부리로 집을 짓는다. 그러나 인간은 도구를 사용하고 과학이
라는 편리를 앞세우지만 정작 새들의 공학에 미치지 못하는 이유는
게으름일 것이다. 배운 것도 없는 새들과 배움을 가진 인간과의 다른
점은 '한 시도 쉬지 않고'라는 이유가 모두이다. 여기서 장승재의 사고
는 열성으로 살아야 한다는 교훈적인 생각을 정리하면서 삶의 이치를
깨우친다. 물론 특이한 예증이 되는 것이 아니지만 끊임없는 노력의
새를 대입하면 인간에게는 부끄러움으로 비교되는 점이다. 이는 대상
에서 자기 삶의 원리를 터득하는 방법에서─ 한 직장에서 30여 년 동
안 근무─정년에 이르기까지의 근면한 발상을 느낄 수 있는 점이다.

시가 고백이라는 형태를 취하는 것은 자기 생의 원리를 객관화할
수 있는 점에서 질축한 고백과는 다른 느낌으로 돌아온다. 장승재의
시에서 존재의 심각한 문제는 없을지라도 생의 깊이를 지나온 달관의

모양은 있다.

> 빈 잔이 채워지기까지
> 얼마나 오랜 시간을 기다려야 하며
> 채워진 그것을 느끼고
> 모두 비워져 빈 잔이 될 때까지
> 또 얼마나 기다려야 하는지도
> 아무도 모른다

──〈빈잔〉에서

생의 허무를 느낀다면, 존재의 심연을 다녀온 사람은 누구가 그렇게 말한다. 인생은 苦海라 설법한 거나 vanity를 반복한 것 등은 산다는 일이 아무 것도 없는 허무의 슬픈 발성과 다름이 없다. 빈 잔을 채우기 위해 기다림을 더해야 하고 또 기다림이 늙었다 해서 빈 잔이 만족스럽게 채워지는 것도 아니다. 채움과 기다림을 반복하면서 세월의 키를 줄여 나가는 것이 사는 일의 모두라면 빈 잔은 단순한 의미의 빈 잔이 아니라 생의 의미를 뜻하게 된다. 그렇더라도 마침내 맞게 되는 것은 결국 한줌의 허무로 돌아간다. 이런 이치를 알게 되는 것은 달관의 생을 살아온 사람에 의해 터득되는 점이다. 장시인은 '또 얼마나 기다려야 되는 지'의 망연함으로 빈 잔의 채움을 생각하는 사고의 폭으로 존재를 이해하고 있는 것 같다.

사는 자는 결국 죽음으로 돌아간다. 이는 시간을 극복하는 방도를 마련하지 못한 인간의 서러운 숙명이다. 죽음을 알아차린 인간은 그 죽음에 두려움을 갖기도 하고 또 죽음에 초연하기도 한다. 전자에서는 삶의 모습이 추하게 투영되고 후자에서는 근엄한 태도가 진지함으로 나타난다.

소가 죽었다. 죽는 소는 어디 있는가

예리한 칼날에 산산이 베인 소
비로소 고기로 나타나는 소의 실체는 없다

——〈도축장에서〉중

　소가 있고 또 소가 죽었다. 있다와 죽었다의 차이에서 소라는 개념
만 남는다. 그러나 있다에서의 뉘앙스와 죽었다 즉 없다에서의 느낌은
다르다. 엄밀하게는 「없다」라는 말이 옳은 자연의 진리일지라도 있다
보다는 없다에서 다가오는 두려움은 크다. 이는 인간의 심리적인 요인
이 좌우하는 일이지만 죽었다를 '실체는 없다'라는 어의로 바꾸면 존
재의 근본으로 돌아간다. 소는 분명 고기가 아니다. 그러나 예리한 도
구로 '산산이 베인'에 의해 소는 없어졌고 고기라는 소와 다른 이름으
로 나타난다. 이런 변화는 사는 일의 본질이다. 이 본질—소와 고기가
「같다」라고 생각하는데서 인간의 사고에 비극이 찾아온다. 이를 안다
는 것은 삶의 본질을 깨달은 사람이라는 점에서 의미의 중첩을 만나
게 된다.

3. 나가면서

　장승재의 첫시집인 『잃어버린 바다 그리고 다시 찾는 바다』는 30년
의 시력을 결산하는 의미는 아닐 것 같다. 다시 말해서 인생의 황혼에
서 새로운 삶을 마련하는 의미를 부가하면 앞으로의 시는 과거와 다
른 토운과 표정을 관리할 것 같기 때문이다. 이는 정체와 답보 혹은
바쁜 일상의 늪에서 벗어나 마지막 스피드를 낼 수 있는 길을 알았을
뿐만 아니라 시를 쓰는 일이 생의 중심과 연결될 수 있다는 예측이 가
능하기 때문이다.

장승재의 시는 기다림과 만남을 승화한 일상을 바탕으로 물에서 동화 혹은 사랑의 승화를 꿈꾸었고 삶의 허무에서 진실의 표정을 만나는 방도를 터득했을 때 그의 시는 견고함으로 포장되었고 이런 시들은 고정된 정지태가 아니라 이동하면서 새로운 손짓을 보내는 이미지의 결합에서 의미의 숲을 만들고 있다.

7. 모태회귀와 枯淡의 美感

—최절로의 시—

1. 들어가면서

　문학은 인간의 전과정을 표현하는 심리적인 특징을 내포하면서 구조의 미감을 부추기는 역할을 다한다. 이런 단서는 문학의 쟝르마다 각기 다른 구조의 특징을 가질 뿐 궁극의 출구로 나가는 방향은 일목요연한 표정을 관리한다. 요컨데 그가 살아온 정신의 흔적은 시가 되었건 산문이 되었건 형태를 달리하면서 인간의 심성과 의지를 담게 된다. 요컨대 어린시절에 겪었던 생활의 기억이 시의 촉수를 자극하면서 나타나기도 하고 또 잊지 못하는 그리움의 표징이 되어 시의 형태를 만들게 된다. 최절로의 시는 어린시절의 추억을 前面에 놓고 그 시절의 회고에 가장 흐벅한 정감을 토로한다. 이는 과거지향의 이미지들이라면, 부부의 금슬을 비유의 농도로 희석하면서 사랑의 뜻을 변용하는 미감으로 시적 묘미를 부추긴다. 더불어 탈문명의 원형을 못잊어하면서 順理의 삶을 추구하는 바, 최절로의 정서는 식물성 정서가 주된 의지로 형태화 된다. 이런 식물성 정서는 고향의 정서, 또는 모성지향의 靜的인 심리상태를 주조로 한다는 점에서 그의 시에 관류하는 정서의 함량과 사설조의 리듬에 유장한 가락을 내면화 한다. 이제 점검의 길을 재촉한다.

2. 시인의 정신표층

1) 식물성 정서

정서는 시의 특징을 요약하는 시인의 중추의식일 때, 시의 독특성으로 연결될 수 있다. 최절로의 시에서 가장 빈도 높은 시어는 식물성 정서의 煩多함을 눈여기게 한다. 이는 어린시절부터 보고 자란 의식의 확인을 뜻한다. 즉 어린 날부터 보고 확인한 사물에 친근미를 재생하는 공감축소의 방편이면서 이를 다시 찾아 보고픈 심리적인 위안의 근거가 된다는 사실과 닿는다. 최절로는 앵곳말이라는 공간에서 보고 듣고 자란 이미지들에서 벗어나지 못한 이끌림 때문에 耳順을 비켜가는 나이에서도 이곳에 얽힌 사연들에 채색의 그림을 詩化하려는 純粹質感의 作心이 있다.

> 꽃은 아직도 더럽혀지지 않은
> 환경속에서만 피어나서
> 헛구역질 없이도 씨알을 잉태하여
> 미래를 번식하는 순리를 알기 때문에
> 사랑의 확인 작업이 필요하게 된다
> 꽃을 보며 님에게
> 티끌 하나 묻지 않은 맑은 가슴으로
> 내 사랑하는 이에게 연서를 띄운다.
>
> ——〈꽃을 보며 님에게〉중

사랑을 표백하는 방도는 여러가지의 기교가 있을 수 있다. 어떤 것이든 진실을 증거 한다는데서 비유와 상징의 옷을 입게 된다. 최절로는 사랑의 순결함을 더럽혀지지 않은 '꽃'의 이미지에서 가장 사랑하는 사람에게 곡진한 사랑의 감정을 전달하려는 의도를 시화한다. 염화시중의 비유처럼 꽃은 추하고 더러움을 극복하고 궁극에는 아름다움을 건져 올리는 바, 이는 至高至純의 상징을 대상에 전달하는 가장 합리적인 유추로 자리잡는다. 이리하여 '꽃을 보며 님에게' 향하는에서 '티끌 하나 묻지 않은'의 순수를 나타낼 때, 시인의 정서는 미쳐 언어의 뜻이 따르지 못하는 한계를 절감하게 된다. 여기서 꽃이라는 식물성의 정서는 시인의 감성을 순진으로 표백하는 고향길의 마음을 이끌어 온다. <해바리기>나 <백합> 혹은 <장미>·<도라지꽃>·<라일락>·<달맞이꽃>·<패랭이>·<목련>·<난>·<접시꽃> 등은 최절로가 어린시절에 일상으로 보고 자라왔던 대상이 나이 먹은 오늘의 공간에 영향을 끼치는 정서의 변형으로 작용하는 대상물들이다.

    사모의 정
    온 몸으로 바치듯

                ──〈해바리기〉에서

    죽어 다시 피어나도
    장미여

                ──〈장미〉에서

    님 그리움의 한을 빚어
    소리없는 종이 되어

                ──〈도라지꽃〉에서

    가슴속 깊숙이
    영원으로 배어 있으라.

                ──〈백합〉에서

향기는 내 목을 타내려
핏줄로 흐르리라

                    ——〈라일락〉에서

화사히 피는 연유는
어둠 속 영롱한 그리움인가.

                    ——〈달맞이 꽃〉에서

목련은
우리들 사랑의 꽃이다

                    ——〈목련〉에서

　　모두 사랑과 연결되는 이미지들을 내장하고 있음에 각기 다른 꽃들
의 모습을 연상하게 된다. 꽃은 인간의 마음을 순화 시켜주는 감성의
역할을 감당할 뿐만 아니라 꽃을 심성 정화의 대상으로 입체화할 수
있는 자연으로의 인간 존재 혹은 자연으로 돌아가려는 의지의 일단으
로 변모한다. 이런 심정은 소박한 사람의 정서를 가일층 점화할 때라
야 合一의 美感을 나타낼 수 있게 된다.
　　꽃은 상상력을 촉발하는 기능을 감당함으로 대상과 동일성을 지향
하는 역할을 수행하면서 사물을 종합으로 바라 보는 사고를 충전한다.
이는 사물에 가치를 중시하는 상상력의 극대화를 이르면서 세계의 自
我化 즉 시적 세계관으로 변모한다. 자아와 혼연일체의 세계관은 시에
궁극적인 고향으로의 귀환을 촉구한다. 이런 서정적 자아의 시심은 시
인의 뇌리에　刻印된 정서의 함량으로 정리될 수 있는 총체적인 정서
의 투척에서 가능한 일이다. 사랑을 위한 갈증으로 식물성 시의 총화
－꽃으로의 상징화는 곧 최절로가 선택적으로 가려는 정신의 출구가

된다는 생각이다. 물론 얼마나 화려한 開花의 결말이 調和의 정원을 만들 수 있는가는 전적으로 시인 자신의 몫이라는데 기대치를 저장한다.

2) 故鄕의 정서

고향은 어머니의 心象이고 인간의 原型으로 다가오기 때문에 항상 포근하고 다감하면서 그윽한 이름으로 다가온다. 이런 원형의 감수성은 어머니의 포근한 품속을 생각하게 하고 - 그리움 때문에 시인의 뇌리에서 벗어날 수 없는 손짓으로 남는다. 이런 끈끈한 정서야말로 인간의 고독과 삶의 고달픔을 삭여줄 수 있는 포근한 감정을 간직하고 있기에 한사코 고향이란 말에 가슴 설레이는 그리움을 보낸다.

> 나의 성받이가
> 몇대를 이어 살아온
> 거기에는
> 내 일상의 부끄러움과
> 소망이 다 묻혀서
> 질긴 싸리나무 뿌리로,
> 혹은 이름표 달지 않은 풀꽃으로
> 방금도 도란도란 숨쉬며
> 새록새록 돋아나고 있습니다.

——〈고향〉에서

고향은 순수를 자극하고 순진을 상상력으로 끌어오기 때문에 언제나 따스한 느낌을 배제하지 않고, 스미 듯 인간의 정신을 휘어 잡는다. 최절로는 '몇대를 살아온'의 뿌리 때문에 더욱 진한 의식의 중심으로 고향의 메아리가 시인의 가슴으로 향해 문을 두드릴 때, 어린 날들의 기억은 밀물져 온다. 더불어 현재의 위치에서 과거를 거슬러 올라가는 생각의 '부끄러움과' '소망'이 교차하면서 '도란 도란 숨쉬며' 살아나는 생명의 호흡으로 다가온다. 이런 因子는 곧 시인의 自意識에 깊숙하게 깃들어 있는 창조의 숨소리가 된다는 느낌이다. 아마도 '이름표를 달지 않는 풀꽃'의 번뜩이는 감수성의 소리는 시의 추상적인 상상을 구체적인 상징으로 전환하는 맛을 생성하고 있어 상상의 폭을 넓고 깊게 자극하는 임무를 수행한다. '지금도\철부지 순수로\흘러가고 있습니다'라는 철부지의 상상은 때묻지 않는 마음의 표백을 만나는 즐거움으로 다가 온다.

　시는 언제나 메시지를 독자에게 보내는 신비한 소리와 같다. 고향의 이미지를 독자의 가슴으로 보내는 최절로의 넉넉한 마음엔 그만큼 애닯은 연결고리가 내장되어 있어 시의 물기를 적신다.

> 고려잔디로 질기게 엉긴
> 사랑의 끈에 메달려
> 그 터에 머무는
> 그리도 곱던 누님의
> 그을린 얼굴
> 어째서
> 고향은 날마다 춘삼월인가.

——〈고향길〉에서

　「춘삼월」이라는 副題가 붙은 시로 고향이 절대 심상으로 시인의 뇌리를 떠나지 못하는 이유가 싱싱하고 풋풋한 삼월의 생명력과 연결되어 있다. 고향이 봄의식으로 충만했기에 고향을 생각하는 것은 오늘의 공간을 생명의 소리로 전환하는 비유가 될 뿐만 아니라 여기서 최절로의 시적 행로는 구체적인 공간을 확보하면서 삶의 이유를 전개해가는 암시를 만나게 된다. '사랑의 끈에 매달려'는 곧 최시인의 정신적인 깊이에서 만날 수 있는 춘삼월은 추억과 피붙이에서 느꼈던 아득한 기억들이 한 줄에 묶이어 나오는 낭만의 여유와 遭遇하게 된다. 이런 기법은 조급하지 않고 넉넉함 때문에 한층 추억의 심도를 강화하는 쪽으로 의식의 문을 열어 놓게 된다.

> 나는 어째서
> 어릴적 그 어려웠던 보리고개,
> 밥상에 둘러 앉은
> 자식들의 입을 두려워하던
> 어머님의 초상과 함께
> 그리도 척박하던 산하들이
> 눈앞에 장막을 치는가.
> 오늘 낮에는
> 일부러 꽁보리밥 집을 찾아
> 호박이파리에 민들레 잎사귀 곁들여
> 강된장 얹어 볼이 터져라 먹는 맛이
> 또 나를 먼 그곳으로 끌고 가는가.

——〈맑은 개천에는 고향이 흐르고〉에서

　추억은 인간을 작게 만들고, 추억으로 찾아가는 마음은 어린시절의 문을 통과하는 재미가 수채화로 그려진다. 더불어 가난을 허겁지겁 나누어 먹었던 시절조차 찾아가고 싶은 마음으로 채워질 때, 시간은 이미 아득한 거리를 남겨 놓고 손짓만 애처러이 남게 된다. 나른하게 내리쬐는 봄날의 햇살 아래 배고픈 신음이 들려왔었고, 꽁보리밥도 넉넉지 못했던 가난— 에베레스트의 높이보다 더 높았던 슬픔의 파도가 얕은 가난의 능선에 다가와 소리칠 때 —이런 가난의 긴 강을 거슬러 자꾸만 다가가고 싶은 마음의 행로는 무슨 因子때문일까? 인간은 넉넉함에서 인간의 정을 놓치게 되고 고통과 가난에서 오히려 정신이 맑고 깨끗해지는 이치에 닿고있어 끈끈한 정감을 되새기게 된다. '나를 먼 그곳으로 끌고 가는가'의 원인 모를 끌림이 그만큼 내면의 깊이에 들어있는 힘의 요인으로 생각된다. '나이 육십을 넘기고도\울어머니 생각만하면\나는 먼 하늘을 본다' <울어머니>와 같이 어머니의 이미지와 연결되면서 눈물어린 기억들이 떠나지 못하는 나그네가 되어 시인의 가슴을 적시는 요소가 되어, 어머니와 고향이 하나로 묶여진 정서를 발견하게 된다. 여기서 고향은 종합적이고 총체적이면서 다양한 흐름을 간직하고 유유한 파문을 남긴다.

앵곳말의 시편들은 결국 고향의 산하에서 정을 나누었던 사람들과의 기억을 되살리는 넓은 마음으로 화면을 장식한다.

> 저 고모가
> 하얀 박꽃으로 태어나는
> 해거름의
> 노을진 세상이
> 다시 올 것인가
> 한은 강이 되어 흘러도
> 생명은 다시 비로 내리는
> 윤회의 철칙이
> 고모의 영혼으로
> 이어지거라.
>
> ——〈앵곳말 사람들〉에서

최절로의 시는 사설조의 긴 가락을 주로 한다. 이 때문에 자칫 언어의 긴축미를 잃어버릴 위험이 있고 언어의 탄력이 무력해지는 요인을 내장하고 있을 수 있다. 즉 시 속에 스토리가 개입됨으로 느슨해지는 질감의 문제를 시에서는 배제되어야 한다. 어떻든 최절로의 고향 사설은 그만큼 정신의 중추를 떠나지 못하는 긴밀성의 요소로 짜여진 차분한 어조를 느끼게 한다. 이는 말함으로 전달하는 것보다 보여주는 기법은 아닐지라도 구수한 사설에서 느끼는 가장 한국적인 맛을 감상하는 것과 같다. 고모의 모습을 하얀 박꽃으로 환치했고, ―좋은 세상을 살라는 염원― 고모의 일생은 최시인의 뇌리에 감동의 파문으로 각인된 수채화―황혼을 배경으로 채색된 그림이다. 고향은 최절로의 정신을 이루는 밀폐된 공간으로의 꿈과 추억이 스며있는 삶의 행로를 이끌어 주는 구체적인 장소이면서 삶을 이끌어 주는 動力이 되는 암시가 된다.

3) 順理와 사랑

최절로의 시를 이루는 중심 잣대는 순리의 사고가 특징을 이루었고 사랑의 갈증에 삶의 요소를 구성하는 느낌을 준다. 이런 생각은 최시인만의 정서는 아니지만 시어를 이루는 빈도가 시의 소리를 이루는 차분한 어조를 이루고 있어 전달의 빈도를 자극한다.

> 부엉이 밤을 앓아
> 온 산골이
> 피멍으로 수 놓인다해도
> 장닭은 홰를 쳐 울고
> 이슬 영롱한
> 찬란의 새벽은 오나니
>
> 사람은 저제나
> 이제나 어머님 말씀
> 순리를 쫓아
> 살아야 한다

　당연한 말은 당연하기 때문에 실감을 만든다. 동양사상은 순리의 사상이라는 점에서 서양의 사고와는 다르다. 서구는 자연을 정복으로 생각하는데 반해 동양은 조화로 생각하고 적자생존의 진화에서 동양은 변화의 사고를 갖는다. 이런 본질은 여러 원인이 있지만 정복의 서양문화와 평화의 동양문화의 차이에서 유래한 사고의 현격성으로 돌릴 수 있는 부분일 것이다. 최절로는 토속의 시골정서를 여전히 간직하고 있기 때문에 씨를 뿌리고 꽃이 피는 이치에 다감하고 또 겨울이면 숨 죽이고 변모하는 자연에 경외의 마음을 보내는 順命의 생각에 살고 있다는 점이다. 이런 마음의 根底에서 그의 삶은 순리의 방향으로 향하고 이를 표현한 시는 순리의 마음을 언어의 표정으로 바꾸고있다. '순리를 져버리면\한포기 들풀도\배반의 작태로\비치나니' <꽃도 순리를 어기면>로 자연을 거역하는 이치가 인간의 경우에 대입되면 인간은 파멸의 운명을 감당해야 한다. 자연은 인간과 분리하는 것이 아니라 하나로 통합되는 진리에 귀속되는 원리에 이르게 된다는 점에서 순리는 해가 떠서 지는 순간까지 자연의 행보에 다름이 아니다. 시를 쓰는 이치도 자연의 원리이고 사는 것도 결국 자연의 이치인 순리의 범주에서 벗어날 수는 없는 일이다. 이를 모르는 것은 불행의 참담함을 자초하는 일이라는 경귀의 의미가 최절로의 시에 담겨진 의미이다.

　사랑은 말이 아니고 행동일 뿐이다. 그리고 사랑은 정신을 이루는 인간화의 가장 진솔한 얼굴이다. 최절로의 시엔 사랑은 감춰진 대상이기 보다는 부부지간의 사랑에 대한 농도를 강화하는 느낌으로 생각된다. <겨울 나무여라>와 <잠 잃은 밤>·<장대비로 당신가슴에>·<옷을 갈아 입고> 등에 들어있는 시인의 마음은 반복 되풀이를 사랑으로 채운다.

당신 위에 번개로 부딪혀
소리내어
사랑을 확인하는
자리.

—— 〈장대비로 당신가슴에〉중

비는 적심으로 同化를 이룬다. 물론 사랑의 경우도 스미고 적시면서
「하나」로의 일을 이루려하기 때문에 완성을 향한 길을 만들게 된다.
사랑은 영원을 지향하는 하나의 길을 탐구한다. 이는 예술이 노리는
본질과 다름이 없다. 예술은 인간을 영원으로 일어나게 부추기며 완성
을 향해 길을 만들어 주는 임무를 수행한다. 예술은 인격의 완성을 지
향한다는 점에서 다른 학문이 감당하지 못하는 깨우침을 본질로 한다.
'장대비'로 두사람을 하나의 결합으로 완성한다는 것은 사랑의 중심으
로부터 시작되어야 하며, 최시인은 이런 이치를 사랑의 힘으로 확인하
는 절차를 임무로 한다.

진정한 사랑의
위대한 힘은
뿌리없는
나무토막에
생명의 움을
틔우게 되나니
목숨과 바꿀 순수의
사랑을 품어라

—— 〈사랑의 힘〉에서

사랑은 인간을 깨우치고 변화의 길을 만들어 주면서 성숙을 위한

아픔이 전제 된다. 이리하여 뿌리없는 극한의 상황에서 생명으로의 탄생을 갖추게 되면서 시의 길을 확보한다. 결국 없는 것에서 있는 것으로 변하기 때문에 '목숨과 바꿀' 순수의 사랑을 간직해야 한다는 시인의 잠언적인 언어가 생산된다. 사랑은 출구가 없는 인간 상실을 봄으로 인도하게 되고 절망의 암담한 어둠에서 빛으로의 길을 만들게 되기에 사랑은 무형의 추상일지라도 위대한 힘을 갖게 된다. <님과 그 산촌>이나 <꽃을 보며 님에게> 등에 담겨진 사랑의 노래는 최절로의 정신속에 윤기를 더하는 어떤 힘으로의 작용을 뜻하고 있어 인간의 모습을 가장 확연하게 드러내는 윤활의 역할을 다하고 있다.

3. 마무리

현대인은 추구해야 할 꿈의 행방을 잃어버렸고, 고향의 따스한 공간을 찾아볼 길이 없는 암담한 시대에 살고있어, 地平을 상실한 산문적 소리에 이끌리는 혼란의 삶을 보내고 있다.

시는 소리가 아니고 스미 듯 다가오는 따스함과 아늑함이면서 사랑을 불러오는 그리움이다. 그리움이 없는 오늘의 각박함을 탈출하기 위해서는 보다 진지한 모습으로 독자의 가슴을 두드려야 한다는 소임이 부여된다. 오늘의 시인들이 단순한 관념의 유희에서 벗어나 태양이 내려쬐는 벌판에서 땀과 어울리는 진솔의 체온을 교감해야 한다는 시대적인 소명이 단순한 언어의 한계를 느끼는 표현의 문제가 아니라 생동의 시를 만들기 위한 진실의 탐구가 전제되어야 한다는 뜻이다. 아울러 잃어버린 것들을 독자에게 되돌려 줄 수 있는 시인의 노력이 촉각을 곤두세우는 진지함이 선행되어야 한다는 것은 산문시대를 극복할 수 있는 요망일지 모른다.

이와 같은 전제 위에서 최절로의 시는 고향의 소리를 끌어와 토속적이고 은근한 가락에 아늑함을 펴보이고 있다. 그의 시에 고향은 모태심상의 근원이면서 이로부터 시의 내면을 이루어 식물성 정서를 주된 정서의 함량으로 삼고 있기에 안온하고 은근한 정감을 부추긴다.

그의 시는 순리의 자연사상에 바탕을 둔 것도 고향정서의 **변형**이면서 사랑의 정서도 고향의 이미지로부터 다른 길을 모색하는 데포르마시옹의 형태로 보인다. 이런 바탕에서 최절로는 정적인 모태회귀를 지향하는 자연정서의 시인이다.

8. 삶의 허무와 꽃, 바람으로의 변용

—최은하 시선집 『그리움은 바람꽃으로 피어』를 중심으로—

1. 들어가면서 - 시의 깊이와 증명

시는 시인의 정신세계를 포괄할 때, 이미 우주의 소리와 몸짓을 담고 있는 상징의 광범위한 영역을 감당하기 때문에 단순한 암시의 해설에 머무는 일은 단편적인 현상에 떨어질 염려가 있다. 인간의 내면심리는 단순한 부호해설로는 결코 감당할 수 없을 만큼 다양하고 복잡하다는 것은 무의식의 층을 이루는 깊이에서 증거를 확보할 수 있을 것이다. 시는 인간 생활의 현상적인 것을 다루는 것이 아니라 보이지 않는 어둠의 측면을 빛의 세계로 건져 올리는 작업이 우선하기 때문에 때로는 부호요 암시의 손짓에 다름이 아니라는 사실은 도외시할 수 없는 일이다. 가령 산문은 보이는 것을 서술하고 묘사한다면 시의 경우는 결코 보이지 않는 지하 세계의 무한을 현실 공간에 싱싱하게 제출하는 작업이기 때문에 증명의 방도가 묘연한 것—이리하여 시를 앰비규어티라는 말로 특성을 요약한다. 애매성은 시의 몸이요 정신의 모두가 들어 있는 형태이다. 마치 老子의 세계가 빛 이전의 어둠을 포괄하는, 동양의 세계를 특징으로 하는 것과 같을 것이다.

동양의 어둠은 창조의 근원으로써 서구의 nothing의 개념이 아니라 모든 것이 살아 있으나 증명할 길없는 무한의 어둠으로, 거기엔 한줄기 빛이 오면 모든 것이 살아나는 세계인 것이다. 이 세계는 말로 해결할 수 있는 논리의 수단으로도 혹은 눈으로 확인하는 방도가 결코 없지만 마음으로는 확신할 수 있는, 마치 어머니 뱃속에 들어 있는 태아와 같은 형상이 시의 모습이다. 여기서 시는 인간 영혼의 깊이와 넓이를 감당할 수 있는 영역이 엄존하게 되고 문학 쟝르의 앞자리에 위치하는 이유가 등장하게 된다.

여기서 한사람의 시인—그가 명망 있는 시인이건 아니 건을 불문하고 한 편의 시를 바라본다는 것은 이미 至難한 어둠을 방황하는 것과 다름이 없다는 논거가 도출된다. 물론 시를 바라보는데 흔적 찾기의 단서가 없는 것은 아니지만 궁극적으로 시를 바라본다는 것은 곧 한 인간의 내면을 통찰해야 한다는 문제로 귀결되어야 한다. 인간의 내면은 항상 질서 지워진 길이 있지만 이를 명쾌하게 분석할 수 있는 가시적인 세계는 결코 아니다. 어둠 깊은 곳에서 어느 순간에 불리워 나오는 형상은 시의 중심 모티브가 되기도 하고, 또는 지엽적인 잔가지의 역할에 머물기도 하지만 내면의 강은 아슬하고 무한하다는 말로 처리할 수밖에 없는 한계—인간의 지혜가 감당할 수 없는 신비의 구조물이 인간의 내면세계인 것이다.

시는 여기서 출발의 길을 갖는다. 그렇기 때문에 시의 창조 원인을 명쾌하게 분석 혹은 증명할 수 있다면 이는 인간 내면의 구조를 해결하는 인류사의 신비를 풀어내는 업적과 다름이 없게 된다. 이처럼 시는 인간이 인간을 탐구해 가는 道程의 세계이자 인간의 위대성을 확인하는 구체적인 조짐으로의 작업일 것이다.

그렇다면 시는 어떤 경로를 통해 빛의 세계를 방문하는가? 땅속에 1400여년이나 묻혀 있다 부여 능안리 건물지에서 출토된 백제의 금동

제용봉봉래산 금동향로의 경우는 어둠 속에서 시의 가치가 무엇인가를 암시하는 단서가 될 수 있을 것이다. 인간으로는 운명적이고 숙명적인 말로 처리하겠지만 조건의 일치가 이루어지면 시의 몸체는 순간에 어둠의 옷을 떨치고 현실의 전면에 나타날 때, 시인의 고뇌 어린 작업은 찬란한 美感의 옷을 걸치게 된다는 점이다. 여기서 시는 때로 기다림이고, 때로는 찾아가는 고행의 작업이라는 말로 정리된다.

별밭 최은하의 시는 앞에서 언급한 어둠의 징후를 두껍게 포장하고 4차원의 세계를 방문하는 손님과 같이 때로는 다감하고 혹은 낯선, 마치 기다렸던 사람의 그리움처럼 친근하게 다가오는 맛의 시들을 생산한 시인이다. 이제 그의 내면에서 솟아 나오는 음성들이 무슨 말로 다가 오는가를 검증하는 절차로 그의 무한의 언어를 만나 볼 계제가 기다리고 있다.

최은하는 59년 『자유문학』으로 문단에 등단한 이후 첫시집 『너와의 최후를 위하여』(70년)이후 91년 『꽃과 사랑의 그림자』 등 7권의 시집을 상재한 바 있다. 본고에서는 그의 최초 自選 시선집 『그리움은 바람꽃으로 피어』(92년 신문예)를 중심으로 정신의 편력을 검토하겠다. 흔히 선집은 시인 스스로 애착이 가는 작품을 선택하여 독자 앞에 보이는 절차를 밟기 때문에 쉽게 詩作展開의 중심이 되는 작품들을 접할 수 있는 이점이 있으리라는 가정 위에서의 검토임을 밝힌다.

2. 시의 內面像

1) 존재의 迷妄

산다는 것은 인간 스스로의 가치를 확인하는 문제이자 자기를 검증하면서 또다른 자기에 관심을 갖는 바, 여기서 고뇌의 諸問題를 파생하게 되고 또 이런 파생의 일들을 처리함으로 또다른 문제를 만나게 되는 연결 고리의 순환에 이끌리는 것들을 존재라는 이름으로 처리한다. 살아 숨쉬므로 발생되는 일들이 인간의 고뇌요 또는 이런 일상을 되풀이함으로 자기의 위치와 자기의 문제를 해결해 나감으로 인간은 자기 확인의 절차를 외면할 수 없게 구조화된다. 이런 일상을 살아가면서 봉착하게 되는 제반사는 삶의 특징으로 나타나면서 시의 중심의미를 만들어 나가게 된다. 예의 최은하의 경우도 현실을 밟아 나가는 路程에서 고뇌의 거친 숨소리를 시의 옷자락에 감추고 있다.

> 내 길은 안개 밭이다.
> 내 길인 줄 알고
> 달려온 내가 자꾸만 되돌아 뵌다.
> 허지만 이제쯤 돌이킬 수 없는
> 이 깊은 길목에서
> 나는 어이 할 수가 없다
> 시간은 황혼에 젖어
> 내 그림자는 노을 속으로
> 짙고 길기만 하다.
> 아무리 둘러보아도 길을 일러줄
> 물어 볼 이도 없고
> 마침 어둠은 여지없이 내려쌓는다.

——⟨어떤 길목에서⟩중

인간은 길을 가는 존재이다 물론 길은 하나의 길이 아니고 多技하고 중첩되는 迷路를 헤매는 것이 일생의 길찾기의 운명이다. 이를 벗어날 수 있는 방도는 없고 오로지 내 앞에 지워진 길을 걸어야 할 숙명의 선택만이 남아 있을 뿐이다. 누구도 길의 앞을 예감할 수 없고 도 길을 돌아가야 할 자유조차 없는 상황을 부여 받는 것이 인간의 삶에 대한 모두인지 모른다.

'내 길은 안개 밭이다.'를 고백하는 최은하는 확신의 마침표를 찍어지나온 인생의 과정을 증명하는 절차에 단언을 내린다. '내 길'을 찾았지만 어느 것도 내 길이 아니고 오로지 안개였다는 말은 곧 삶의 불확실성에 대한 명상이면서 이미 노년의 그림자를 밟고 있는 自覺의 문 앞에서 뒤돌아보는 처연한 아픔이 뒷전에 담겨 있는 고백이다. 길을 알려 줄 사람도 없는 절대 고독의 처지는 모든 인간이 당면해야 하는 암담한 존재의 실상이라는데서 최은하의 고백은 인간의 보편적인 고백으로 남게 된다. 결국 어느 길을 선택할까를 망설이는 모습과 어둠이 다가오는 소리를 들어야하는 처지의 절망 앞에 물음의 망연함은 Robert Prost적인 풍을 느끼게 한다. 이런 허무감의 진원은 최은하의 가을 이미지에 번다하게 출몰하는 정서 현상으로 이는 깊어지는 나이에서 다가오는 소리를 듣는- 나이가 들면 들려 오는 소리에 민감해지는 이치와 같이 -인간의 진솔한 모습을 연상시킨다. <이 가을엔>이나 <쉰고개를 넘으며>, <바람이더라> 등에 들어 있는 정서 현상은 최은하의 최근의 심정이 투영된 시의 모습들이다.

　　길을 가다가 어떤 때, 문득 뒤돌아 서서 내 그림자를 찾아본다. 그림자가 상당히 길게 밟혀 있다. 그러니까 내 여정이 어지간히 하오로 기울었음에 틀림이 없다는 생각이 든다. 그사이 의식적으로 뒤를 돌아보지 않으려고 했던 심경이 새삼스레 확인되는 셈이다. 그것은 내 자존(自存)이 어지간히 쓸쓸한게 아니었나 보다. 허지만 이같은 나의 자백을 어디다가 어떻게 감추거나 결코 지울 수 없는 사실이 너무나도 엄연하지 않는가.

——〈머리말〉에서

　자기를 찾는다는 일은 자기를 어디서 잃었는가를 되짚어서 생각할 때 쉽게 해답을 구할 수 있을 것이다. 그러나 존재의 근원은 어디서 왔는가를 자문하더라도 결코 어디서 잃었는가를 대답해 줄 수 있는 존재가 不在한다는데서 방황의 길이 남고 있을 뿐이다. '길을 가다가.…'라는 삶의 과정을 도입하여 자기의 모습을 터득한 시인의 마음은 '하오'와 '쓸쓸'이라는 언어에 스며 있는 허무의 색감이 한층 처연하고 암담한 생각을 재촉하는 인상을 남긴다. 그러나 '하오'의 시간의 위치와 '쓸쓸'이라는 느낌의 일치는 곧 살아왔던 시간에 대한 반성의 가치가 인간 보편의 자각에 이르고 있다는 점에서 최은하의 고백은 淚線을 자극하는 요인으로 작용한다. 절벽 앞에서도 결코 절망하지 않고 문을 두드리는 것이 인간의 특성이다. 여기서 길찾기의 작업은 항상 인간의 특성을 누리게 된다. '門은 열리지 않고\그대로 잠긴 채였다\\문짝이 부서져라\두드리고만 있다.'(문 앞에서)와 같이 의지를 앞세운 인간의 길이 반복되지만 절망의 그림자는 항시 멈춤이 없이 따라붙는다.

> 꿈속에서 나는 곧잘
> 나를 만난다
> 그 때마다 나는 숨찬 도피자였다
>
> ──〈꿈속에서〉중

　나를 만나는 일이 꿈이라는 공간에서 이루어지지만 이 또한 도피자의 운명으로 어긋난 길을 터벅여야 한다는 고백은 자기 찾기의 시행착오의 결과이지만 어느 것도 알려주는 사람이 없다는 점에서 어둠이 곧 인간 삶의 공간임을 암시하는 일 때문에 갈증을 앞세운 방랑의 길이 남게 된다. 그렇다면 사람의 생명은 가득찬 무엇이 있는가? 즉 살고 있는 바의 실상에 담겨진 공간은 무엇인가의 해답을 기다린다. 마치 무엇이 있는 양…

> 여남은 차례 넘게
> 옮겨 살아온 집은

모두 모두가 텅 빈집이었네.

온전히 등불 하나 밝히지 못한
내 居處

——〈내 빈 집〉에서

　허무는 삶의 본질이기에 「허무하고 허무하니 허무하도다」를 발성한 예수의 고백은 곧 산다는 문제의 바닥은 아무 것도 없는 어둠이라는 답안이다. 무언가를 낚시질하려 해도 거기 걸려 나오는 것은 빈 것 뿐이고, 빈 것의 실상을 알면 인간의 거처는 공허한 물음의 메아리만 남게 되는 이치가 된다. 실제로 집을 옮겨 다녔을 최은하의 집은 곧 인생의 경우와 닿고 있을 때, 시적 암시의 파장과 의미의 탄력은 한층 높이로 향하는 감동을 전달한다.

2) 허무와 순명

　짧은 햇살에 앙탈할 수 있을 것인가? 신에게 하소의 토운은 가능할까? 여기서 허무의 의복은 존재의 암담한 절망을 만나게 되고, – 새로운 길이 인간의 지혜를 발동하게 만든다. 허무는 항상 조용하고 스미듯 다가오는 것 때문에 미처 생각하지 못했던 사이에 전신을 휘감는 특징을 갖는다. 젊은 날에 인생의 허무를 느끼기보다는 오히려 깊어지는 나이에 이르면 허무라는 얼굴은 인간의 가슴을 점령하고 벗어나기 어려운 위력을 퍼뜨린다. 이는 절망의 칙칙한 것과는 달리 삶의 가파른 혹은 그렇지 않는 사이에 온몸에 퍼지는 사실을 감지할 수 있는 예민한 사람은 없을 것이다. 그러나 허무는 절망과 손을 잡고 인간에게 다가들 때, 그 힘은 폭풍의 강제력을 갖고 삶의 벌판을 헤집게 된다. 절망은 선택적이고 나약한 사람의 전유물이지만 허무는 의무적이라는 점과 모든 인간에게 평등하게 다가온다는 점에서는 차이가 있을 것이다. 나이가 들어가면 절망은 체념과 손을 잡고 박자를 갖추어 찾아오지만 젊음에서의 절망은 나이든 사람의 체념과는 유다르게 절규의 몸짓을 수반한다. 그러나 노년의 체념은 물에 적셔들 듯 어느새 휩싸여 있음을 알게 된다. 이때 운명이라는 인간의 길을 생각하게 되고 거기에 고개를 숙이는 모습으로 길들여진 사람이 된다. 최은하 역시 1938년생의 나이에 걸맞게 저물어지는 의식을 앞세우는 順命의 陷穽으로 어쩔 수 없이 들어간다.

> 부질없네, 부질없네 하면서
> 오늘도 하루내
> 힘 부친 무게로 떠돌기만 했네.
>
> 그림자 길게 드리워
> 지는 해를
> 그 뉘 모르랴 마는
> 사위는 달
> 훤한 그림자 속에 앉아
> 부푼 멍 삭히려
> 뜬눈이었다가
> 다시 감아 보지만
>
> 바람이더라,
> 돌아봐도 바람이더라,
> 살과 뼈 속으로 스며드는 바람 뿐이더라.
>
> ──〈바람이더라〉에서

확인할 수 없는 바람은 많은 시 속에서 추상의 얼굴로 소임을 다한다. 그렇다면 보이지 않는 바람을 통해 시인들은 왜 자기의 의식을 투

영하는가? 이는 설명 할 길 없는 일상을 가슴에 담기 어려운 욕망의
탈출구를 무난히 통과하는 羨望으로 바람은 시간의 공간을 뛰어넘어
시인의 마음을 위무할 수 있기 때문에 바람의 기능은 다양한 모습으
로 전개된다. '부질없네'의 허무 앞에 자기의 존재를 가볍게 생각하면
서 이것도 결국은 허무에 도달하는 길밖에 없다는 생각으로 '돌아봐도
바람이더라'의 속깊은 고백을 던지는 것이다. 이런 인식을 강화하면
필시 죽음의 그림자를 만나는 생각을 強化하여 침체의 늪을 만들게
된다.

> 숲으로 가리.
> 이 세상 태어나 배우고 익힌
> 사랑이란 말 허뜨려버리기 전에
> 이제 어둡게 우거진 숲으로 가리.
> 숲 속에서 숲과 함께 바람을 만나
> 사라지는 바람이 되리.
> 한줄기 바람소리로 남으리.
>
> ──〈숲으로 가리〉에서

숲은 죽음의 소리가 머무는 공간의 이미지이고 여기로 가야겠다는
마음은 현실의 공간을 벗어날 시간이 되었다는 느낌이 시인의 내면을
자극하기 때문에 이런 의식을 바람에 의탁해서 「가야만 한다」는 결정
론의 근처를 왕래한다. 최은하는 이런 나이 56세가 깊어지는 ―별로
깊지도 않지만 ―생각을 간직하면서 돌아가는 길을 생각하는 심사에
노을이 다가왔지만 절실성의 의도가 아니라 「늙어 보고 싶은」 생각이
우선한 느낌이 보인다. 이는 심리적으로 볼 때, 앞서려는 일상의 관심
이 작용하는 면일 수도 있고 현실에 대한 어떤 보상적인 행위가 내면
을 탈출하는 경향으로도 볼 수 있는 부분이다. '숲'과 '바람'의 상관을

유기적으로 연결하여 자신의 목소리를 은폐시키고 있는 시적 토운은 매우 담담한 가락을 전개한다. 이런 징후는 '마냥 어두워가는 저 멀리 \날 부르는 목소리\사라져 가네.\\자꾸, 자꾸만 날 부르는 이\그 누굴까.' <어스름 녘에>와 같은 소리에 이끌리는 도깨비성 耳鳴을 따라가는 상념에 젖게 된다.

순명에 길들이는 것은 체념할 줄 아는 지혜에서 가능하다. 이는 나이와 지혜는 절대적인 것은 아니지만 보편적으로 상관을 갖는 이유가 주로 경험의 축적에서 가능할 것이다. 길들여 진다는 순명은 곧 살아온 경험의 층이 높을수록 그 반응의 속도는 함수를 연결하게 된다는 뜻이다.

> 흘러가는 것은 흘러가게 해야지.
> 굽이치는 것은 굽이치는 대로
> 멀리 비껴 가는 것은 비껴가는대로
> 빠르면 빠른 대로, 아쉬우면 아쉰대로
> 소용돌이치다 휘돌아 가면 또한 그대로
> 맞아 가고 잊혀 가고 앗아가는 것이면
> 모두 그대로 흘러가게 해야지
> 날아가고 숨어 가고 서둘러 가고
> 돌아가는 건 돌아가는 대로
> 떠나는 것이면 그런 대로
> 놓아주고 풀어 줘야지.

——〈순명〉에서

도전하고 싸우고 또는 피나는 싸움터에서 돌아온 전사는 싸움의 치열성과 비슷하게 순리의 운명을 수용하는 점에서 두려움이 약화된다. 사는 것도 이런 이치와 같이 돌아보는 경험의 촉수에서 젊음의 용기와는 다르게 길을 만든다. 최은하는 자연의 이치를 수용하여 순리의 생각을 시에 도입함으로써 억지를 외면하는 운명론자가 되었다. 어쩌면 정해진 궤도를 진행하는 천체의 이치와 같이 인간은 운명에 도전하고 싸우는 것보다는 순리의 운행에 자신을 맡긴 동양적인 사상에 가까운 느낌을 준다. 이런 감수성은 초기의 시보다 최근의 작품에 더욱 짙은 음영을 드리운 것에서도 가야 하는 길과 운명을 맞추는 생각이 최은하의 시적 표정으로 보인다. 시집의 서문은 이런 단서를 확인하는 단초로 작용한다.

> 나는 지금 아득하다. 뒤를 돌아 봐도 여실히 아득하고 앞을 바라보아도 아득하기 그지없다. 그 무슨 표적을 커다랗게 내세워 이야기 삼자는 것은 아니다. 거기다가 시간이라는 조급한 강박이 나를 칭칭 묶어 놓고 있다는 관념과 또 헤아림이란 것이 그대로 휩싸 돌아 층을 이뤄 조여들기만 하고.
>
> ——〈머리말〉에서

「머리말」에 시인의 말은 지금까지 허무와 순리의 길을 상정한 이유가 '아득'이라는 상징어 뒤에 살아온 구체적인 「것」이 없다는 안타까움이 나타나고, 여기에 따른 시간의 조급성 즉 짧다는 생각 때문에 허무와 가야 할 길이 보이는 현상으로 나타난다. 물론 순리를 따라 운명을 맡기고 있다는 선언적인 암시도 구유하면서 초조로움을 달래는 노을 의식들이 지배의 힘을 강화하고 있는 심정으로 보인다.

3) 바람과 그리움

바람은 장벽을 갖지 않았고 시간을 소유하지 않았다는 점에서 시의 추진력을 갖는다. 시인의 힘으로 닿지 못하는 공간과 공간을 무시로 다가갈 수 있고 또 보이지 않는 점에서 인간의 시력이 감당하지 못하는 위력을 나타낸다. 최은하는 바람에 자신의 능력을 부여하기도 하고 자신의 목소리를 대신하는 역할을 부여함으로 위안을 삼겠다는 점에서 바람은 그의 시정신의 일단과 손을 잡는다. 바람을 스스로 정의하고 있는 시편을 옮겨 검토의 증거로 삼는다.

> 바람은
> 지고 솟는 태양과 더불어
> 마르지 않는 말씀이다.
> 생명의 시종(始終)이다.
>
> ──〈바람은. 10〉에서

바람이 태양과 생명과 연결됨으로 창조적인 것과 맥을 이어준다. 이런 생각은 그의 종교적인 端初가 될 수도 있고, 우주의 섭리와 같은 이치를 발견하는 맥락에 닿을 수도 있다. 이는 지고 뜨는 태양이 자연의 원리이고 곧 인간 생명의 원리와 交接된다는 점에서 바람은 시의 중심을 이루는 중심축의 역할을 기대하는 셈이 된다. 그러나 최은하는 "나는 『바람』에 대하여 상당한 깊이에 빠져 헤아리고 맛보았다 그렇지만 바람은 여간이나 힘든 추상이 아니었고 벅찬 감정이었다" <시집 『꽃과 사랑의 그림자』의 서문>라는 고백에서 최은하의 바람은 그의 시를 바람 속에 투영하려는 의도를 읽게 하는 뜻을 알게 된다.

> 바람은
> 저 혼자서 그 어떤 모양새나
> 색깔이 없어 자유자재롭다.
>
> ──〈바람은 9〉에서

바람의 자유는 가장 두드러진 속성이고 이 때문에 시의 살결을 만들게 되고 시의 맛을 부추기는 역할을 자청하는 것이 인간의 경우와 다르기 때문이다. 인간사는 제한과 속박 그리고 구속의 틀을 벗어나려는 發心으로 살지만 항상 함정을 벗어나지 못하는 것과 다른 방향에 바람이 있기에 시인은 바람의 힘을 항시 그리워하는 것이다. 최은하도 이런 바람의 자유를 제몫으로 삼으려는 욕망을 강화하려는 것이다.

> 바람은
> 빗장 채운 문 앞에선
> 한숨 깊이 몰아쉬다
> 눈물 흘리며 허허 웃는다.
>
> ──〈바람은 3〉에서

　바람 같은 삶은 인간이 희구하는 대상화의 의지가 깃들어 있을 때, 바람은 생활의 어떤 작용을 기대하게 된다. 생활의 가파름에서 바람의 삽상(颯爽)함을 끌어들이면 사는 즐거움이 다가오고 행복한 삶에서 바람은 즐거움을 배가하는 이미지로 변모하기도 하고 '스스로를 곧추세우고 나대로의 시간을 마련하고 아끼려 한다' <서문>와 같이 시인과 분리할 수 없는 이미지이면서 자신의 그리움을 대상에게 전달해 주는 메신저로의 역할을 담당한다. 이런 바람을 끌어들인 최은하의 바람 이미지는 창조에서 생활의 고뇌에 이르기까지 다양한 변형의 모습으로 시의 벌판을 종횡으로 왕래하는 이미지가 된다.

4) 꽃과 정신 변용

　시는 상징의 성을 지키기 위해 사물을 대상화한다. 꽃이란 경우도 이런 이미지의 대상화이면서 시인의 마음을 거기에 투영하여 정신 속에 들어있는 생각들을 카타르시스한다. 물론 시는 어디까지나 고백의 한계를 벗어나는 것이 아니고 오로지 고백을 어떻게 신선하고 산뜻함으로 포장할 수 있을 것인가를 염려하는 방법일 것이다. 최은하의 시

에 꽃은 상당한 몫을 담당하면서 최은하의 정신 추이를 지키는 역할
을 다하고 있다.

> 꽃 앞에 서는 참이면
> 꽃 안으로 들어가
> 몇 날밤쯤 몸살로 지새우고
> 선잠 들었다 깨어나
> 채 가시지 않은 멀미로
> 뒤척이는 바다가 되었다가
> 가까스로 고향 언덕에
> 출렁이는 실신한 조약돌로 반짝인다

——〈꽃 앞에서 1〉에서

꽃과 시인의 관계는 이른바 휠라이트의 논리에 의하면 非同一性의
원리로 간격이 넓은 은유로 바뀌어진다. 사물과 사물의 간격이 넓으면
넓을수록 낯설게하기의 정도는 의미의 신선함을 돋구는 기능을 수행
하면서 연결되는 암시는 생동감을 남기는 바, 이는 제 3의 의미로 변
용하는 시적 긴장을 만들게 된다. 여기서 최은하의 꽃은 자신의 마음
을 아름다움의 극치인 꽃으로 포장함으로 향기의 고귀함을 남기려는
뜻을 내장한다. 물론 꽃에 대한 구체적인 이름은 자운영, 갈꽃 감꽃
등 희소한 편이지만, 이는 추상 속에 자신의 생각을 담으려는 뜻이 강
함을 읽을 수 있는 부분이다. 꽃이 '뒤척이는 바다'로 변모하여 '고향
언덕'에 조약돌로 의미를 변형시킬 때 신선한 충격은 시의 의미를 고
조시키게 된다. 여기서 꽃은 최은하의 정신 질감을 나타내는 목소리의
임무를 충실하게 수행하는 비유로 생각 된다는 점이다.

> 이 세상 떠돌아 지내다가 스러지면

그날 그 자리에
한 떨기 무슨 꽃으로나
피어날 수 있을런지.

——〈꽃말1〉에서

'세상 떠돌아 지내다가 스러지면'의 가정을 앞에 놓고 그 결과를 한
떨기 '무슨 꽃으로나'의 막연한 기대감을 부풀리어 무슨 꽃이 피어날
수 있을 것인가를 생각하는 최시인의 생각은 꽃만으로의 아름다움과
향기의 두 감각을 취하고 싶은 의지를 동원하여 자화상을 만들려는
발상을 보인다. 〈꽃을 마주하면〉의 경우에는 그가 신봉하는 종교적인
암시를 갖기도 하고 '너는 꽃으로 피고\난 별빛으로 남아' 〈꽃밭에서〉
에서는 너와 나의 하나로 합일을 꿈꾼다. 이는 살고 있는 현실이 마감
하면 꽃으로 변용의 자기가 되어 '이름 지어 받아\비로소 꽃이 된 걸'
이라는 소망으로의 뜻을 내장한다. 살아 있는 인간은 그가 인생을 마
감하는 날에 드날리는 목표를 설정하고 사는 것이 당연하다면 최은하
=꽃의 함수는 자연스럽게 성립되는 비유가 될 수 있다는 점이다.

> 『꽃』에 대하여 좀 취해 보고자 경주해 오고 있는 터다. 그런데 꽃
> 을 대하기는 아주 쉬운 것 같은데 혼자서 안으로, 안으로 들어가서
> 마주보기는 내가 해맑지 못해선지 눈알이 그대로 침침하고 먼저 가슴
> 이 뛰어 쌓아 그 열기 또한 감당해내기 어렵기만 하다.

——시집 『꽃과 사랑의 그림자〉의 〈책머리에〉서

시인이 詩作을 하는데 관심을 집중하는 것은 이유가 있다. 표현의
용이성이나 도전함으로 행복을 느끼는 것이나 시인의 의식이 집중되
는 관심의 사상성 등 여러 원인들이 있지만 시인만의 사유가 있기 때
문에 '눈알이 침침'한 상태를 모면하지 못하면서도 관심을 집중하고

있다. 물론 최시인의 꽃은 확연한 암시는 없지만 감춰 놓은 꽃일 수도 있고 여기에 따르는 그리움의 집중처가 될 수도 있다. 비밀이 없는 인간은 재산이 없듯, 누구나 펴 보일 수 없는 비밀은 있기 마련이다.

> 꽃이야 내 꽃이 꽃이지
> 네 꽃이사 내게 무슨 형상이냐.
> 꽃밭에서도 먼지 핀 꽃은
> 누군가가 다투어 차지하고
> 그렇지 않은 꽃이면
> 저 혼자 져버린다.

——〈꽃타령〉에서

소유의 문제로 꽃이 둔갑했다. 이는 아름다움이기에 누군가에 꺾어지는 운명이 바로 꽃의 속성이다. 인간사에서는 꽃이 여성일 것이고 이는 소유하고 싶은 대상화로 바뀌어 질 것은 당연하다. 그렇다면 일차적으로 떠오는 꽃의 문제는 사랑의 뜻으로 돌아간다. 최은하의 시에서 그리움이나 사랑은 뚜렷한 대상을 꼬집어 내기가 매우 지능적으로 은폐된 느낌을 주고 있다. 이는 상징의 농도가 지극히 옅게 채색되었기 때문에 쉽사리 분해한다는 것은 함정에 빠질 위험이 있다. 그러나 살아 숨쉬는 인간은 누구라거나 어디에 있는 등의 명징성은 시인의 가슴만의 비밀일지라도, 꽃의 향기를 좋아하고 이런 꽃을 소유하고 싶어한다는 발상은 전혀 거짓일 수 없다는 점에서 최은하의 꽃이 너로 이어지는 <꽃과 바람>이나 <꽃밭에서>·<꽃을 마주하면>·<다시 꽃을 마주하면>·<꽃과 새>에서 느끼는 정서가 일치점을 손짓하고 있다. 시인은 이런 추정에 웃고 있을지라도……

3. 결론

살아가는 인간에게 길은 다기하고 복잡한 운명을 예언하듯 미망의 숲을 헤매는 비유에서 벗어나지 못한다. 이런 가정을 앞세워 놓고 시인의 노래는 애절하고 처연한 노래를 생성하는 역설의 미감이 최은하의 시에 들어 있는 정서의 함량이다. 이런 이미지들을 병치함으로 치환 은유의 전통적인 관념을 뛰어 넘고 있으며, 이는 시인의 의미 조합 능력의 칭찬으로 돌려야 할 부분이다.

살아가는 사람에겐 절망의 벽 앞에서 자기를 움츠리는 사람이 있는가 하면 도전의 과시를 일삼은 경우도 있지만 원숙한 나이의 무렵에서는 허무의 본질을 외면하지 않고 고개를 숙이는 지혜를 보이게 된다. 최은하의 허무는 질축하지 않고 枯淡하면서도 은근한 미소를 창출하는 멋을 보이고 있어 느낌을 배가한다.

그의 시에 바람은 그의 정신을 이동하는 이미지이면서 상상의 구체적인 날개를 전달하는 시정신의 메신저 역할을 다하고 있지만 뚜렷한 대상을 느끼기에는 역시 추상의 함정에 들어 있는 느낌이다.

최은하의 시에서 꽃은 대상을 느끼는 정서의 극치를 상징하는 기능을 수행하면서 대상을 소유하고 싶은 소망의 메시지로 나타난다. 물론 그 의미의 범위는 하나의 의미로 붙잡을 수 없는 다양한 데포르마시옹의 날개를 달고 있지만 최은하의 프라토닉한 사랑의 좌표가 되는 느낌을 주고 있다.

최은하, 그는 노드럽 프라이의 분류에 따르면 로맨스의 시인이자 센서티브한 감수성의 시인이다.

9. 세상에서 얻은 이름들과 詩情
—허윤정 시집 『자잘한 풀꽃, 그 문전에』를 중심으로—

1. 시와 의식

시는 시인의 의식을 언어로 그림을 그리는 일이라면 그 그림은 가장 지난한 작업을 수행하게 된다. 다시 말해서 한 편의 시는 본질적으로 인간의 삶에 대한 총체적인 관리의 방법을 통해 짧고 명징한 상징화를 거치면서 구체화되는 점에서 인간 예술의 에센스에 도달하게 된다는 이유에서이다. 가령 확대와 팽창을 주무기로 하는 산문에는 현실의 묘사에 따른 진솔성이 요구되지만 응축을 나타내기 위한 상징과 비유의 운문에서는 군더더기 제거라는 일차적인 관심—버리는 무소유의 철학이 필요하게 된다. 좋은 시를 쓰기 위해서는 필요 없는 것을 골라내는 작업이 선행되어야 하기 때문에 가지려는 욕망보다는 버리는 일에서 시의 특징을 만날 수 있게 된다는 뜻이다.

소설에서는 낯설게하기라는 방도를 통해 작가의 의식을 포장하지만 시의 경우엔 상징이나 비유라는 작업을 통해 — 결국 이미지의 통로를 수단으로 시인의 의도를 표면화하게 된다. 궁극적으로 시인의 의도는 그가 살아온 총체성의 집합이라는 점에서 시의 기능은 시인의 생애와 사상을 응축하게 된다. 그렇다면 시의 표정은 시인의 마음을 나타내는 거울이라는 점에서 가치의 **等價**를 이루어야만 한다. 여기서 시의 가치는 때로 독자를 속이기 위한 낯설게하기의 수단이 동원되지만 이미지의 분석은 결국 인간의 심리적인 포착에서는 와해될 수밖에 없다. 이런 이유에서 시를 대면하는 일은 항상 긴장으로 바라보는 일과 언어의 이면을 분석하는 독자의 임무가 남게 된다. 물론 시가 창작되는 과정의 또 다른 장소에서 시인의 삶을 총체적으로 이해하는 구도를 가져야 한다는 것도 예외는 아닐 것이다. 어떻든 한 편의 시를 대면하는데는 언어 생동감에 의해 다가오는 의미를 만나게 되고 한 권의 시집에서는 한 시인의 총체적인 생의 아름다움을 만나게 된다.

1980년 ≪현대문학≫으로 등단한 허윤정의 제4시집 『자잘한 풀꽃, 그 문전에』 들어 있는 시인의 감수성을 만나는 일은 곧 그의 전생애를 함축적으로 이해하는 길을 확보하게 된다는 점이다.

허윤정의 시어는 산문의 언어와 타협을 거부하는데서 정서의 창고를 마련하는 인상이다. 이는 시어에서 군더더기를 제거함으로써 **禪詩**적인 의미를 내장할 수 있고, 이런 담론은 시가 갖는 본질로 지향하는 느낌을 남긴다.

시는 일반 산문의 경우와 달리 역설적인 방법을 선택하여 의미를 구축할 수 있다. 두꺼운 상징이라는 옷을 입고 생동감과 신선미를 부추길 수 있는 방법에서 선택되는 이유의 하나일 뿐만 아니라 일상의 언어를 도구로하여 전혀 다른 화학적인 의미를 창출하기 위해서는 누구나 가는 길이 아니라 미답의 길을 선택하는 것을 시의 특성으로 삼을 수 있을 것이기 때문이다.

위와 같은 기저는 허윤정의 시에 봄 이미지의 번다함과 새 혹은 풀꽃과 거울에서 자화상을 구축하려는 **發心**을 읽을 수 있다. 물론 지대한 관심은 삶을 해석하는 본질의 왕래—없음에서 있음과 있음에서 없음으로의 왕래는 허무의식의 일단을 조우하게 된다. 허무란 있음과 없음을 구분하는 것이 아니라 그 실체와 현상을 이해할 수 있는 존재의 일차적인 임무라면 허윤정은 이런 본질에서의 표정을 감지하게 된다. 이와 같은 발상은 대상의 해체에서가 아니라 종합이라는 동양적인 사고에 근거를 두고 있는 것 같다.

1. 의식의 표정들

1) 삶의 질료들 – 본질에의 만남

허윤정의 시어는 가장 시적인 언어의 운용이라는 점에서 포괄적이다. 다시 말해서 간명함에서 투명한 언어의 질서를 만날 수 있고 또 이런 질서의 명징성은 뜻을 분산하지 않으면서 하나의 의미로 길을 만들고 있다는 일이다. 시가 지향하는 종착은 意味를 만나는 일이고 이는 다시 감동으로 여운을 가질 수 있을 때, 비로소 시의 본질은 시간을 극복할 수 있게 된다면 허윤정의 삶에 대한 해석은 언어 상징의 옷을 벗기는데서 시작된다. 그 최초의 조짐이 삶의 무게를 어떻게 바라보는 가이다.

> 세상에 내가 없으면
> 정작 무엇이 있겠는가
>
> 눈이 있어도 볼 수 없는
> 없는 나를 세우려고
> 얼마나 헐떡였는가
>
> ——〈허수아비〉에서

나는 우주의 중심이자 본질일 것이다. 나의 그림자를 제거하면 대상은 이미 존재할 수 없고 인식의 나무를 세울 길이 없게 된다는 점에서 허윤정의 가정법은 명확한 길을 잡고 있다. 즉 '내가 없으면'의 발상은 대상을 있음으로 바꿀 수 있는 인식의 출발이고 이런 자각은 곧 삶의 여러 그림을 그릴 수 있는 구체성의 고민으로 이어지게 된다. 다시 말해서 나의 인식은 스스로를 터득함으로써 대상을 인식하게 되고 여기서 공존의 사랑과 공동의 광장 속에서 인간의 존재를 형성하는 구체적인 발단이 된다는 뜻이다. 「내가 있음」의 터득으로부터 시작되는 삶의 단초는 결국 인간이 살아가는 고민의 형태인 '볼 수 없는'과 '없는 나를 세우려고'와 '얼마나 헐떡였는가'라는 형태로 고통스러운 삶의 모습을 만나게 된다.

인간에게는 두 개의 눈이 있지만 실제로 가시적인 범주는 10%의 영역에도 미치지 못하는 盲目에서 마음의 눈이 떠져야 내면의 세계를 맞게 되고, 나를 곧게 세우는 至難한 작업에서 존재의 가파름을 터득할 때 비로소 성숙한 인품을 형성하게 되고, 헐떡이는 생활의 고통에서 삶의 가치를 지향하는 길을 만들 수 있게 된다는 뜻이다. <망초꽃>이나 <꽃·1> 등에서 느끼는 본질 찾기의 흔적들은 결국 허시인이 추구하는 精神圖의 모두로 보인다는 점에서 존재의 원형 찾기는 제4시집의 주요 관건으로 생각된다.

시인은 대상을 육화하여 새로운 변화로 만드는 연금술사 혹은 물질과 물질을 결합하여 새로운 물질로 변형을 추구하는 세계 창조의 임무를 가지고 있다. 이를 일러 창조라는 이름을 헌사하는 이유가 나변에 있음이 아니다. 대상을 바라보는 시인의 눈은 항상 탐구자의 임무를 외면하지 않기 때문이다. 여기서 시인의 임무는 언제나 고독하고 처절한 인식의 싸움을 계속해야 한다. 그렇다면 대상을 바라보는 일은 우선 너와 나의 거리를 어떻게 수용하는 가에서 결합의 요건은 형성된다.

<허수아비>에서 '너무 커도 보이지 않고\너무 작아도 보이지 않는다'라는 거리(distance)의 철학은 한 장의 사진을 찍어 본 사람이면 알수 있는 해석이다. 인간은 서로의 거리를 어떻게 조정하는 가에 따라삶의 질이 결정된다. 너무 가까이 가면 실상을 알 수 없고 또 너무 멀리 떨어져도 실상에서 멀어지는 어려움 ─ 결국 산다는 일은 서로의거리를 어떻게 조정할 수 있는 가의 문제 해결이라는 점을 말하는 허시인의 해석은 명상적인 길로 들어가고 있다.

> 여기도 저기도
> 없는 거기에
>
> 들판의 허수아비
> 없는 듯 서서
>
> 없는 새떼
> 있는 듯 쫓고 있다.

──〈허수아비와 새〉

여기와 저기와 거기라는 공간의 이동에서 허윤정의 정서는 일단 형이상학적인 모색으로 들어간다. 여기라는 공간 ─ 나의 실상을 만날수 있는 공간에서 출발한 의식이 저기라는 대상의 거처를 인식하고나면 여기와 저기는 아무런 의미를 갖지 못하는 종합의 공간으로 화한다. 다시 말해서 하나로 통합되는 공간의 결합은 「거기」라는 미지의뜻에서 하나로의 길을 밟게 된다. 이런 통합은 '없는 듯 서서'의 허수아비가 인간 본연의 모습으로 단일화되면서 있는 듯과 없는 듯 새떼를 쫓고 있는 허수아비─인간의 모습이 처연하게 다가온다.

철학은 인간 문제를 판단하려 하지만 시는 인간을 정의하지 않고 인간을 보여줌으로써 인간의 영역을 넓히는 점에서 철학과 다르다면 시는 철학을 포괄하는 길을 선택하는 예를 한 편의 짧은 허윤정의 시는 그 대답이 된다.

2) 무와 유 혹은 그 반대와 허무

있음에서 없음으로의 귀환과 있음에서 없음으로의 왕래는 삶을 해석하는 일단의 기술이다. 가령 태어나는 것을 있음이라 가정 − 죽음은 없음으로의 길을 가는 일이라면 있다와 없다의 중간에 내재한 문제는 존재의 무게로 남게 된다. 인간은 삶의 무게를 감당하려는 의도로 살아가지만 끝없는 시지프스의 고민은 결국 지치고, 슬프고 참담한 결말로 돌아가는 운명적 현상을 이해할 수 있는 방법은 쉽지 않다. 인간이 세상에 태어나서는 인간의 의지로 살지만 죽음에 이르면 자연의 의지를 받아들이는 순명에 살게 된다는 점 때문이다.

허윤정의 시는 이런 有와 無 혹은 無에서 有라는 길을 왕래하면서 시의 표정을 관리하고 있다.

> 마음 속 깊은 곳에
> 남겨진 불씨 하나
>
> 잊은 일도
> 잊을 일도
> 차마 못잊고
>
> 하얀 그림자
> 눈에 선히 밟힌다.
>
> ──〈목련. 1〉

마음 속에 '불씨 하나'의 있음은 없음의 「하얀 그림자」로 돌아간다. 허윤정의 시는 이런 시의 구도를 즐겨 하는 바, <봄>, <바람>, <변증법>, <새>, <꽃2>, <풀국새 울음>, <허수아비와 새>를 위시해서 거의 대부분의 시가 이런 발상으로 구성되어 있다. 그렇다면 있다는 말과 없다는 말은 소유를 주장하는 인간적인 개념으로 볼 때는 정반대의 의미가 되지만 이를 우주의 개념으로 보거나 물리학의 질량불변의 법칙으로 해석하면 있다는 것과 없다는 것은 하등에 구분의 의미를 갖지 못하게 된다. 이는 한 사람의 인간의 의미— 내가 없으면을 — 충족하는 허시인의 해석이라는 점에서 인간의 땅에서 고민을 함께 하려는 보살도의 길을 암시하는 것 같다. 이런 시들은 <풀국새 울음>이나 <새>와 <봄 > 등에 들어 있는 정서의 편린들이지만 대부분의 제4시집에 관류하는 이미지들로 보인다.

변하는 것은 본질이다. 있음에서 없음으로의 귀환은 생명이 맞아야 하는 원칙이기 때문에 이를 벗어나는 일은 운명의 소유물이 아니다.

> 꽃이 진다
> 꽃이 진다
> 물로 흙으로 바람으로
> 저리도 허망히 지고 마는가
>
> ——〈꽃. 2〉에서

꽃이라는 형상이 '지고 마는가'에 이르면 필연적으로 '허망'의 형태를 이해하게 된다. 그러나 그 허망은 벗어날 수 없는 필연의 결말이라는 것을 쉽게 인정하지 않으려는 인간의 욕망에 의해 虛無의 심연은 깊어질 수밖에 없다. 가령 '꽃이 핀다'라는 암시에서는 기대치가 높아지지만 '꽃이 진다'라는 표현에서는 핀다라는 뜻과는 달리 허무의 키를 만나게 되고 이로하여 홀로 남는다는 두려움이 다가온다. 허윤정은 이런 상황을 목도하고서 두려움이나 아픔을 고백하는 것이 아니라 오히려 그 본질로 이어지는 호흡을 고르고 있다. 왜냐하면 '물과 흙과 바람'으로 돌아가는 것이 형태를 가진 것들의 운명이고 이를 자연의 법칙이라는 그물로 이해할 때 명상의 깊이는 아득해 질 수 있기 때문이다.

허무하고 허무하다는 비탄은 누구나 가질 수 있는 독백이다. 이런 예는 川上의 嘆을 읊조린 공자를 위시해서 삶의 본질에 투명한 의식을 가진 사람들의 결론이었기에 새삼스러운 일은 아닐지라도 이를 감지하는 것은 깨어 있는 사람의 의식일 것이다.

가을 하늘
저렇게 푸르고 아득한데

장작 우리는
있는 것인가

어디 계신지
알 수 없으신 당신

그 무릎에 엎디어
그냥 흐느껴
울 수밖에 없다

이 눈물
아무도 보는 이 없지만

──〈눈물〉

인간의 일생은 기쁨보다 오히려 그 반대쪽에 결론을 둔다. 그렇다면 슬픔이란 이름은 오히려 기쁨을 수용하는 편에서 넓은 영역을 커버하고 있다는 점이다. 이는 기쁨의 반대가 슬픔이라는 단순한 구분이 아니라 낳고 죽음이 우주의 섭리와 같이 커다란 시야를 가질 때, 오히려 하나로 통합되는 인간 존재의 근거가 이어진다. 분명 「나」에 대한 한계를 자각할 수 있을 때, 죽음이라는 이름은 슬픈 이름일지라도, 생명을 이어가는 자식에 이르면 **나**의 존재는 거대한 확대의 생명체가 되면서 시간을 극복하는 존재가 된다. 시간이란 개념은 우주에 존재하지 않고 오직 인간만의 발견이라면 시간의 자각은 인간에게 지혜의 비극으로 자리잡게 된다. 그러나 이런 비극은 오히려 인간을 더욱 지혜의 숲으로 내모는 화려한 발걸음이라는 것도 부인하기 어려운 일이다.

「우리는 있는가」를 절규하는 시인의 육성은 곧 미지를 향해 발길을 옮기는 불완전한 인간의 처절한 고백이기 때문에 할 말을 찾지 못하는 언어의 한계를 맞아 '저렇게 푸르고 아득한데'라는 하늘의 색채로 의식의 언어를 대신하고 있다. 더불어 미지를 향하는 절대의 대상인 「당신」에게 의탁하고 싶은 인간적인 왜소를 드러내면서 '울 수밖에' 달리 방도가 없다는 허무에 갇히우게 된다. 그러나 그 허무는 속박의 세상으로부터 벗어난 자유인의 정신에 깃들인 또 다른 이름일 것이다.

허무란 절망이 아니라 자기를 깨닫는 자가 얻게 되는 자각이기 때문에 슬픔과 기쁨이라는 인식을 뛰어넘는 바 이는 생의 깊이를 명상한 사람들이 얻게 되는 또 다른 세계가 된다는 뜻이다.

3) 봄을 향하는 마음과 풀꽃잔치

허시인의 시에는 봄이라는 이미지가 가득하다. 이런 단서는 그의 정서에 박혀 있는 심리적인 것들과 상관을 갖지만 그가 살아온 道程의 이해를 앞세우는 근거를 확보한다. <봄>, <목련>, <진달래>, <봄날1. 2>, <꽃과 그림자>, <봄에게>, <소식> 등의 작품에는 생명의 환희 혹은 창조의 빌미가 사부작거리는 움직임을 이어간다. 이는 N. Frye가 말한 봄의 미토스 즉 희극적인 비유이겠지만 이런 암시는 다양한 영역을 감당하는 점에서 인간의 특성을 나타낸다.

그 최초의 조짐은 봄날을 찾으려는 시인의 마음에서 비롯된다. 출발과 기대를 봄이라는 이름으로 바꾸면 이는 인간에게 신선한 출발의 상징을 부여하게 된다.

기도한다는 것은 무언가를 이루려는 것도 되지만 실상은 대상을 아끼고 반기려는 일이라면 허윤정의 봄은 의식의 고귀한 문을 열어 새로운 대상을 맞으려는 未知的인 현상을 느끼게 한다.

> 오늘은 알 수 없으신 당신
> 당신 앞에 엎디어 빕니다
>
> 어디 계신지요
> 당신은 누구신지요
>
> 꽃잎은 새 언어로
> 그 존재를 열어 보입니다
>
> ──〈봄날. 1〉에서

예술의 가치는 종교의 가치와는 다르다. 깨끗하고 아름다움을 취하는 점에서는 동일하지만 시는 절대의 벽을 설정하지 않고 무한의 자유를 촉구하는 점에서 한계와 차단의 명목인 종교와는 판이하다. 이런 이유에서 종교를 포괄하는 것은 시가 될 수 있다는 논지가 앞선다. <봄날. 1>은 당신이라는 대상을 신의 이름으로 바꾸어도 이해를 벗어나지는 않는다. 그러나 한계를 벗어나서 우주 창조의 본질을 發問하는 점에서 칸막이를 갖지 않고 있다. 봄이 되어 싹이 나고 여름이면 꽃이 피는 이치를 자연의 순환 원리에서 찾았으니 공자도 이런 이치로 간섭을 배제한 견해는 시적인 감흥 — 興於詩를 이해한 점이다. '꽃잎은 새 언어로'를 통찰한 시인의 마음이 자연의 내밀한 소리를 감지한 시인만의 감수성이라는 점이다. 마음의 눈이 떠 있는 사람이 들을 수 있는 소리는 가득하지만 이를 듣지 못하는 사람과 맹목으로 헤매는 사람이 더 많다는 점에서 시인의 예지는 언제나 깨어있는 자로서의 소임을 다하는 — 허시인의 의식은 깨어 있으려는 생각으로 시의 촉수를 자극하고 있다는 점이다.

살아 있는 자는 세상의 소리를 들을 수 있고 시인은 더욱 확실하게 들을 수 있다. 그리고 시인은 자연의 소리를 문자로 포착하여 그림을 그리는 점에서 지혜로운 인간이다. 허윤정의 봄은 그런 이미지를 담고 있다. 마치 꽃잎이 세상을 향하여 소근거리는 소리에서 큰소리로 재잘거리는 소리에 이르기까지를 감득하는 오감을 갖고 있음과 같다.

> 살아 있음의 환희여
> 오늘은 무엇에게라도
> 절하고 싶다
>
> 사부작
> 사부작
> 내리는 비
>
> 머잖아 진달래꽃도
> 피어나겠다
>
> 폐 비닐 조각 너브러진
> 쓰레기 밭에도
> 고운 꽃 피어날 것 같다

모두가 아끼고 싶은 눈물
이 부신 봄도 아끼고 싶다.

———〈봄에게〉

　시인이 느끼는 봄은 역동적이고 또 움직임을 전제로 생명의 환희를
담으려는 발심을 갖는다. 활동적인 행위를 연속으로 갖는다는 것은 시
간의 짧음을 이해한 지혜가 들어 있고 이는 '살아 있음'을 깨닫고 확
인하는데서 나온 발언이기 때문에 감사를 전제로 시선을 두리번거린
다. 즉 '사부작'의 은밀한 소리를 들을 수 있는 촉감의 이해와 젖음의
비가 결합하여 하나의 경지로 동화되는 현상— 대상과 시인이 하나의
공간으로 육화되는 일이기 때문에 빈틈없이 견고한 상황으로 이어진
다. 이런 상황은 '진달래꽃'이라는 절정의 기다림으로 이어지면서 쓰
레기 더미에서도 봄기운이 움트는 생명의 기쁨을 누리는 세상으로 변
모를 맞게 된다. 이런 기쁨을 모두가 아끼고 싶은 '눈물'이라는 새로운
발견을 맞는 절차를 갖는다. 이처럼 허시인에게서 봄은 단순한 계절로
의 의미가 아니라 생명의 환희와 충만된 삶의 가치를 발견하는 공간
으로의 의미를 펼치게 된다.
　허윤정의 시에는 큰 사물이 들어 있지 않다. 작고 친근한 생명의 소
리가 중심을 이루고 있을 뿐만 아니라 절망의 칙칙한 그림자보다는
밝고 환한 이미지들이 출몰한다. 이는 시인의 심리적인 바탕을 뜻하는
점에서 유다른 자리를 갖고 있음이다. 가령 장미나 국화같은 화려한
이미지들이 아니라 들판을 주인으로 삼는 풀꽃들이 출몰한다. 이런 생
각은 아무래도 삶의 본질을 꿰뚫어보는 달관의 해석에서 가능한 것
같다. 이름 없는 <풀꽃1. 2>와 <망초꽃>이나 <목련> 혹은 <풀꽃 한 송
이>, <들국화>, <원추리꽃> 등 요란스럽지 않다는 친근미, 새의 경우
도 인간과 가까운 <산비들기>, <까치집1. 2> 등이 등장한다. 이는 세

상을 참된 눈으로 바라보는 가치개념으로 환치할 수 있을 것이다. 요란하고 떠들썩한 것보다는 오히려 조용하고 뜻깊은 의미를 중시하는 데서 사물을 선택하는 기준이 되었다는 점과 인간과 떨어질 수 없는 체온나누기의 일환으로 이해된다.

아기자기한
이승의 살림살이

저 자잘한 눈빛
보는 것도 눈부시다.

—— 〈풀꽃. 1〉

매우 감각적이고 또 신선한 에스프리를 느낄 수 있다. 아울러 언어의 결합이 견실하고hard, 간결하고simple 정확하고precise 선명해야vivid 한다는 에즈라 파운드의 이미지 구사에 어울린다. 들판의 한 송이 작은 풀꽃에서는 이승의 살림을 유추할 수 있고, 또 수 없이 많은 눈빛을 가진 들꽃의 얼굴을 바라보는 마음— 바라보는 것으로도 눈부시다는 밀도의 정서가 들어 있어 —곧 시인의 마음을 만나는 일이기 때문에 그 세계는 살아 있음을 확인하는 파노라마가 연결된다.

어느 비 오는 날 너의 무덤가에
적막도 곱게 물이 들어

연보라빛 풀꽃 한 송이
나를 반기고 있다

—— 〈풀꽃 한 송이〉에서

세상을 떠나버린 친구가 풀꽃 한 송이로 찾아온 모습을 그리고 있다. 이미 이승을 하직한 친구의 **환영**을 굳이 풀꽃으로 생각하는 마음에는 다감성을 더하는 일과 친근미를 부추기는 더불이미지가 숨어 있고 이런 발상은 향으로 상승 이미지를 곧추 세우는 역할을 수행하는 점이다. '내 마음 속 빛으로 와 늘 같이\살고 있는 친구여'라는 친구는 이미 가 버렸지만 봄날이면 다시 찾아오는 길을 알아 다정한 소리를 대동하면서 위로의 길을 재촉하는 느낌을 향으로 남기는 인상을 전달할 때, 풀꽃은 시인의 정서의 모두이고 또 낮은 자리에서 세상을 맞으려는 겸손의 표정으로 인지되는 감수성이다.

4) 거울에서 자기 찾기

신화 나르시스는 자기를 알아차리는 데서 오는 비극이었지만 비극은 인간만이 갖는 자각의 댓가이다. 자기를 알아차린다는 것은 자기의 운명에 관심을 갖게 되고 이런 절차는 신의 영역에 이르는 길을 모색하는 점에서 인간의 비극은 시작된다. 결국 죽지 않으려는 시간 정복의 길에 나서게 되는 인간의 운명은 끝모를 탐구의 이름으로 변명을 일삼지만 인간의 한계는 결국 멈추는 것이 아니라 지속적으로 자기 운명에 축적의 이름을 보태려는 길을 찾아 헤매게 될 때, 불가능의 위력은 항상 괴롭히는 그림자로 위협된다. 거울의 端初는 내가 「누구」인가에서 또 「무엇」인가로 이어지고 이런 연속성은 항상 집중되는 관심사로 나타난다.

萬物齊同의 거울은 하나의 얼굴로 보이는 것이 아니라 보이지 않는 대상과 마음을 비추인다는 점에서 현상적인 것만은 아니다. <거울 앞에서>나 <거울> 그리고 <無爲로> 등은 거울이 어떤 심리적인 변화를 수용하는 가를 보여주는 역할로 나타난다.

보이는 것은 보려는 것보다는 오히려 보지 않으려 할 때 정확하게 투영된다.

안 보는 척
안 보이는 척해도
다 보이는 세상

감추고 덮어도 네만 못본다

어깨 추스리며
꽃잎 지는 소리

쉼없이 추적이는 밤비 속에서도

그대는 한 장 하늘처럼
언제나 초연하게 보고 있다

—〈거울 앞에서〉

거울은 실상을 단순하게 비추이는 대상이 아니라 바라보려는 대상
이 자기를 찾기 위한 빌미를 제공하는 도구에 불과하다. 아무리 거울
을 바라 보았자 참된 자기는 비추지 않기 때문이다. 여기서 마음의 눈
을 가질 수 있을 때, 거울은 곧 교훈적인 의미로 전환된다. 아울러 거
울은 항상 무언가를 찾아 진실을 반영하려는 자세를 유지하면서 인간
에게 수없이 많은 말을 계속하지만, 이를 해석하는 인간의 편견은 이
를 용납하는 경우가 드물다. 욕망의 행동이 마음을 어지럽히기 때문이
다. 이때 거울은 자기 판단과 도취의 두 길을 제시하면서 인간사에 간
섭하게 된다. '다 보이는 세상'은 인간의 입장이 아니라 거울의 입장에
서 해석하는 시인의 마음이다. 이는 '감추고 덮어도 네만 못본다'에서
「네만」의 한정사를 해체해야만 실체를 바라볼 수 있는 가능성이 다가
오게 된다.

그 거울은
종일 진달래꽃과
이야길 하고 있었다

자세히 들여다 보니
그 속엔 모든 것 다 들어 있었다

───〈거울〉에서

　여기서 허윤정의 거울은 단순히 사물을 보여주는 것이 아니라 사물의 실상을 깨닫게 해주는 보다 깊은 의미를 터득하게 된다. '자세히 들여다보니'에서 「자세히」는 지금까지 간과했던 일들이 새삼스레 들어 있음을 알게 되었다는 말이기 때문이다. 거울을 곧 우주 자연의 모든 음성이 들어 있어 인간과 인간의 행위가 곧게 암시되었지만 이를 정확하게 이해하지 못하고 단순성의 표피만을 사실로 인정하는 자화상의 편견에서 허윤정이 생각하는 거울은 세속적 가치의 발견을 넘어 의미의 탑을 조립하는 교훈적인 전달로 남게 된다.

3. 나가면서

　시는 살아 있음을 말하는데서 전달의 일차적인 임무를 이행한다면, 허윤정의 시는 봄날의 신선한 청각과 꽃의 후각을 동원하면서 상징의 의복을 입는다. 그러나 그 표정은 화려하거나 튀는 것이기 보다는 수수하고 담담한 발상이다. 이는 인간의 존재를 숙고하는데서 명상적인 길을 확보하고 시의 입지를 확장하는 언어 기교로 입증된다. 이런 일은 언어 조립에 수축적이지만 의미에서는 팽창적인 이야기를 담고 있음에서 더욱 깊은 물길을 연상하게 된다.

풀꽃의 이야기에서 우주의 숨소리를 듣고 있는 지혜와 친근미를 유발하는 비둘기와 까치소리는 인간의 체온을 벗어나지 않으려는 시인의 의도를 뜻하고 별들의 소근거림에 귀를 세우는 것은 꿈과 사랑은 함께 하려는 시인의 안온한 마음을 표출하는 증거들이 된다. 허윤정은 노드럽 프라이의 비유를 빈다면 봄날의 시인이고 작은 의미를 큰 암시로 연결하는 풀꽃의 시인이다. 그러나 좀더 명확한 언어 운용에서 빚어지는 의미의 전체적인 구도를 기대하는 것도 시의 호흡과 상관이 있을 것 같다.*

10. 내면미학과 선미의 시정

—조병무론—

1. 들어가면서

조병무는 1965년에『현대문학』에 평론 <날개의 두 表象>과 <自意識> 이 추천되어 문학평론가로 등단. 시와 평론을 겸업하는 왕성한 작가로 그의 정서는 유연한 감수성을 바탕으로 내면미학을 창출하는 다양한 표정을 문학으로 여과한다. 평론은 그의 시를 단단한 패각으로의 기능을 강화하고 시는 굳어진 정서를 유연하고 아름다운 감정으로 평론을 치장하는 보완적인 연관에서 조병무의 정신세계는 로고스와 파토스의 조화에서 합리적이고 堅實한 정감을 통어하는 특징을 갖고있다. 1937년생으로 「백치」와 「공백지대」·「신년대」 동인활동, 1978년『가설의 옹호』(평론집)와 첫 시집『꿈·사설』을 상재한 이후 두 번째 시집이『떠나가는 시간』이다. 본고에서는『떠나가는 시간』을 중심으로 지금까지 농축된 조병무 정신에 담겨진 문학의 에센스를 만나 특질을 분석함으로 한 작가의 精神圖를 추적할 차례이다.

2. 家門의 표정들

1) 시간의 변증법

시간은 인간이 만든 득의로운 발명품이면서 또 가장 비극의 발목에 붙잡힌 이중적인 개념을 내포한다. 시간에 이끌려 숙명을 잠재우고 또 시간의 늪에서 헤어나올 수 없는 반면 시간의 정복을 위해 인류 역사는 새로운 도전을 계속하기 때문에 시간의 정리는 필연적으로 인간의 문제이자 인간의 손을 떠나 방황하는 모순의 갈등과 맞서야 한다. 시간을 벗어날 수 있는 인간의 방도는 없다라는 명제때문에 인간의 역사는 장황한 논리의 계발을 위한 변명에 길을 들이고 또 이를 벗어나기 위한 필사의 노력으로 자신을 시간에 함몰하는 시간을 갖는다

인간은 시간 속에서 태어났고 또 시간을 위한 헌신에서 시간을 벗어나려는 필사의 노력이 결국 徒勞에 그칠 수 있다는 해답을 극명하게 알지만 이내 모른 듯이 시간과 맞서는 일을 감행한다. 이런 징후는 누천년 인간의 역사와 함께 되풀이 되어 온 본능의 행동과 같다. 시간을 발명하고 또 시간을 쪼갠 인간의 지혜는 시간의 정복을 꿈꾸어 본 진시황에서만 끝난 것이 아니라 오늘을 사는 모든 인간에게 공통으로 직면한 명제라는 데서 시간앞에 선 인간의 모습은 초조와 득의로움을 양날에 간직한 태도로 산다. 물론 시간은 애당초 있는 것이 아니라 인간에 의해 만들어진 개념일 뿐 존재한 것이 아니라는 사실에서 공허한 맞섬이다. 이런 안개의 숲에서 의미를 부여한 일이란 추상의 숲을 소요하는 일에 불과하지만 생명을 연장하기 위한 사람들의 행동은 더없는 발상에 정신을 모은다.

문학은 인간의 삶을 시간으로 다루는 작업이다. 물론 소설은 시간의 배열에서 삶의 의미를 추적하는 단위에서 인간의 행위가 어떻게 진전하고 또 어떤 결말로 유도되는 가를 묘사하는 구성의 예술이지만 시는 소설과는 다른 -인간을 통찰하는 방법이「전체로 바라보는 관점」

에서 응축과 상징과 비유라는 기교를 필요로 한다. 한 편의 시 속에는 인생을 전체로 나누는 시간이 들어 있다는 뜻은 시를 추상의 암담한 명제로 돌려서는 안된다. 인간의 생활은 눈에 보이는 구체의 연장이고 시간은 보이지 않는 현상만의 개념이라는 점에서 시간과 인간의 관계는 항상 평행적이다. 동물의 시간은 본능이고 인간의 시간은 認知하는 이성의 개념에서 유다르지만 궁극적으로는 시간을 인간 스스로 발명하고 또 거기에 끌려가는 이율배반적인 존재라는데서 비극의 명제를 벗어나지 못하는 참담한 처지가 인간과 시간의 관계이다.

조병무의 시는 시간을 어떻게 처리하는가를 조정하는 출발로 그의 시는 표정을 만든다.

> 나이 들면
> 오는 사람보다
> 가는 사람이 많다.
> ……략……
> 사랑하는 모든 이여
> 나도 어느 날
> 갑자기
> 모든 이의 곁에서 떠나갈 것이다.
>
> 나이들면
> 오는 사람보다
> 가는 사람이 많다
>
> ──〈떠나가는 시간〉에서

조병무의 시는 Double Image를 구사하는 점과 반복의 이미지를 구사하는 기교에서 자신의 정서를 구체화하는 기법을 즐겨한다. 이는 대상과 시인의 관계를 확인하는 ─매사 튼튼하게 처리하는 성격의 일단이 시에 투영되는 특징으로 보인다. 시의 의미를 강조하는 것은 곧 시인의 생각을 대상과 일체화하려는 發心에서 조병무의 시는 항상 또 다른 예비를 준비하는 자세로 확인하는 이미지를 구축하는 방도를 갖는다. 시는 고백이라는 범주를 완벽하게 벗어날 수 없다는 점에서 주관적인 특징을 내장할 뿐만 아니라 개성의 확인에 도달하게 되는 점에서 개성의 도피라는 말이 성립될 수 있지만 어디까지나 개성의 극복에서 시의 맛은 유다른 경지를 개척할 수 있다. Eugene Veron은 그의 『미학』에서 '예술작품은 작가의 개성이나 예술가의 일관된 인격을 강하게 나타내 줄 때 아름다운 것이다. 한마디로 말해 예술작품의 가치는 예술가의 가치로부터 유래된다. 우리를 매혹시키고 황홀하게 하는 것은 그가 소유한 재능과 특질의 표현이다'라는 말로 개성의 중요성이 곧 작품의 특질로 환원된다는 말을 조병무의 시적 특질에 대입하면 조병무의 내면에 들어있는 개성의 축도를 내포하고 있다는 점과 상통해진다. 예술은 작가의 의도적인 산물이라면 <떠나가는 시간>은 조병무의 나이에서 느끼는 이별의 아픔을 뜻한다 —지나치게 노티나는 느낌은 무언가 생동감의 결여를 느끼게 한다. 아울러 시간의 극복에 논리보다는 시간 속에 이끌려 가는 順命의 자세라는데서 인간미를 느끼게 한다.

'나이들면'이라는 조건은 누구나 당면하는 필연의 법칙이다. 시간을 벗어 날 수 있은 인간이란 누구도 불가능할 뿐만 아니라 또 그렇게 될 수도 없기 때문에 시간의 함정은 항상 인간의 의식속에서 밖으로 나올 수 없는 특징을 내장하면서 이별을 준비하는 자세로 순명의 길을 선택하는 조병무의 정신질감은 그만큼 부드럽고 따스함을 내포한다. 나이들어 떠나는 이별은 결국 사랑하는 친구로부터 아들 딸 그리고 평생을 함께했던 아내조차 내 곁을 떠날 것이라는 슬픔의 가정은 인간이 직면한 비극의 요인이다. 이는 '나이들면'이라는 가정이 충족될

수밖에 없다는 필연의 사실에서 예외자가 없기 때문이다. 이별은 인간
의 탄생과 함께하는 시간의 시작과 끝을 뜻하면서 우주의 숨소리가
내 곁을 떠나는 의미에 닿기 때문에 우주의 중심인 '나'의 곁을 떠나
는 것은 곧 소멸을 생각하는 점에서 조병무의 이별은 다시 만날 수 없
는 비극의 인간 존재를 해석하는 부분이다. 그렇다면 시간 속에 소멸
하는 인간은 어디로 갈까? 이런 물음은 인류 역사가 있어 온 이래 철
학의 중심명제였고 또 해결하려는 인간의 열망이었다. 존재의 무게를
감당하기 위해 인간은 무한의 에너지를 투척했으나 그 해답은 공허의
벼랑을 떠도는 바람일 뿐, 무작정 계속해서 매달리는 운명의 발길이었
으니 있음과 없음을 아는 것은 종교의 깊이로 가는 길인지 모른다.

　　바람이 바람을 마시면
　　그것은 또 바람이 됩니다.

　　주먹을 움켜 쥐고
　　바람을 때리면
　　그 바람 한 점
　　땡그렁
　　떨어지고,

　　그렇게
　　뿌서져 버린 파편
　　그것은 또 바람이 됩니다.

　　　　　　　　　　　　——〈不在〉에서

　바람은 보이지 않지만 확실한 있음이다. 인간의 가시적인 범위는 고
작해야 눈 앞에 있는 것으로 그 범주는 한정되어 있어, 보이지 않는
무한은 곧 인간의 지혜로 헤아려야 할 부분으로 인식되는 부분이다.

'바람이 바람을 마시면'그 해답은 **화학적** 반응을 일으키는 것이 아니라 인식의 세계에선 결국 바람으로 남게 된다. 이런 허무는 우주현상의 본질로 돌아가는 부분이다. 그러나 바람을 주먹으로 **때리면** '땡그렁\떨어지고'라는 통찰은 조병무의 뇌리에 들어있는 **상상력**의 **화려한** 외출이다. 이런 기교는 시의 성공을 가늠하는 구체적 **느낌**으로 친숙함을 남긴다. 공감각의 파장은 조병무의 정신세계를 두드리는 소리의 느낌일 뿐만 아니라 다시 그 소리가 파편이 되어 바람으로 먼 길을 **떠나**는 소리가 되어 인간의 가슴을 적시는 작용을 하기 때문이다. 이런 감각의 처리는 조병무의 시에 들어있는 허무와 실재의 이중적인 교차에서 의미를 만들어가는 특징이다. 허무는 존재가 마련하는 옷이고 그 옷은 언제든 벗어던지는 사람에 의해 다시 **환생**의 뜻으로 살아야 하는 3차원적인 암시의 손짓이 조병무가 마련하는 명상적인 시의 특질로 해석되는 부분이다.

2) 시의 Detachment,육화의 거리

사랑은 대상과 대상이 하나로 육화한다는 점에서 불빛으로 끝난다. 불빛을 손으로 붙잡을 수 없듯이 인식의 깊이에 들어있는 확실한 빛의 상징이다. 시의 **距離**만들기는 이점에서 대상을 하나로 결합하여 초점을 만드는 작업으로써 개성의 육화는 곧 시의 성공을 가늠하는 길을 만들게 된다. 이는 인텐시티(Intensity) - 시가 가지는 유기적인 폼으로부터 나오는 요소 상호간의 의미 깊은 연관에서 가능한 발상이다.

시의 표현은 대상의 주관적인 거리와 그것을 객관으로 표현하는 거리에 틈새가 없을 때, 시의 효능을 극대화 할 수 있은 방도를 마련한다. 이런 **距離**의 **消滅**은 곧 시의 생동감이나 언어미감을 극명하게 전달할 수 있은 감동의 잉태와 같아진다. 마치 사진을 찍을 경우 초점 맞는 사진이 선명한 사진을 출사할 수 있는 예와 같은 경우이다.

사랑한다는 것
내가 너를 사랑한다는 것을
너는 왜 모를까

　　　　──〈사랑한다는 것〉에서

　조병무의 시에 사랑은 하나로 결합하지 못한 너와 나의 거리가 존
재하는데서 격렬성의 결여나 빛으로의 전환에 문제를 갖고있다. 이런
징후는 하나의 대상에서 자유를 얻지 못하는 시인의 자세를 거론할
수 있다. 일정한 대상에 붙잡혀 있기 때문에 이런 현상을 쉽게 물리치
지 못하는 내면성의 문제가 새로운 세계로의 진출에서 장해요인으로
등장한다는 뜻이다. 나는 너를 사랑하는데 너는 나를 사랑하는 구체적
인 행동을 모른다는 점은 그만큼 격렬한 몸짓이 부족하다는 점을 뜻
하고 사물을 바라보면서 내 앞으로 끌어 오려는 강렬한 自性을 갖지
못했다는 것을 의미한다. 이런 망서림의 단계를 지나 조병무의 시세계
는 안개를 의식하는 절차를 마련하면서 새로운 전환을 위한 변화의
경지로 나아간다.

　안개가 밀려 온다.
　사람들은 안개 속으로 파묻힌다.
　모두는 그속에 있지만
　보이는 것은 안개뿐이다.

　　　　──〈사랑이야기. 15〉에서

　눈을 뜨는 일은 마음의 눈과 현상적인 눈이 있다. 시의 경우 마음의
눈이 떠지기 위해서는 忍苦의 날을 지나야 하고 참담한 고통의 길을
걸어야 보이는 것이 있게 된다. 조병무의 사랑은 일정한 거리를 의식

하여 안개의 몸짓을 보이면서 육화의 최종단계를 정리해 나가는 특징이 있다. <사랑이야기. 15>는 사랑이라는 갈급한 대상이 확연하게 떠오르는 것이 아니라 안개 속에 막연한 모습으로 다가오는 것이다. 이는 실재의 사랑이 아니라 시인의 마음에 담겨진 순수의 마음이 만들어가는 행로를 예감하게 한다. 보이지 않는 안개속을 찾아나서는 나그네의 행로에서, 시의 길은 새로운 세계로 문을 열어 젖힐 수 있은 구체적인 방법을 만들어가는 조병무의 정신은 확실한 검증의 절차를 결코 외면하지 않는데서, 그의 시는 유연한 리듬을 놓치는 경우가 종종 있지만 결코 정서의 본질을 흩어놓지 않는 데서 위안을 준다.

> 뿜어내는 열기가 휘몰아치더니
> 태양열과 같은 뜨거움이
> 온몸을 사르더니
> 마주 잡은 두 손은
> 벽면에 찰싹 그림자로 붙어 버린 채
> 움직이지 않는다.
>
> ——〈두 손 그림자〉에서

사랑은 하나로 돌아가는 감정의 유희라면, 이런 감정의 깊이는 절대 순수라는 함량에 이를 때 비로소 빛을 만드는 절대경을 이룬다. 계산하고 따지는 사랑은 이미 사랑이 아니라 위선일 뿐 감동을 창출할 수 없다는 점에서 사랑은 「하나」로 돌아가는 인간의 가장 진솔하고 순수한 행위이다. 깨끗해야 하고 담담해야 상대를 볼 수 있고, 상대를 볼 수 있을 때 「하나」의 경지는 나타난다. 두 몸이 하나로 결합하고 그림자로 벽면을 장식할 수 있은 경지는 '움직이지 않는다'에서 조병무가 생각하는 사랑은 거리의 소멸이라는 절대의 경지를 만나게 된다. 이런 경우는 대상과 대상이 용해되어 전혀 다른 화학반응을 일으킬 때 사랑은 변용의 충실한 세계를 만나게 하는 기교이다. 조병무의 사랑 연작시는 궁극적으로 「하나」의 세계를 탐색해 가는 진리에의 과정과 유사하고 일반인의 사랑의 도식과 같다는데서 보편의 전달 절차가 승화되고 있다.

눈동자
하나의
보람을
잊지 않기 위해

또 하나의
눈동자와
닮아져 간다

——〈片紙〉

세계와 세계의 만남은 이질과 이질이 혼용되는 절차를 가질 때 고심참담한 과정을 겪어야 한다. 조병무의 사랑은 하나의 불빛을 만들기 위해 또다른 하나와의 긴긴 대화속에서 설득의 미를 만드는 것이다. 이런 노력은 그의 삶의 줄기를 엿볼 수 있는 바, 인간미와 상통한다는 가설에서 넉넉한 시적여유를 만나게 하는 부분이다. <편지>는 긴긴 대화의 방법으로 대상을 하나의 구역으로 만든 화해의 장소이면서 평화로움이 숨쉬는 조병무의 유토피아의 공간이다.

3) 자연정감
조병무는 식물성 시인이다. 이는 그의 시에 대부분이 꽃으로 이루어진 정서 집중 현상등 많은 시들에 식물성의 정서가 지배적인 토운으로 흐른다. 이는 시인의 정감이 묻어있는 정신의 흔적으로 보면 조병무의 인간성을 窺知할 수 있는 상징물이기도 한다. 이는 그의 정서가 자연에 뿌리 내린 근원으로의 표상이라는 점을 뜻하는 바, 자연에 뿌리내린 인간만이 하늘의 의미를 터득할 수 있다는 검증이기도 하다.

> 어곡리를 아십니까
> 길을 묻기에
> 얕은 물 개울가
> 한 마리 물고기
> 후다닥 놀라 돌틈에 숨는다.

——⟨魚谷里 마을에 서면⟩에서

　어곡리라는 지명의 시는 <어곡리. 1. 2>등 3편이 있지만 보다 구체적인 암시는 어디에도 없다. <어곡리. 2>에 '물빛 맑은 하늘 밑 골짝에 어머님 모셔 둔 날.'의 표현으로 보아 고향이라는 암시가 풍기지만 단서를 제공하는 부분은 없다. 이는 철저하게 자기를 상징의 숲에 가두어 둠으로 상상력을 넓게 확보하는 조병무 시의 특질을 만나는 일과 같다. 더불어 '한숨 속에 어디론지 없어져 버렸다'<어곡리 마을에 서면>나 '어디로 향하여 어디로 가버린 것일까'<어곡리. 1>등에서 不在의 안타까움이 표현된 걸로 보면 시인의 가슴에 깊은 손짓으로 남아있는 아득한 거리의 공간을 암시한다.

　<어곡리 마을에 서면>은 순수한 자연을 동경하는 어린 날의 꿈꾸는 수채화가 펼쳐진다. 하늘이 보이는 맑은 물에서 깔깔거리던 웃음이 꽃되어 흘러가는 기억들이 어느 날 나이든 뇌리에 사라지는 안타까움으로 남을 때 인생의 허무를 짊어진 무게는 삶의 또다른 슬픔으로 돌아온다. 오염과 흙탕물에 절어진 가파른 호흡의 물고기가 어린 날에 맑고 투명한 정경의 추억과 겹칠 때, 돌아갈 길 없는 안스러운 소리가 한낱 허무짙은 우수라는 데서 시인의 꿈은 현대인의 절망을 가늠하게

하는 아픔이자 고발의 뜻을 내포한다. 시에서 꿈을 **뺀**다면 남는 것이 없다. 조병무의 가슴은 항상 물기에 젖어 그리움의 농도가 홍건하게 흐르려는 준비로 가득한 인상도 이런 순수를 標點으로 한데서 나오는 발성이다. 이리하여 '아무도 없는\어곡리 마을에\숨을 곳도 없는 나는\한숨 속에 어디론지 없어져 버렸다'라는 아픔이 드러난다.

<맨드라미>·<해바라기>·<동백꽃>·<국화>·<클로버꽃>·<민들레>·<장미>·<수국>·<아카시아꽃>·<백목련>·<난초>·<코스모스> 등은 시집의 4부에 들어있는 시들의 제목이다. 조병무는 말없는 꽃들과 대화를 나눔으로 현실에서의 고독을 위무하는 대상화로 꽃들을 선택하고 있다. 인간이 사는 현실공간은 사기와 위선 거들먹거리는 인간군상들의 추태를 바라보기란 역겨운 곳이기도 한다. 그러나 식물은 말이 없고 또 조용한 의미를 상징으로 건네줌으로 존재의 뜻을 피력할 뿐, 나섬이 없고 오로지 그 자리에 있을 뿐 달리 불평이나 호소가 없다는데서 조병무의 삶을 상징하는 조용한 암시이다. 그는 꽃에서 삶의 상징을 모두 연상으로 채운다. 이런 의식의 출구는 시인의 정신추이가 어디서 무엇을 찾고있는가를 유추하게 하는 단서로 작용한다.

> 열정의
> 명령을
>
> ——〈맨드라미〉에서

빨간 색의 맨드라미에서 열정의 깊이를 꿈꾸는 시인의 마음은 '곱게'와 '천상의 불씨'라는 순수를 표백하기 위한 정서의 근접을 눈여기게 한다. 시는 시인의 정신을 반영하는 精神圖라는 점에서 붉은 색은 조병무의 정신을 내보이는 내면의 색채로 보인다. '공간을\향하여\던지는\불꽃' <동백꽃>이나 <장미1>에 '열정의 불'과 '뿜겨져 오는\열정'

<장미. 2> 등은 시인의 내면에 감추고 있는 휴화산의 뜻으로 보인다. 물론 백색의 백목련, 아카시아 등은 시인의 색감에 대한 원초적인 순수를 갈망하는 본질의 작용색이 되기도 한다. 즉 백색은 순수를 추구하는 본령의 색이고 여기서 정열의 붉음은 조병무의 가슴에 간직된 내면의 욕구라는 또다른 표징을 암시하는 색이라는 뜻이다. 이는 자연에 잇대인 시인의 정서가 펼치는 또다른 채색화라는 점에서 조병무 시의 다른 일면이다.

4) 禪的 정서

조병무의 시의 또다른 일면은 현실에서 밖으로 향하는 4차원적인 관심을 들 수 있다. 시집의 제목을 『떠나가는 시간』 서문에서 "자연의 섭리에 이별을 암시하기 위해서"라는 말이나 "나는 나의 인생의 삶을 「마음(心)에 두고 그 마음의 내면을 따져보려 힘을 다하고 있다"라는 관심의 추이가 현실보다는 오히려 4차원을 향하는 명상 쪽에 있다. 현실을 악착스레 사는 삶은 명예나 부귀를 쫓아 마음을 더럽히지만 꽃과 별 혹은 자연의 아름다움을 추구하는 순박한 마음엔 하늘의 소리나 근원을 찾아가려는 담담함이 유난 할 것이다. 조병무는 이런 정서를 간직한 시인이다. 그렇다면 마음의 본질은 어디에 있을까? 그는 불경에서 이의 본질을 발견하려는 생각을 갖고있다.

생각이 문밖에 와
기다리고 있을 때
손으로 잡는
방법을 익혀야 한다

생각은
손바닥 안에서

맴돌다
어디론가
달아나려고 할 때
이를
마음으로 막아야 한다

마음은
순간
생각의 달아남을
도울지 의문이다.

그것은
다만
생각과 마음의
차이에 있을 뿐이다.

———〈禪〉

　　마음이 어디에 있는 가를 묻는 그 순간 마음은 어디에도 없다. 다만
있다고 느끼면 있을 뿐이고 없다면 마음이란 없다. 다만 마음을 認知
하는가 아닌가는 오로지 사람 자신이 알아야 할 터득의 문제라는데서
마음을 보려는 노력은 곧 자기를 만나려는 생각과 같다. 자기를 잃어
버린 사람은 자기를 찾기 위해 방랑의 길을 터벅여도 자기는 찾을 수
없다. 그러나 어느 순간 자기는 나타나고-시의 출현도 그렇다. 자기
를 확인하는 길을 멀지만 자기는 자기 안에 있지 결코 자기밖에 떠도
는 것은 아니다. "문 밖으로 나가지 말라. 인간 마음 속에 자신이 있
다"라는 어거스틴의 말처럼 마음은 마음 안에 있지 마음 밖으로 가면
이미 마음이 아니라 허무이다. 이점에서 조병무의 마음찾기는 방랑이
고 현실과의 조우에서 만나는 깨달음의 순간이다. 결국 佛家에서 깨달

음의 경우—이는 마음찾기의 궁극에 이르른 느낌이다. 이런 발상에서 <전등사 얼굴>·<월정사 보살상>·<송광사에서>의 시는 조병무의 정신의 맥을 이루는 시들이다.

3. 마무리에서

시는 순수의 결백을 주장하기도 하고 때로는 열정의 포효를 내뱉음으로 감동을 자극하기도 한다. 조병무의 시는 순수와 아름다움을 추구하는 정신의 안온함을 기반으로 출발한다. 그의 시는 함축을 앞세워 농축하는 의미를 생산하기 위해 때로는 겹치는 상을 만들어 하나로 통합하는 기교를 구사한다. 이런 표현의 基底에서 시간의 아득한 물음을 내세운다. 이는 인간의 유한과 영원의 대립에서 존재의 가치를 추구하는 몫으로 보면 認識의 범주가 현실공간에 머물기보다는 4차원의 깊이를 찾아가는 조병무의 명상이 시의 모티브이다. 물론 겉으로의 표정보다 내면으로 들어가야 하는 과제가 조시인의 시에서 경계해야 할 입구가 된다. 이점에서 그의 시어는 음미해야 표정이 나타나는 네가티브 필름과 부합—빛을 쬐여야 실상이 나타나는 이치와 같다는 말이다.

조병무는 사랑이라는 절대경을 어떻게 육화할 수 있는가를 시험하기 위해 대상과 대상의 거리를 소멸하여 빛으로 승화하는 방도를 시험했다. 이런 예는 곧 대상과 대상을 자기화하는 점에서 시 창조의 근본적인 부분으로 인식되는 부분이다.

조병무의 정신거점은 불교의 아득한 음성을 들으려는 구도자의 자세에서 깨달음의 방편으로 마음의 행로를 찾아 나선다. 물론 마음이 어디에 있는가를 알고있지만 이는 시를 만나는 見性의 순간과 대비되는 바, 자기닦음에서 고행을 지불해야만 만날 수 있는 미지수의 얼굴이다. 결국 조병무는 오늘을 내일로 잇대이기 위해 고심에찬 고행의 길을 터벅이는 순진무구의 명상시인이다.

제2부 詩魂의 소리와 함께

1. 모순과 소멸의 인간론
—이영춘의 시—

1. 들어가는 말—시인과 독자

시는 인간사를 함축하는데서 출발하면서 소정의 임무를 갖기 시작한다. 그러나 상징의 옷을 벗기려는— 바라보는 눈과 상징의 옷을 입히는 눈의 두 측면, 즉 시인의 눈과 독자의 눈에 일치점을 마련하는데서 감동의 불은 켜질 수 있다. 물론 함축된 언어의 조합에서 생명력을 획득하는가 그렇지 못한가는 전적으로 시인의 몫에 해당하지만, 독자 또한 시인의 정신거점과 동등 내지는 일치하려는 발상을 갖지 못한다면 어긋난 외로움을 서로 감당해야 한다. 여기서 시의 임무는 고독이라는 숙명성과 만나고 독자 또한 그런 분위기를 통해 만나게되는 합치점을 마련해야 한다.

시의 의미는 필연적으로 철학적인 길을 추구하게 되면서 좀더 높이를 찾아가는 길을 만든다. 이런 암시의 단계는 無所說의 경지에 도달할 수 있는가 그렇지 못한가는 시인과 독자가 어떻게 결합하는가의 외적 요소이기보다는 자발성의 합치에서 시간을 기다려야 할 것이다. 그런 일치란 순간적일 수도 있고 또 아득한 시간을 기다리는 데서 이루어질 수 있는 가능성은 언제나 있다. 그러나 항상 하나로 결합하려는 자세로 문을 열어놓고 기다리는 점에서 두 가지 측면은 동일한 열망으로 산다.

한 시인의 시가 이해된다는 것은 궁극적으로 불가능할 수 있다. 즉 독자의 입장에서 시에 들어있는 구조적인 암시와 상징들의 세포조직을 분해하면서 완전한 이해의 끝을 본다는 것은 불가능한 경우가 될 것이다. 이런 두 가지의 합치가 타협할 수 있다는 것은 현실성을 얼마나 이해하면서 살고 있으며 이를 표현으로 맡아낼 수 있는가의 여부에 따라 한 편의 시는 생명의 빛을 가질 것인가 그렇지 못한가의 갈림이 있게 된다. 시는 해체에서는 살벌한 시체를 만나게 되지만 옷을 입힌 모습에서는 아름다움 — 독자는 나체의 모습을 환상으로 그리고 시인은 이런 환상에 제동을 준비하는 — 이 둘의 현격성을 좁히는 길은 이해라는 테두리에서 가능하고 이런 이해는 옷을 벗기는 나체에서보다는 오히려 옷을 입히는 종합적인 사고로 전환한다는 점에서 시인의 입장이 더욱 존중되어야 할 것이다.

이영춘의 제7시집 『난 자꾸 눈물이 난다』는 문단생활 20년의 철학적 명상이 깊이로 길을 잡고 있는 시집이다. 그만큼 시를 운용하는 기교적인 방도가 매끄러운 일방 그릇에 시를 담는 품질이 좀더 고급해졌다는 측면으로 돌릴 수 있는 부분이다.

그렇다면 시집 제목에서 느끼는 눈물의 의미는 이영춘과 어떤 상관이 있는가? 이런 단서는 아무래도 내밀한 열쇠를 간직한 개인적인 암시의 문제일 것이지만, 시인이 제목으로 선택한데는 그 나름의 의식이 있음직하다. 결국 제7시집 속에 간직된 이영춘의 정서적인 표정과 연관이 되고 있어 이를 검증하는 것은 하나의 소론으로 정리될 수 있는 문제라는데 검토의 당위성이 자리한다.

2. 시의 철학은 무엇인가

1) 門의식

시를 쓰는 일은 살아 있는 자의 흐름을 담고 또 그런 일들이 상상력이라는 질료들과 어울릴 때, 일정한 목소리를 간직하게 된다면 이영춘은 과거와 다른 한 매듭으로의 의식을 간직한다. 이는 단순한 언어의 미감에서 탈피하면서도 의미의 비중 쪽으로 고개를 돌리는 바, 이는 나이에 비견하는 무게로 생각된다. 가령 부처님의 설법에 가장 至高한 경지—無所說이라는 침묵의 拈華示衆이외에 다른 방도가 없다. 이런 증명이 門이라는 상징—명료하지는 않지만—들어가는 것과 나오는 것의 의미를 천착하는 것 같다. 물론 문을 통해 들어가는 것과 나오는 것이 다름이 아니라는 이치를 굳이 치장하려는 것보다는 오히려 허기의식의 인생살이와 어울릴 때, 시적 농도는 점차 철학적인 암시로 돌아간다는 뜻이다.

모든 물건은 참으로 의미심장하다
그 의미가 깨어졌을 때
그 물건은 시체에 지나지 않는다.

도둑이 의미있게 자물통을
바라본다.
미소를 짓는다
아무것도 아니다
이미 그의 눈엔 의미가
없어졌기 때문에.

열쇠는 어느새 그의

마음과 손 안에
돌아와 있었으므로.

——〈허무와 무의미〉

　이영춘의 나이 지긋한 발성이 사물에 새로운 의미를 부여하고, 찾는 것이 새로운 변화다. 과거에 미쳐 알아차리지 못했던 평범한 일상이 새삼「새로운 것으로 보이는」이유가 바로 세월 속에서 터득된 지혜의 일단일 수도 있고, 살아가는 과정 속에서 薰習된 자아발견의 요소일 수도 있지만, 어찌되었든 새로운 사고와 의미를 발견하는 눈이 마음과 초점이 맞아졌다는 사실이다. 이런 일차적인 반응이 '모든 물건은 참으로 의미심장하다'라는 발성이다. 사물은 예나 지금이나 아무런 변화도 없지만 이를 아는가 모르는가는 전적으로 인간의 의식에서 불이 켜질 수 있는가 아닌가의 갈림은 오로지 마음의 문제이다.

　그렇다면 마음이란 무엇인가? 마음을 찾아보면 이미 마음은 어디에도 없고 또 마음을 확인할 방도도 있을 수 없다. 다만 살아있다는 사실, 이도 깨어있는「마음」에서 느끼는 일이 아닐까. 그래 이영춘은 '참으로'라는 별난 암시를 재촉한다. 그렇다면 도둑이 자물쇠를 바라보는 눈에서 그 자물쇠를 풀어낼 수 있을 때, 의미가 없어지고, 반대로 풀어낼 길이 없을 때, 그 반대의 암시를 갖는다. 결국 똑 같은 물건이지만 의미와 무의미는 그 물건 자체가 아니라 그 물건을 바라보는 인간의 마음여하에 따라 분간된다는 뜻이다. 과거에는 이런 이치를 알지 못했는데 이제 그 이치를 터득한 것은 결국 이영춘의 시적 단계- 마음의 눈이 밝아졌다는 일로 보일 때, 시는 求道의 이치에 이른다.

　문으로 들어간다는 것은 문제를 풀이하는 것도 되지만 반대로 문제를 만드는 허기의식과도 일치한다. 공복은 먹어야하고 이런 열망은 끝없는 방황과 갈등의 중첩을 전제로 한다. <지하도 속의 나>에서의 미로 찾기와 <종이 컵>에서의 허기 채우기, <텅빈 무대에서>의 공복의

식 등은 이영춘이 인생을 살아가는데 맞는 새로운 의식의 변화를 나
타내는 표현들로써 허기진 삶에의 감정으로 보인다.

> 골 깊은 준령을 넘어온 듯
> 허망의 늪 속에 나는
> 망연히 서 있다
> 텅 빈 공간과 텅 빈 무대
> 어린 왕자처럼 아스라이
> 아스라이 매달려 있다
> 그리고 잠시 나와 각본을 짰던
> 주연 배우의 얼굴들이
> 아른 아른 허망의 행간을 스쳐가고
> 나는 또 하나의 허망을 위해
> 외딴 섬 한끝에
> 아득히 서 있다.

> ──〈텅빈 무대〉

 이영춘이 살고 있는 「現實圖」의 풍경으로써, 삶의 문으로 들어가 깊
이에서 느끼는 고백이다. 잘났던 주연배우들도 점차 무대에서 사라지
고 허망의 이름으로 돌아온 과거의 풍경화는 오늘이라는 시점에서 바
라보면, 가치를 벗어난 허무에 이른다. 삶에 텅 빈 공복의식 혹은 허
무는 살고 있는 자 혹은 살아가는 자의 마음에서 발성되는 의미의 일
단이고 이런 허기는 마침내 새로운 갈망을 앞세워 길을 만들게 된다.
이런 길들은 항상 해답을 감춘 迷路가 되어 인간 앞에 설 때, 이를 풀
수 없기 때문에 의미의 숲을 찾아 헤매고, 영원한 거리로 떨어져서 바
라보는 인간의 허무가 진실로 보인다. 결국 의미와 무의미를 헤아리지
못하는 결말이 '외딴 섬 한 끝에' 아득히 서 있어야 하는 존재의 쓸쓸
한 모습이 인간의 실상이 아닐까? 이런 모습은 자꾸 눈물을 흘리게 하

는 본질에 이어질 때 삶의 표정은 보다 다양한 개성으로 표출된다. 이 영춘은 살고 있는 자의 가슴에서 느끼는 고독과 허무를 보다 고담한 빛으로 채색하는 나이에서 심상한 말이 의미의 시로 건져지는 시대를 지나고 있다는 말이다.

2) 소멸과 생성론

산다는 것과 죽는다는 것은 구별이 있는가? 물론 살아있는 자는 죽어야 한다는 이치에서 보면 의미와 무의미의 반추는 결국 철학의 아득한 이유로 남게 된다. 더불어 먹어야 한다는 거대한 입과 그 입을 가진 자가 바로 자신이라는 사실을 터득하는 것은 입과 무슨 연관을 지을 수 있을 것인가? 깨달음은 순간이고 그 순간은 생애의 문제이지만 이는 살아가는 절대요소는 아니다. 물론 깨달음을 갖는 자와 아닌 자는 다를 수는 있지만 이 또한 중대한 일은 아닐 것이다. 마치 의미와 무의미가 우주에 하등 상관을 미치지 못하는 것처럼……

삶의 질은 가치의 문제일 것이다. 가치는 무게가 아니라 의미일 것이고, 무의미는 인간의 삶에 도덕적인 혹은 인격의 향으로 돌릴 수 있다면 향기 있는 사람의 체취는 곧 살아가는 이치에 도달한다는 말이다.

> 그리하여 가장 부끄러운 것은
> 나체가 아니라, 빈손이 아니라
> 입이었습니다
> ……략……
> 이 세상 온갖 고난의 발상지였습니다
> 우리들이 존재할 수 있는 근원의
> 그곳은.
>
> ──〈입. 1〉에서

순간에 깨달음을 터득한 것이 스스로였고, 또 입이라는 사실을 알고 —거기서 모든 죄악과 탐욕이 비롯되고, 역사의 창조와 흥망성쇠와 고난의 진원이 이곳으로부터 비롯된다는 자각은 이영춘이 살아가는 과정에서 느낀 철학의 문제다. 입은 인간의 생명에 에너지를 공급받는 출구요 삶의 온갖 문제를 일으키는 문제이면서 해결의 단서를 제공하는 곳에 대한 발견은 삶이 원숙도를 강화하는 과정에서 얻어진 지혜와 같다. 그리하여 <입. 2>에서 '거룩한 입이여!'를 발성하고, 때로는 '우리들의 잔악한 포구' <입. 5>와 같은 발견을 탄성한다. 입은 사랑의 입구인 동시에 마음을 배설하는 출구의 역할을 다하면서, 들어가고 나가는 교접의 흐름에서 생명은 새로운 과정을 되풀이할 수 있게 된다. 이런 이치는 밀물과 썰물이 왕래하는 것과 같기도 하고 남녀가 결합하는 생명 잉태의 비유에도 허용의 지경에 닿게도 된다.

> 우리 역사를 창조하는
> 국부(局部)의 입.
> 위대한 입의 역사입니다
> 그러므로 입은
> 우리의 사상입니다
>   생각입니다
>   사랑입니다
>   파괴입니다
>   건설입니다
>   창조입니다
> 침묵할수록 더욱 빛나는

——〈입. 6〉에서

입은 출구가 아니라 입구가 될 수 있고, 창조의 진원일 수 있으면서 또 파괴의 동력을 제공하는 가치와 비가치의 구분이 쓰임 즉 所用에 있다. 남용은 비가치요 적당한 사용은 가치에 이른다. 입이 곧 생식기의 비유에 이르면 곧 창조론으로 이어지고 이를 어떻게 바라보는 가에서는 한 대상이 소멸로 이어진다. 모든 사물은 어떤 관점으로 살피는가의 시선의 확보에 따라 달리 보인다는 것은 삶의 달관 근처에 이르렀다는 해석과 유사하다.

언어는 침묵에서 인간의 영혼을 대변할 영토가 넓어지고 소비보다는 저축(침묵)에서 인간사에 파괴의 불화가 없어진다는 시어를 사용했지만 결국, 입은 창조의 진원으로 바라본 상징이 뒷자리에서 웃고 있다. 이는 이영춘의 시에 의미 허용의 폭이 넓다는 것과 미소의 상관과는 같을 것이다.

3. 모순론

어긋난 사리를 말할 때, 모순이란 말은 성립된다. 그렇다면 어긋난 사리는 살아가는 인간의 생활 속에서 비롯되면서 또 이런 행진은 끝없이 진행되고 멈출 수 없는 일들이 다시 엉켜지면서 모순은 살이 찌고 더욱 기승을 부리게 된다.

모순에는 일정한 기준이 도덕적 라인을 만들기 때문에 이치의 기준이 있어야 한다. 이런 이치를 구비하는 것은 인간이 살아가는 도덕적인 함량의 문제를 거론하게 되지만 이런 기준은 절대논리가 아니라 때로는 가변적인 현실을 만들 때도 있다.

이영춘의 모순에 대한 시각은 전 방위라는 점에서 다양한 형태로 드러난다. 이런 현상은 살아가는 체온에서 느끼는 이상한 기류이면서 벗어나고 싶어지는 마음을 축적하게 되기 때문에 '난 자꾸 눈물이 난다'라는 근거를 발견하게 된다. 눈물은 현실을 사는 사람의 생각과 상이한 판단에서 비롯되는 감각일 때, 이영춘의 정서는 세상의 기준을 벗어난 모순에 때로는 눈물, 때로는 분노가 일렁인다. 이런 근거는 보도본부 24시라는 매스컴의 시선으로부터 발원되는 이미지들이지만, 현대를 살아가는 인간들의 고통과 초점을 맞추는데서 나오는 갈등양상이다. 이런 가치의 왜곡현상은 살아 있다는 감정의 차원이 된다.

농촌의 갈등과 비탄이 TV의 화면을 지나가고, 퇴폐의 도시얼굴들이 흉하게 일그러진 현상으로 보이고, 현대사의 정치적인 미궁인 5. 18의 통분이 화면을 장식한다. 이런 여러 현상은 필연적으로 외면할 수 없는 우리자신의 문제이지만 「지나 가버리는」일로 치부되는 무감각의 병적 현상은 「현대인」의 자화상으로 슬프게 돌아온다. 이런 자화상에 과감한 깨우침은 불합리한 일에 대한 고백일 것이다.

밭고랑만큼이나 주름잡힌
내 어머니 같은 한 여인네가
밭고랑에 앉아 울고 있다
일년 내 손톱이 빠지도록 지은 농사가
모두 빈 쭉정이란다.

————〈난 자꾸 눈물이 난다. 1〉에서

아무나 갈 수 없는 그 도시에
검은 수증기 떼들이 슬픔처럼 떠 있다
동두천의 나라,그 나라.
자본주의자들이 흘린 정액들이
지천으로 출렁거리는 거리.
아침이면 파란 눈을 가진 꽃들이 피어나고
피어났다가 지고
저녁이면 까만 머리털을 가진 꽃들이 피어나고
또 지고 피어나고

————〈난 자꾸 눈물이 난다. 2〉에서

두 편의 시는 모두 현실을 살고 있는 현대인의 모습이 텔레비전이라는 매체를 통해 전달된 모순의 현상들인 바, 이를 시청하고 시인의 의도를 표현한 전자는 농업정책의 문제-위정자의 무능과 실책에서 나온 신음이고, 후자는 화려한 도시의 이면에 나타난 과학문명의 슬픈 풍경화이다. 전 후자 모두가 결코 외면할 수 없는 일이라는 점에서 눈물의 요건이 되고 또 이를 외면할 수 없다는 점에서 고통의 진원이 된다. 동두천의 파란 꽃은 우리와 무슨 상관으로 연결되었으며, 농부들의 한숨은 오늘의 사회발달과 무슨 연유를 가졌기에 까마귀의 괴성이 곧 농부의 신음으로 들리는가를 질문하는 시인의 비분은 휴머니티의 고백으로써, 이는 자기거울을 스스로에 비추는 아픔이다. 시는 문제의 제기는 있지만 대답을 제시하지는 않는다. 문제 속에 대답은 독자의 몫일 뿐 시인은 굳이 대답을 강요할 수는 없다는 뜻이다. '둥지를 잃고 사는 오늘의 사람들' <다시 고향에>와 같이 도시화나 과학의 발달이 인간을 왜소하게 하는-결코 행복과는 상관이 없는 외로움을 표출하는데서 화려한 장면 뒤에 현대인의 허상을 발견할 수 있을 것이다. <묵념을 올리며>에 들어있는 모순의 인간사와 <나는 사탄인가>를 반문하는 짐승의 자기를 통곡하는 마음이나 <순리로 가는 역. 1. 2>에 모순의 시선과 <왠지 나는 미안하다>의 두 가지 상황을 열거하는 이영춘의 마음은 사회 자체가 모순의 반죽이라는 확장된 암시를 제공한다. 또한 <현대인>에서 '지금 냉방 중!'이 상반된 상황인 熱을 冷으로 만들고 사는 이방성을 상상으로 연결하기 때문에 오늘의 자기를 돌아보게 하는 길을 연상으로 이끈다. 이런 모순은 곧 살아가면서 현격하게 벌어지는 불평등의 문제라는 점에서 결국 인간의 문제로 돌아가는 운명적 모순으로 접어진다.

5) 전통과 혼

오늘이 어제라는 뒷받침이 없다면 오늘은 공허하고 또 존립의 근거를 상실하게 된다. 공자를 일러 生而知之者라 했을 때, 공자는 단연 我非生而知之者, 好古敏而求之者也라는 전통고수의 말로 대답을 삼았다. 옛 것을 빨리 구하는 것과 현실을 합하면 그 사람은 모든 세상이치를 통달하는 사람이 된다는 생각은 과거를 버리려는 사람에게는 어려운 요구일 것이다. 그러나 현실은 과거라는 시간과 연결되었지, 단절된 것이 아니라는 점에서 전통을 자기 찾기일 뿐이다. 이영춘은 짚이라는 하찮은 사물에서 섬세한 전통의 길을 확보하고 우리네 삶의 진원을 일깨우고 있다.

> 나는 이 민족의 父相이었어
> 나를 통하여 이 민족은 태어나고
> 또한 죽어갔어.
> 지금은 1회용 문명에 밀려
> 한쪽 구석에서
> 제 구실을 못한다지만
> 내 역사를 한 번 살펴보면
> 나의 무게가 얼마나 값진 것인가를 알게 될 거야.
>
> ——〈이 민족의 父相. -짚과 새끼줄. 1〉

짚과 새끼줄을 1인칭으로 의인화하여 무엇에 공헌하고 또 이 민족의 원형과 어떻게 상통하고 있는가를 천착하는 시인의 마음은 흔하게 지나칠 수 있는 사물에 생명력을 부여하여 울림을 준다. 짚과 새끼줄은 지천으로 우리의 생활을 묶고, 지붕으로 추위와 더위를 감쌌고, 또 음식을 익히는 재료로 불태웠는가 하면, 신 생명에 탄생의 신호를 알

리었고, 죽음에서는 굴건으로 생명의 애도를 표했었다. 이런 짚이 현대생활 속에서 소용이 밀려났지만 여전히 원형으로의 자리를 점하고 있어 기억을 깨우친다. 결국 우리의 생명을 보전하고 지켜온 생명 줄이었고 우리의 신체를 보전하는 양식으로의 짚은, 생활을 묶고 이어주는 고귀한 임무를 망각으로 돌리는 현대인의 비정을 난타하는 이영춘의 시적 모티브는 우리의 육신과 정신을 이루는 <나의 고향은>의 정서와 같다. 이리하여 '오늘의 나는 슬픔에 젖어 있어\외진 모퉁이에서\버림받고 소외되고 밀리고 또 밀려서\존재조차 알 수 없는 존재로\혼자 울고 있어'라는 객관화의 시선을 제시하면서 생명이 다하는 날은 어김없이 슬픔과 이별의 노래로 초대되어 인간의 아픔을 대신하는 의미로 정리된다. 짚이 민족을 지키는 '영원한 혼불로 오늘도 타고 있어\외롭게 외롭게……'의 弔辭를 대신하는 마음은 민족혼의 수호자를 발견한 고백이 드러난다. 이는 곧 간과하기 쉬운 현대인의 경박성을 질타하는 뜻이면서 알고 살아야하는 울림으로 다가오는 소리─ 이영춘의 새로운 의식의 변신으로 보이는 짚과 새끼줄에 혼을 불러오는 주술적인 마음이다.

3. 결어─끝없는 모순을 위해

J. 룻소는 『인간 불평등 기원론』의 근거가 살아가면서 교육 수준이나 삶의 질에 따라 불평등의 차이가 커진다는 의미를 던졌다. 이는 모순의 실상이고 그 모순은 인간의 땅에서는 영원한 미지수라는 암시로 돌아온다. 또 모순은 인간의 특권이고 신과의 차별을 이해하는 기본요소일 뿐 인간에게 부끄러움도 비극도 아니다.

이영춘의 제7시집은 이런 시선의 향방이 과거와는 다른 각도로 접근하여 독특한 시계를 천착하고 있다.

문을 통해서 나타나는 생성의 모습은 필연적으로 소멸의 길을 재촉하는 인간사에서 만나는 실증적인 현상이다. 이런 현상에 초점을 맞춘 이영춘의 의식은 그만큼 다양을 선택하는 문으로 들어가는 길을 발견했지만 새로운 상품개발에 다음 목록이 어떤 변용으로 나타날 것인가는 이영춘의 의식의 진로와 밀접할 것이다.

아울러 전통을 기저로 하여 짚에서 민족 생명혼의 원형을 찾아낸 이영춘의 시는 철학적이고 명상적인 넓이에서 또 다른 표정을 기대하게 한다. 이영춘의 7시집은 이런 충족의 단서를 빌미로 했다는 점에서 기대감을 갖게 하는 바, 추상성에서 구체적인 각론의 길을 확보하려는 뜻으로 보면 다음 시집에 대한 기대를 갖는 요건이 될 것이다.

2. 자연과 인간의 원형찾기
—정연덕의 시—

1. 시를 위한 길에서

시인의 의식은 원초적인 방향을 향해 항상 문을 열어 놓는다. 다시 말해서 시인의 정서는 그가 처음 태어난 흙과 물과 공기에서 벗어나는 것이 아니라 일생 동안의 정신을 지배하는 요소로 자리잡아 살게 된다. 즉 어린 시절의 고향 산천과 환경이 어른이 된 현실의 공간에서도 변함없이 남아 있어 首邱初心의 향방을 결정짓게 된다는 점에서 인간은 원형을 지향하는 특성을 갖는다.

어린 날에 즐겨 먹었던 음식이나 놀았던 추억들—이런 요소들은 결단코 없어지는 것이 아니라 정신의 중심에 남아 있어 밖으로 나오려는 속성을 갖기 때문에 의식의 출구는 현재의 상황과 과거의 요소들이 겹쳐지면서 삶의 현재를 이루어 간다.

인간의 의식을 표출하는 방도가 시에 이르면 함축적인 현상으로 엮어지면서 일단의 표정을 언어화하게 된다는 것도 위에서 언급한 일들과 일치하게 된다.

정연덕의 시에는 도시적인 메커니즘이기보다는 오히려 시골 정취의

- 자연과 인간의 결합에서 느끼는 다감성과 친근미의 특성이 들어있
어, 산길이 호젓하고 강이 유장한 노래를 부르고 꽃들이 노래하는 모
습으로 시의 표정을 관리하고 있다. 크고 우람한 도시인의 체취보다는
-시골을 오래 전에 떠나왔을지라도 결국 전원의 풍경화로 귀환하기
를 염원하는 요인이 우선하고 있다는 점이다.

> 뜸북새 우는 날은
> 먼지도 털고
> 섭섭했던 이름도 지우면서
> 케케묵은 이야기는 안 할꺼야.
>
> 雜草처럼 고개 들고 웃는 일이나
> 키를 재는 철없는 짓거리나
> 승부를 내는 경주 같은 것.
>
> 알몸으로 내놓아도
> 부끄럽지 않게
> 매듭이란 매듭은 다 풀고
>
> 만나는 사람마다
> 반갑게 安否 나누며
> 컬컬한 農酒라도 한 잔 할꺼야.
>
> ——〈뜸북새 우는 날은〉

자연과 인간의 하모니가 어우러진 전원 풍경을 만나게 된다. 바쁠
것도 없고 시끄럽지도 않고, 또 精緻하게 맞물려 들어가는- 도시 문
명의 날카로운 비명도 없는 유장한 풍경화를 대면하면 삶의 호흡은
충만한 느낌으로 다가온다. '뜸북새 우는 날은'이라는 가정법을 동원

하여 시의 구조는 과거의 길을 향하는 문을 열면서 바람소리와 강물과 야트막한 산천이 전개된다. '알몸으로 내 놓아도'의 회상은 어린 날의 추억이 따라붙으면서 시인의 정서는 현재 장면으로 전환하지만 그 본질은 언제나 원초적 공간 지향으로 남는다. 제4연의 구도는 '만나는 사람마다'에 친근한 체온을 나눌 수 있게 되고 하나로의 방도가 '컬컬한 농주'라는 도취경으로 전환하게 된다. 디오니소스- 술은 너와 나를 결합하는- 추억을 결합하려는 열망이 정연덕의 정서를 이루는 본질로 작용한다. 자연과 인간의 결합은 삶의 원형이고 이런 현상은 예술의 본질을 이루는 특징- 정연덕의 시는 모두 자연 정서를 통합하려는 발상으로 출발하고, 이는 그가 살아온 어린 날들의 자잘한 추억들이 정신을 구성하는 요소가 되어 오늘을 지배하고 있다.

생명의 근원이 자리잡고 있는 고향에 대한 추구는 삶의 본질을 이루는 요소가 되어 의식이 초점을 형성하는 중심처로 작용하여 <쪽파처럼> 풋풋하게 정연덕의 마음을 나타낸다.

> 아버지의 검은 손등과
> 굽은 허리 사이로
> 잊혔던 고향이 일어나고
> 풍성한 들녘엔 노래가 한창이다
>
> 언제든
> 돌아갈 고향이 있다는 건
> 참으로 행복한 일이다
>
> 언제나 어디서나 우리도
> 자기의 냄새를 풍기며
> 자기의 목소리로 말하며

쪽파처럼 튼튼하게 살아야지

　자기를 유지하면서 산다는 일은 개성이자 인간미를 유지하는 일이
될 것이다. 즉 자기라는 본성을 버리지 않을 때, 진솔한 삶의 표정은
투명해질 수 있기 때문이다. 정연덕의 마음에는 아버지와 고향을 분리
하지 않고 하나의 의미로 묶어 통합된 절대 논리로 생각하기 때문에
아버지의 땀이 들어 있는 토착적인 냄새조차 그리움으로 환치된다. 이
는 삶의 動力일 뿐만 아니라 오늘을 건강하게 유지할 수 있는 에너지
로의 작용을 느끼면서 '언제 어디서나'의 공간과 시간적인 개념이 통
합되면서 '자기의 목소리' 혹은 '자기의 냄새'를 말하는 쪽파와 같이
튼튼하게를 유추할 수 있게 된다.

　생명을 탄생시킨 고향이 영원을 이어가는 因子로써 필연적인 관계
를 인식할 때, 정연덕의 시는 고향으로부터 모든 시의 표정을 관리한
다. 그의 시가 모두 강과 산 혹은 꽃과 비와 나무 그리고 등장하는 여
인의 이름도 순이라거나 순임과 같은 뉘앙스에서 흙냄새 나는 이름들
이 시인의 정서를 말하는 근거가 된다.

2. 의식의 접속 요소들

1) 삶을 생각하는 마음

　인간이 살아간다는 일은 자기라는 개체를 이끌고 가는 일이면서, 여
기서 파생되는 심각한 의무가 남는다. 일정한 무게를 이끌고 존재를
지속한다는 일에는 여러 요인들이 균형을 맞출 수 있을 때, 건강한 인
격을 형성하게 될 뿐만 아니라, 품위의 내용은 도덕적인 것과 삶의 내
용이 형평성을 유지하면서 행복으로 이어지게 된다. 다시 말해서 한

인간이 세상에 존재하는 것은 도덕적으로 비난받지 않고 무탈한 생활을 영위한다는 일이 쉬울 것 같지만, 독수리에게 간을 파 먹히우는 프로메테우스 형벌의 무한 계속성—벗어버릴 수 없는 대결에서 숙명의 무게를 감당해야만 한다. '처음도 앞뒤도 끝도 모르고\바람과 만남을 꿈꾸는\우리들의 삶도\조금은 계산할 수 있습니까' <바람개비>와 같이 앞과 뒤가 없는 일상을 어떻게 요리하면서 살아갈 수 있는가는 전적으로 자기 몫으로 돌아가는 일이기 때문에 해답도 문제도 오로지 「자기」라는 공간으로부터 시작의 端初가 형성된다는 주장이다. 끝없이 원점을 향하여 돌진하고 있는 바람개비의 형상을 객관적으로 보면 무지하고 어리석은 모습으로 생각되지만 바람개비 그 자신에게는 오로지 앞으로 가는 일이 삶의 모두가 된다는 비유야말로 비극적인 일이 될 것이다. 그러나 엄정하게 벗어날 수 없는 이 숙명의 행로를 이탈하고는 존재할 방도가 없다는 점에서 「어떻게」에서 「어디로」라는 지향점이 합리적으로 설정된다. 정연덕의 삶은 이런 지향점을 소박성에서 마련하고 있는 것 같다.

> 부끄러움도 염치도 모른 채
> 수없이 되놓는 속셈도 모른 채
> 오늘도 거기 그렇게 서서
> 이 얼굴 저 얼굴을 살피는
> 철없는 벙어리가 된다
> 끝없는 나그네가 된다
>
> ——〈겨울 外燈〉에서

비바람이 오거나 혹은 냉혹한 눈보라가 다가와도 벗어날 길이 없다는 이치를 터득한다는 것은 至難한 일이다. 겨울을 이기고 있는 外燈의 모습은 한 인간이 살아가야 하는 숙명적인 모습으로 크로스업—여기서 한 인간의 존재가 품위를 유지하면서 운명과 대결하는 자세는 형성된다. 이런 사고를 확충하는 정연덕의 생각은 삶의 모양을 결코 낙관적인 생각으로 처리하지는 않는다. 오히려 처연하고 비극적인 사고를 더하는 인상을 남긴다. 이는 '부끄러움도' '염치도'라는 아픔을 외면하고서 '이 얼굴'과 '저 얼굴'을 살피면서 자기 존재를 세워야 하는 부담을 알고 있기 때문이다. 이리하여 벙어리가 되는 슬픈 표정의 나그네 운명을 견지해야 하는 숙제가 남고 있다. 살다 보면 '그리움이 때로는\슬픔 되어 돌아오고\슬픔이 때로는\기쁨이 되는 것' <알키메데스의 여자>과 같이 기쁨과 슬픔은 분리되는 것이 아니라 자기 존재에서 파생되는 것으로 해석하는 정연덕의 삶은 달관의 문으로 들어간다.

> 그리움이나 슬픔
> 이별과 기다림
> 그게 삶인 것을
> 그는 알고 있을까
>
> ——〈알키메데스의 여자. 4〉에서

정연덕의 시에는 그리움이 많은 편이다. 이런 현상은 그가 살고 있는 생의 중심에 관류하고 있는 정서의 일단이지만 그의 성품과 무관하지 않는 것 같다. 왜냐하면 언어란 인간의 심리적인 흔적을 밖으로 표출하는 도구에 불과하기 때문이다. 어떻든 삶의 해석은 그리움과 슬픔 그리고 이별과 기다림의 네 가지 요소가 섞바뀌면서 일상을 이루게 되고 또 한 사람의 생도 거기에 내포될 수밖에 달리 도리가 없다는 것을 이해하게 된다. 비록 알키메데스의 여인에게 말하는 객관의 기법을 구사했지만 이는 정시인의 본심을 표현하는 간접 화법일 뿐이다.

> 싸워 이긴 자의 당당함보다

싸워 이긴 자의 권세보다도
들 끝에 피어난 바람꽃을 세우며
江 마을 지나 산길을 돌아
장거리 선수처럼 달려간다

—〈裸木〉에서

인간은 본질적으로 벌거벗은 존재다. 다시 말해서 한겹 거추장스런
의복을 벗어버리면 모두 비슷한 형상으로 일상을 살아가는 나약한 존
재라는 암시다. 득의롭게 싸워서 승리자가 되었다하더라도 그는 언젠
가는 패배자의 눈물을 감당해야만 하는 존재가 인간이기 때문이다. 결
국 인간의 본질은 승리자가 아니라 모두 돌아가야 하는 쓸쓸한 모양
이기 때문에 '강마을'이나 '산길'을 휘돌아 무작정 앞으로 달리는 장거
리선수이거나 바람개비의 운명과 다름이 없다는 인생 해석이 정연덕
의 인생관이다.

2) 이별과 허무

이별은 만남의 반대가 아니라 만남의 정면일 것이다. 왜냐하면 산
자는 항상 앞으로 가기 때문에 뒤를 만나는 것이 아니라 앞을 마주하
는 것이다. 그러나 이별이란 일종의 편견이라는 점에서 사고의 전환이
있어야 한다.

착각은 인간의 유일한 지혜다. 이성이 때로 맹목이 되고 또 맹목은
다시 이성의 눈을 감게 하는 점에서 인간의 지혜란 때로 동물적인 감
각보다 무지한 경우가 될 수도 있기 때문이다.

만남은 또하나
이별을 불러 내어도
연이 되고 연은 끈이 되어

우릴 잡고 있나 봅니다

——〈그리운 당신〉에서

일체의 존재는 모두 인연으로 낳고 인연으로 멸한다는 불가의 화두는 필연의 함정에서 벗어날 길이 없다는 전제를 내포한다. 다소 운명적인 암시를 느낄 수 있지만 '만남'과 '이별'은 분리되는 것이 아니라 양면의 얼굴과 같은 야누스의 형상이 된다. 결국 만남과 이별의 사이에는 넓은 삶의 광장이 있고 여기서 눈물과 행복 그리고 존재의 형상들이 엮어지는 파노라마의 풍경만 남게 된다. 여기서 인간의 의미는 곧 삶의 질이고 삶의 의미가 된다. 결국 인과 연은 자기 내부의 인(hetu)으로부터 외부의 원인인 연(pratyaya)이 결합하는 상징성 — 나와 타인의 결합은 존재의 본질을 이루게 된다. 그러나 인연은 세상에 「우릴 잡고 있는」 현상이라는데 이론이 없게 된다. 그러나 인간의 모습에 종착지는 어딜까를 다시 묻게 된다.

바람결에
붉은 잎 하나
西山에 진다

——〈이별〉에서

지는 것은 무얼까? 죽음은 생명의 의미에 이르고 생명은 돌아가는 길을 묻게 된다면 이런 논리는 필연적으로 철학의 길을 추적거리게 된다. 인간은 생명의 길을 버리는 '붉은 잎 하나'에 다름이 아닌가? 그것도 탄생의 반대편인 서쪽으로 손짓을 남기게 되는 것이 인간의 이별이라면 이별은 삶의 허무를 채색하는 이름으로 남게 된다.

허무는 인간의 이성이 찾아낸 가장 정확한 언어일 것이다. 석가도 공자도 예수도 허무라는 말이 인간의 생이라는 정의를 내린 일들은 고민에서 얻어진 표현이기 때문이다.

>어느 새 가을비가 젖어 내리고
>낙엽처럼 눈발이 흩날린다
>사랑도 미움도 아득한 걸.
>
>그간 모은 것들도
>묻어 버린 것들도
>다 바람인 걸
>어디서 무엇이 되랴

——〈세월〉에서

이별은 아픔이자 슬픔의 함량이 많은 이름이다. 인연이라는 줄을 버리고 남는 허무의 무게를 실감할 때, 인간의 본질은 바람이라는 암시와 손을 잡게 될 수 있다. 가을의 뉘앙스와 낙엽이라는 비극적인 이름들과 결합하는 무드는 비감을 재촉하게 된다. 이런 무드는 인간의 지혜가 깊을수록 그 농도는 짙게 된다. 다시 말해서 인생의 삶을 깊게 명상하는 사고의 폭이 깊고 넓을수록 허무의 그림자는 빨리 다가온다. 그러나 허무를 빨리 알아차리는 사람은 그만큼 삶의 의미를 달관의 길로 인도할 수 있는 지혜를 터득했기 때문이다. 모든 애착의 이름들이 허무로 돌아가는 길을 물을 때, 하늘을 달려가는 「바람」의 상징은 다음 시로 마무리된다.

>허름한 체구를 뒤척이며
>세월을 삼키며
>텅 빈 가슴을 연다

——〈겨울 허수아비. 3〉에서

겨울을 견디는 秃木과 바람을 맞으면서 세상을 바라보는 허수아비의 모습은 인간의 본질이자 실상일 것이다. 꾸미고 분장하는 허세의 거품을 걷으면 인간의 모습은 허수아비의 형상을 벗어나는 것은 아니다. 그러나 세월의 높이와 깊이를 건너온 인간의 상처는 결코 비극이 아니라 존재의 의미를 더욱 확충하는 인간의 참된 실체를 보여주는 것이다. 왜냐하면 살아 있다는 것은 그 자체로 위대한 호흡이기 때문이다. 살아 있는 생명체만이 의미를 만들 수 있고 또 의미는 다시 새로운 길을 재촉할 수 있는 에너지를 유지할 수 있는 이유가 될 수 있을 것이다. 정연덕의 詩情은 강인한 것도 그리고 승리자의 오만도 들어 있지 않지만 순박하고 담담한 소시민적인 정취로 가슴을 파고드는 조용한 손짓이 특징인 것 같다.

3) 자연과의 교감 - 산과 강

인간은 자연에서 태어나 자연에서 호흡하고 다시 자연으로 돌아가는 길을 벗어나지 않는다. 그런 순환의 법칙은 항상 새로운 것 같지만 실은 변함 없는 질서 속에서 현재가 새롭다고 느낄 뿐이다. 정연덕의 시에는 강과 산 그리고 꽃과 비 혹은 나무 등 자연으로 빚어지는 정서가 시의 대부분을 장악하고 있다. 특히 식물성 정서가 중심을 이루는 것은 동양문화의 특색인 자연주의 사상에 접근되는 성격을 포함한다.

서구는 자연을 정복의 대상으로 생각하는 대신 동양은 자연이 친화의 대상 - 필연적으로 하나 되는 방도를 고찰하는 출발점이 있어 문화의 발상이 서로 다른 접근으로 진전되어 왔다.

　　부르는 소리는 자라서
　　봄이 되고 여름이 된다지
　　남은 것들 챙겨 들면

가을은 곧바로 겨울행 마치를 탄다

——〈폭포〉에서

봄이 여름으로의 순환은 자연의 이법이다. 인간이 간섭할 일이 아니라는 점에서 자연의 이법 속에 삶의 여정이 설정될 뿐이다. 가을이 곧바로 겨울로 가는 것은 '부르는 소리가 자라서'의 자발성에서 비롯되기 때문에 '마침표를 찍지 못한다'는 여백으로 생의 진행이 이어진다. 오로지 삶의 진행성은 자발성이라는 점에서 산과 강은 삶의 道程을 뜻하고 이는 동양 사상의 진수를 뜻하게 된다. 서양 문화는 간섭과 정복의 방도로 출발하지만 동양문화는 순리의 이법에 따르는 점에서 다름이 있듯 정시인의 시는 철저하게 자연의 법칙—강물이 흘러가는 길을 밟고 있다.

붉은 얼굴로
雜木사이를 오가며
얽히고 설킨 關係를
모두 청산하라고 독촉한다

——〈가을산〉에서

산은 높이에서 사는 일의 가파름이 형성되고 낮음에서 고통스런 상징의 길이 열린다. 이런 일들은 항상 인간을 손짓하고 깨우치려는 언어로 표출하지만 정작 이를 해석하는 절차가 있어야 한다. 인간의 지식과 심성 그리고 일상을 처리하는 특성에 따라 산은 결코 높이의 위엄으로 다가오지 않는다. 이점에서 '얽히고 설킨 관계'의 산은 질서로의 개편을 주장하는 시인의 마음이 남고 있다.

질펀한 평원이나

험준한 준령을 넘어
힘줄처럼 뻗어 올라라

———⟨江길⟩에서

　　노자가 **上善若水**를 말한 것은 물이 위로 오르려는 것이 아니라 아
래로 아래로 내려가는 겸손을 비유한 말이었다. 낮음에서 맞게 되는
것은 높이에서 맞는 바람과는 다르다. 겸손의 미덕은 아래에 자리를
펼칠 때 만족을 줄 수 있기 때문에 비유의 덕목으로 선택된다. 평원을
가로질러 먼길을 갈 수 있는 에너지는 물이 주는 교훈적인 암시가 될
때, 정연덕은 이런 상징을 시의 중심 모티브로 설정하여 생의 이름을
붙이고 있다.

누가 물으면
江을 헤집고 山을 헤치며
길을 찾다 보니 보랏빛 세월 속에서
어느 새 안개비를 만났다 할꺼야
길을 막으며 겨울을 예고한다 해도
난 앞으로 간다고 할꺼야

———⟨누가 물으면⟩에서

　　정연덕이 자연을 육화하여 생명의 근원으로 삼는 단서를 제공하는
작품이다. 이는 곧 산다는 일과 자연은 분리되는 것이 아니라 하나로
통합하여 새로운 의미로 환치하는 점에서 생명이 있는 이름으로 생성
된다. 강과 산을 넘어 길을 찾는 것도 인간의 일이고 막힌 강과 산을
뚫어야 하는 것도 인간의 일이라면 안개와 비는 자연을 키우는 이름
으로 변모한다. 정연덕이 생을 이끌고 있는 의지는 '길을 막으면 겨울
을 예고한다 해도'의 가정법을 앞세워 「난 앞으로 간다고 할꺼야」의

강한 의지에 의해 펼쳐진 자연이 교훈적인 암시이면서 돌파해야 하는 대상의 이중 암시—더불 이미지로 보인다. <봄비 끝에 1. 2. 3>, <저녁 호수>, <폭포>, <비오는 날> 등에 물과 상관된 시들이 많은 것도 정연덕의 감수성이 어디에서 연유되었는가를 이해하는 시들이다.

4) 꽃과 나무

식물성 정서가 많다는 것은 시인의 정신 원형이 어디에서 출발했는가를 살필 수 있는 구체적인 조짐이라면, 정연덕의 시는 시골 정취에서 생의 출발을 맞았다는 가정이 확인된다. 이런 심리적인 흔적들은 항상 시의 전면에 출몰하려는 자세로 무드를 조성하고 있을 뿐만 아니라 어린 날에 刻印된 기억들이 평생 떠나지 않기 때문에 그의 삶에 중요 因子로 자리잡고 의식의 전면으로 출몰한다.

> 흔들리면서도 웃는다
> 청록색 다문다문한
> 길 위로 미끄러지는 하늘
>
> 고개 중턱은 아직 먼데
> 늦잠을 털고
> 몇 줄 안부를 묻는다
>
> 어디만큼 얼굴을 떠올린다
> 석양에 옷깃을 세우고
> 남은 노래를 챙긴다
>
> ——⟨해바라기⟩

해바라기라는 식물이 시인의 뇌수를 통해 의식의 전면으로 나올 때, 사는 일의 비유에 가까워진다. 시인의 통찰력이 해바라기를 '웃는다'

라는 물활적인 개념을 끼워 넣으면서 2연의 안부로 이어질 때 해바라기의 생명력에 경외의 교훈을 유추하게 될 수 있기 때문이다. 아울러 '어디만큼'의 거리감을 도입하여 살아가는 길의 아득함이 남고 '남은 노래를 챙긴다'의 여백에 무언가 해야 할 일들을 생각하는 인간의 길이 생각된다. 시는 언어를 응축하여 의미를 확산하는 방법을 강구하기 때문에 해바라기라는 단순한 사물에서 생의 철학을 설파하는 철학조차 포괄한다면 정연덕의 해바라기는 생의 풍경화를 파스텔톤으로 그리고 있는 대상물이다.

> 등이 시린 겨울나무
> 언 땅을 헤집고
> 세월 앞에서
>
> 욕진의 바람을 털며
> 힘을 기른다
> 그리움도 일으켜 세운다
>
> ——〈겨울 나무. 2〉에서

　나무의 일생은 인간의 일생과 다름이 없다. 겨울이면 생명을 건사하기 위해 숨죽이는 어둠의 땅에서 세월을 기다리고, 봄이 오면 생명의 싹을 틔워 세상의 햇살을 즐기고, 여름이면 아름다움을 피우는 일로 삶의 길을 만나게 된다. 가을이면 결실로 세월의 깊이를 보내는 이치가 인간의 일생과 동일화를 이룩하게 된다. 겨울을 견디기 위해 끈기의 삶을 버티는 일들이 생의 가파름과 다름이 없기 때문에 나무의 일생은 인간의 일생과 유사하게 키를 맞출 수 있게 된다.

　돌아보는 것은 그리움이 남는다. '바람'이라는 역경과 맞서서 존재를 키울 수 있을 때, 세월은 항상 그리움의 농도를 강화하기 때문에

'힘을 기른다'라는 말이 타당성으로 진행된다. 이런 일은 '가파른 언덕에\별빛처럼 돋는 그리움\종이 비행기를 타고 맴돈다'라는 동화적인 세계를 이룩하기 위해 상상력을 발동하지만 어디까지 날아갈 수 있을 것인가를 가늠하지 못하는 인간의 길이 남아 있게 된다.

정연덕의 그리움은 색깔 있는 동화와 같다. 아울러 팽창적인 상상력을 발동하기 때문에 색채는 항상 암시적인 이름을 연상하게 된다.

> 희뿌옇게
> 맨살로 침몰한다.
>
> 빈 들녘 끝에
> 일어나는 파도
>
> 빨간 풍선 하나
> 떠가고 있다
>
> ──〈그리움〉

아마도 정연덕의 정신을 가장 극명하게 대변하는 작품이다. 부드럽고도 강인한 생명을 간직한 그리움은 '희뿌옇게'의 안개를 통해서 세상의 출구가 마련된다. 이런 현상은 환상적인 무지개를 타고 어딘가로 여정을 마련하면서 '파도'를 개입하게 된다. 이와 같은 절차는 시인의 마음에 들어 있는 유년기의 상상이 어른이 된 현재까지로 이어지고 있다는 증거가 된다. 상상력을 충족할 수 있는 에너지는 곧 파도라는 힘에 의해 상승의 이미지인 '빨간 풍선 하나'의 아름다운 운명이 되어 「떠가고 있다」의 유동적인 길을 마련하게 될 수 있기 때문이다. 물론 '빨간'의 수식사에서 느껴 오는 동화적인 감성은 추억의 아름다움이 채색된 파노라마의 인상을 전달한다. 이것이 정연덕의 시에서 느끼는 아름다움이다. 물론 직접적인 전달이 아니라 몇 고비의 숙고를 거쳐야 떠오르는- 네거티브 필름에 빛을 쪼여서 나타나는 기다림의 실상 만나기 비유라는 점이다.

3. 마무리에서

시는 아름다움을 전달하는 언어의 그림이라면 정연덕의 정서는 토착적이고 전원적이다. 이런 단서는 험준하고 높은 산과 깊은 강이 아니라 야트막한 동산에서 키 낮은 사람들과 뛰놀던 어린 시절의 소박한 동무들과의 대화를 듣는 것 같은 시가 정연덕의 감수성이다. 그의 시에 나타나는 산은 그리움이 있고 강에는 별과 꿈이 스며있는 환상미를 만나게 된다. 그가 생각하는 생의 이야기는 가파르지 않고 담담하고 안온하다. 그러나 그리움의 색채는 화려하지 않고 따스할 뿐만 아니라 서민적인 대화가 깃들어 있어 친근미를 유발한다.

정연덕의 동산에 서 있는 나무는 우람하지 않고 그렇다고 앙상한 독목의 쓸쓸함이 아닌-새들이 깃들고 안개가 어울린 나무에 바람소리가 길을 찾고 있는 동양화의 세계를 그리고 있다. 이는 그가 태어난 수구초심의 고향 길을 묻고있는 생활의 이야기를 시로 형상화하고 있다는 편이 좋을 것 같다.

3. 南行情緖와 삶의 표정

―김세완 시집『그대 가슴속의 섬 하나』―

1. 서민의 표정

인간의 운명은 어딘가로 가는 길에서 존재라는 옷감을 짜면서 울음과 웃음을 섞바꾸면서 일생의 모습을 엮어 나간다. 이 길에 무엇을 만들고 또 무슨 일을 위해 헌신의 표정을 만들면서 평생을 살아야 한다. 그렇다고 뚜렷한 업적이 있어 찬란한 영광을 새길 수 있는가 하면 무명의 삶에 허기진 고통을 지불하면서 살아가는 소시민의 애환도 있다. 어떤 일생을 살았던 인간의 생명은 고귀하고 아름다운 법이다. 다만 공자가 말한 것처럼 己欲立而立人 己欲達而達人으로 살아 왔는가 아니면 我執과 猜忌 혹은 질투의 높은 城을 쌓으면서 살아 왔는가의 分岐에 따라 존재의 평가는 달라질 수 있을 것이다. 그러나 애환의 옷을 입고 소시민의 슬픈 눈으로 살아 온 사람의 모습을 대할 때면 눈물이 나는 모습을 발견할 수 있다.

1984년『월간문학』에 <순례자의 노래>가 당선되어 문단에 나온 김세완의 3번째 시집『그대 가슴속의 섬 하나』를 읽으면 눈물이 배어 오는 슬픈 서민의 모습이 보이고 버겁게 하루하루를 살아가는 家長의

휘어진 어깨가 다가오고, 그의 가슴에 흥건하게 고인 인간애의 처연한 소리가 무시로 들려 온다. 그러면서도 그의 詩情에는 아름다움에 그리운 손짓이 달려오고 꿈꾸는 자의 사랑이 무지개로 뻗어 온다. 이제 1부 <남행열차를 기다리며>와 2부 <춘란집> 3부 <중년의 산> 등 58편에 담겨진 김세완의 시의 숲속에 들어 향기를 만나 볼일이다.

2. 남행으로 가는 열차

여행을 하다 보면 지방에 따라 다른 인간의 체취를 감지하게 된다. 더불어 사는 사람들의 정서가 일정한 틀을 형성하기도 하고 사고의 정형화를 만날 수 있게 된다. 이는 북으로 가는 정서와 남으로 향하는 정서의 차이는 기후와 자연의 특징에 따라 인간의 표정과 음식 혹은 풍토에 얽힌 역사는 특징으로 지워진다. 북으로 가는 열차는 추위와 강인함을 연상한다면, 남행의 열차는 안온하고 따스한 인간미를 여유 속에 맛볼 수 있는 특징을 갖고 있다.

> 기적 소리 고단한 목청 쉬어 가는
> 저 남쪽 끝 어디쯤 가면
> 시퍼렇게 울던 대나무들
> 죽은 무덤 있지
>
> ——〈그리운 마을〉에서

남으로 향하기 위해서는 기적 소리를 동반하는 여행이 떠오른다. 여기는 필시 김세완의 고향인 남원의 따스한 이미지가 대나무와 더불어 다가오고, 대나무의 올곧은 느낌은 곧 이곳 사람들의 심지 굳은 전설을 생각하게 한다. '죽은 무덤'이라는 느낌과 '시퍼렇게 울던 대나무'의 결합은 필시 시인의 마음속에 자존심으로 가닥을 잡고 있는 삶에의 지표로 작용하는 이미지로 여겨진다. 결국 남쪽 끝의 먼 느낌이 시인의 정신의 주요 부분을 점령하면서 떠나지 못하는 삶의 거울이면서 오늘에서 내일을 연결하는 구체적인 인자로 작용하는 「그리운 마을」의 꿈을 연상하게 한다. 인간에게 돌아갈 고향이 있다는 것은 행복한 일이다. 거기엔 추억이 있고, 만날 수 있는 자연의 따스한 느낌들이 문을 두드리기 때문에 화려한 삶의 에너지가 흘러나오는 작용을 다하게 된다.

> 그곳에 가면
> 내 슬픔 모두 강물에 주어 버리고
> 나도 강물처럼 소리내어 울 수 있을까
> 부서지고 깨어지며 함께 흐를 수 있을까
>
> 고개를 들지 못하는 봄꽃들이랑
> 아지랑이처럼 가물거리는
> 기억의 끈을 붙들고
> 봄이면 소복의 꽃으로 피어나시는 어머니.
> ……략……
> 살아서 타오르며 어둠을 불사르던 목소리
> 불꽃보다 뜨겁게 달려오는
> 5월의 그날 나 망월동에 가면.
>
> ──⟨南行열차를 기다리며⟩에서

'그곳'의 구체적 암시는 망월동이라는 지명에서 광주라는 지역으로 압축된다. 지금도 누구에 의해서 인지가 명확하게 밝혀지지 않는─죽은 자만 있고 그 죽음의 원인을 알 수 없는─미궁의 역사를 슬퍼하는 80년대의 사건을 가슴이 상처로 남고 있지만 집권자들은 애써 외면하는 오늘의 실정을 잊지 않고 있다. 민주주의의 불꽃을 타오르게 하기 위해 이유 없이 총구 앞에 죽어 갔지만, 그 신원을 풀지 못하는 죽은 자의 아픔은 누구의 것일까? 이런 의문은 시인의 고향과 가깝다는 지명의 이유에서가 아니라 역사의 진실을 남겨야 한다는 인간의 소망을 외면하는 고통을 접어 둘 수는 없다. 글은 진실을 표백하는 정신의 소산이고 이를 실천하는 것은 옳고 바른 역사를 자손에 전달하는 의무가 시인의 역사적인 소명이기 때문이다. 남해의 열차를 기다리는 – 시인은 '기다리며'라는 소극적인 생각 때문에 역사를 바라보는 적극성의 문제는 있다. 역사는 행동에 의해 전환의 길을 확보할 수 있고 여기서 새로운 소망의 문은 열리게 된다. 김세완의 남행열차는 기다림이라는 점에서 전환의 길을 놓치고 있고, 사건의 제시에 한하는 아쉬움이 있다. 결국 고향의 슬픈 강물에 소리내어 '울 수 있을까'라는 가정의 상상에서 김세완의 남행은 어머니의 환상이 봄꽃으로 피어나는 애절함으로 기억의 문을 열고 있다는 느낌이다.

3. 물의 이미지에 담겨진 유동성 정서

김세완의 3번째 시집에 담겨진 가장 성공한 시는 <물이 되어>로 보인다. 물의 이미지는 길을 연상하게 하고 도 생명의 소생을 부추기는 구체적인 암시로 전달하기 때문에 친근미와 따스한 온기를 감지하게 된다. 이는 물이 생명의 절대 요소이고 인간의 생명을 지탱할 수 있는 생명 그 자체이기에 미처 감지하지 못하는 의식이지만 내면에서는 벗어날 수 없는 필수적인 무의식이 포장된다. 김세완의 시에서 이런 물의 속성은 가장 두드러진 현상을 나타내고 있다. 물을 생각한다는 것은 생명의 안온함을 그리워하는 심리적인 기저를 상상할 수 있고, 물에서 인간 존재를 확인하는 근거를 확보한다면 이는 곧 시의 특징을 만날 수 있는 구체적인 조짐이 된다.

아프고 서러운 사연들끼리는
물이 되어 흘러가자.
물소리 엉엉 울며
함부로 뒤엉키며 흘러가다가
그 물결 가 닿는 강기슭
동자꽃이나 흰 얼러지꽃 안부도 듣고
팍팍한 가슴 속에 갇힌 고된 사연들
천년을 하루같이 흘러온
세월의 물이랑에 묻어 버리자.
산그늘 넉넉한 먼 산도 품에 안고
멀고 험한 길
깨어지고 부서지며 흘러가 버리자.
흙의 한생애처럼
고단하나 정직한 인간의 마을
등불처럼 따스한 이야기는 뒤로 남기고
세상에서 버림받은
서럽고 눈물나는 사연끼리 몸 부비며
우리 목놓아 우는 물소리로 흘러가 버리자.

——〈물이 되어〉

김세완의 시에는 물기가 많다. 이는 가슴속에 간직된 진실의 암시이기도 하고, 정서 현상에서 나오는 삶의 낮은 자리를 찾아가는 순수의 표백이기도 하다는 느낌을 준다. 사실 김세완의 시엔 공격적이기보다는 항상 수세적이고 내보임보다는 안으로 감추는 정적인 특징이 우선하면서 시의 색깔을 채색한다. 아마도 <물이 되어>는 이런 김세완의 정신 상태를 가장 극명하게 표출한 시이다. '아프고 서러운' 사연끼리 물이 되어라는 용해의 상태에서 온갖 시련의 아픔을 극복하는 용기를 물이라는 흐름의 이미지에서 구원받으면서 머나 먼 길을 갈 수 있는 힘을 비축하여 '동자꽃'이나 '얼러지 꽃'의 소식을 묻는 인간미를 보이기도 하면서 끝없는 길을 갈 수 있는 논리적인 근거를 더불어 마련하게 된다. 이리하여 세월의 고된 사연이나 꽉꽉한 안부를 함께 묻어 버리는 정리의 마음을 가질 때 시인의 마음은 넓은 여백을 확보하게 된다. 김세완의 정신은 여기서 가장 확실한 「인간의 시인」으로 자화상을 그리고 있기에 내용상의 2연인 '넉넉한 먼 산도 품에 안고'라는 포용과 화해의 정신을 보이면서 멀고 '험한 길'의 먼 인생의 도정을 답파할 명분을 합리로 내세운다. 이리하여 삶의 마지막 지표인 '고단하나 정직한 인간의 마을'에 이르러 단맛의 물을 고단한 사람들에 전달함으로써 김세완이 시 쓰는 이유와 사는 이유의 모두가 하나로 합류하게 된다. 이런 본질은 화려한 각광을 전제로 하거나 어떤 보상적인 이유를 앞세운다면 추악한 본심을 드러낼 수밖에 없지만 순진함과 질박한 마음을 담고 있기에 '서럽고 눈물나는 사연끼리'의 따스한 체온을 갈구하는 인간사는 세상을 찾아간다. 김세완의 시는 이처럼 인간이 사는 세상을 위해 그의 정신을 초점으로 만들기에 감동의 근원은 마련된다. 시는 화려한 거짓말이 아니라 눌박한 진실이기에 뜨거운 마음을 담을 수 있게 된다. 물은 모든 것을 용해하고 용해하면서 순화하기에 생명의 새로움을 만들게 된다. 더불어 노자가 「上善若水」라 말한 것도 따지고 보면 낮은 곳으로 향하는 겸손의 마음을 지칭한 것이면서 삶의 진리가 무엇인가를 깨우치는 상징에 다름이 아닐 것이다. '우리 천년을 하루같이 흘러온\물소리로 떠나자'<변신> 등의 시에도 물을 통해 새로운 공간으로의 이동을 꿈꾸는 시인의 마음으로 이상의 땅을 찾아가는 이미지의 대동의 임무까지를 수행하는 흐름의 이미지로 보인다. 아무튼 김세완은 <물이 되어>에서 그의 詩感의 긴축미와 상징의 고급한 의미, 혹은 사상의 무게를 함께 얻은 수작으로 보인다.

4. 흐름과 겨울의 이미지 수행

김세완의 3시집에서 두드러진 것은 겨울과 가을의 이미지가 번다하고 또 어딘가로 흐르는 유동의 감수성을 구체화한다는 점에 눈을 고정시킨다.

시 쓰기는 나이와 상관이 없는 일이지만 보편적으로 볼 때, 나이에 따라 시적 의장을 변화하는 점을 갖는다. 젊은 나이에서 팽팽한 긴장감의 시가 50대 60대를 지나면 수척한 감성에만 매달려 기교를 부리는 경우는 허다하다. 이때 시어의 공통성이 아울러 나타나고 또 반복되면서 야들한 평면성의 정서를 표현한다. 이로 보면 시는 개척의 젊은 나이와 상관이 있어 끝없는 에너지를 공급받아야 하는 특색이 있다.

<겨울나기>, <겨울 벌판에서>, <지금땅 속엔>, <어느 가을날>, <가을 인상>, <갈대>, <이 가을엔>, <풍경>, <소묘> 등은 겨울의 상념과 가을의 이미지가 들어 있는 작품들로 김세완의 정신적 흐름과 같은 느낌으로 표현된 시들이다.

> 누군들 듣지 않으리
> 얼음장 밑으로 숨어서 흐르는 강물
> 땅 속 깊숙이 뿌리를 묻으며 흐느끼는
> 풀들의 울음소리를.
>
> 우리의 겨울도 저와 같아서
> 세상 깊숙이 흐르며
> 뿌리를 묻으며 흐느끼고 있다.
>
> ――〈겨울나기〉에서

김세완의 겨울은 춥지 않고 따스한 곳을 찾아가는 희망이 있음에서 이육사의 겨울과 같은 조짐이 있다. 겨울의 암담한 상황의 밑바닥에 생명이 흐르는 강물의 소리는 곧 생의 길을 잃지 않고 존재의 영역을 확대하는 암시이면서 살았다는 뜻을 이어가는 확보의 길을 의미한다. 얼음장 밑의 물소리를 듣는 사람은 그 얼음장 밑의 소리를 감지할 수 있을 만큼 예민한 촉각을 갖지 않으면 안 된다. 이는 '땅 속 깊숙이 뿌리를 묻으며'라는 존재의 근거에서 슬픔의 겨울이 있게 된다. 살아 있다는 것은 살아 있는 것만큼 시련을 거쳐야 하고 여기서 찾아가야 할 희망의 언덕이 설정되는 것이다. 인간이 절망에서도 절망하지 않는 다는 것은 아름다움이다. '울음소리'와 '뿌리를 묻으며 흐느끼는' 생명 연장의 시간을 얻기 위해 고달픈 역경을 이겨 가는 삶의 도정만큼이나 슬픔이 밀려오더라도 도달해야 할 땅을 위해 시심의 언덕을 넘어야 한다는 의지의 언어가'그리하여 봄이 오면\대지를 딛고 힘차게 일어설\뿌리를 묻어야지'의 결미로 김세완의 뜻은 봄을 향한 문을 열어 놓는다. '아직 대지는 얼어 있어도\귀 기울이면 들리지\땅 속 깊은 곳에서 뿌리들이 하는 말들. '<지금 땅속엔>처럼 신음이 소리로 들릴 때 희망의 길이 다가온다. 겨울이 겨울로 남는 것이 아니라 겨울의 고달픈 여정에서 봄이라는 화려한 창조의 문으로 들어가기 때문에 겨울의 소리는 오히려 창조를 향한 신선한 상징으로 기대감을 부풀리는 것이 김세완의 감수성이다.

가을은 겨울의 문을 열면서 익어 가는 이미지를 전달한다. 아울러 생의 여유를 남기면서 시심의 장면을 지고함으로 채색하는 임무를 수행한다. 봄과 여름 그리고 가을이라는 변화는 곧 인간의 생이 항상 같은 것이 아니라는 암시를 전달하면서 또 다른 준비를 위한 축적을 예비한다. 김세완의 시에서 가을은 그리움과 준비라는 이중적인 암시를 갖는다. 이런 중의적인 상징은 가을이 비단 조락과 비탄의 뜻이 아니라는데서 또 다른 형태의 봄이 준비되어 있다.

> 이 가을엔
> 말없이 익어 가게 하소서
> 가을 들판의 곡식들이
> 여문 속살을 채우듯
> 비어 있는 가슴마다
> 그리움으로 가득 채우시고
> 충만한 나무들로 서 있게 하소서

──〈이 가을엔〉에서

모든 사물은 변하고 또 변화를 거역할 명분이 없다. 가을은 여름을 이어받았고 가을은 겨울을 준비하는 계절이기에 여문 곡식의 명분이 있고, 그리움의 공간이 유난히 넓게 자리잡는다. 하여 자기의 존재를 터득하는 충만한 시간 속에서 성숙이 키를 높이고 내일을 위한 준비가 말없이 익어 가는 계절이다. 이런 내면으로의 소리와 성장은 곧 시인 자신의 정신적인 성숙이라는데서 나이와 상관을 떠날 수 없는 일이다. 결국 김세완의 가을은 떠나는 이미지보다는 오히려 자기를 돌아보는 스스로의 거울을 마련함으로써 보다 완전한 예비 의식을 간직하는 안온한 느낌을 수반하고 있다. 이는 시인의 성품과 상관이 있는 계절 의식이다.

5. 존재와 허기

산다는 것은 가파른 산을 넘어가는 운명적인 고역을 수반하면서도 떠나거나 벗어날 수 없는 시지프스의 반복이 지속적으로 작용한다. 사

는 일의 무게는 어느 누구에게나 공통으로 짊어진 운명적인 무게이지
만 그 신음의 농도가 얼마인가는 각자의 개성에 따라 서로 다른 표정
으로 나타난다.

　　어디서 왔느냐
　　어디서 씨를 불려
　　송파구 신천동 닭장 같은 내 집 아파트
　　베란다에 몸을 내려놓았느냐.

　　인심처럼 야윈 햇살과
　　한줌의 흙 속에 위태롭게 뿌리내리고
　　너도 새벽 기차를 타고 홀로 고향을 떠나왔느냐
　　나처럼 울면서 이곳에서 살으려 하느냐

　　　　　　　　　　　　──〈쑥〉에서

　　시는 사물을 비유의 방법으로 새로운 사물을 연상하게 하는 언어의
작업이고 여기서 생명을 다시 획득하는 작업이다. 바람에 날려 온 파
릇한 쑥을 베란다에서 발견하고 신기한 운명의 처지를 돌아보는 형태
를 취했다. 물론 가파르게 살아가는 자신의 처지와 똑같은 쑥의 생명
력을 가상하게 생각하는 마음은 이미 인간미의 극치를 만나는 황홀경
이 신비함으로 연결된다. 마치 바람에 날려 베란다에 도달한 처지가
시인의 삶과 동일 선상에 있다는 운명적 일치감에서 삶의 가파른 허
기를 절감하게 된다. 이런 깨달음은 섬세한 통찰의 눈에 의해 깨어난
비유의 산물이지만 독자의 감수성을 예민하게 자극하는 것도 틀림없
다는 생각이다.

　　가을 산에서는
　　사랑도 산을 닮아 간다.

가을 색으로 물든 나뭇잎들이
스스로 몸을 거두듯
거둘 때를 아는 삶은 또 얼마나 행복한가
중년의 힘겨운 고개를 오르며
긴 인생을 보면
산은 잔잔한 사랑의 은유가 된다.

———〈중년의 산〉에서

젊은 시절에는 앞과 뒤를 구별하지 않고 오로지 정상만을 위해 달려가지만 이런 일이 중년의 지긋한 나이에 이르면 허무와 허망이 가슴을 점령한다. 쓸쓸하게 죽어 가는 사람의 뒷모습이거나 아귀다툼으로 이익만을 위해 인간의 감정을 상실한 배반의 아픔도 그렇고, 지천명의 깨달음은 점차 고독한 자화상에 놀라게 된다. 이런 깨달음은 긴 것이 아니라 순간적이고 찰나적일 때 삶의 허무는 아픔을 동반하면서 돌아보는 과거의 그림자를 길게 만든다. 이런 처연한 중년의 산은 결코 비탄과 허방의 심연만이 아니라 오히려 감동 깊은 인생의 경험이 단풍처럼 곱게도 느껴지는 법이다 이는 살아온 삶의 아름다움과 항시 비례하는 선에서 중년의 산도 상호 조응하는 결말로 남게 된다. '사는 걸 힘들다 말하지 말자.\그래도 고단한 식구들의\건강한 웃음이 있고 \쉬지 않고 일구어 낸 텃밭엔\새촉같은 아이들이 자라고 있으니\큰 아이야, 너는 소심\작은아이야, 너는 주금화'<춘란. 2>처럼 삶의 가파른 산비알을 동반으로 넘어가는 모습과 따스한 보람의 광장을 만들어 가는 마음 때문에 먼 산의 높이는 결국 넘어 갈 수 있는 산으로 다가온다. 살아가는데는 산의 높이에 비례할 만큼의 인간적인 성숙이 있고 성숙의 무게만큼 보람의 일들이 남게 된다. 김세완은 가정의 화목과 자식들의 건강을 바라보면서 춘란의 강인한 생명의 진원을 옮기고 싶어하는 교훈적인 뜻을 결코 잃지 않는 뜻이 있다.

1953년생의 김세완은 이제 불혹의 나이에 어울리지 않게 감정의 숲을 거느린 노숙한 모습이 미래를 보는 것처럼 사실적인 애환을 느끼게 하는 바,이는 곡절 많고 사연 깊은 체험을 거느린 시심으로 생각되는 정서와 상상력이 어울린 표현들이다.

6. 시정의 무게

김세완의 詩情은 무게가 있고 상징의 숲이 푸르게 덮여 있다. 여기엔 푸르게 흘러가는 물소리가 있고, 생명의 초록들이 얼음장 밑에서도 호흡의 소리를 들을 수 있게 한다. 이런 언어 기교는 탄탄한 언어 조직과 응축과 그리고 시적 긴장의 방법을 능숙하게 조정하는 精緻한 상상력의 조력을 받아야 가능하다. 작금에 넋두리로 행과 연을 나눔으로 시라는 행세를 일삼은 하수도의 시들과는 한층 높은 단계에 있는 김세완의 시는 인간의 가슴을 휘어잡는 감동으로 설명은 충분하다.

시는 단순한 언어의 의미를 전달하는 것이 아니라 무심한 언어에서 무궁한 상상력과 의미를 조용하게 전달함으로 목적이 성립되고 행복감을 직조하게 된다. 이런 기준에 합당한 김세완의 시는 그만큼 숙련된 언어의 고급함에서 고향의 아련한 정감을 부추기고,냉기 도는 겨울에서도 생명의 언덕이 약동하는 봄의식이 들어 있다. 이는 물이라는 원형의 정신에서 발원하는 에너지에 의해 삶의 고달픈 행로조차 의미로 바꾸는 것이 김세완의 시적 나이브함이자 담담한 이름의 시들에 담겨진 즐거움이다.

4. 심성과 시혼

―이현암의 시―

1. 입구에서

　　예술의 표현은 자기를 표현하는 걸로 인식되어 왔다. 이는 자기의 존재를 확인하는 절차의 문제를 변용하면서 새로운 승화를 의미하는 단계로 높여나가는 정신작용에서 획득되는 문제를 암시한다. 우주는 자기를 중심으로 서로 대칭되면서 운행하는 宇宙 秩序와 自己와 어떻게 하나로 統合하는가를 고심하는데서 예술혼은 신선한 감동을 창출하게 되기때문에 예술가는 자기를 확인하는 절차에서 변화를 위한 모험을 계속한다. 藝術魂이라는 말은 곧 자기를 그의 분신인 예술속에 얼마나 실감나게 투영할 수 있는가를 시험하는 의미를 갖는다. 여기서 시인의 심성은 곧 그의 시에 개성으로 나타나고 개성은 시의 품격을 감동으로 바꾸는 길을 만들 때, 詩魂은 영원성을 획득하는 절차를 갖는다. 가령 벌러프(Bullough)가 지적한 바 처럼 주관적이고 개인적인 예술―낮은 距離(low distance)라 말했지만 높은 距離에 이르기 위해서는 낮은 거리의 「나」를 떠나서는 예술혼은 존재할 수 없게 된다. 결국 나에서 개방적이고 疏通하는 연관속에서 개인의 예술혼은 보다 긴밀한 대화의 여지를 확보하게 된다는 뜻으로 보면 이현암의 시는 낮은 거리에서 높은 거리(high distance)를 향하는 手順으로 그의 시는 길을 만든다. 이런 현상을 염두에 두고 그의 표정을 만나는 절차로 들어간다.

2. 관심의 영역들

1) 표현의 투명성과 창조

가령 도시에서 평생을 살아 온 사람의 정서와 농촌에서 자연의 소리를 벗삼아 살아 온 사람의 정서는 상당한 차이가 엄존할 수밖에 없다. 이는 환경이 만드는 관심의 영역이 개성을 형성하고 이런 경향이 의식의 깊이를 형성하는 것은 당연한 귀결로 생각된다. 이는 눈으로 확인하고 또 의식의 깊이를 확충하는 일상이 인간의 사상 형성에 至大한 함량으로 작용할 수 있다는 것을 암시한다. 이현암의 시는 간명한 비유와 단순한 이미지를 의미화하는 표현미에서 그가 살아 온 생활과 밀접한 느낌을 준다. 그의 시에는 자연의 내음이 들어있고 소리가 들려오고─이런 다양한 표정은 곧 시인의 마음이 아늑함으로 젖어드는 묘미를 그의 시에서는 쉽게 공감의 문을 열 수 있음에서 설명된다. <강 건너 불빛>이나 <물에 비친 햇빛> 혹은 <지나가는 비> <수채화>등에 들어있는 시인의 감수성은 투명한 풍경화를 접하는 느낌을 줄 뿐 아니라 漢詩의 결곡한 맛을 전달한다. 인용으로부터 확인의 문을 나선다.

오던 봄도 강물에 빠졌다
흐린 달빛도 강물에 빠졌다
이내 그림자도 강물에 빠졌다
돌아갈 잠자리도 강물에 빠졌다

강 건너 불빛만 강물에 흔들린다

　　　　　　　──〈강 건너 불빛〉

　'봄'과 '달빛'과 '그림자' 그리고 '잠자리'의 이미지 넷을 묶는 요인은 '강물'이다. 물론 강물에 '빠졌다'의 상황을 인식하는 눈은 시인의 마음이지 실제로의 현상은 아니다. 시인은 마음의 눈을 어떻게 뜰 수 있는가에 따라 표현의 기법은 사뭇 다른 방향으로 전환한다. 이현암의 시는 군말을 제거하는 기교에서 상당히 뛰어난 에스프리를 발동하기 때문에 그의 시에서는 선명한 소리와 모습이 되비친다. 이는 시인의 정신적 간결성과 생동감을 일렁이게 하는 정신현상의 집약으로 유추되는 부분으로 <강 건너 불빛>은 마지막 싯귀에서 시인의 의도를 집약하는 반복의 효과를 극대화하고 있다. '빠졌다'의 네개 이미지가 '강 건너불빛만'의 한정사에서 遠距離를 조정하면서 흔들림의 近景이 독자 앞에 나타나기 때문에 원경과 근경의 조화를 이룩한다는 뜻이다. 이는 황금분할의 그림에서 구도의 문제를 시에 대입하는 묘미로 나타난 효과처럼 보인다. 이현암의 시에 간결, 함축, 투명한 느낌은 결국 시인의 몫으로 돌아가는 찬사이겠지만 이는 시와 시인의 관계가 종합적으로 전개되는 감동의 문제라는데서 이현암의 시를 읽는 즐거움일 것이다. 물론 시는 단순한 언어의 문제를 뛰어넘어 인간의 문제가 내포될 수 있다는 점에서 세련미를 요구하는 정서의 문제가 대두된다. 시는 결국 느낌이라는 감동에 최종 목적지를 두고있기 때문이다.

　창조는 아픔이라는 代價를 지불하고서 만나는 즐거움이라면 인간의 탄생이나 예술작품의 生成은 결국 같은 길에서 만들어지는 비유가 될 것이다. 이점에서 이현암이 시를 창조하는 비유는 범상한 예를 벗어나지 않는다.

　　껍질을 깨는 아픔이 없이

어찌 이 밤을 새나요
어찌 당신의 살과 피를 받아 먹나요

사시나무 떨듯
온 몸이 떨리며 돌아오는 길
허기진 뱃속을 기도로 채웠어요

——〈부활전야〉에서

    생명 창조의 의문은 풀리지 않는 미궁의 문제때문에 인간은 끝없는
탐구의 눈빛을 두리번거리지만 이 불가사의의 문제는 항상 먼 거리에
서 손짓하는 표정만 남을 것이다. 현대 물리학의 빅뱅이니 기하학의
춤이니의 이론은 결국 의문을 풀어보려는 인간의 노력일 뿐이지 본질
에 도달하는 해답은 또다시 더 먼거리에서 손짓하는 추상의 그림자일
것이다. 인간의 창조는 결코 과학으로 해답을 마련하지 못한다는 데서
과학의 가설은 무너진다. 뉴턴의 고전 물리학은 아인슈타인에서 휴지
가 되었고 아인슈타인 역시 언젠가는 공허한 소리로 기억될 것이다.
인간은 영원히 추상의 함정에서 벗어날 수 없는 총합의 존재물이기
때문이다. '껍질을 깨는 아픔'은 모든 창조의 정답으로 생각하는 것은
이현암만의 가설이 아니라 모든 인간의 답안이다. 시의 창조는 단순한
「만듦」이 아니라 아픔과 고통의 늪을 헤어나려는 참담한 슬픔을 감당
해야 한다는 것이 태어남의 보편성이다. '기도'의 본질이 태어남을 위
한 조심스런 인간들의 염원이지만 보편은 항상 어려운 迷路를 지난
사람에게 다가오는 지혜의 일단인 것이다.
    인간은 어려움에서는 답안을 마련하지만 쉽고 편안함에서는 항상
오답을 만드는 어리석음을 범하기 때문에 지혜라는 말을 붙이는 이유
가 있다. 이현암을 지혜의 시인이란 말은 쉽고 편안함에서 농축된 혜
안을 갖는다는 말로 한정할 수 없는 다양함에서도 그렇다.

2) 길과 운명

인간은 운명을 만들기 위해 길을 만들고 이 길에서 자신을 消盡하는 운명을 외면하지 않는다. 결국 인간의 길은 스스로 만들고 스스로 묶이우는 데서 피할 수 없는 존재를 확인하면서 또 이를 벗어나기 위한 모순의 길을 만들기 위해 모순에 가득찬 迷路의 존재를 이끌고 가야 한다. 모든 문학의 내용은 이런 범주에서 일탈하지 않을 뿐만 아니라 이런 길의 방향을 명확하게 표현하는 감동을 예술의 궁극적인 향기로 삼는다.

> 빈 의자에 가만히 앉아 보았습니다
> 가을이면
> 언제나
> 정처없이
> 떠나는
> 길
> 하느님, 이제 어디로 가야합니까.
>
> ──〈갈잎 하나〉

퀘바디스 도미네의 발문은 비단 소설속에서의 경우가 아니라 인간 모두가 숙명적으로 당면한 의문이다. '하느님'은 기독교에서의 명칭이 아니라 「큰 것」을 숭상하는 우리 사상의 집약으로 초기 수입 기독교에서 God을 해석한 말이다. 싯귀의 첫 행은 인간의 허무를 뜻한다. '빈 의자' 기다림은 항상 인간의 마지막 답이면서 본질이라는 점을 벗어나지 않는다. 이런 무드는 가을이라는 공허에서 인간의 고독한 길이 유추될 때, 暗然한 슬픈 삶의 길을 떠올린다. 그렇다면 인간에게 가야 할 길이 있는가? 그리고 그 길의 합당한 正路를 상정 할 수 없을 때

'하느님'의 발성은 인간으로 맞이하는 궁극적인 말이 아닌가? 어디로 가야할까라는 의문은 삶에 대한 처참한 의문이면서 해결해야 할 영원한 미제의 문제로 남는 것이다. 이런 의문은 '내 둘 데 없는 손'<둘 데 없는 손>에 담겨진 의미로 깨달음을 남긴다.

손과 발은 같다. 손은 마음을 주는 것이고 발은 마음이 가는 길을 뜻하기 때문에 손과 발은 똑 같다는 점이다. '둘 데 없는'의 암담함 때문에 인간의 길은 어디에도 없고 어디로 가도 길을 찾을 길 없다는 미궁의 또다른 길을 만드는 인간의 서글픈 역사가 남는다.

        우리들 항구는 어디인가

        제 길을 찾을 때까지
        제 가는 길이 옳다 생각하는
        사람들의 방랑이여.
        떠도는 배여.

                    ──〈항구를 찾아〉에서

'우리'라는 인간의 보편적인 명칭 아래 목적지 '항구'는 인간의 길을 뜻하면서 좌표의 아득함을 암시한다. '어디인가'와 '정처없이 떠돌게 하는 강\\어디로 가나 어디로 가나'<무제>의 의문에 대한 목적지의 암담함은 결국 찾아야하는 인간의 운명적인 함축을 떠오르게 해야 한다. 물론 목적지를 향하기 위해서는 그 길이 옳은가 그른가의 도덕적인 기준 혹은 正路에 대한 판단은 인간의 지혜를 요구한다. 지혜의 찾음을 위해 방랑하는 인간의 배는 파도라는 고통과 동반하는 아픔이 전제될 때, 삶의 가파름은 인간 모두의 배분율이다. 여기서 인간의 길은 항시 선택적이고 방랑의 길이 아득함으로 남는 것이다. 떠나는 자는 어디로 가는가? 그리고 갈 곳이 있는가? 이 둘의 물음에 대한 의문은 공허로 돌아 눕는다. 애시당초 「어디」라는 장소는 인간에게 없기 때문이다. 어디의 어디가 아니라 다만 「여기」라는 현재의 공간이 인간의 것이요, 인간이 소유할 수 있는 유일한 공간의 개념이다. 인간은 여기를 벗어나면 시간의 소멸이 찾아오고 존재의 의미는 다음 세대에 물려주는 운명적인 길의 절차는 끝난다. 죽음이 기다리기 때문이다.

　운명은 수순과 절차 혹은 예고의 지표를 갖지 않는 불가시적이고 비의도적이면서 예측할 수 없는 고민이다. 운명과 숙명이 결정되어진 것이란 징후는 한 인간에게 지워진 무거운 짊이지만 이는 결코 벗어던질 수 없는 의외의 손님으로 맞이할 수밖에 없다는 점에서 맞아야 할 손님이다.

> 새는
> 새인지도 모르면서
> 목이 아프게 노래한다.
>
> 끼드득 끼드득 노래하면서
> 새는
> 이 가지 저 가지
> 날아 내린다
>
> 무한 허공을 날 수 있는
> 자유분방함이여
>
> 새는
> 노래하는 법을 배우지 않아도
> 제 솜씨로 노래한다
>
> 바람에 조히 씻은 목청

순수무구함이여

——〈새의 자유〉

인간은 자유로울 수 있을까? 라는 의문은 인간이 가진 생각일 뿐, 결코 인간은 자유라는 참된 한계를 벗어날 수 없다고 말한다. 이런 속박때문에 자유를 그리워하는 생각은 인간의 욕망을 부추긴다. 자유는 저만큼의 거리에서 항상 손짓을 하면서 앞서가지만 이를 따라 잡으려는 노력은 인간의 발전을 위한 길을 만드는 因子가 된다. '새'의 처지가 사람이고 자유를 위한 노래는 언제나 방랑의 마음으로 이 가지에서 저 가지로 방황하는 고민을 계속해야 한다. 자유를 구가하는 열망은 언제나 높은 가지에서 높은 가지로 날아다니는 새의 방랑과 맞물리는 처지를 결코 벗어나지 않는 한계에서 운명을 사랑해야 한다는 숙명 앞에 무기력한 것이 인간이 갖는 자유의 한계이다.

3) 존재의 실상

사람은 살아야 한다는 명제 앞에 무기력한 실상을 나타낸다. 가장 강한 척 하지만 가장 약하고 또 가장 약한 듯 하지만 가장 강한 역설적인 모습이 인간이 갖는 한계이면서 무한의 에너지를 소유한 지혜의 동물이다. 산다는 이유를 뚜렷이 알면서 살아가는가 하면 또 盲目의 두리번거림으로 살아가는 존재이다. 자화상을 찾기 위해 자기를 알려는 노력을 배가하면서 스스로에 문제와 해답을 구하고 찾는 인간의 역사는 언제나 모순 앞에 찬란하지만 이성과 지혜로 존재를 확보하는 것이 인간의 위안이다.

어느 날, 콧등을 흘러내린 땀 한방울이
내 발등을 적셨다. 그 서늘한 느낌이라니!
깜짝 놀라 졸리운 눈을 비벼댔다.

땀 한 방울 보다 작은 나의 존재여.

——詩集 『풀잎 하나 건드리는 바람』의 序文

自己를 아는 것이 인간의 궁극의 목표라고 한다. 이는 선현들이 추구했던 공통명제였던 데는 이유가 있다. 「너 자신을 알라」는 소크라테스의 인용이나 토마스 아퀴나스의 신에서 세계존재, 인간 존재를 향한 認識論이나 순수실천이성의 칸트나 헤겔의 범신론에서 무신론 혹은 포에르바하의 무신론. 니이체. 또는 히이데거의 존재관 또는 야스퍼스의 초월자 사상 등 인간의 존재를 거론한 사상은 언어의 유희는 있었을지라도 본질은 인간의 존재에 국한된다. 존재의 크기는 항상 축소적이고 허무를 운위하는 말로 마지막이 처리된다. 이현암도 땀 한방울도 되지 못하는 깨달음에서 자기를 터득한다. 이는 존재라는 거대한 문제를 해결하기 위한 인간의 겸손이지만 깨달음의 크기는 위대한 능력을 발휘하게 된다. 그러나 의문과 방황의 자기 疑問은 언제나 방랑의 세상을 떠돌아야 한다는 점에서 할 말을 절약해야 한다.

나는 보았네
부드러운 바다 한 가운데
파르라니 떠 있는 섬 하나
사람과 짐승이 살고
풀과 나무 어우러진 섬

——〈섬〉에서

인간이 고독한 섬과 같다는 것은 적절한 비유이지만 섬은 생물을 존재로 키우는 어머니의 상징에 닿고 사람은 그 섬에서 삶의 터를 일구는 비유에서 섬과 인간은 서로 상보적인 관계로 이어진다. 이현암은 작은 섬에서 이루어지는 생존의 양상을 떠올리면서 '나는 보았네'의 깨달음이 섬이라는 존재와 연결되기를 소망하는 고독함이 눈여겨진다.

칸트는 '존재하기 시작한 것은 그 원인을 갖는다'라는 인과율적인 존재론을 피력했지만 존재는 언제나 살아있는 이유를 알아차리기 위한 변명의 어지럼일 뿐이다. 존재는 필연이고 필연은 다만 스치는 바람앞에 우연이라는 상관을 이어주는 원인를 진리라는 이름으로 처리하지만 어떤 것도 정답이 아니라 다만 살고있음에서 답안은 내재하고 있을 뿐이라는 사실을 직시하면서 살 수밖에 없는 존재 그 자체일 뿐이다. 존재에서 신이 나오기 때문에 존재는 인간의 모두를 함축하는 것이다. 시는 인간의 문제를 다루는 광범위한 철학이면서 심지어 신의 음성까지도 담는 예술의 자유이다.

4) 시인의 심성

시는 인간의 내면을 지표로 나타내는 온도계일 수 있다. 이는 언어라는 기구를 사용하면서 시인의 모두를 숨김없이 내포할 때, 진실의 소리가 되고 여기서 감동을 남긴다. 순수한 사람의 시인, 이는 인간의 가슴을 적시는 방도를 아는 사람이 곧 시인이다. 감동이라는 재료가 독자에게 다가갈 수 있을 때 시인은 득의로운 자리에 선다. 이는 기교만의 기술이 아니라 시인의 가슴을 펴보일 수 있은 시가 될 때, 이 순수의 결정체는 위력을 발휘한다는 말이다. 시인은 따스함과 강인함을 交織하면서 살아가는 사람이라야 시인의 이름에 걸맞는 존재자가 된다는 뜻이다.

> 당신에게
> 나는 얼마나 많은 빚을 졌던가
> 내미는 손을
> 얼마나 당차게 뿌리쳤던가

이제금 후회되는 일이네

──〈당신에게〉중

아내를 향한 마음을 내보인 <당신에게>는 그가 가족을 사랑하는 마음을 표현한 대목으로는 지극히 억제의 마음을 보이는 작품이다. 우리의 전통사회에서 아내와 남편의 관계는 항시 감추고 은밀함으로 나타내는 관념에서 보면 이현암의 아내관은 매우 소중함으로 보인다. 세 아이를 키우는 아내의 아픔과 남편의 일상을 근심으로 바라보는 근심에서 무기력한 자화상을 되돌아 보는 시인의 마음은 미안함을 애써 감추려는 생각에서 이현암이 생각하는 아내관은 건강한 집안의 분위기를 느낄 수 있다. '오늘은 당신의 따뜻한 방으로\무작정 달려갈 참이네'라는 시의 결미에서 이현암의 가정은 家和萬事成의 행복이 아내로부터라는 원천을 바라보는 정경이다.

보고 싶다고 보낸 편지
답이 없어 야속타 했더니
그대는 이미 하늘에 있는 걸
거기는 행복 같은 거 없어도 좋을
보고 싶은 거 뛰어 넘어 늘 다사로운 걸

──〈그대의 하늘〉에서

갑자기 그대가 내 방에 걸어 들어오고
소줏잔에 남겨진 몇개의 기억이
'가을의 끝판'에 몸부림치는
떨어지는 낙엽으로 녹아든다

──〈신 들린 무릎〉에서

<그대의 하늘>은 점촌에서 「나래 동인」을 이끌었던 시조시인 전병주의 죽음에 대한 슬픔을 읊은 시이고, <신 들린 무릎>은 불행하게 아픔의 시대를 살다 봉천동 어귀에서 죽은 박정만에 대한 추억을 그린 시이다. 사실 실명의 시를 쓴다는 것은 공감의 감정을 보편화하기에 어려움이 따른다. 결국 2류에 머물 수밖에 없는 이유가 보편화의 공감에서 나타나는 연유이기에 가급적이면 회피하려는 禮詩에 넣고 마는 이유가 있다. 이현암의 경우 다정 다감의 감수성으로 하여 죽어간 자를 기억하려는 순박한 감성이 작품의 성공여부를 떠나 그의 성품을 느끼게 하는 점이다.

　예술은 가치를 만드는 일이지만 인간의 가치는 존재 그 자체에서 아름다움을 잉태한다. 결국 참된 인간의 모습을 표현하려는 마음 그 자체에서 시의 가치는 숨쉬게 된다면 가버린 자의 기억을 재생하려는 마음은 아름다움의 본질이라는 생각에서 이현암은 따스한 시인이다.

5) 여행시

　여행은 신기함과 새로움을 발견하는 기쁨을 위해, 혹은 낯선 사람과의 인정을 나누기 위해 여행의 본질이 있다. 바이런은 그리스여행에서 <아테네의 처녀>를 남겼고, 괴테는 이태리 여행에서 그의 문학적 발상을 변모하는 계기가 되었고, 앙드레 지드는 24세의 나이에 알제리아 여행에서 소설 <지상의 양식>을 썼고, 60세에 콩고여행에서 <콩고기행>을 소비에트 여행에서 <소비에트 여행>과 <소비에트여행 수정>을, 릴케는 23세에 이태리 피렌체에서 <피렌체통신>을 썼고, 러시아 여행에서는 톨스토이를 만나 <하느님 이야기>를 써서 자신의 사상을 변모시키는 계기를 마련했다. 물론 릴케의 파리여행 뒤에 <마르테의 수기>를 쓸 수 있었다. 이현암의 여행지는 대만에서 첫 비행을 경험했고, 타이뻬이, 태국, 싱가포르를 여행하는 과정에서 마음의 깊이를 간직하려 했다.

가로수 뒤로
숨다가 들킨 빌딩들이
저 혼자 지껄이는
적도의 밤 하늘은 무겁다.

돌아갈 만리 하늘을 남겨놓고
신호등 마저 낯설은 참으로 먼 길을 돌아보며

먼먼 그리움까지 삼키고
우리는 노래도 부르지 못했다.

이제 가야지
잠 속의 그대에게
따뜻한 기도라도 들어야지

———〈오챠드로에서〉중

　귀로의 싱가폴에서 하룻 밤을 지새우는 여행객의 所懷가 돌아가야
할 마음의 무거움을 노래했다. 낯선 땅에서의 나그네는 客愁와 인간의
외로움을 발견하는 마음이 된다. 이는 추상적인 표현에 치우치는 감정
을 이성의 기둥으로 붙잡는다는 것은 상당히 어렵다. 나그네 마음 바
닥에 고인 향수를 잠재우기 위해 그리운 사람들의 얼굴을 떠올리는
이현암의 객수는 결국 자기 집이, 식솔들이 그립고 아름답다는 깨달음
으로 정리되는 셈이다. 여행은 자기 발견의 의미를 맞이하기 위해 여
정을 떠나는 길이기 때문이다.

3. 나가면서

시의 가치는 시인의 주관적인 요소와 대상의 객관적인 요소가 하나로 통합되는 종합(Synthesis)으로부터 美的 創造를 이룩한다. 시인 자신의 발견에서 대상을 바라보는 통찰력의 깊이는 시인의 생활과 지혜의 결합이 기교적일 때 시의 품격은 보다 고급한 옷을 입게 된다. 이때 시는 결코 어려운 미로를 제공하는 현학적인(Pedantic) 것이 아니라 친근미를 부추기는 평이함에서 자아내는 함축성을 더욱 필요로 한다. 이현암의 시는 긴축적인 언어 기교를 단순화시키는 한시적인 묘미로 처리 한다.

길을 인간의 운명적인 방편으로 농축하면서 存在 문제를 삶의 價値로 昇華하는 이미지를 방사선화하는 다양화에 의미를 투입한다.

이현암의 시적 다양함은 곧 경험의 다양과 상관을 가지면서 전원적인 표정을 순박하게 관리한다. 이는 그의 心性形成과 시적인 상관을 맺을 때 더욱 깊이있는 抒情의 세계를 창조하고 있다.

이현암의 시는 평이함에서 意味를 만나고 意味에서 哲學을 만나는가 하면 일상의 因緣을 소중스레 간직하면서 따스함을 간직한 情感의 詩人이다.

5. 의식의 갈래와 경험의 변형
—홍진기의 시—

1. 입구에서

　홍진기의 시는 긴 호흡에 담겨진 사설풍의 이야기에 귀를 기울이노라면 옛 시절의 가난한 바람소리가 들려오는가 하면, 오늘로 돌아와 낙동강의 곤곤한 물줄기를 대면하기도하고, 시끄러운 마산 공업단지의 굉음과 소음이 묻어오는 소리, 때로 서울의 흐린 하늘이 보이고, 더러 여의도의 비둘기가 느닷없이 날기도 한다.

　그런가하면 떠들썩한 교실의 모습과 고사장의 팽팽한 열기가 화면으로 비출 때, 그가 몸담고 있는 직업의 단면을 접하게 된다. 그러나 유창하거나 말끔한 도시적인 느낌이기보다는 투박하고 어눌한 듯한 인상을 지울 수 없는 전원적인 느낌도 勝하다. 이는 老子의 「도덕경」에서 '大辯若訥'이라 말한— "위대한 웅변은 말 더듬는 것과 같다"는 이치 —소박한 투가 오히려 친근미를 주는 이치에 이른다. 세련미가 아름다움을 만드는 우선이 아니라는 뜻으로 이해하면 홍진기의 시는 多岐한 갈래로 정서를 표출하는 가닥이 있다. 이런 의식의 혼합현상은 홍시인의 정신문법을 이루는 여러 요소들이 결합하여 표정을 종합적으로 연출하게 된다.

시는 의식의 결합으로부터 하나의 세계를 창조하는 과정을 거치면서 한 사람의 시인이 소유하고 있는 모든 의식을 총체적으로 투영하는데서 만나는 일목요연한 의미를 만나는 일이다. 감동이라는 요소도 의미에 이를 때, 만날 수 있을 뿐만 아니라 시가 가져야 하는 생명력과 일체화가 될 수 있다.

2. 시를 쓰는 이유

예술은 본시 가난과 아픔과 고통에서 탄생되는 특징이 있다. 이는 정신의 고통에서 빚어지는 창조의 문법과 같은 이치일 것이다. 인간의 탄생도 시의 창조와 같은 맥락에서 같은 입구에서 출발하는 의미역을 갖는다. 홍진기가 어떻게 시를 생각하는 가의 단상은 다음 시로 볼 수 있다.

> 왜 시를 쓰느냐고 누가 물으면
> 사람되기 위해서
> 쓴다고
> 대답해야지
>
> ——〈대답〉에서

그리스어로 Poem이란 어의는 「만들다」,「행하다」라는 뜻을 함축하고 있다. 만들다의 경우는 기능적인 면, 언어로 빚어지는 속성을 암시하고 후자에서는 시를 쓸 수 있다는, '만들다'는 도덕적 주체인 인간을 뜻하는 말이다. 시는 언어라는 재료를 통해 인간이 빚어내는 창조의 산물이기 때문이다. 다시 말해서 사람―도덕적으로 성숙한,또는 세상의 고통과 행복의 의미를 터득한 사람—때로 시는 젊은 천재의 예술이지만—정신에서 쏟아진 감동의 산물이라는 뜻이다. 홍진기도 '사람이 되기 위해서'라는 입장에서 시와 인간의 등가성을 생각하면서 시를 바라보고 있다.

시인의 경우도 이 세상의 어느 凡人들처럼 사람의 감정을 표현하는 데서 사람의 체온을 벗어나서는—컴퓨터는 결코 시를 쓸 수 없다는 생각이다. 이런 발상을 연결하는 시는 <배부르면 사람이 안돼>로 구체화된다.

> 배가 부르면 사람이 안된다시던
> 선생님 말씀을 새기면서
> 사람되기 위해 먼저
> 시를 구원으로 잡았다

시를 쓴다는 일은 참담한 인간의 절망과 행복의 에센스를 동시에 구현해야 하는 통증이 있다. 경험과 상상력이 교접하면서 잉태하는 시의 표정이 독자에게 감동을 줄 수 있는 이유가 바로 인간의 체온을 전달할 수 있는 요인에서 비롯되기 때문이다. 사람이 되기 위해서 시를 선택했고, 또 스스로를 구원하는 방도로 시를 선택했을 때, 시는 홍진기의 삶을 구성하는 절대요소일 뿐만 아니라 생의 확실한 지표로의 신앙이 된다는 발성이다. 인간은 고통에서 성장하듯 배가 부르면 타락의 길을 모색하고 정신의 혼몽에 빠지기 때문에 '배가 부르면 사람이 안된다'는 선생님의 말씀은 곧 홍진기의 시에 용해된 사람, 사는 일을 평범하게 깨우치는 도덕훈과 같다.

3. 교실풍경

경험이 시로 용해되는 함량은 계량적으로 나타낼 수는 없다. 그러나 시는 고백이라는 형태로— 낯설게 하기 즉 상징과 비유라는 형태로 구체화되지만, 체험과 상상이라는 요소를 결합하여 자기의 표정을 나타내게 된다. 결국 직업의 일단이 용해되어 언어의 의미를 직조하게 된다.

20여평 되는 교실이라는 공간은 비단 지식을 전수하는 장소가 아니라 매체를 통해 삶과 지혜를 일깨우는 장소일 것이다. 선생은 조타수로, 학생은 공간을 이루는 손님으로 가정한다면, 소란스럽게 일상을 채우는 교실의 텅빈 공허를 만날 때, 상념의 줄기들은 열매로 열리는 나무와 같을 것이다.

　　　새는 날
　　　참새 떼로 까치 떼로
　　　떼로 몰려 올
　　　왁자한 입술들을
　　　휘장으로 가리고 돌아서면

　　　까아만 눈들이
　　　별처럼 와서 가슴이 박히고
　　　가슴은 조각 조각
　　　칠판에 가서 붙는다

　　　　　　　　——⟨빈 교실에서⟩중

학생들이 돌아간 빈 교실을 돌아본 선생님의 감회는 쓸쓸하기보다는 내일을 기다리는 왁자한 소음과 '참새' '까치'의 떼들의 소란스러운 소음이 오히려 생동감을 주는 것으로 자각을 느끼게 된다. 쉴새없이 떠들면서 자기를 내세우는 입술에서 인간의 성장이 눈으로 다가오고, 까아만 눈들에서 세상을 바라보는 성숙을 예감하는 감회가 내일을 예비하는 행동이 '칠판에 가서 붙는다'라는 생각으로 정리될 때 시인의 마음은 끝없는 지평을 확보한다. 칠판이 지식의 상징이라면 홍진기는 생동감의 진원을 느끼면서 삶의 방향타를 설득하는 근엄한 자세의 모습이 투영되어 온다.

(가)
제도의 노예가 되어
자아비판을 하는 순간이다
스스로를 지키는 비장한
경호권의 발동이다

——〈시험장 단상〉에서

(나)
계절이 하얗게 질린 하늘에
턱을 걸고 매달린
결단의 순간들이
방울 방울 한 맺힌 이슬이 되어
안으로 안으로만
마디 마디 아픔으로 피가 되어
떨어진다

——〈시험장 주변〉에서

(다)
섣달의 빽빽한 바람보다
유월의 촘촘한 햇살보다

숨가쁜 시간대는
팽팽하게 긴장되어 있다

——〈시험 감독〉에서

(다)는 객관적인 거리에서 스스로가 시험감독이 되어 학생들을 바라
보는 위치에서 긴장되고 팽팽한 공간의 긴박감을 나타내고 있다. (나)
는 절박하게 목표에 도달하기 위한 안간힘을 바라보는 시인의 눈에
비친 시험이라는 매정한 행위가 숙명적인 고통으로 다가오는 느낌이
다. 이런 단서는 '아픔으로 피가 되어'를 연상하는 시어에서 홍시인의
마음은 측은함을 벗어날 길이 없는 느낌이다.

문학은 항상 휴머니티를 실현하는 방도를 추구하는데서 인간의 감
정을 다스리는 목표가 있다. 사랑과 아름다움은 휴머니즘의 진원이자
본질일진 데 잔혹한 시험은 휴머니즘의 반대편에 모순을 심는 일일
것이다. 이런 아픔을 바라보는 여린 마음의 시인은 (가)에서 '제도가
노예가 되어'라는 어쩔 길 없는 모순에 고민을 벗어 던질 수가 없다.
비록 시험이 모순이지만 달리 인간의 평가를 할 수 있는 방법이 없기
때문에 모순을 벗어나는 길은 없다. 이런 숙명의 노예를 객관시점으로
통찰하는 홍진기의 눈은 망연함에 젖을 수밖에 달리 도리가 없는 암
담한 표정을 읽게 된다.

4. 생활을 건너가는 표정

살아 있다는 것은 표정을 연출하는 일이리라. 행복한 모습이거나 아
니면 고통의 표정이거나는 그가 처한 상황에서 빚어지는 생활과 밀접
한 연관을 갖게 된다면, 홍진기의 시에 들어있는 생활은 고단함에 젖
기보다는 담담한 관조자의 위치에서 멀리 보는 표정을 관리한다. 살아
가는 일에 공식이 있을 수 없는, 때로 난해한 해답을 풀어야 하는 일

이지만 어느 누구도 정답을 제시하지 않을 때, 고독한 인간의 모습이
고백된다.

> 사는 길 쉬우면서 어려워
> 올라갔다 내려갔다
> 엎어지고 자빠지고
> 날마다 뜨는 해도
> 때로는 무상한 변화로
> 아득한 현기증
> 아찔하여라

———〈생활 단상〉에서

　살아가는 날마다 문제를 풀어야 하면서도 그 문제의 출처가 어디이
며 또 어디로 향하는 가의 목적지도 없다는 공허를 만날 때 망연한 비
극의 존재문제가 대두된다. '쉬우면서 어려워'라는 확연하지 않는 정
의의 문제 앞에서 오르고 내려가는 것과 엎어지고 자빠지고의 온갖
연출을 계속하지만 목적지가 명백하지 않기 때문에 현기증을 대동하
는 고달픈 행로의 인생이 제시된다. 이런 삶의 미지수에 다가오는 난
제는 살아가는 현실적인 문제―존재의 연장이라는데 있다.

> 밀어낼수록 달라붙는 가난은
> 세도보다도 당당하다
> 혹한이 바람에
> 태장을 맞는 날은
> 새벽이 더욱 시리다
> 바다보다 시리다

———〈출근길〉에서

생존을 위해 출근이란 반복행위를 부가하지만 여기서도 명백한 길은 보이지 않고 오리무중의 문제만 남게 된다. 더구나 생활을 해결하는 가난이란 무서운 얼굴은 변함없는 모습으로 다가오고—시지프스의 고통과 형벌은 끝없이 계속된다. 이런 멍에를 벗어날 수 있는 방도가 묘연할 때, 삶의 비극과 맞서는가 아니면 좌절의 심연에 빠질 것인가의 선택이 있게 된다. 전자에서는 빛나는 인간 승리의 이름이 남고 후자에서는 참담한 초라함이 따라온다. 결국 인간은 두 가지의 선택을 위해 자기를 어떻게 확인하는가의 삶의 자세가 남게 된다. 홍진기의 시 속에는 투사적인 용맹보다는 오히려 바라보면서 시니컬한 태도를 나타낸다. 이리하여 '낮달보다 시린 시정 인심에\실어증 환자가 되어\결박의 시간을 푸는 저녁나절\사지는 돌려 받은 이력서처럼\언제나 힘에 부쳐\풀어지고 있다'<우울한 날>처럼 지친 발성이 시의 분위기를 채색한다. 결국 홍진기는 위풍당당한 승리자의 피흘리는 모습이기보다는 '실어증'과 '결박을 푸는'과 '풀어지다'의 피곤한 언어들을 만나는 소시민의 생활을 바라보게 된다.

5. 세상 비판의 소리

인간이 태어난 환경은 인간의 생존을 영위하는 곳이자 생명을 이어주는 역할을 감당한다. 20세기의 마무리에서 가장 심각한 문제는 환경의 문제가 새로운 이데올로기로 대두되는 바, 이는 인간의 존재와 직결되는 생명의 문제이기 때문이다. 작금에 많은 시인들의 시에 환경 문제가 대두되는 추세도 이런 문제를 어떻게 해결해야 하는 가를 위험으로 느끼는 체감의 경우와 같을 것이다.

합포만은 앓고 있다

구린내를 깔고 있고
멍든 가슴을 앓고 있다

우리들의 분신인
합성세제의 연막으로
헛배를 앓고
문명의 분비물로
구토증에 결려 있다

——〈합포만〉에서

문명은 인간을 편리하게 만들었지만 행복하게는 할 수 없다. 이것이 과학이라는 괴물에 의해 생성된 인간의 필연적인 현상인 것이다. 오늘의 인간은 극도의 과학 메커니즘 속에서 버턴 하나로 모든 기계를 작동할 수 있는 편리한 생활에서 살지만 이와 비례해서 행복하다고는 말할 수 없다. 과학의 발달에 따라 인간은 더욱 소외되고 고독해지는 현대문명의 미아가 곧 오늘의 세기이기 때문이다. 홍진기의 시는 문명의 발달이 무엇으로 귀결되는 가를 합포만이라는 장소에서 세기의 고통을 바라보는 이삭을 줍고 있다. 깨끗해야 할 합포만이 죽어 가는 데도 편리만을 추구하는 인간은 결국 외면하는 결말이 부메랑으로 돌아오는 비극임을 모르는 현대문명의 끝은 어디인가를 예감하는 홍시인의 주장이다.

사노라면 세상은 결코 아름다운 수식사로 대신할 수는 없을 것이다. 아니꼽고 더러운 일들이 다발로 밀려온다.

아니꼬운 세상을 토해나 내 듯
하루의 기억들을 앞다투어
왜액 왝
쏟아내고 나면

돌 맞은 뱀처럼 흐느적이는
권세와 허세,
소줏잔에 변사체로 떠오르는
위선들. . . . .

        ——〈주점 석양루〉에서

   하루를 마감하는 술집에서의 풍경은 분노와 허위를 소주잔에서 씻
어내는 정경이 보인다. 자욱한 담배연기 속에 하루의 누구가 어떻고를
소주잔에 실리워 보내노라면 이미 술은 가슴을 점령하여 거대한 모습
으로 압박하는 힘에 항복문서를 바치는－'왜애 왝'이라는 슬픈 결말로
돌아선다. 그러나 술잔에 위선을 보내버리는 카타르시스가 없다면 사
는 일의 버거움은 미치는 상황을 연출할 것이다. 이리하여 내일로 가
는 길을 재촉하는 인간의 왜소함은 인간 모두의 모습일 것이다. 이런
체념의 노래는 역설의 장소로 바꾸어지면서 새로운 장면으로 나타난
다.

차라리 눈멀고 귀도 가서
보는 것 듣는 것
모두 버리고
울음 우는 뜨거운
몸짓 하나로
발간(Sic) 알몸 태우고 태우면서
산하에 바칠 노래를 외치고 싶다

        ——〈산하여 산하에〉서

   체념은 때로 새로운 길을 만들게 된다. 盲目의 처신으로 현실을 외
면하노라면 그 보상으로 받는 강산의 아름다움이 다가온다. '모두 버
리고'의 처연한 선택은 알몸으로 산하에 아름다운 노래를 바침으로써

승화되는 승리를 맛보는 감격에 이르게 된다는 뜻이다. 홍진기는 안으로 들끓는 소리를 밖으로 드러내는 출구를 찾지 못해 안타까움을 누적하면서 시의 모습으로 전환하는 길을 시로 나타내는 모습이다.

6. 풍경

시의 종착지는 서정시의 아름다움이라야 한다. 왜냐하면 아름다움을 느끼는 것은 인간의 유일한 감수성이기 때문일 뿐만 아니라 아름다움은 이성이 선택하는 至高한 기능이기 때문이다. 홍진기의 시가 긴 호흡의 사설적인 형태가 대부분이지만 단시에서는 이런 분위기를 쇄신하는 풍경을 보여준다.

> 등 뒤엔 조용한
> 가을이 여문다
>
> 아스라지게 너를 포용하고 있으면
> 침묵으로
> 동공 속에 와서 박히는
> 청자빛 환영
>
> ──〈가을 수심〉에서

홍진기의 시에는 가을 정서가 많은 편이다. 이는 나이에서 오는 감성의 문제도 있고 정서의 편차에서 오는 일방성의 문제도 될 수 있다. 어떻든 시인의 정서가 집중현상을 나타내는 흐름을 보여주는 데는 異議가 없다. '등 뒤엔 조용한\가을이 여문다'라는 뛰어난 에스프리는 넉넉한 햇살의 따스함과 풍성한 곡식의 이미지가 결합하는 다의적인 의미의 확산이 '여문다'에서 가을의 깊이를 느끼게 된다. 이런 풍성함이

'포옹'이라는 가득함—여인의 이미지이든 막론하고-이 느껴질 때 가을
의 안온함과 푸른 하늘의 정서가 '청자빛 환영'으로 마무리된다. 이제
홍진기의 시에서 가장 흐뭇한 한 편의 풍경화를 제시함으로 그의 시
적인 재능을 점검하게 된다

> 구름이 서둘러 날아간 오후
> 파아란 하늘 가에
> 하얀 낮달 하나 쉼표로 떨어지고
> 보리밭 이랑마다 풍만한 가슴은
> 만삭의 배를 안고
> 고단한 하루를 쉬고 있다
>
> 보리피리 하나 뽑아
> 서툴게 피릴리 피릴리
> 이랑마다 출렁출렁 물결을 일고
>
> 배고팠던 한 시절
> 삘기 뽑아 허기를 씹던
> 철모르는
> 고향이
> 우리 엄마 눈물로 살다간
> 땀내음으로
> 향그러운 유년의 그 젖내음으로
> 사리사리 엮인
> 그리움을 풀어내며
> 조촘조촘
> 다가서고 있다

——〈들길 거닐면〉

이 시는 과거를 돌아보는 회상구조를 주축으로 하면서 언어의 美感을 끌어올리고 있다. '구름이 서둘러 날아간 오후'라는 환상적인 표현과 쉼표의 낮달 이라는 에스프리의 파스텔화적인 분위기와 보리밭 풍경의 한가함이 어울려서 동양화의 진한 채색을 나타낸다. 이런 1연의 안정된 현재형의 분위기가 2연에 흥겨운 보리피리의 소리에 어울려 과거로의 기억을 끌어온다. 가난했던 시절의 고향과 고생했던 어머니와의 회억들이 교차하면서 엄마의 눈물 속에 성장한 의미가 네가티브 필름으로 나타난다. 더불어 유년의 향그런 어머니의 내음과 그리움이 '다가서고 있다'는 현재형으로 화면을 전환하면서 '들길을 거닐면'의 가을 정취는 깊고 따스함을 남긴다. 그리고 생동감을 주는 '사리사리'와 '조촘조촘'의태어의 반복은 활달한 시의 분위기를 더하는 기능을 갖추고 있다. 결국 <들길을 거닐면>은 홍진기의 시적 아름다움을 보여주는 표현미와 시적 인텐시티의 모두라는 생각이다.

7. 마무리에서

홍진기의 시는 현란한 수사나 기교에 의지하기보다는 담담한 이야기를 듣는 것 같은 친근미를 준다. 이는 고도한 상징적인 메시지보다는 경험의 다양한 갈래들을 무리없이 표현하는 정서의 표출에서 느껴지는 친숙미로 보인다. 상상력과 경험의 결합에서 오는 감수성의 표정들은 안온하면서도 차분한 이미지의 숲을 이루면서 시의 의미를 확충하는 역할에 깊이를 전달한다.

홍진기의 시에는 생활을 바라보는 관조자의 눈이 일정한 거리를 유지하면서 사물을 일체화하는 공감의 영역이 투박할지라도 친근미에서는 오히려 아름답다. 아울러 현실에 초점을 맞추면서 생활의 근면함과 과학문명의 미래를 예감하는 예지에서 홍진기의 시는 앵파시벨리테(impassibilite)한 감수성의 시적 표정이 들어 있다.

6. 자연회귀와 생명사상

—구영주시집 『정선 아라리』—

1. 90년대와 자연회귀

동양의 자연은 오랫동안 외경의 대상이었고 또 자연에 어떻게 동화될 수 있을 것인가에 본질적인 화두를 놓고 살아왔다. 이런 발상이 서구와 동양의 문화적인 차이를 거론하는 척도가 되었지만 현대에서는 오히려 자연의 관심이 서구 쪽에서 밀도를 더하고 있음도 사실이다.

산을 압도하는 고층 아파트의 위용 혹은 바다를 오물 처리장으로 메꾸어 가는 인간의 오만은 언제나 과학과 편리를 앞세우지만 —이런 결과는 계절이 없어지는 엘리뇨 —부메랑으로 인간을 위협하는 무서운 기상 재앙으로 다가오고 있다.

고대 시들의 표정은 한결같이 천석고황(泉石膏肓)의 본질이나 음풍농월(吟風弄月)의 유유자적한 정경을 노래함으로써 인간을 감싸는 일에서 벗어난 것이 아니었다. 다시 말해서 자연과 인간을 별개의 대칭으로 생각한 것이 아니라 하나의 장면 속에 존재하는 풍경화를 그리기 위해 노력했던 이념들이었다. 이런 발상은 적어도 농경문화라는 특성과 결부되었다면 현대 산업사회의 특성은 한가로운 농경문화의 유

산을 압도하는 방도로 문화의 척도를 가늠하게 되었다. 이런 결말은 인간을 자연보다 우위에 놓으려는 편리의 발상에서 비롯되었지만 결국 인간은 자연을 떠나서 존립할 수 없다는 깨달음— 자연의 신음이 인간 앞에 다가오는 위험에서 자각되고 있을 뿐이다. 여기서 21세기의 문화적 현상은 일종의 딜렘마를 경험하게 되었고 또 이런 이유로 인해 복원력을 꿈꾸는 자연관이 형성되었지만 돌이킬 수 없는 비극의 함정은 서서히 인간 앞으로 다가오는 재앙을 두려움으로 바라보고 있을 뿐 뚜렷한 설계도를 마련할 수 없는 결말이 오늘의 현상이다. 한국 시단에서 자연을 중요한 모티브로 자각한 것은 90년대 말엽부터 비롯되는 예언력없는 풍토를 한탄하게 된다. 여기엔 시계를 확보하지 못하는 한국문학의 고질성이 외세 지향이라는 점에서 나를 발견하지 못하는 맹목(盲目)의 병명이 언제나 자리잡고 있다는 뜻이다.

80년대 중반까지의 이른바 민중 문학의 소용돌이가 진정된 이후 90년대에 이르러 시단의 관심사는 환경문제를 주요 표현 대상으로 삼고 있다. 이는 한국 문학의 새로운 이슈로 대두 될 전망이라는 때늦은 감이 있다. 이는 필연적으로 자연으로의 회귀를 재촉하는 결말이 될 것이고 또 문학의 관심이 인간사의 반영을 선도적 작업으로 생각하는 점에서 옳은 방향으로 생각된다.

자연은 인간의 본질이고 또 인간 삶의 원형이 들어 있다는 자각이 인간을 위하는 길을 만들게 된다는 점에서 다시 천석고황의 당위성을 인식하는 절차로 돌아간다.

시인의 임무는 시대의 애환을 노래하는 것과 시대의 속에서 시대 밖으로 인도하는 예언자적인 촉수를 가져야 한다. 이런 발상이 여느 문학의 장르와 다른 점이고 또 시인의 존재가 빛나는 자리를 점하는 이유가 있을 것이다.

2. 체험의 자연

구영주의 시는 자연의 새로운 발견과 육화에서 변화를 만나게 된다. 비단 강원도 정선땅, 오지의 조용하고 고즈넉한 풍경의 시화에서 느끼는 정관적인 것이 아니라 인간의 생동감과 애환이 자연과 일체화된 발견에서 작금에 구영주의 시는 눈을 뜨고 있는 것 같다. 이는 중요한 전환을 의미한다. 자연을 바라보는 단순한 관념의 나열에서 실제로 땀을 흘리는 체험의 노래일 뿐만 아니라 땀젖은 사람의 체취를 발산하는 친근미로 다가오기 때문이며, 한국 시의 변화에 선도적인 역할을 암시할 수 있기 때문이다.

> 방문을 열자 왈칵 날벌레 수십의
> 시체가 비워 둔 문데기 사이에 누웠다.
> 내 잠을 방해했던 한 놈은
> 꾸겨버린 원고지 위에 엎드린 채
> 잠들었다.
>
> 방문을 열면 넘실대던 푸른 앞논에
> 목도열병, 벼멸구 방제약을 한 차례
> 뿌렸노라는 옆방 아주머니.
> 면사무소 소독차가 두어 번 다녀갔을 뿐,
> 원래 오래 방문을 닫아두면 그런 거라는
> 대수롭지 않아 하지만……
>
> ──〈산골에도 있는 이야기〉에서

농촌의 풍광을 바라보는 관조자의 고답성이 아니라 애환의 정감이 드러나는 점에서 시의 호흡이 들어 있다. 다시 말해서 농촌의 자연을 뒷짐지고 바라보는 것이 아니라 그 속에 살면서 느끼는 체험의 이야기는 곧 생동감을 남길 수 있다는 점이다. 아우성으로 찾아 드는 날벌레의 일상을 접어 두고 빈방에 벌레가 '잠들었다'의 표현은 미물의 주검에서 느끼는 뉘앙스가 휴머니티를 재촉하고 있다. 도시는 미물을 인간의 편리를 위해 「죽인다면」 농촌은 불편함을 넘어 함께 「공존하는」 점에서 다름이 있다. 아울러 옆방 아주머니의 소박한 한 마디의 정감에서 삶의 의미가 들어 있게 된다. 구영주의 시는 이런 체험의 소산을 시의 생명으로 바꾸는 것 때문에 미물의 생명에서조차 애잔함으로 시선을 집중하는 인간의 본원적인 모습을 대면하게 된다.

> 아우라지 강가에
> 떡밥이나 지렁이를 던져
> 아가미째 낚을 수도 있다지만
> 그러나 그것이 붕어의 진실은
> 아니다. 목숨까지 맡겨오건만
> 그것은 어쩌다 낚여온 것 뿐.
>
> ──〈투망〉에서

투망으로 고기를 잡는 행위가 비단 먹기 위해서가 아니라 '어쩌다'의 행위로 처리되는 점에서 행위의 합리를 주장하는 뜻이 아닌 것 같다. 즉 목숨까지 맡겨 오는 붕어는 인간을 신뢰하는 친근미로 찾아왔다는 발상으로 보면 구영주의 생명관은 친근미의 육화에 본질을 두고자 한다. 이런 생명 사상은 자연을 편리로 바라보는 인간의 발상이 아니라 대상을 우위에 놓고 인간을 생각하는 화합의 발상이다.

인간의 편리만을 주장하면 대상을 정복의 대상으로 처리하지만 대상을 생명체로 생각하면 애정을 앞세우는 사상을 갖는다는 뜻이다. 구영주의 시적 발상은 여기에 있다. 다음의 인용으로 확신을 재촉한다.

뭉게뭉게 연두빛 숲언저리에서
어지럼증을 타며
일렬이와 나는
금빛 보릿단을 나른다.
다 여물길 기다리다 못해
쪄서 말려야만 찐보리쌀이 되던
옛 보리민둥이, 그 말랑하고
꼬숩던 보릿고개 일을 떠올리며
낫질을 했다. 일렬이와 나는.

——〈정선 아라리. 9〉에서

　보리를 추수하는 일을 시의 모티브로 삼고 있다. 노동이 생활의 방
도가 아니면서 보릿단을 나르는 일은 사실 힘겨운 일인지 모른다. 그
러나 금빛이라는 시어에서 노동의 힘겨움은 이내 과거의 추억으로 길
을 넓히는 점 - '일렬이와 나는'에서 일렬이는 보릿고개라는 의미를 모
르는 사람 같고 시인은 보릿고개의 아슬한 과거를 반추하면서 '꼬숩
던'의 미각으로 잊혀지지 않는 과거가 클로즈업된다. 이런 이야기를
물론 일렬이라는 사람은 알 턱이 없지만 시인은 노동의 땀속에서 사
는 일의 가치를 고귀함으로 인식하는 발상이다. 다시 말해서 구영주의
정선 노래는 바라보는 미감이 아니라 체험과 땀으로의 노래라는 점에
서 순수한 친근미를 발산하는 시가 된다.

3. 정신의 문법

　시는 인간의 정신을 시적으로 노래한다는 점에서 시인과 동일성을
이루는 작업이다. 이를 달리 사상이라는 말로 표출할 수도 있고 또 의
미 작업이라는 말로 대신할 수도 있다. 결국 시인의 삶을 상징과 비유

의 숲으로 만들어야 한다는 점에서 시인 자신의 자화상을 만들게 된다. 뉘엿한 나이를 밟고 가는 시인은 삶의 깊이가 무엇이고 또 사는 일이 어떻게 귀결되어야 한다는 지혜를 터득한 흉중의 이야기는 단순한 감정의 흐름이 아니라 생의 의미를 압축한 절절한 노래가 되는 것 같다.

구영주의 시에서 가장 뚜렷한 성공을 보이는 시는 <징검다리>에서 살아온 道程과 인간미를 표현하여 형상화된다.

　　　나를 딛고 가요
　　　내 등을 딛고 건너서
　　　그대 꿈꾸는
　　　마을로 가세요

　　　징검돌 하나만도
　　　못한
　　　사람의 떼가
　　　패인 잔등을 밟고 간다.

　　　시린 물 속에
　　　소리없이 엎드린
　　　저 징검다리.
　　　그 여린 마음을 딛고서

　　　　　　　　　　　　——〈징검다리〉

아마도 구영주의 시에서 가장 뚜렷한 상징의 절묘성과 비유로 엮어진 의미의 숲을 만나는 점에서 <징검다리>는 빛난다. 1연에서의 평범하면서도 일상을 뛰어넘는 헌신성의 가치가—꿈꾸는 마을로 옮겨 주는 비유와 징검다리의 유한성에 비한 인간의 왜소성의 2연 그리고 객

관적인 거리(distance)를 보여줌으로써 '시란'이라는 역경에서 말없이
존재의 가치를 나타내는 「저」−자기를 앞세우지 않고 다만 인간을 목
적지의 마을로 옮겨 줌으로써 생의 소임을 다하는 징검다리의 임무는
구영주가 삶의 지표로 생각하는 상징의 근거가 된다.

　이해와 타산과 시기와 질투로 얼룩진 인간사에 징검다리의 지표가
교훈으로 다가올 리 없지만 자기를 앞세우지 않고 살아가는 일이야말
로 헌신의 가치가 될 것이기에 구영주의 징검다리는 단순하게 옮겨
주는 임무가 아니라 꿈과 사랑을 전달하는 차이에서 구영주의 내면세
계를 시화한 것이다.

　　　야윈 나무줄기 같은
　　　사람들.
　　　빈 집을 버린 광산촌 사람들이
　　　증산역에서 갈아 탈
　　　기차를 기다렸다

　　　난로 하나 없는
　　　밤중같은 그들의 삶.
　　　역사(驛舍)엔 묵은 해에서
　　　새해로
　　　눈발이 내리건만.

　　　　　　　　　　──〈증산역〉에서

　'야윈 나무줄기 같은'과 '난로 하나 없는'의 대응에서 쓸쓸하고 스산
한 풍경화가 다가온다. 그리고 삶의 고단한 정경이 가슴을 파고들 때,
살아가는 사람들의 아픔이 인식된다. 상실되고 손상된 인간의 벌판에
서 따스한 체온을 나누어 줄 사람이 없고 오로지 황량한 바람과 고통
스런 일상이 떼 몰려 올 때, 인간의 나약함은 어쩔 수없이 슬픔의 낡

은 의복을 벗지 못하고 표랑의 방랑을 떠나는 일─기차를 기다리는 역사(驛舍)에서 바람을 피하는 인간을 생각하면 웃음이기 보다 눈물이 더 가까울 것이다. 빈집들이 널부러진 광부촌에서 어딘가로 떠나가는 길손의 기다림은 처연한 슬픔의 기다림이고 또 목적지가 꿈으로 채색된 것도 아닌 증산역의 쓸쓸함은 인간의 숙명적인 슬픔에 가까워진다. 이런 풍경을 접할 때, 사는 일의 힘겨움과 고단함의 묵은 해를 벗어나 희망의 새해로 떠나가기를 소망하지만, 결국 나그네의 고달픔이라는 동일성에 시의 포커스를 맞추고 있다. 을씨년스러운 폐광촌의 풍경과 다름이 없는 것이 사는 일의 모두라는 해석을 접하는 셈이다.

4. 자연으로 가는 손짓

자연은 어머니요 고향이라면 거기엔 안온한 안식이 있고, 생명을 어루어 주는 양식이 있고, 고단함을 편하게 뉘일 공간이 될 때, 의식의 지향성을 발동하게 된다. 이런 깨달음은 상징이나 비유의 시적 의장(意匠)을 동원하여 자아 쪽으로 끌어당기는 대상과의 합일을 뜻하는 일이다. 구영주의 자연은 굳이 떠들면서 말하는 것이기보다는 보여주면서 그 풍경 속에서 다만 「있음」을 느끼게 하는 절차로 시적인 대상을 삼는다. 이는 다이내믹하기보다는 정적이고 나긋함으로 체취를 삼는 기교에 속한다.

사람한테 멀미난 이도
오게.
흰 구름이 인도하고
안개 속의 물소리가
상처를 다독이리니.

——〈몰운대〉에서

인간은 피곤하고 지쳤다는 말이 상식이라면 편히 쉴 수 있고 안식을 가질 수 있기를 항상 꿈꾸면서 살아간다. 그러나 이런 소망은 빗나간 과녁이 되어 허무를 허우적이게 된다. 그렇더라도 시인은 언제나 꿈과 사랑과 미래를 위해 노래하는 임무를 버린다면 시의 자리는 이미 공소함을 맞게 된다. 구영주의 자연은 어머니의 소임을 다하려는 적극성 때문에 때로 간섭적인 느낌을 가질 수도 있다. 그러나 넓게 열려진 마음으로 마련된 공간은 결코 불편하게 만드는 간섭이 아닌 상상력의 포근함으로 처리된다. '사람한테 멀미난'이나 '수상한 세월엔 곧은 정신도\누명이 있으리'의 억울한 일상이 안식을 얻을 수 있는 몰운대의 자연은 곧 구영주가 상상으로 자리를 펴는 안식의 공간－그런 자연으로 손짓을 보내는 것이다.

> 어우러져
> 순하게 살아가는 곳이
> 어디냐
> 묻거든 말하리.
>
> 나라 위해
> 조상 제사를 위해
> 식량을 아껴두는
> 여량(餘糧)을 말하리.

——〈강마을〉에서

인간은 점하고 있는 장소에 애착을 보낸다. 그러나 떠나기를 염원하고 다시 돌아가기를 원하지만 정작 찬미의 말을 발성하는 것은 또다

른 의미가 있다. 구영주는 여량에서 이런 의미의 자연을 발견하고 있
다. 즉 「순하게 살아가는 곳」과 「넘치는 인정」을 주요 이유로 말하고
있지만 정작 여량의 아름다운 자연은 이면에 감추어 놓고 인간의 아
름다움과 순박함을 내세우는 절차를 취한다. 인간은 어디에나 있다 그
러나 아름다움으로 끌려가는 자연은 어디에나 있는 게 아니기 때문에
구영주의 시적 기교는 항상 암시적인 태도를 취하는 것이다.

5. 흰색의 여유

색채는 마음에서 작용하고 또 마음의 그림을 그리는 점에서 인간의
특성과 연결된다. 구영주의 시에는 흰색이 작용한다. 물론 흰색은 −
백의민족이라는 근거는−가장 신분이 낮은 백성을 뜻하는데서 나온 관
습적인 색이지만−민족 구성원의 슬픔을 뜻하는 역사를 벗어나면 순수
로 점철된 아름다움을 만나게 되는 대상이 감자꽃으로 <자개마을> 이
나 <감자꽃>을 들 수 있다.

> 열 일곱
> 누이가
> 온 밭 가득
> 웃음짓고 있네
>
> 어릴 적
> 곱던 누이의
> 하얀
> 미소
>
> ──〈감자꽃〉에서

색채는 초보 상징으로써 인간의 마음을 대변할 때 인상을 남긴다.

가령 붉은 색감에서 느끼는 것과 푸른 색채에서 인상되어지는 감각은 다르게 정서를 휘어잡는다. 푸른 바다에서는 전율할 만한 소슬함이 있고 푸른 등성이에서는 깊은 안정감과 용기를 가질 수 있다면 색채는 공간이나 위치에 따라서도 다른 작용을 나타낸다. 구영주의 색감은 햇살과 어울리는 따스하고 작은 의미와 연결되지만 자연의 현상과 일체감을 이루면서 어울린다. 즉 조화로서의 색채가 작용하기 때문에 인간의 체감을 어루어 주는 작용으로 남는다. '서른 살의 내\나이 앞에 누이는\희고 붉은 꽃으로\와 계시네'의 친근미로 다가오는 여유는 구영주가 순백한 자연의 땅에서 받아들인 색채 감각이라는 뜻과 같다.

6. 여백을 위해

90년대 한국 시단은 신 자연현상으로 발길을 재촉한다는 것은 과학 문명의 염증에서 나온 반작용일 것이다. 이런 징후는 상당기간 동안 지속될 것이고 또 생태적인 관심이 인간의 생명과 손을 잡을 것이다. 이는 과학과 편리가 인간을 왜소하게 하고 또 고독하게 만들었음을 깨달으면서 나타난 자각 현상으로 자연으로의 귀환은 당연한 현상일 것이다. 구영주의 시는 이런 한국 시의 앞길을 걷고 있는 것이다. 물론 그의 시가 전적으로 자연현상의 투철한 인식 위에서 출발하고 있는 것은 아닐지라도 그가 살고 있는 환경적인 요소가 한국 시의 진로와 발길을 맞추게 하는 것 같다.

구영주의 시집『정선 아라리』에서 가장 극명한 시는 <징검다리>와 <파도. 1> 그리고 <모내기 철>에서 명징한 아름다움과 인간 해석의 깊이를 만나게 된다. <모내기철>을 인용하면서 논지의 책무를 벗어난다.

  염장봉 뻐꾸기는
  해도 지기 전인데

저리 우는가

아이들이 돌아간 빈 교실에
숲으로부터 내려오는
사연.

자모 몇 개가
은빛 지느러미를 친다.
강엔 빽빽한 숲이 거꾸로
안겼다

————〈모내기철〉에서

   바쁜 모내기철이라 주변을 돌아볼 틈도 없건만 슬픔으로 가슴을 저미는 뻐꾸기 소리의 분위기와 대응하는 텅빈 교실에 쏟아진 말들이 뒹굴고- 이런 공허의 빈터에 홀로 남아 있는-구영주의 모습이 들어 있다. 인생은 허무와 공허의 벼랑에서 추스를 수 없는 일상을 살아가면서 표정을 바꾸지만 결국 슬픔으로 얼룩진 얼굴일 수밖에 달리 길이 없는 풍경화를 만들고 있다.
   인생의 근본이 모두 그렇듯, 뉘엿거리는 낙조 한줌을 쥐고 어쩔 길 없는 망연함에 젖은 구영주의 모습이 '세상일을 저리 우는지'의 뻐꾸기와 같다면 비약은 아닐 것이다.
   끝으로 마침표조차 의미라는 기준에서 볼 때, 과도한 남발 그리고 상상력이 의미망의 구축을 위해 좀더 차분히 가라앉아야 할 기다림을 덧붙여야 하는 조언을 남기면서 논지를 접는다. 그러나 새로운 세기의 한국시는 자연으로의 귀환을 서두를 것이라는 예상에서 구영주의 시는 새로운 자리 매김을 위한 길에 들어 있다는 점은 확실하다.

7. 시와 의식의 층계
—박종철詩集 『불암산 시』—

1. 시인과 산의 이미지

시인 박종철은 『月刊文學』으로 등단한 이후 『낮은 소리 하나』(88)와 『땅바닥에 누워』(90)를 상재한 이후 여섯 번째의 작품집이 『불암산 시』(95)이다.

『불암산 시』는 불암산과 어머니의 追想이라는 두 개의 이미지를 축으로 정신 영역을 커버하는 천착에 특성을 내장한다.

테마시는 자칫 집중력을 일탈하는 위험이 있지만, 높이와 깊이를 담는 방도로 매 편 마다 개성의 세계를 담아야하는 점에서 원숙한 경지에 근접하는 또 다른 면도 있게 된다.

박종철의 시적 무드는 안온하고 친숙한 음성을 듣는 것 같은 토착 정서의 체취를 일차적인 관건으로 한다. 더불어 이미지 연상이 우러나는 상당한 시간을 요한다는 점에서는 반짝이는 것이 아니라 투박하면서도 따스한 봄날 같은 뉘앙스를 담고 있다. 박시인의 불암산은 그의 시적 정서와 의식을 하나로 통합하는 절차로 선택된 대상으로 각인되어 커다란 의미의 대상화로 작용한다. 물론 오르고 정복하는 땀의 산이기보다는 삶의 고달픔을 안정시켜주는 위안의 대상으로 삼는 것이 박종철이 의식하는 산이다.

그렇다면 산은 인간에게 무엇으로 다가오는가? 이런 물음을 던져놓고 보면 결국 인간은 산과 어떤 상관으로 접근되는가를 묻게 된다. 물론 산은 인간의 생명이 비롯하는 장소였고 또 인간의 생명을 연장하는 공간개념을 잉태하는 고향으로의 암시를 보편적으로 갖는다.

이로 보면 인간은 본질적으로 고독한 존재일 뿐만 아니라 단독자의 고독을 벗어나는 방도가 없다는 점에서 인간과 산은 떨어질 수 없는 유일의 대화 통로를 갖게 된다.

그러나 인간은 비록 산에서 태어났다 하더라도 산을 「저 만큼의 거리」로 바라보는 일정한 시선을 확보하고 있기에 산을 찾아가는 고달픈 행보를 마다하지 않는다. 이런 본능은 산으로 돌아가야하는 의식의 低層에 자리잡은 상징과 밀접한 소통을 암시한다.

인간의 의식은 무의식과의 비례가 10%와 90%라는 사실을 대입하면 어둠의 의식은 그만큼 절대 함량을 갖고 작용한다고 봄이 좋을 것이다. 아무튼 산으로 향하는 인간의 마음은 무의식의 깊은 원초성과 구도를 형성하여 의식세계의 인간을 조종하는 임무를 수행한다.

박종철의 『불암산 시』는 51편의 산 연작시와 돌아가신 어머니의 추모를 위한 시로 구성된다. 산은 바라보는 대상의 목표물이라면 돌아가신 어머니가 묻히는 공간적인 의미로 서로가 상관을 유지한다. 물론 시인은 이런 상관을 구체적으로 연결하는 조짐은 어디에도 없다는데서 유추의 문을 밟아야 한다.

불암산이라는 시의 모티브가 꼭 고유명사의 불암산이기 보다는 오히려 산을 다루는 광범한 이미지군을 포용하고 있다는 측면이 우세하다. 시는 보편성의 암시를 대동하고 이미지군을 형성해야하기 때문에 하나의 공간을 설정하기보다 오히려 추상적인 이름으로 다가올 때 표현의 영역이 **多義的**으로 넓어지게 된다. 물론 시인은 불암산이라는 일정한 산을 빈번하게 오름으로써 「산」이 주는 감수성을 잉태하는 계기를 마련했고 또 이로부터 산이라는 거대한 높이를 연상하는 길을 만들 수 있기에 불암산은 곧 시와 산을 연결하는 고리의 역할을 하고 있다는 사실이다.

<봉우리 관상>으로부터 <풍수>나 <대화>에 이르기까지 다양한 의미역을 커버하고 있음은, 산의 보편성이 불암산에서 촉발하면서 4차원적인 인식의 공간으로 이동하는 특색을 암시하고 있다.

그렇다면 박종철에게 산은 그의 인간미를 내포하는 이미지가 될 수 있고 또 산에서 자화상을 발견하는 대입법을 뜻하는 이중의 암시를 갖는다.

2. 산과 자화상

시는 표현된 언어에서 시인의 사상은 피력될 수밖에 없다. 이는 생각하고 있는 추이와 과거가 결합하여 흔적으로 나타내기 때문에 결국 심리적인 연관을 형성하면서 자화상을 그리게 된다는 사실이다. 더불어 고백을 취하면서 상상력을 개입함으로 본래의 기능을 수행할 수 있는 것도 결국 시인 자신의 정서를 일구는 방편으로의 역할에 한 할 뿐이다.

박종철의 산은 자화상을 표백하는 단서에서 인간미를 의탁하는 정서가 내성적인 면으로 나타난다. 산의 정상을 정복하려는 의도가 투사이기보다는 중간을 선택하여 즐거움을 만끽하려는 생각으로 자잘한 대화를 나누는 섬세함을 특징으로 한다.

오르다가 잠깐 쉬는
바위산은 중턱이 제일 좋지

닳아빠진 구두를 신고도
뚜벅뚜벅 걸어 오르는 기분
아들이 아버지의 무등을 타듯
편안하게 걸터앉는 유년의 등극이니
제왕보다 높은 안전으로 세상을 보게 되고
절보다 수없이 절 받는 회상(會上)
정말 믿어도 되는 부자유친같이
붕우유신같이

　　——〈불암산시. 4-바위산은 중턱이 좋아-〉

'중턱'을 가장 좋은 곳으로 생각하는 생각은 그 나름의 사상을 엿보게 된다. '닳아빠진 구두를 신고도'라는 편리성과 '편안하게 걸터앉은 유년의 등극'과 같은 안온함을 느끼는 것 때문에 박종철은 정상의 모진 바람이 아니라 안락한 중턱을 좋아하는 이유를 남기고 있다. 더불어 '부자유친'과 '붕우유신'과 같은 다정함을 중턱에서 느낄 수 있는 마음의 평화는 곧 시인의 정서가 차지하고 있는 선택의 이유로 남는다. 여기서 박시인의 마음은 피나는 투쟁의 쟁취를 선택하는 투사이기 보다는 '제왕보다 높은 안전'을 누리길 바라는 내성적인 사람으로 생각된다. 이런 형식의 시는 <불암산 시. 28>에서 더욱 선명한 의지로 표출된다.

산을 좋아해도 정상에는 오르지 않는다고
중턱이 편하고 안성맞춤이라고
산신제는 바위 밑이 제격이라고
신령노릇이나 하기로 잔 받아 즐기는 환한 웃음이
또한 내려다보기 즐겁다

　　——〈불암산 시. 28-산은 베란다〉에서

높이에의 현기증보다는 오히려 안전함을 선택하는 마음은 적당히 내려다보는 즐거움에 대한 의지로 집약된다. 투사가 되어 정상을 정복하는 피흘리는 승리자의 위험을 버리고 안전을 선택하는 이유는 시인이 살아온 삶에의 가치와 밀접성을 가질 수밖에 없는 표현이다. 이런 단서는 '정산에는 왜 오르나\정상에는 껍데기를 벗고 알맹이를 씻으려 오른다\알거지 같은 추위로 냉동시켰다가\걸레천엽(sic)때 기름을 톡톡 잘라내기 위하여\고드름도 눈발처럼 날리러\정상에는 오른다'<불암산 시. 7>에서 느끼는 소회(所懷)는 결국 정상을 오르지 않는 박종철의 마음을 보여주는 부분이다.

불암산이라는 이미지는 단순한 산으로의 대상이 아니라 시인의 정신과 육화된 정서로 표현되면서 고향의 음성과 일치감을 줄 수 있다는 증거를 <대화>로 해석하는 것이 시인의 또 다른 마음이다.

> 불암산이 고향 앞산만큼 가까워 졌다
> 이십 년 이상 기울인 정성에 화답하는 모습이다.
> 늘 등만 보이던 고집을 풀고
> 정면으로 마주하며,과거지사도 선선히 털어놓는다
>
> ──〈불암산 시. 34-대화1〉

고향이건 타향을 불문하고 산은 말없는 모습으로 가슴을 점령한다. 이런 침묵의 손길은 비록 고향을 멀리한다해도 육화의 정감을 나타내기에 충분하다. 결국 박종철은 불암산에서 고향의 음성을 대면하는가 하면 -'이십 년 이상 기울인 정성'에 화답하는 소리를 들을 수 있기에,등만 보이던 고집을 풀고 정면으로 마주앉아 가슴을 열게 된다는 상징을 만난다. 결국 시인은 異邦의 산에서 고향과 일치하는 마음의 일체감을 터득하는 원숙의 경지에 삶의 터전을 펴고 있다는 생각이다.

3. 母情의 緊切性

어머니는 인간의 정신을 이루는 원형이자 삶의 質을 이루는 質朴한 요소로 작용한다. 박시인의 경우 어머니의 정감은 그의 인간미를 발현하는 절실함으로 표출된다. 이런 분출은 자제와 지성미로 처리하는 정감을 만나는 일에서 더욱 다감한 시인의 육성을 접하게 된다.

> 어머니 저승 보내는데
> 아이고!소리도 시원찮고
> 더운 눈물도 보이지 않는 나를
> 동생들은 매정하다 하는구나
> 그 말 참으로 맞아
> 속 뒤집어 꺼내보니
> 살갈피 홍건히 젖었다
> 머리에서 발 끝까지 속으로 터진
> 어머니의 뇌출혈을
> 나는 속울음으로
> 받아 흘렸다
> 아! 그래도 나는 매정해
> 어머니 저승 보내고 무슨 할 말 있을까
>
> ——〈이런 섭섭. 1〉

마음을 진실이라는 어휘로 표현하기에는 어느 경우도 적당한 방도가 없을 때, 마음을 꺼내 보일 수도 없다는 말—실제로 마음을 꺼낼 수 없어 애타는 비유로 작용한다. 박시인의 경우 가장 진한 슬픔의 중앙에서 이를 표현하는 방도를 몰라 망연함에 젖는다. '아이고!'를 부르짖는다해서 진정한 슬픔의 의미는 아니라는 이치를 알고 있기에 망연함에 잠길 뿐이다. 매정해서가 아니라 슬픔의 깊이에서 만나는 아픔은 아무런 말로도 표현할 수 없는 것은 가장 시적인 침묵일 것이다.

　죽음이란 '그 어떤 이름도 붙여지지 않은\새로운 잠이나 자야 해'라는 <새로운 잠>은 죽음이 끝이 아니라 새로운 출발의 단초로 생각한다. 시인의 마음은 절망이 아니라 절망의 심연에서 일어나는 재생의 뜻을 함축한 느낌을 준다. 어머니에 대한 박종철의 생각은 절대경을 가진다. 즉 집착에서 만나는 대상과 시인의 거리가 하나로 완전히 밀착되었기에 분리하는 개념을 만날 수 없고 오로지 「하나」의 인식을 자극한다는 뜻이다. 이는 불암산과 시인, 혹은 어머니의 죽음과 시인의 관계가 「묶어진 하나」를 지향하는 시적 디테치먼트를 특성으로 한다.

4. 距離없는 距離의 시

　시는 의식의 결합을 전제로 심리적인 이미지들의 부유물을 조직하여 의미를 만들게 된다. 얼마나 정치(精緻)한 美感을 잉태하는가는 전적으로 시인의 뇌수에서 비롯된다면 詩化의 대상과 시인의 정신논리와는 밀접할 수밖에 없다. 시라고 해서 의미의 논리를 배격할 수는 없기 때문이다.

　박종철의 시는 단순함을 의미로 일구는 대상화에 특성을 소유한다. 이런 기저 위에서 대상을 살아나게 하는 안온한 체온을 시의 표정으로 관리한다.

　박종철의 시는 예리하거나 탄력적인 흥분을 자아내기보다는 오히려 구수하고 깊은 정서를 부추기는 토속적인 맛을 위주로 시의 유기적인 연결을 만들어 간다. 이런 특성은 스미듯 다가오는 「젖음」으로 시의 이해를 부추기게 된다는 것과 같다. *

8. 의식의 줄잡기 혹은 추억으로의 귀환

―金炫志의 시―

1. 프롤로그

시는 언제나 열린 세계를 지향하면서 손짓을 보내지만 이를 해독하는 독자는 어리둥절한 모습으로 시의 異方性을 바라본다. 물론 시와 독자가 밀착된 의미의 감동을 만난다는 것은 더없는 행복의 길이 되겠지만 이런 경우는 매우 드물 수밖에 없다. 왜냐하면 시는 항상 그의 몸을 은폐 혹은 변용 함으로써 의미의 증폭을 꾀하고, 독자는 이를 벗겨서 단순화를 도모하려는 입장의 차이를 갖기 때문이다. 그러나 시는 독자를 위해 獻身하기 위해 열린 문을 마련하면서 존재한다는 점을 독자가 어떻게 이해할 수 있는 가의 지적 충동과 상관을 갖는다.

오늘 우리의 시단은 이런 상반의 심화를 걱정하는 경우는 시대적 추세와 이를 소화하는 독자층과의 교류에 문제를 제기하게 된다. 다시 말해서 시인은 이름만의 시인으로 존재하고, 독자는 외로운 자리에서 낯선 시의 얼굴을 대면하고 있다는 상반성의 문제를 풀어야하는 시인들의 소명이 자리한다. 이런 자각은 한국시의 품위와 직결된다는 점에서 하나의 숙제로 남는다.

김현지의 시를 말하는 앞자리에서의 시와 독자를 위한 거론은 김현지의 시가 독자들이 갈구하는 요소의 일부를 충족할 수 있는 단계의 높임과 닿고 있다는 점과 그의 시가 연출하는 표정의 문제는 전통적인 풍경화-찾아 갈 여유가 없었던 도시인들에게 따스한 공간-어린 시절의 농촌풍경을 파스텔화적으로 제시한다는 점과 맥을 같이한다.

시는 결국 인간과 어떻게 친근함을 전달할 수 있는가의 문제이면서 얼마나 보편적인 의미를 생산하는가를 필요로 하는 구조일 뿐이다.

시가 인간을 위한 따스함이 필요한 덕목이라면 김현지의 시는 백화점에 나열된 화려한 상품이 아니라 오히려 토속적이고 정감 있는 시골 장터에서 만나는 소박한 상품-이런 느낌 속에 옹골찬 뼈가 결코 예외일 수 없는 중심이 있다. 이는 그녀가 살아오는 과정에서 엮어진 인간형성의 모태가 도시적인 감수성이 아니라는 점과 의식의 중요성을 초점으로 모은 사상적인 형성과 상관이 있을 것이다.

2. 시의 표정 만들기

시는 언어를 동원하여 시인이 의도하는 일정한 표정을 만든다. 그 표정은 얼마나 정교한가의 문제가 아니라 얼마나 아름다움을 연출하는가에 달려있다. 물론 아름답다는 것은-꽃을 예로 하면-모든 꽃은 기하학적인 대칭과 조화를 이루면서 일정한 이름의 꽃으로 남는다. 꽃의 대칭과 조화는 엄정한 수학적인 요구를 수용하고 있을 뿐만 아니라 과학적인 구조가 들어있음을 깨닫게 된다. 시 역시 이런 우주의 이치를 벗어나는 것이 아니라 우주의 이치 속에 존재를 형상화한다.

김현지의 精神圖는 그가 살아가면서 형성한 의식의 뼈와 풍자 혹은 귀향의 즐거움을 만남으로써 이루어진다.

1) 의식의 뼈 – 줄잡기

고삐는 짐승을 붙잡으려는 인간의 요구에 따른 구속과 **馴致**라는 두 개의 필요를 위해 이름이 탄생된다. 짐승을 구속하는 요구는 소유라는 측면의 필요를 말하고, 순치는 길들이기의 필요이기 전에 소유를 확신하기 위한 단계로 이해된다. 이 둘의 상관은 소유라는 공간으로 집중하기 때문에 여기서 파생되는 갈등은 대결의 양상으로 전개된다. 즉 고삐로 묶어둔 짐승은 떠나려하고 이를 붙잡는 욕구는 떠나려는 의지의 열망과 힘의 대결을 갖게 된다.

김현지는 그가 살아온 아슬한 뒷길의 어린 시절을 회상구조로 떠올려–쇠고삐를 통해 현실을 담으려는 의식의 확충을 갖고 있다.

> 고삐는 어디든 끄는 쪽으로 끌려 가
> 또 다른 가닥을 낳고 있습니다.
>
> 내 풀밭엔 오늘 연두색 비 내리고
> 가만히 빈 손 펴 보이신
> 아버지의 땅에서 흘러내린 황토흙
> 조금씩 고랑을 이루며
> 내 땅에 스밀 때
> 내 사슴들 어느 새
> 허공을 보기 시작했습니다.
>
> ──〈고삐 1〉

김현지가 쥐고 있는 고삐는 순치(馴致)하려는 쪽에 관심이 있다. 이런 현상은 '고삐는 어디든 끄는 쪽으로 끌려 가' 시인 자신으로 설정되었고 '또 어디든 가닥을 낳고 있습니다'는 그의 자식들을 암시한다. 부모라는 고삐에서 오늘의 시인이 되었고 다시 솔가(率家)를 이루어 자식을 낳고 키움으로써 역시 자신의 궤적과 부모의 軌跡이 상통되는 의식의 동질성을 확인하는 셈이다. 이런 단계는 '내 풀밭'에 아버지의 음성과 '내 땅에' 사슴들의 모습을 바라보면서 시인이 그러했던 것처럼 다시 허공을 보고 있는 一떠남의 궤적이 겹쳐진다. 이런 연결이 단순히 고삐라는 시어로 처리되었지만, 인연의 줄이 숙명적으로 연결되어 있는, 전통의식과 다름이 없다는 점에서 김현지의 고삐는 동양적인 사유의 연결점을 갖는다. 이는 추억의 통로를 통해서 자기를 확인하는 의식이면서 역사의 합치점을 확보하는 전통정신의 일단이다. 이런 발상은 김현지의 모든 시에 관류하는 정서 현상으로 용해된다.

> "사람이나 짐승이나
> 셈이 밝아지고 사유(思惟)가 생기면
> 제 고삐에 제가 묶이고 마는 기라"

——〈고삐2〉에서

송아지의 코뚜레를 바라보면서 손녀의 측은함을 위로한 할머니의 말이다. '셈이 밝아지고'는 구속의 조건 즉 소유라는 개념으로 생각되고, 이런 소유는 나의 영역으로 좁히려는 계산이 시작된다. 더불어 여섯 살 무렵에 쇠고삐를 쥐어 주었던 아버지의 지시는 '가만가만 암소의 뒤를 따라만 가라고 거듭 일렀다' <고삐3>의 교훈을 연상하면서, 사물은 억지로가 아니라 순리를 따르면 어린애라도 큰 소를 마음대로 움직일 수 있다는 법칙을 깨우친다. 이런 이치는 전원중심으로 문화가 발달한 동양적인 정신의 바탕을 이어받았음을 뜻한다. 결국 소가 뛰어 가면 고삐를 놓아야 하는데도 그냥 고삐를 움켜잡으려는데 "고삐를 놓고 가거라!아가 고삐를 놔 뻐라!"를 조언하는 예지에서 버리는 것이 아니라 버리면 다시 돌아오는 완급조절의 자연주의 사상을 뜻한다. 이런 깊이는 김현지의 뇌리에 각인된 어린 날의 추억으로써, 삶의 질을 이루는 인자로 작용하는 바 아버지의 음성을 미처 깨닫지 못했던 뒤늦은 자각을 소중한 교훈으로 삼고 있는 시가 <고삐 4>로 나타난다.

> 어느 날 아버지는 내 몫으로
> 가늘고 질긴 고삐 한 가닥 예비한 채
> 내 걸음이 실해지기를 기다렸습니다.
> 가만히 순응하거라 애야, 네가
> 허공을 볼 때마다
> 멍에는 더 단단히 옥죄는 법이란다
> 부디 멀리 가지 말아라 간곡히 이르시던
> 아버지의 말씀을 어기고 나는
> 한 올씩 내 인연의 씨줄들 풀어
> 울타리를 벗어나 헤매 다녔습니다. 헤매면서
> 수 없이 아버지의 풀밭을 그리워했습니다
> 갈증과 허기-
> 혼돈에 쓰러지기도 하면서……
>
> 그런데 보세요 지금 내가
> 몇 가닥 고삐를 예비한 채
> 내 풀밭에 사슴들 키우고 있군요
>
> ──〈고삐 4〉

김현지는 어머니보다 아버지의 薰習이 더욱 깊게 작용하는 느낌을 준다 이는 「지난 해 이맘때 산으로 가신…\산으로 가서 영영 산이 되신… \산에서도 여전히 내 시의 고삐를 쥐고 계신, \내 아버지께 이 시집을 바친다」는 시집 서문의 헌사와 같이 아버지는 시인의 의식을 휘어잡아 세상을 살아가는 조타 역할의 느낌을 준다. 물론 돌아가신 지 2년여의 시간은 망자에 대한 슬픔이 객관적으로 가장 명료하게 확인되는 거리를 갖는다.

아무튼 <고삐 4>는 김현지에게 아버지의 그림자가 얼마나 크게 작용했는가를, 이제 자식을 키우고 있는 심정에서 반추하는 추억의 그리움인 동시에 삶의 지혜를 깨우치는 음성ー'가만히 순응하거라 얘야,네가\허공을 볼 때마다\멍에는 더 단단히 옥죄는 법이란다'의 말씀과 이제 '몇 가닥의 고삐를 예비한 채\내 풀밭에 사슴들 키우고 있군요'의 자각에서 아버지의 깨우침과 시인의 悔한이 交織하는 오늘의 표정이다.

추억의 통로를 통해 아버지와 오늘의 자기와 또 사슴들과 연결되는 이미지의 결합은 섬세함에서 아버지를 그리워하는 딸의 모습이자 자식을 키우고 있는 어머니의 모습이 어울린다.

2) 고독한 표정의 존재 찾기

고독은 자기존재를 확인하거나 확인하기 위한 정신적인 갈등에서 시작된다. 고독의 심연은 자기를 명료하게 상을 만들 수 있는 깊이를 만들 수도 있고 우울의 근처를 밟을 수 있는 위험도 있다. 그러나 고독은 성장의 키를 키우는 자양으로의 역할을 수행하려는 의지에서 자기 찾기이면서 성숙을 위한 삶의 성장도와 같을 것이다. 인간은 숙명적으로 고독을 키우는 삶의 지혜가 있기에 다른 동물과 구분하는 이름으로 남는 명사이기에 저마다 고독한 존재를 모면할 수는 없다. 이는 생래적으로 인간의 숙명이고 이 숙명의 그늘을 벗어나는 방도가 없기 때문이다.

모두가
따로인 듯 흔들리다
끝내 하나로 놓이는 환한 정물

ーー〈가을 정물〉에서

인간도 개별적으로 따로 놓고 볼 때, 하나의 정물에 다름이 아니리
라, 하여 단독자의 존재로 살다 어느 날 아름다운 '환한 정물'로 자리
잡기를 염원하는 자세로 산다. 이런 존재의 외로움은 '환한 정물'로 보
이기 위해 소망을 키우느라 수 없이 흔들리는 반복을 계속하면서 이
성의 숲을 만들게 된다.

        목마르지 않은 적이 있던가

                    ──〈포아풀 1〉에서

    사막이나 어떤 박토를 불문하고 잘 자라는 5cm의 작은 풀, 무려
600km가 넘는 거대한 뿌리로 생명을 키우는-겉으로 드러난 5cm의
왜소함의 실체보다는 보이지 않는 어둠의 600km의 강인함은 감동을
준다. 이런 존재의 끈질김은 김현지의 정서에 울림을 주었고 이는 고
독한 삶을 지탱하는 끈질긴 생명력을 암시한다. 이런 상징은 단순한
포아풀이라는 왜소한 풀이 아니라, 작은 키에 담겨있는 실체의 엄청난
파워의 에너지를 꿰뚫어보는 시인의 마음은 고독 속에서 발견한 시적
혜안으로 보인다. 이는 '목마르지 않던가'의 명제에서 시인의 생각은
보편이지만 특수한 의미를 내장하는 의미를 시의 심장에 가두고 있다
는 일이다. 김현지의 에너지는 다음의 시로 토로한다.

        땅 속 깊이에도
        허허 벌판이 있다는 것을 아십니까?

        어둠도
        어둠끼리는 서로
        다독이며 산다는 것을
        내가

어둠이 되어 본 뒤에 처음 알았습니다.

　　　　　　　　　　　　——〈포아풀 4-어둠〉

　무의식은 의식의 반대편이 아니라 의식과 연결된 것으로써 다만 보이지 않을 뿐이다. 이를 볼 수 있다는 것은 마음의 눈이 떠져야하고 마음의 눈은 세상의 이치를 깨우치는데서 가능하다면 김현지는 자기 삶의 가치를 보이는 화려함에서 찾는 것이 아니라 보이지 않는 어둠 즉 사물의 통찰에서 가능한 해법을 찾는다. 이는 '허허 벌판'의 어둠은 어둠이 아니라 포아풀이 삶의 자리를 펴는 아늑한 공간으로— 뜬 눈의 조건에서 사물이 보이는 것은 노자의 세계에 근접된다. 결국 '내 가 어둠이 되어 본 뒤'라는 경험의 축적에서 김현지의 의식과 무의식이 하나의 공간으로 통합하는 동일화를 위해 몸부림을 계속하지만 닿지 못하는 안타까움도 내재되어 있다. 포아풀의 낮은 키의 보이는 세계 즉 의식이라면 거대한 어둠의 깊이를 무의식으로 보아— 두 개의 공간에서 또다른 공간인 하늘로의 4차원을 향하는 김현지의 열망은 상당히 가파르다는 인상을 남긴다.

　　　　별을 머리 위에 두지 않고
　　　　가슴에 품으면
　　　　그 빛,온전히
　　　　내 것이 되는 줄 알았습니다

　　　　쉴 새 없이 욕심 껏
　　　　별들을 내 안에 품었지만
　　　　이미 별은 별이 아닌 사금파리가 되어
　　　　나를 찔렀습니다
　　　　……략……
　　　　내 별을 멀리 보낸 뒤에야 알았습니다.

──〈포아폴 6〉에서

인간의 심성은 땅에서 하늘로 상승하는 것을 궁극의 목표로 설정한다. 이런 비유는 빛이라는 至高性에 가치를 두고 또 여기에 만족의 나무를 심으려는 발상이 항상 닿기 어려운 거리로 목표를 설정한다. 땅은 발이 닿고 있는 3차원의 부분이라면 하늘은 쉽게 도달할 수 없는 자기 신념의 높이에서 항상 멀리 있어 無心의 이치에서 유한의 이치를 터득한다. '가슴에 품으면'이미 거긴 공허가 남기에 '내 별을 멀리 보낸 뒤에야 알았습니다'라는 버리는 일에서 얻어지는 삶의 가치를 소유하게 된다는 의미이다. 무소유는 소유보다도 더 큰 만족의 가치를 일깨운다는 불가의 布施的인 깨우침을 담는 김시인의 마음은, 별을 향한 그리움으로 고독한 나무를 키우는 모습이 보이게 된다.

3) 귀향과 추억을 위한 정신질감

인간은 자기가 태어난 모태를 그리워하는 본능이 있다. 고향은 어머니의 양수와 같이 포근한 안락을 주면서 따스한 사랑의 근원이 깃들이어 있는 곳이어서 어디에 있든 돌아가기를 소망하는 마음─ 首丘初心의 발동을 계속한다. 이런 발동은 자기 찾기의 일환으로의 귀환을 뜻한다.

너 였구나 거기
억새풀 틈서리
첫서리 머금고 하르르 눈 뜬
잘 삭은 흰빛의 결정(潔淨)
……락……
화안히 웃고 있는 내 소녀야!

──〈귀향 7〉에서

떠난 자는 돌아가는 길을 묻고, 돌아가는 자는 다시 떠나기를 바라는 인간의 이중성이 교차하는 감정으로 나그네의 행로를 추적거린다. 김현지의 자기발견은 상당히 긴 여로를 휘돌아 비로소 귀향의 언저리에서 '너 였구나'의 발견에 놀란다. 이는 우주의 발견이고 세상의 모습이 새로워지는 놀람으로의 작용을 뜻한다. 인간에게서 자기자각의 발견이란 위대한 변화를 뜻하기 때문이다. 맹목으로 끌려가는 어둠의 생이 있는가하면 고민과 아픔으로 자기를 깨우치는 일생은 아름다운 법이기에 김시인의 발견은 탄성이 아니라 내면으로 솟구치는 자연스런 발성이다. 그리고 얻어진 발견의 산물은 '흰빛의 결정'과 동일한 가치의 '화안히 웃고 있는 내 소녀야'와 상통해진다. 이런 자각의 발견은 자기발견의 이미지로 연결되면서 소녀와 흰빛과 시와 등가성을 이루어 전달의 의미가 생성된다.

또다른 발견은 아버지의 추억이다. 아버지의 땀과 혼이 스며있었던 흔적―'몇 장 남은 땅문서들\꼬리연처럼 날아가고 있다' <귀향 6>에 아버지의 흔적이 지워지는 아쉬움이 다가오고, 고향 오라비의 모습과 조카의 모습이 오버랩 되어 균형의 실감을 확인하면서, 열살 짜리 조카의 꼬리연이 하늘 저 쪽으로 날아갔을 때 발동되는 시인의 에스프리는 철학의 근처를 찾아간다.

> 그만 두렴, 아이야
> 한 번 가서 되 오지 못하는 것이 어디
> 너를 떠난 꼬리연 하나 뿐이겠니
> 어린 날 날려보낸 네 아버지의
> 저 먼 할아버지의 꼬리연이
> 산 넘어 간 채 영영 돌아오지 않는 것과 같이
> 오늘 네가 날려 보낸 꿈 한 조각처럼

끝없이 보내기만 하고 기다리지 않아야 할 것들이
우리가 사는 동안에
참 많고 많단다.

──〈귀향 4〉에서

다소 설교적인 요설(饒舌)이 들어있지만 조카에게 보내는 시인의 의도는 깊은 의미를 부가한다. 물론 수사적인 Enjambement를 구사하면서 의미를 중첩하는 시어의 연결은 무리가 없다. 떠나간 연은 다시 돌아오지 않듯, 떠난 인간도 꼬리연의 운명처럼 다만 아득할 뿐 돌아오지 못하는 아쉬움의 크기만 남게된다는 교훈이다. 김시인의 귀향은 금의환향의 즐거움이기보다는 오히려 인생의 깊은 깨우침을 발견하면서 자기 성숙을 위한 에너지 충전의 방도와 같은 역할을 수행하고 있다. <귀향 2>에서는 동구를 빠져나가는 오빠의 지게 뿔을 바라보면서 '우우거리는 바람소리를 듣고 있었다'의 대비는 고향에서 절망을 인식하는 것이 아니라 오히려 도시의 절망을 위로 받고 돌아가는 강한 인상을 남긴다. 이런 귀향은 성숙에서 맞는 자기 찾기의 또다른 면일 것이다.

가고 싶다
피곤이 긴 꼬리 흔들고 다가와
내 지친 목을 친친 감을 때
촘촘히 다져온 시간표 걷어
시나브로 떠가면 만나질까
깊게 또아린 강, 있을까

──〈바탕색 혹은 밑그림 15〉에서

김현지는 과거로의 여행에 깊은 애착을 지닌 마음이 유난하다. 과거지향은 자칫 현실의 생동감을 버리고 낡은 유물에 매달리는 허물도 될 수 있지만 어떻게 자제력을 발휘하면서 균형을 유지하는가는 시적 성공과 밀접해진다. 물론 지나버린 과거의 아름답고 포근한 추억을 굳이 버려야할 것은 아니다. 왜냐하면 과거 속에는 추억이 깃들이어 있고 그 추억은 오늘의 삶을 잉태한 소중한 요소들이기에 결국 떨어진 因子가 아니라 오늘을 이루는 초석으로의 작용을 감당하기 때문이다. 그러나 긴장미와 탄력을 갖고 다가오는 것보다는 회고조의 나른함은 벗어야 할 의상이다. 더불어 갈 수 없는 회고의 순간은 짧아야 한다. 이런 열망을 짧은 시어로 이유를 설명한다.

> 오던 길을 눈 여겨 두지 못한 자책에
> 울었습니다

——〈꿈밖으로의 외출 5〉에서

'울었습니다'라는 이유 때문에 울음은 더욱 애절한 마음을 부추기면서 깊은 아름다움으로 시인의 심장을 두드리는 요인이 되고 있다. 어떻든 김현지는 과거 속에서 오늘을 천착하려는 길 찾기의 추억은 상당히 짙은 음영을 드리우면서 과거에 실려 가는 느낌을 만들고 있다. 현실의 함량보다 과거를 찾아가려는 길 찾기의 열망이 더 깊은 것은 오늘의 문제와 상관이 깊은 이유도 될 것이다.

4) 무공해의 친구들

어린 날의 친구들은 아름답다. 가난에 절어 떨어진 옷을 입었거나 월사금이 없어 집으로 쫓겨가는 날의 햇살이 밝았다 하더라도, 그 기억들은 사뭇 정다운 것으로 추억의 문을 찾아든다.

삼십년 만에 만난 고향친구 몇이
성포횟집에 모였다

"어서 온나. 나는 맨날 바빠서…."
……략……
여전히 토종내가 나는 목소리로 석금이가
내 감춰 둔 나이를 눈감아주고 있을 때
아침 나절 뽑아버린 새치 몇 가닥이
둥실 갈잎처럼 수족관 위로 떠오르고
나는 문득 석금이 앞에
거죽만 푸른 내 날개 뼈의
덧난 상채기를 내 보이고 싶어졌다

——〈친구1〉에서

　　삼십년 만에 고향으로의 귀향— 친구를 만나는 일로 희비가 교차한
다. 나를 드러낼 수 없는 도시인의 가식과 고향을 지키는 진솔한 친구
들의 대비에서 낯선 이질감은 이내 정다운 추억의 이야기로 용해된다.
횟집을 운영하면서 자식을 대견하게 키운 석금이와 눈꼽쟁이 영식이
나 배꼽대장 상필이, 목장주인 형철 등이 아득한 기억의 뒤꼍으로 접
어든다. 더구나 세상을 떠나버린 친구들을 기억하는 병실에서의 정화,
고등학교 선생인 쾌호를 위시해서 며느리를 본 끝연이와 중국집 주인
이 된 필호의 대견함,부자가 되기를 호언했지만 사장이 된 만석이와
동창회조차 참석할 겨를이 없다는 점순이와 시인이 되었다고 부러워
하는 친구들의 모습 등 때묻지 않은 무공해 우정이 토속적인 언어로
비벼지는 장면은 사뭇 아름답다. 어린 날의 끈끈한 추억들이 어른이
된 오늘에서도 깊은 정감으로 돌아가는 재미를 보여주기 때문이다. 이
런 요인들이 복합하여 귀향의 즐거움으로 환치하는 시적 발상이 되면
서 김현지의 시정신을 이루는 요인으로 작용한다.

3. 에필로그를 위해

시는 인간의 아름다움을 설명하기 위해 의식의 누드를 마다하지 않는다. 결국 심리적인 길을 통해 비춰지는 과거는 선연한 풍경을 연출할지라도 애조 띤 얼굴을 보지 않을 수 없다.

김현지의 의식은 아버지와 오빠 혹은 고향 산천의 풀포기에서 삶의 에너지를 충전하는 요소로 깊게 작용하고 있기에 귀향의식을 시의 모태로 생각한다. 여기서 의식의 뼈를 이루는 전통의 맥락이 시인의 자화상과 대면하는 길을 확보했고, 사슴들을 바라보는 이미지를 어머니로 데포르마시용 할 수 있는 방도를 알게 한다. 이런 모든 기저는 인생을 깊게 성찰하는 자세-고독을 외면하지 않는 명상의 숲에서 비롯된다.

따스한 무공해의 우정을 대면하는 천진한 표정은, 이 땅의 소시민이 겪으면서 살아가는 소박한 이야기를 그리움으로 채색하려는 의도가 귀향을 통해 소중함을 발견하는 자세인 듯하다. 물론 현실보다 과거의 요소가 많다면 이는 낡은 음반을 되돌리는 지루함을 유발할 수 있지만, 김현지 시의 다음 행로를 지켜볼 수 있는 빌미가 된다는 점에서 또다른 기대를′ 예비한다.

9. 시인과 군인

― 조청호의 시

1. 들어가면서

　조청호는 민간정부 시대에 아주 걸맞는 장군 시인이다. 자칫 장군과 시인의 뉴앙스가 괴리(乖離)를 느끼는 듯 하지만 文과 武를 통한다는 전형을 만날 수 있다는 점에서 특이한 현상 ―한 편의 시를 짓기 위해서는 밤을 밝히는 ― 하등에 그가 살아가는데 도움이 안되는 것처럼 느끼는 고독한 일에 땀을 쏟으면서도 그가 부여받은 임무에 철저한 군인으로의 사명에 결코 소홀함이 없다는 점에서 그의 시는 곧 조국애요 조국애는 곧 그의 직업인 군인으로의 모범에 헌신하는 예를 만나게 된다.

　자기의 사명에 충실한 사람은 모든 일에 충실할 수 있다. 한가지 일에 꾀를 내발리는 사람은 모든 일을 꾀로서 살아가지만 결국 충실함을 감당하지는 못한다. 조청호의 시는 그 자신에 충실함으로 국가에 충실하고 조국의 아픔에 괴로워하는 뜨거움을 잊지 않는 드문 시인이다. 우리가 조청호의 시에 감동을 갖는 이유는 거짓없는 진실의 힘에 의해 다가오는 감동의 파문 때문이다. 빈껍질을 내세워 아첨하고 꾸미는 현란함이 아니라 항상 뒷자리에서 바라보는 진실의 힘, 그의 시는 투박하면서도 투명한 詩心을 만날 때 위안을 주게 된다. 이제 그의 뜨거운 정신을 조용하게 만남으로 논지를 대신할 일이다.

2. 군인과 국가

군인은 명령에 의해 살고 또 명령에 의해 존재가 형성된다. 설혹 한 계급 높은 사람의 명령이건 아니면 더 높은 사람의 명령이건, 곧 국가의 명령이고 국민의 명령이란 점에서 일반 사회 사람들의 말과 행동과 사고에서 다를 수밖에 없다. 이런 논리의 증거는 역사의 면면한 연결점에서 반만년의 맥을 이어가는 決定因子라는 사실에서도 조국을 위한 군인의 임무는 비단 한사람의 존재가 아니라 역사적인 존재로서의 임무에 당위성을 갖는다.

이와같은 명령의 근거는 국가에 충성해야 하고 국민을 위해 목숨을 바치는 것을 본연의 임무로 설정하면서 존립의 근거를 확인하게 된다. 이런 일은 민족의 역사가 있음과 더불어 군인의 임무는 시작되었고 또 계속할 수밖에 없는 특수한 신분을 거론하게 된다. 가령 국가가 위난에 직면했을 때 국가의 명령은 곧 국가보위의 근거위에서 군인의 길은 시작되고 또 계속되는 특징을 갖는다. 즉 한 개인의 安危를 위함이 아니라 조국이라는 거대 단위 앞에 군인의 정신이 있게 된다는 점이다. 여기서 위로는 명령을 받고 또 아래로는 명령을 수행하는 국가와 군인은 같다는 등식이 설정된다

구름 피어나는 산허리를 지나
해가 솟아오를 동해 바라보며
두 손 모은 채로
조국과 군을, 역사와 군을 다시 생각한다

조국없이 군이 존재할 수 있었던가
군없이 조국이 부지할 수 있었던가
역사없이 군사(軍史)가 따로 없고
군이 없는 역사가 이어질 수 있겠는가
건국은 곧 건군이다
건군은 곧 건국이다
조국과 군은 불이(不二)다

──〈거룩한 자존〉에서

　　조국과 군은 하나라는 등식을 이해하기 위해 조청호는 **建國**과 **建軍**
을 따로 생각하는 것이 아니라 하나의 등식으로 생각하면서, 기도하
듯 역사적인 관계를 유추하고 있다. <거룩한 자존>은 곧 조국과 군인
을 하나의 개념으로 묶을 때, 현대에 있었던 역사의 불행한 일들과는
엄연하게 개별적인 의미역을 **具有**하게 될 뿐만 아니라 군과 역사의
면면한 끈기가 애국이라는 감정에서 **詩**의 **裏面**을 뜨거운 가슴과 가슴
으로 만나야하는 필연을 강조한다. 그러나 민족의 역사가 곧 군인의
역사였지만 군인은 언제나 역사의 전면에서가 아니라 그 **背面**에서 봉
사하는 임무에 충실할 때 빛나는 자리가 주어진다.

　　근대사회 이후 **文**과 **武**라는 개념은 이원화된 자리를 잡게 되었다.
그러나 고대의 역사에서는 문과 무라는 말의 혼재 현상은 을지문덕,
연개소문, 왕건이나 계백. 이성계에서 볼 수 있듯, 무를 알아야 문을
알게되는 혹은 둘이 상보적인 관계로 역사를 넘어왔다는 사실은 외면
할 수 없는 현상이었다.

　　물론 현대사회에서는 엄정한 **分化**의 길을 당연한 것으로 생각하지
만 군인과 국가의 함수는 충성이라는 절대관계를 강조한데는 예나 이
제나 변함이 없다.

　　군인의 길은 개인을 위하는 것보다는 오히려 국가라는 거대 단위를

책임지는 데서 일사분란과 이를 견지하기 위한 명령의 타당성을 갖는
다. 결국 군인은 조국이라는 단위 앞에 자기를 버리는 임무가 처음부
터 끝까지 연결된다는 점에서 사랑을 받아야하고 피끓는 조국애의 단
초가 마련된다는 사실이다.

3. 군인과 시

앞에서 군인은 국가를 위해 절대관계라는 말을 강조했지만 시와 군
인의 관계는 어떤 상관이 있을까? 이를 위해서는 몇개의 예를 불가피
하게 한다.

한용운−독립운동의 주역으로 그의 시집 『님의 침묵』은 조국과 시
인의 마음을 분리하는 것이 아니라 하나로 바라본 丹心의 표백이었고
훌륭한 문학적 성과를 표현했다는 사실, 역시 독립운동을 했고 만주벌
판에서 풍찬노숙의 독립을 위해 17회나 감옥소에 들락거리다 해방을
못보고 돌아가신 이육사의 30여편의 시에서 독립과 시와는 분리할 수
없는 진솔하고 깨끗한 마음의 표현이라는 데 이론이 없다. 왜 독립운
동을 했던 분들이 소설이나 수필이 아닌 시를 택했는가? 그 대답은 시
의 특성과 맞물리는 점에서 해답이 있다. 결국 시는 인간의 깨끗하고
진실한 마음을 표현하는 임무에 다름이 아니라는 점이다. 나라가 危難
에 처했을 때, 조국의 아픔을 부여잡고 노래를 부르는 일은 시인의 임
무이고 또 군인의 임무라는 점에서 시와 군인은 같은 정신의 깨끗함
을 추구하는 동일항목에 있는 사람으로서 국가의 목표에 접근되는 작
업을 하는 것이다.

> 남들은 밖에 나가 자는 것을
> 외박이라 하지만
> 나는 집에 가 자는 것이 외박이다

남들은 움직이는 시간이 자유롭다지만
잠자는 시간이 자유로운
나

하늘을 보면
바람을 마시며
아무 곳에나 내 발로 찾아가고 싶지만
늘 안개주의보

                    ──〈안개주의보〉에서

　군인은 조국이라는 축(軸)에 메여있는 사람이다. 어딘가 자유롭게
먼 곳을 여행하고 싶어도 혹은 일정한 한계를 벗어나고 싶어도 떠날
수 없는, 명령의 범주를 넘어서는 일이 용납되지 않는 직업이다. '남들
이 밖에 나가 자는 것이 외박'이지만 '나는 집에 가서 자는 것이 외박'
이라는 반대의 상황은 눈물겨운 고통을 느끼게 한다. 누가 처자식의
목소리를 듣고 싶어하지 않을 것이며, 따스한 가정의 체온에 그리움을
가지지 않을 것인가? 작은 잘못에 비난의 화살촉을 돌리기 이전에 눈
물겨운 이들의 생활이 국민에게 무엇을 의미하는 가를 생각한다면 애
정의 물살을 관심으로 돌려야 한다. 항상 냉엄한 이지로 해결하려는
마음에도 군인은 자유를 병영에 맡겨두고 '안개주의보'라는 흐린 視界
를 허우적이는 생활에서도 오로지 조국이라는 당위 앞에 엄숙할 수밖
에 없다.
　결국 이들의 부자유한 고통에서 국민은 자유를 누리고 이들의 숨죽
인 생활에서 국민이 안전을 얻는다면 <안개주의보>의 불안은 오히려
조국을 위한 군인들의 희생 위에 국가는 존립의 근거를 갖는다.
　조국애는 항상 뜨거운 가슴을 요구하지만 거기에 어떤 댓가라거나

이익이나 추한 명예를 탐하지 않는 순진무구의 순수를 함량으로 간직하는 군인의 길은 여느 사람들이 감당하지 못하는 무서운 고독의 심연(深淵)을 헤아려야만 한다.

　　　　저녁 해가 뉘엿뉘엿 담밑으로
　　　　빛을 사릴 때
　　　　혼자 수저를 드는
　　　　고독의 날(刀)은 무섭다

　　　　역마살 낀 나그네처럼
　　　　별 걸 다 먹고 다니지만
　　　　맘 내켜 먹을만한 것은 없다

　　　　하루 세 번씩 치러야 할
　　　　이 부자유의 끼니 때만 되면
　　　　차라리 풀꽃으로 변하고 싶다

　　　　　　　　　　──〈끼니〉에서

　화려한 것 같은 외식에 식상하는 것은 당연한 일이다. 그것도 혼자 수저를 들고 먹어야 한다는데서 진수성찬이 무슨 맛이 있겠는가? 하루 세 끼니의 반복을 피해 '차라리 풀꽃으로 변하고 싶다'라는 조청호의 염원은 진솔한 눈물을 자아낸다.
　시의 역동적 긴장은 솔직한 고백에서 비롯된다. 시와 군인의 임무가 같다는 것은 이런 진솔한 역동적 긴장을 댓가없이 수행한다는 점에서 감동을 창조하는 셈이다. 또 시는 순수라는 점에서 군인의 정신과 일치된다. 꾸미는 것이 아니라 국가라는 절대단위에 헌신하면서 어떤 추함도 끼어들 수 없는 긴장속에 군인의 임무가 빛을 발할 수 있고, 시 또한 누선(淚線)을 자극하는 힘을 발휘하게 된다. 시인은 자기의 고백을 아무런 조건없이 토로함으로 만족을 삼는다는 것은 군인이 조국을 위해 목숨을 버리는 것과 같은 이치에서 시와 군인은 길이 같다.

여기서 문학적인 이원성 즉 자아(시인)와 세계(조국)라는 점을 하나의 지향성(Intention)으로 진행하는 점을 말하게 된다. 인간은 자기가 살아가는 목표점과 자기의 의지를 동일시하는 작업이 목표로 설정될 때, 심리적인 성취의 방향을 설정하게 되고 이로부터 삶의 **意義**를 초점으로 나타내게 된다. 다시 말해서 자기라는 개체의 단위와 세계(국가)와 동일시하려는 의지를 강화함으로 일생의 의미를 만들게 되고, 그 성취의 과정에 만남(meeting)을 위한 일이 예술로 현상화 하든 혹은 여타쪽으로 나타나게 된다는 점이다. 앞에서 언급했던 독립운동가요 시인인 한용운과 이육사의 경우는 시와 국가를 하나의 범주속에서 공동화 혹은 일체화를 추구했던 정신의 선각자였다는 점이다. 시인은 언제나 국가의 위기엔 예언자의 감수성을 발휘하고 평화로운 때는 화려한 꿈을 선사하는 사람이다. 조청호의 시는 이 둘을 결합하는 시대적 소명을 갖고 시의 표정을 관리한다는데 그만의 입지가 있다.

4. 병사의 혼

이름없는 산하에 죽어간 이름없는 무덤이 있다하자. 그리고 찾아주는 사람없는 그 무덤 위에 봄이면 이름 모를 풀꽃들이 피어나고 가을이면 낙엽이 쓸쓸하게 물드는 풍경을 연상하라. 격전의 사움터에서 죽어간 병사의 죽음은 우리에게 무슨 의미가 되는가? 살아 있다는 사람들의 자만과 오만과 시기와 질투가 이 무덤 앞에 무슨 의미가 있고 높은 벼슬이 무슨 상징이 될 수 있는가? 결국 무명 병사의 죽음 때문에 오늘이 있다면 의당 고개를 숙여야 한다.

장마비 퍼붓는 기억의 격전장

목책도 없고 봉분도 없이
주저 앉은 무덤위에
세월에 깨진 돌비 하나

이름도 계급도 알 수 없는
어느 병사의 투혼을
누가 문패처럼 꽂아 놓았을까

총성이 귀를 찢을 때마다
무수히 떠오른 별들
풀잎의 이슬처럼
아롱아롱 스러져간 영혼이여
누가 이 남루한 젊음을 위해
피 엉킨 원한으로
귀먹은 돌을 파 보았을까

장대비 퍼붓는 6월의
슬픈 능선
쓰거운 눈물 앞에
삭고 삭은 돌비 하나.

——〈돌비 앞에서〉

　　무명으로 죽어간 이 병사는 누구를 위해 초개같이 목숨을 버렸는
가? 대답없는 메아리를 남겨두고 조국의 산하에 바람으로 떠도는 영
혼은 무슨 위로의 말이 필요할 것인가? 살아 있는 자는 영광이고 죽어
간 자의 슬픔을 비극이라면 그 역사는 다시 써야한다. 우리는 죽어간
자의 무덤위에서 웃고 행복을 구가하고 또 미래를 설계하는 꿈을 만
드는 것이기 때문이다. '목책도' '봉분'도 없는 폐허위에 따스한 햇살
이 내리는 것으로 만족을 삼는 무명병사의 뜻이 우리의 가슴을 두드

리는 소리가 되어 파고들 때, 살아있는 자의 의미는 빛을 발하는 것이라면 이름모를 병사의 용감한 투혼을 영화의 한 장면으로 여겨야 할 것인가? 여기서 산자는 죽어간 자에 그리움을 심어야하고 때맞춰 물을 주는 행동이 있어야 한다. '장대비 퍼붓는 6월'의 아픈 능선위에 조국을 위해 죽어간 사람들의 열정을 '쓰거운'의 눈물과 삭고 삭은 돌비의 무게를 느껴야한다. 병사의 투혼위에 편안한 잠을 청하는 산자의 임무는 항상 뜬 눈으로 오늘을 살아가는데 보답의 길이 열리고 또 이런 作心위에 역사를 위한 밝은 눈을 뜰 때라야 비로소 참된 소명을 이어받은 국민이 되는 길을 강조하는 조청호의 가슴이다.

> 6월 장마
> 피울음으로 쏟아지던
> 山河에
> 새하야니
> 빛바랜 넋으로 반기는
> 그날의 戰友
> 싸리꽃이여.
>
> ——〈싸리꽃〉

6월, 참담한 6. 25의 상흔으로 피어난 싸리꽃은 이름 몰래 죽어간 병사의 넋이고, 이를 환생의 눈으로 생각한 시인의 가슴에는 형언할 길 모르는 강물이 흐르고 있어, 추연한 비극을 맞게 된다. 하얀 싸리꽃은 피와 원망으로 싸워야 했던 격전의 흔적이지만 이를 외면한 무정한 벌판에 싸리꽃의 넋은 곧 '피울음'으로 소리가 되어 돌아온다. 전우와 싸리꽃이 하나의 심상으로 다가올 때, 이런 원형의 話素는 마침내 비극적 기억의 문을 넓게 열어젖히고 시인과 아이덴티티의 깊은 곳으로 지향하는 손짓이 된다.

이런 원형적 이미지는 시인의 경험층과 맞닿아 있을 때 더욱 선명한 모습으로 환생하게 된다. 이를 적절하게 포착한 조청호의 에스프리는 언제나 충정의 뜨거운 가슴을 앞세워 눈물의 의미를 제시하면서 시의 행로를 상징으로 감싼다. 싸리꽃 즉 전우라는 등식이 조국을 위한 순수의 결정체일 때 이를 至高至善으로 설정한 詩化의 품격은 더욱 고귀한 느낌을 생성하고 있다.

이름 모를 병사의 죽음에서 오늘의 자화상을 발견하려는 조청호는 남들이 미쳐 알지 못하는 시선을 확보함으로 진한 휴머니티의 성을 쌓아 올리는 진실앞에 장군으로 선다. 애정과 사랑과 조국애의 순수함을 긴 그림자로 남기면서……

5. 해방과 6. 25

일제 36년은 결국 환희의 역사적 계기였지만 우리의 힘으로 역사의 탑을 쌓아 올리지 못하고 흔들리는 멀미에 시달리면서 현대사를 가로질러 오늘에 이르렀다. 조청호는 역사를 바라보는 시야를 넓게 확보하고 오늘과 내일의 염려를 보낸다. 그렇다고 대상으로의 가치에 주저함이 아닌 용기와 신념의 소리를 만들면서 시를 노래하는 의미가 중첩된다.

6. 25를 이미지화한 시는 <여백> · <6월의 단상> · <싸리꽃> · <6월의 상흔> · <6월의 강> 등에서 나타나고 해방의 감격은<8월의 강> · <잃어버린 8월>등에서 우국의 감정이 투영되어 나타나지만 광복과 6. 25는 동일한 의미역으로 결합되어 있다.

　　한 줄의 시를 사랑하다
　　꽃럼 산화한 그대의 묵은 엽서를
　　나는 아직 간직하고 있다

광란의 바람과 구름이 날뛰던 산하
단검 한 자루로 지키다가
하얀 나무 상자로 귀향한
그대의 운명을 나는 알고 있다

벌목처럼 쓰러진 목숨들
원혼으로 쌓인 제단 앞에서
피를 타서 마시던
격전지 戰史를
우리는 어딘가에 적어 놓고있다

———〈6월의 강〉에서

세계 국지전 사상 단 3년동안에 290여만 명이 죽은 비극의 기록은 세계 어디에도 없다한다. 이런 참담한 전쟁을 두고 오늘은 설왕설래의 철없는 말들이 하늘을 떠돈다. 무지가 목소리로 행세하는 이 땅에 6월은 붉은 발자국 때문에 천만 이산가족의 고통이 뒤따랐고 오늘도 이어지지 못하는 휴전선은 무심한 구름이 오락가락 기억을 잠재운다. 조국을 위해 꽃으로 산화한 젊음에 오늘은 무슨 말들이 그토록 장황한가? 또 무엇을 했다고 당당한 역사의 전면에서 논리없는 말들을 생산하는가? 모르는 자들은 안개를 걷고 모여앉아 역사의 진실에 귀를 기우려야 하고 역사의 피울음을 새겨들어야 하고 역사의 미래를 위해 고개를 숙여야 한다. '아직 간직하고 있는 묵은 엽서'에 새겨진 병사의 말들은 죽음으로 조국을 위한 목숨의 가벼운 의미가 아니라 조상에게 물려 줄 영광이었다면 죽어간 자의 운명은 아무런 의미가 없는게 아니라 오늘의 당신 가슴에 여울지는 우리들의 자화상이다.

역사의 능선을 지나왔다고 잊어서는 안될 기억을 살찌게 남겨두어야 하는 방도를 계산해야 한다. 이는 곧 오늘의 삶에 이유를 저장하는 진실한 의미가 되기 때문이다.

　'하얀 나무 상자로 귀향한 '슬픔의 터 위에 어머니의 눈물이 보이고 어린 형제들의 서러움이 보여야 한다. 이는 역사의 진실앞에 고개 숙이는 진리를 위해 죽어간 사람들의 소망에 의심해서는 결코 안된다는 뜻이다. 너는 무엇을 위해 죽을 수 있는 가를 생각한다면 죽어간 유월의 슬픔에 고개를 숙여야 한다.

> 누가 앗아갔나
> 광복의 기쁨에
> 하동처럼 날뛰던
> 그 날의 환희를
>
> 누가 짓밟았나
> 해방의 만세를
> 목통이 터져라 외치던
> 그날의 설렘을
>
> ——〈잃어버린 8월〉에서

　환희와 영광의 기쁨을 앗아간 자가 북녘 김일성이라는 점은 시의 내면으로 유추된다. 그의 야욕에 짓밟힌 광복의 기쁨이 처참한 비극으로 돌아왔었고, 南負女戴 피난길의 민족사는 추위와 굶주림에 갈 길을 몰랐고, 이유를 설명할 수 있는 논리는 끝내 마련되지 않았다. '무참히 살해 당한 8월'의 그늘 아래 우리는 다시 일어났고 또 희망의 언덕을 향해 매진하는 우리에게 날아온 소식 '지금 불볕 더위가 쏟아지지만\독재의 두목은 숨이 끊겼지만\아직도 대를 이은 독재의 땅\꽁꽁 얼어붙은 동토여' <동토여 깨어나라>를 부르짖는 조청호의 근심은 마르지 못하는 조국애로 남아있다.

빼앗긴 8월의 기쁨에서 잃어버린 6월로 남아있는 우리의 역사는 소용돌이와 근심이 새로운 모습으로 멀미를 앓고있는 즈음에 조청호는 망연한 가슴으로 노래를 파묻고 있다. 평화와 민주와 복지와 행복한 통일의 날을 위한 기도의 가슴으로……

6. 휴전선 그리고 통일을 위해

파스칼의 「팡세」중 「그는 강 건너 편에 살다」라는 구절이 있다. 너와 나는 같은 동족이지만 오직 강 건너 편에 살기 때문에 나는 여기서 너를 욕해야 애국자가 되고 너는 나를 욕해야 살아 갈 수 있는, 서로 강 건너 편에 산다는 죄목으로 분단 반세기의 아득한 강을 건너고 있다. 마음대로 건널 수 없는 휴전의 강, 이 강은 강이 아니고 금기의 線도 아니고 오로지 우리의 땅에 슬픔으로 지워진 운명의 갈림! 휴전선의 의미는 무엇인가? 여기에 우리가 겪고있는 현대사의 암울한 슬픔의 이야기가 있다.

> 안개가 포연처럼 깔린 여기
> 동강난 초토여
>
> 당신의 허리를 동여맨
> 녹슨 쇠줄
> 누가풀꺼나 누가 풀꺼나
>
> ——〈당신. 3. -휴전선에서〉중

이유를 말하기 전에 그리고 원인을 말하기 전에 왜 ?라는 말을 앞세워 돌아 보아야 할 일이 있다. 무엇 때문에 동족의 가슴에 총을 겨누는 일이 합당했는가? 그리고 그 명분이 설혹 민족의 통일이라 하더라도 동족을 죽음으로 몰아 넣으면서 통일의 의미는 무슨 뜻의 옷을 입는가? 너도 아니고 나도 아닌 오로지 같은 피를 나눈 자손으로 평화롭게 오손도손 살아갈 형제 자매 사이에 우리는 왜 강물이 흘러야 하는가를 물어야 할 뿐만 아니라, 그 해답은 잘못을 범한 자가 머리숙여 역사를 바로잡는 용기를 보여야 한다.

조청호의 물음은 엄정하다. '동강난 초토'를 '누가 풀꺼나'를 반복하는 애절함속에 만나야 한다. 승리자가 없는 싸움을 하고 있고 이유없는 전쟁에 이득을 주는 것은 우리가 아닌 주변의 타인들이 아닌가. 깨어나야 할 역사의 소명을 망각한 채 어디로 가는가를 묻는 공허한 말들이 헤매는 날 조청호는 '산새 우짖는 숲속에서\철망을 쥐여 뜯으며\피 엉킨 손목인 채\바람에 부대끼는 \당신의 허리를 감싼다'는 슬픈 고백에 마음을 저민다. 통일을 위한 첫사랑 같은 고백을 남기면서……

소리없이 외치는
온전한 임의 음성으로
한 몸
한 마음
활짝 핀 꽃
탐스런 열매이고 싶네.

───〈당신. 2. ─통일을 그리며〉에서

기다림을 심는 지리한 세월속에서 기다림은 점차 키가 작아지고 소식은 자꾸 뒤틀리는 어긋남에 조바심은 커지는데, 어찌해 홍정으로 민족의 진실을 왜곡하면서 먼길을 고집하는지 역사는 무정한 표정으로 자꾸 접어진다. '전쟁 잊은 나무들의 마비된 자유\경매장에 걸려있는 너의 몰골을\차마 볼 수가 없다' <휴전선에서>와 같은 일그러진 얼굴로 역사의 거울을 대면하려는 우리의 처지는 이제 통일이라는 표정을 위해 마주앉아 그리움을 포개는 노래를 합창해야 할 길만 있어야 한다. 이런 주장을 펼치는 조청호의 가슴은 푸른 역사의 언덕을 그리워하면서 통일의 메아리를 생산하는 노동을 마다하지 않는 끈질김에 그의 시는 가락이 실린다. 그것이 설혹 먼 길이더라도 노래의 가락은 언제나 변함없이…… 그렇게 조청호는 군인의 노래를 부른다.

7. 우국애

시인은 뜨거운 가슴을 가진 존재이기에 진실의 노래를 만든다. 여인과의 사랑에서 이유를 말하지 못하듯 시인은 시를 쓰는 이유를 말하지 못한다. 마치 군인이 나라를 사랑하는 이유가 있어서 죽음을 짊어지고 다니지 않듯, 따지고 설득하는 것과 시를 쓰는 이유와는 별개의 것이다. 사랑은 다만 사랑함으로 이유를 삼을 수 있고 사랑함으로 사랑의 힘을 터득할 수 있다면 시인은 곧 군인의 길과 같은 보조를 맞추는 엑스터시의 사람이다. 조국에 생명을 바치고도 이유가 없는 것처럼……

> 달구지가 가고
> 대형 추럭이 지나가도
> 잡초는 산다
> ……락……
> 이 땅 곳곳에
> 휘몰아치는 바람 뿐
> 살을 에이는 추위 뿐
> 잡초마저 없다면
> 아무리 고통스러워도 사랑을 노래하고
> 조국을 부둥켜 안을 시인마저 없다면.
>
> ——〈잡초와 시인〉에서

잡초는 누가 알아 주거나 혹은 화려한 외출을 준비하기 위해 자기를 내세우는 속성이 아니다. 춥거나 덥거나 오로지 하나의 목표를 위해 헌신하는 자세-조청호의 시적 진실을 이런 잡초의 기질에서 앞자리가 아닌 뒷자리를 선택하면서 살아가는 의지의 표백을 눈여긴다. '잡초마저 없다면'에서 스스로 잡초이기를 자청하는 겸손과 고개숙인 모습 -누구나 화려한 장미가 되고 싶어하는 세상에서, 또 누구나 앞서 가기를 다투는 세상에서- 조청호는 그의 순결한 영혼을 모아 조국을 안고 사랑노래를 부르는 고행을 마다하지 않는 근엄함을 그의 시는 손짓으로 다가오고 있다.

8. 마무리

군인의 삶은 시인의 정신과 상통한다. 이는 진실과 사랑의 순수함을 용해하여 아름다움을 지향하는데서 순백한 자화상을 그리는 것도 그렇고 몸바쳐 헌신하는 祖國愛의 정신에서도 그렇다. 한 편의 시가 의미를 生成하는 것은 어떤 代價를 위함이 아니고, 사랑의 순수함을 위한 헌신에서 군인의 조건없는 조국애와 일치한다. 조국을 위해 목숨을 바친 무명용사의 무덤 앞에 역사의 의미와 미래를 노래하는 조청호의 가슴은 항상 뜨거움을 용해하면서 우국의 혼을 부르는 엑스터시의 경지를 시의 깊이로 바꾸는 고독한 유레카(Eureka)의 시인이다.

10. 시와 사람의 등가성

—전용진의 시—

1. 시와 사람

시는 사람만이 이해하고 소유할 수 있다는 점에서 인간적인 특성과 연결되고 또 지성적인 산물이라는 점에서 독특한 자리가 있다. 아울러 고민할 줄 알고 사랑할 줄 아는 인간에 의해 시의 자리는 마련될 뿐만 아니라 시의 빛나는 의상을 화려할 수 있게 된다.

시를 사람만의 산물이라는 점은 인간이 갖춰야 할 제반 특성을 용해하여 언어의 미학을 도출할 수 있을 때 비로소 그가 빚어내는 시의 의미는 화려한 변용의 미학으로 인간을 특성화할 수 있다는 말과 같아진다.

시는 사람이라는 체취를 떠나서는 존립의 길을 만들 수가 없다. 이는 인간의 숨소리가 가파를 때는 시의 품격도 허기진 이름으로 남고 또 행복의 미소를 날릴 때는 시의 환한 빛이 환상미를 불러오는 것도 인간과 시의 상관이 필연적이라는 점에서 떼어놓을 수 없는 이름으로 남기 때문이다. 그렇다면 시는 곧 시인 자신으로 가는 문을 열 수밖에 없는 숙명적인 상관이라는 점에 예외를 두지 않게 된다. 여기서 시와 인간의 관계는 절대의 논리에서 여백을 인정하지 않으려는 발상으로 시인은 시에 경외를 보내야 하고 시는 시인 자신으로 돌아가는 점에서 시는 영원한 정신의 높이를 지향하는 특성을 갖게 된다. 만약 시가 높이를 갖지 못한다면 시인과 시의 관계는 단절로의 소원한 경우로 떨어지게 된다. 여기서는 감동이라는 부산물—시의 전 목적은 여기에 있을 뿐이다. 감동은 시가 갖는 모든 것을 함축하는 점이다. 이런 전제는 인간의 전 사상이 시의 의미로 전환하는 언어와 비유 혹은 상징의 총체적인 특성과 일정한 비례를 이루면서 한 작품은 생산되기 때문이다.

전기학 박사 전용진을 만난 것에 기억을 축적하고 있는 것은 그가 여느 시인들과는 다른 영역에 관심과 체험이 독특한 시를 빚을 수 있다는 최초의 인상이었다.

현실을 일정한 간격으로 떨어져서 사물을 바라보는 다소의 황당성과 모두가 가는 길을 외면하려는 듯한 도발성과 다소 어눌하지만 자유주의적인 분방한 기질 등의 인상이 문단으로의 길을 재촉하는 계기가 되었다. 그러나 한 권의 시집을 엮으려는 총체성에서는 만족보다도 「더」라는 수식사를 앞세우는 것도 숨기지 않으면서 그의 정신을 조감하는 논지를 재촉한다.

2. 길 찾기의 모습들

인간의 삶이 어디로 가야 하는가는 살아 있는 존재가 마련하는 의문으로써 삶에의 다기한 갈래들이 엮어진다. 이는 한 인간이 살아가는 길 몫에서 만나는 경험들의 총체성이자 삶을 이루는 다양한 날줄과 씨줄로의 무늬를 형성하고 있다는 점에서 표정을 바라보는 이유가 있게 된다. 그 최초의 만남은 자화상을 점검하는 일로 시작된다.

1) 자화상 그리기

스스로에 얼굴을 바라보고 만족하는 사람은 나르시스의 나른한 도취에 떨어진 사람일 것이다. 그러나 스스로의 얼굴에서 **흠집**을 발견하고 이를 고민하는 사람은 미래를 짊어질 수 있는 가능성이 있다. 도취란 마비이고 마비는 현상을 직시할 수 없다는 점에서 현실의 모사는 될 수 없다. 전용진의 자화상은 다소 거만하고 고와적인 모습인가 하면 시니시즘의 일면도 들어 있다.

> 건너방에는 나의 꿈(문학)이 매달려 있고
> 부엌 방에는 나의 현실(공학)이 매달려 있다
> 그러자 꿈과 현실이 서로 만난다
>
> 부엌 방의 자화상
> 건너방을 넘나보자
> 건너 방에 있던 시인은
> 즐거운 잠에 빠져 있다
> ……약……
> 그러자
> 부엌 방에 있던 그 자화상
> 천천히 건너방으로 넘어 온다.

——〈자화상〉에서

공학과 문학의 만남이라는 부제가 있는 작품으로써 전용진 스스로를 시화하고 있다. 부엌은 생활을 꾸리는 전기공학이라는 방편이고 건너방에 있는 존재는 이방인이 아니라 문학으로의 꿈을 실현하려는 열망의 또다른 이름인 셈이다. 건넌방에 이방인은 꿈에 빠져 있고 부엌 방에 있는 현실은 꿈과 조우하려는 발상으로 발길을 옮기는데서 전용진의 문학에 대한 열망은 20여년이라는 길이를 셈하게 된다.

문학의 땅은 모든 것을 수용하여 용해하는 점에서 공학이나 경제 혹은 정치라는 분야조차 포괄되는 특징이 있기 마련이다. 공학이 문학을 만나면 섬세하게 되고 문학의 땅 또한 광대한 공간을 형성하게 된다. 문학의 임무는 상상력을 바탕에서 출발하고 공학은 냉엄한 이지와 精緻한 과학성을 요하지만 상상력의 바탕을 잃게 되면 공학은 공허한 화석이 되기 때문에 과학은 언제나 상상력의 예술적인 조력을 받아야만 변경을 넓힐 수 있다는 점에서 유연한 공학의 세계를 구축하게 된다. 결국 전용진의 공학과 예술의 만남은 이상한 관계가 아니라 오히려 가장 바람직한 결합이라는 자부심이 남는다.

　　　　꿈과 술에 취한 두 사람이
　　　　山頂을 향해 가고 있다.

　　　　꿈은 理想이라고
　　　　술은 現實이라고 중얼거리며......

　　　　　　　　　　　　　──〈꿈과 술〉에서

　　물론 앞의 시를 접하고 난 뒤에 <꿈과 술>은 따로된 의식이 아니라 하나의 의식으로 연결된 것이라는 점을 이해하게 된다. 그렇다면 도취의 현실을 술로 환치한 이면에는 현실의 어지럼이 들어 있고 비틀거리는 삶의 고단함을 표백하는 의도가 스며 있다. 그러나 꿈이라는 단아함을 술과 연결할 때 현실과 꿈의 거리는 한층 밀착된 의도를 만나게 되면서 꿈과 술에 취한 사람은 둘이 아니라 시인 자신으로 '산정을 향해 간다'라는 단일성으로 연결되면서 시인의 의지를 유추하게 된다. 이 둘이 하나로 만나면 무엇이 될까? 이런 해답에 '그 다음번 오른 산정에서는\꿈과 술이 어우러진 시끄러운 斷末魔가 들려 온다'라는 홍청거림의 소리로 전달된다. 소리란 공간을 일정하게 점하는 것이 아니라 이동으로의 「있음」을 확인하는 절차를 나타낸다.

> 내 자신이 만든 나의 王國에는
> 찬반 토론도 없고 잡념도 없다
> 거지도 많이 살고 부자도 많이 산다
> ……약……
> 누가 뭐래도 나는 나 자신의 王國
>
> ──〈나의 왕국〉에서

　전용진은 스스로의 왕국에 대단한 자부심과 신념을 가지고 있다. 四季를 통해 단단해진 스스로의 모습을 위해 생명의 존엄을 지키면서 개성을 유지하기란 至難한 일이지만 자기 성의 城主로 군림하려는 의도는 삶에의 확실한 터전을 가진데서 나오는 발성일 것이다. 그렇다면 성주의 마음속에는 무슨 꿈을 꾸면서 혼란한 세상을 조감하고 있는가?

> 보퉁이를 울러 맨 송전선 위의 참새가
> 온 세상을 내려다본다
> 붉은 옷 입은 사람, 푸른 옷 입은 사람, 흰옷 입은 사람
> ……약……
> 대지에도 닿지 못하는 송전선 위의 참새가
> 가냘픈 날갯짓으로
> 평화를 갈구하며 졸고 있다
>
> ──〈송전선 위의 저 참새는……〉에서

　송전선 위에 있는 참새는 누구일까? 아마도 시인 자신의 모습으로 인식되면서 ─낙하와 비상 그리고 삶과 죽음을 생각하는 상념에 잠기면서 인생의 깊이를 관조하는 모습으로 보인다. 물론 자신을 찾는 작업이면서 타인의 삶을 높이에서 바라보는 관망자의 오연한 태도일 수

도 있다. 그러나 여러 색깔의 옷을 입은 사람을 구분할 줄 아는 혜안으로부터 낙하와 비상이라는 유영의 방도를 생각하는데서 전용진의 상념은 '붉은 눈물을 흘리며\자신의 장래를 생각한다'에서 스스로의 성안으로 조용히 귀환하려는 듯한 조짐을 보이고 있다.

2) 이질성 바라보기

서로 다른 것을 바라보는 것은 흥미로운 일이다. 동류항보다는 이질성이 흥미를 자극하는 것은 이질성에서 만나는 짜릿함과 신비함이기 때문이다. 전용진은 서로 다른 상황을 분리하는 것보다는 하나로 통합하려는 눈을 가진데서 다름이 있다. 이는 마이너스와 플러스가 결합하여 빛으로 변하는 전기의 이치와 같을 것이다.

> 비는 우산을 부르고
> 우산은 비를 부르고…
>
> ——〈비와 우산의 상관관계〉에서

비와 우산은 필요를 가질 때 하나로의 소용을 갖게 된다. 그러나 서로 다른 이질성은 곧 조화로의 뜻을 가질 때 우산은 비를 필요로 하고 비는 우산의 존재를 인식하게 된다. 이런 인식 관계는 서로 다른 존재 속에서 자기를 견지하는 절차를 가질 때 '부르고, 부르고'의 애절함이 전용진의 의식으로 침투될 때 여자와 남자라는 비유와 상통해진다.

인간은 저마다의 갈증으로 살아가기 때문에 서로가 서로의 필요를 부르는 일이 계속되기 때문에 이질성에서 필요를 찾아가는 갈증이 남고 있다. 물론 갈증은 필요를 인정하는 최초의 조짐으로 시작된다. 이리하여 비와 우산은 기다림을 심게 되고 또 하나로의 통합을 위해 비는 우산으로의 낙하를 즐거워하게 된다. 그렇다면 필요라는 뜻은 무엇으로 남아야 하는가를 충족하는 해답이 준비되어야 한다.

> 거울이 그대를 비추일 때는 반사되지만 거울이 아인슈타인을 비추
> 면 반사되지 않는다 그 원리는 거울에서 생겨나고 거울의 파격적인
> 대우가 그때부터 시작된다 그것이 반사되는 것만으로도 낭만적이나
> 그것이 반사되지 않는다는 사실을 알고 부터는 슬픈 역사가 이루어진
> 다

──〈아인슈타인의 거울〉에서

거울의 속성은 있음을 있음으로 인식 한데서 거울로의 존재 가치가 있지만 전용진의 거울이 아인슈타인에 이르면 반사되지 않는 특이성 —여기서 존재의 비극이 자리한다. 그러나 이런 비극은 오히려 아인슈타인을 높은 자리에 올려놓을 수 있는 이유가 보편적인 인식을 형성할 때 전용진만의 정신세계가 확립된다. 똑같은 사실을 비극으로 인식하는 것과 그렇지 않은 것의 차이는 곧 비극이다. 이는 정신의 층위가 균형을 이루지 못했다는 점에서 거울과 거울의 차이를 하나로 통합하려는데서 높이로 향하는 인식의 방도가 나타난다. 이질성이 아닌 동질성으로의 사고는 인식을 달리했을 때 흑과 백 그리고 비극과 행복조차 분리하는 것이 아니라 하나의 인식이 되는 셈이다.

3) 운명이라는 줄

운명이라는 말은 어둠의 迷妄에서 파생되는 암시일 것이다. 주인공 스스로를 이해하려 하지만 이해할 길이 망연할 때 운명의 줄에 이끌리는 길이 넓어진다. 여기엔 시간이라는 무변의 벌판이 자리잡고 있어 어디로 향해야 할 것인가의 여부가 미지수로 입을 벌리고 다가든다. 다시 말해서 어찌할 수 없다는 처지에서 운명이라는 어둠의 캔버스는 주인을 기다리게 된다는 뜻이다.

어둠이 둘러쳐진 망연한 벌판에 시간이라는 재촉의 그림자가 **따라**
붙으면 공포심은 더욱 기승을 부리고 발길은 무거워지는 처지를 인식
하게 된다. 두려움의 그림자가 길어지면 인간의 의식은 다시 위축되는
순간으로 자기를 만나려 한다. 여기서 운명의 함정은 시작된다.

> 운명을 조이는 시계가
> 나의 손목을 감고 있다
> 시계는 시계 줄에 의지하며
> 운명은 시계에 의지한다
> 새벽에 달려오는 촌음(寸陰)이
> 오후에는 수명을 재촉하고
> 모든 시계들이 잠들려 해도
> 나의 시계는 잠들지 않고 있다
> 내가 불러들인 시계는
> 나를 조롱하고
> 시계가 불러들인 시계 줄은
> 나의 목을 조이고 있다
>
> ──〈손목시계〉

시간이란 우주에 존재하지 않는다. 다만 인간이 만들어 놓은 개념에
포로가 되어 다시 시간의 줄에 이끌려 가는 비극을 경험하고 있을 뿐
이다. 그러나 인간은 시간을 알기 때문에 비극이지만 이 비극은 곧 인
간의 위대한 문화를 이루는 동력이 시간에 있음도 사실이다. 다시 말
해서 시간을 인간의 의식으로 만들어 놓고 다시 시간에 포로가 되어
끌려가는 운명이 인간의 행복이자 모순의 비극과 맞닿고 있는 셈이다.
'운명을 조이는 시계' 앞에서 손목을 감고 있는 줄에 이끌려 가면서
모든 시계들이 잠들려 해도 '나의 시계는 잠들지 않고 있다'라는 의지
를 내세워 운명의 공간을 벗어나려는 시도를 계속하는 전용진의 운명

은 시간의 목조임으로부터 자유를 찾으려는 무한 공간의 주인이 그의
시적인 이상의 푯대가 되고 있으나 그 해답은 망연함으로 접근된다.

> 날품팔이 아저씨 먼 하늘보고 있다
> 광대같은 놀음에 눈물짓고   서 있다
> 그를 데려갈 주인들은
> 그들의 굵은 손가락을 탐내고 있다
>
> ——〈날품팔이〉에서

  인간의 생은 팔려가기를 기다리는 날품팔이와 다름이 없을 것이다.
선택의 조건은 주인이라는 사람이지만 살아가는 데서의 주인은 누구
인가? 미지의 인간사를 함축하는 운명의 선택은 초조로운 일이고 삶
의 조건을 충족하는 길은 저마다의 필요에 따라 선택의 행운이 기다
리고 있을 뿐이다. '굵은 손가락'은 노동의 현장 조건이라면 피아노의
연주는 이와는 다를 것이고 또 섬섬옥수의 운명은 야들한 선택으로의
소용이 있을 것이다. 운명은 저마다의 소용처에 따른 조건이라면 인간
은 저마다의 필요를 찾아 방랑을 계속하는 것이 인간에게 부여된 운
명이 아닐까
  운명은 삶의 미망을 연결한다. 어디로 가야 하는가를 알지 못하는
어둠 속에서 길을 찾아가는 일이 사는 일의 모두가 된다면 어둠의 밭
은 언제가 기다림으로 연결되기 때문이다.

> 안개 주의보도 모르는
> 새들이
> 안개 속에서 헤매고 있다
> ……약……
> 아무리 기다리고 기다려도

안개주의보 해제 소식은 없다

——〈안개주의보〉에서

알고 가는 길보다 모르고 가는 안개 길의 어둠을 헤치는 일이 다반사의 인간 운명이다. 구름 속에서 벗어나지 못하는 미로의 길을 헤매이면서 때로는 밝은 길로 쾌속 행진을 할 수도 있고 때로는 어둠에서 헤매는 슬픔을 경험하기도 한다. 안개가 걷히기를 소망할지라도 안개는 인간의 마음을 헤아려 주지 않고 끝없는 선택을 강요한다. 이처럼 멈추지 않고 행로를 진행할 때, 인간은 소망의 달성에 이르게 되면 성공이라는 이름을 헌상하게 된다. 그러나 실패라는 편에서는 절망의 어둠에 젖어야 한다. 그러나 전용진은 어둠에서 빛을 절망에서 희망을 그리고 미망에서 질서를 찾아 나서는 문법을 시의 요체로 설정하고 詩路의 임무를 수행하고 있어 안도감을 준다.

4) 창조의 길

창조는 어머니라는 이름에서 비롯된다. 모태라는 공간으로부터 생명의 비롯됨이 시작되고 삶의 원형이 숨쉬는 자리로 창조의 길은 엄숙한 시작을 알리게 된다. 마치 천둥과 번개가 시작의 조짐을 알리는 것처럼 균열의 틈새를 뚫고 얼굴을 내밀게 된다.

천둥 번개가 치는 밤
배꼽따기 놀음이 시작된다
요동치며 진군하는 배꼽의 아이가
탄생을 예고하고 있다

——〈배꼽따기〉에서

배꼽 따기라는 희화적인 줄을 타고 생명의 진군이 시작되고 삶의

자리가 펼쳐진다. 줄에 이어진 생명의 이름이 줄을 끊어야만 다시 소
생의 길로 다가드는 상징— 버림으로 얻어지는 이치를 터득해야 하는
것과 손을 잡고 있다. 전용진의 창조는 요동치는 예비를 거쳐 엄숙한
이름을 토해 내는 자연의 원리에 근접함으로 시의 비유와 상통해진다.
고통을 지불하고 살아나는 탄생의 경우가 시의 창조와 같은 궤도를
선회하는 셈이기 때문이다.

> 떠오르는 태양빛 속에서도
> 지워지지 않는 어머님의 눈물은
> 짠맛인가요 매운 맛인가요
> 푸른 달빛 아래
> 홀로 정화수 떠놓고
> 눈물 삼키는 광경을 누가 보았는가요
>
> ——〈어머님의 눈물〉에서

밝은 날이거나 어둠이 짙거나 어머님의 염려는 항상 근심이 이어지
는 이름으로 산다. 이를 어머님의 사랑이라 말한다면 사랑은 고통을
지불하고 얻는 셈이다. '푸른 달빛 아래\홀로 정화수 떠놓고\눈물 삼키
는 광경을 누가 보았는가요'에서 어머니의 자애를 받고 살아온 전용진
의 의식 속에 따스한 눈물의 의미를 시와 접맥하는 이치를 알고 있다.
이런 마음의 넓이는 살아가는 방법을 터득하는 원동력일 뿐만 아니라
시와 삶을 결합할 수 있는 에너지가 되었고 생의 깊이를 천착하는 동
력으로의 작용을 계속하게 된다. 전용진의 많은 시에 어머니의 내음을
잊지 못하는 눈물과 추억은 창조의 맥을 짚어 나가는 의미를 깨우치
고 있다. '어머님의 초상화가\벽위에 걸려 있다'<초상화>에서 항상 곁
을 떠나지 못하는 말씀으로의 작용을 지금도 계속하고 있기 때문이다.

3. 마무리에서

　전용진의 의식은 모더니티의 기법과 사물을 통찰하는 시선이 치밀함을 바탕으로 대상의 명확한 특징을 포착한다. 이런 현상은 그가 살아온 삶의 방법론과 상통하는 점으로 체험의 시화를 특색으로 삼고 있다는 점이 된다. 특히 산문시로서의 특징을 발휘할 수 있는 길이 넓게 보이고 그런 특징을 살린다면 전용진의 시는 확실한 개성으로 보일 전망이다. 그러나 다소 진술적인 점과 언어의 함축미를 더욱 긴축적으로 운용해야 한다는 조언도 잊지 말아야 할 부분이다. 오늘보다는 내일이라는 다짐으로 더욱 좋은 시의 성주가 될 것을 믿어도 좋을 것 같다.

제3부 의식의 그림 그리기

1. 별 그리고 순수의 그림그리기
—차성욱의 시

1.

　예술은 인간의 의식을 포장하면서 美感을 자극하기 위한 수단으로 필요를 주장한다. 아름다움이란 꾸미기라는 형태가 아니라 진실을 순수하게 표출할 수 있을 때 이 또한 미적인 감흥을 자극하는 길이 될 수밖에 없다. 진실하다는 것은 격리된 혼자만의 독선적인 함량이 아니라 공존의 세상을 이해할 줄 아는 —인간의 의미를 터득한 사람에게서 나오는 품성일 수도 있다. 혼탁한 세상에 가쁜 호흡을 해보지 않는 사람은 순수라는 의미를 알지 못하고 또 참담한 고독의 너울을 맛보지. '않는 사람에게서는 생의 의미를 건져 올릴 수 없다는 것은 당연한 일이다. 하여 인간의 땅에서 체온을 나누는 사람의 정감을 용해하여 즐거움과 슬픔을 넘어온 사람에게서 울어 나오는 시는 진솔함으로 감동을 전달할 수 있고 투명하기 때문에 자극을 줄 수 있을 것이다.

　한 권의 시집에는 그 시인의 총체적인 인생이 들어 있어—그의 사상과 삶의 이력 혹은 지나온 발자취들을 추적하는 단서들이 포진해 있기 마련이다. 결국 심리적인 흐름이 시적인 언어로 변용 되어 독자의 심성을 자극하는 언어가 될 수 있게 되는 절차를 갖는다. 이제 차성욱의 의식이 어떤 경로를 통해 그의 생각을 어떻게 **詩化했**는가를 추적한다.

2. 의식의 상승 이미지

인간이 살아가는 공간에는 두 가지의 구분이 마련된다. 삶을 구체적으로 수행하고 있는 지상의 이미지—여기서 삶의 애환을 경험하면서 상승의 이미지로 향하는 —하늘이나 별 혹은 빛으로의 이미지를 동원하여 시인의 의지를 보여주는 형태를 취한다. 차성욱의 시는 별이나 빛으로 향하는 구체적인 암시를 하늘로 나타내고 있다.

나 자신에게 내리는 준엄한 명령
'하루에 한 번 하늘을 보라'

앞만 보고 달려가는 단조로운 일상
하지만
끝이 있는 하늘
흘러가는 구름
부초처럼 떠가는 삶의 무게를
하늘에 띄운다

빈 가슴에
하늘을 품고
하늘 안으로 깊숙이
깊숙이 들어가
하나가 된다

——〈하루에 한 번 하늘을 보라〉

하늘이라는 이미지는 진실 혹은 진리 또는 변함없는 종교심의 일단으로 유추할 수 있는 시어이다. Cyan의 색감으로 나타나는 하늘은 인간의 정서를 구원하는 마지막 의지처로 인식될 때 선택할 수 있는 가장 진실의 뜻을 나타내면서 하늘에 경외감을 보내는 것이 인간의 심성이다. '하루에 한 번'을 강조하여 「하늘」을 보라는 명령은 자기 자신에게 신념을 다짐하면서 삶의 일상을 좀더 새롭게 변해 보려는 뜻을 확인하기 위해 던지는 화두이기 때문에 마지막 3연에서 '하늘 안으로 깊숙이\깊숙이 들어가\하나가 된다'의 동화에 이르게 된다. 다시 말해서 하늘은 진리의 좌표가 되기 때문에 2연에 와서는 삶의 무게를 하늘에 띄우고 3연에서는 하늘과 동화하려는 「하나」로의 길에 스스로의 운명을 투척하는 형태로 하늘이 중요한 이미지를 포괄하는 셈이다. 결국 차성욱은 지상의 이미지에서 하늘로 지향점을 마련하여 의식의 전개를 촉진하는 절차를 취하고 있다.

> 푸른 잔디밭에
> 은하수 흐르는 밤
> 별빛을 받으며
> 우리 네식구 오순도순
> 못다 이룬 꿈 이야기 할
> 그 날
>
> ──〈남은 날들의 초상 1〉에서

아마도 시인의 가족—그 중에서 딸에게 소망을 표현화는 시 같다. 최선을 다한 모습으로 우뚝 서 있기를 소망하는 아버지의 뜻을 나타낸 시이지만 '별빛'의 영롱함으로 살아가기를 소망하는 아버지의 마음은 별에 순수와 투명을 용해하는 뜻에 초점을 맞추는 정서가 부드럽다는 점이다.

<남은 날들의 초상 1>은 별이 꿈으로 변용 한다면 별은 지상의 어떤 가치보다 우선하는 마음을 보이는 것이 차성욱의 내면 정서를 이루고 있다. 즉 별에 순수를 투척하여 스스로를 증명하기 위한 수단으로 상징되는 시어가 되고 있다.

> 별장을 가진 이는
> 별장에서 살고
> 별장이 없는 이는
> 별에서 산다
> ······ 약······
> 별은 별장보다
> 더욱더 아름답다
>
> ──〈別莊〉에서

별장은 일반적인 주거가 아니라 사치와 이방성을 느끼는 개념이 가깝다면 이런 이방성에서 별은 천상의 가치로 인식된다. '더욱더'라는 고귀성을 강조하면서 별에 시인의 마음을 맞추는 것은 결코 가진 자의 오만을 동정하는 것이 아닌 하늘의 별이 있는 그대로의 가치를 강조하기 위해 별장과 별을 이분적으로 대조하면서 빛으로의 따스함을 강조하는 것이 별에서의 이미지가 된다. 이런 이미지는 곧 시인 자신의 정서가 초점을 이루는 공간이 된다는 암시를 함께 가지고 있다.

어떻든 차성욱은 천상의 별에서 고귀함과 빛으로의 따스함을 그리고 순수를 말하기 위해 선택한 시어가 별로 집약되고 있다.

3. 존재의 변증

　살아 있다는 것은 변화하는 것이고 변화하는 것은 다양한 표정을 연출하기 때문에 아름다움을 느끼게 된다. 차성욱의 시에서 가장 많은 빈도의 시어가 존재라는 형태로 모아 든다. 이런 면은 그가 삶의 문제에 시달리거나 아니면 삶을 숙고하는 태도가 진지하다는 양면성을 느끼게 하는 부분이다. 왜냐하면 주요한 관심은 항상 겉으로 들어내려는 속성을 갖고 있기 때문이다. <인간 군상 2>에서 여러 모습들의 인간 군상의 양상이 무질서에서 질서를 지향하고, <남은 날들의 초상 2>에서는 인간의 공존애를, <인간 군상 1>에 삶의 해석을, 삶의 동적인 의지를 나타내는 <결단> 등 많은 작품에서 살아가는 모습을 상징의 그물로 포착하고 있다.

　　山을 오르자

　　넘어지고 깨지고
　　쓰러지는 한이 있더라도
　　산을 오르자

　　정상은 존재하는 것
　　집념으로 한발 한발 오르자

　　구름이 발아래 머물고
　　어느새 정상에 올랐다

　　그리고 下山하였다

　　　　　　　　——〈집념〉

산은 인간의 삶에 구체적인 좌표이자 살아가는 삶에 높이를 뜻한다. 날마다 산을 오르지만 그 산은 결코 멈추기를 허락하지 않는 되풀이의 반복으로 정상을 향해 떠나는 길을 재촉하지 않을 수 없는 것이 산의 비유이다. '산을 오르자'라는 청유형으로 시작한 산은 한발 한발 옮기는 사람에게 항상 정상의 도달점이 있다는 의미에서 전환하는—정상에 이르면 다시 내려와야 한다는 겸손으로 시의 의미를 마무리하게 된다. 어떤 목표를 달성하면 이내 하산을 서둘러야 하고 —정상에 오래 머물 수 있는 인간은 없기 때문이다. 이런 인간의 운명은 선택이 아니라 필연의 진행이기에 높이는 높이가 아니라는 의미가 된다. 삶의 모습도 산을 오르고 내려오는 이치와 같다는 점에서 상징적이다. 정상을 오르면 내려오지 않을 때 만나는 불행의 경우는 명백한 교훈이기 때문이다.

미지의 대상에 흔들리는 것 같은 위험이 다가올 때 인간의 반응은 대체로 정면으로 맞서는 투사적인 면과 순응하는 형으로 나누어진다. 차시인의 경우는 전자이기보다는 오히려 후자 쪽에 가까운 태도를 보인다. 이는 나약하다거나 위험하다는 뜻이 아니라 순박한 성품에서 오는 情感의 이유로 보인다.

　　사납게
　　사나웁게
　　휘몰아쳐 솟아오르는
　　바람의 반란
　　들개 바람을 보았다
　　……약……
　　마음의 강에
　　바람이 인다

늘 회오리가 맴도는
내 인생

　　　　　　　——〈狂風〉에서

　시는 시인의 정신을 응축하는데서 상징적이고 또 이런 절차는 항상
시인의 마음을 낯설게 하기라는 방도로 비유나 은유의 기교적인 방법
을 동원한다. 차시인의 정신은 회의적이면서도 새로운 세계에 대한 동
경을 갖고 있지만 그런 구체적인 조짐이 행동으로는 전이하지 않는데
서 문제를 내포한다. 이는 '마음의 강'에 '늘 회오리'가 일렁이는 형상
들이 광풍을 일으키는 회오리를 염원하지만 정작 피흘리는 행위로 옮
아가기에는 방법이 없어 보인다. 이런 일의 또다른 증거는 <벽 하나를
넘지 못하고>라는 유약함—벽은 삶의 좌표로 설정되었지만—'희망'은
한없이 멀기만 하다' 라는 조건에 꿈만으로 대응하는 형태에서 추론이
가능해진다.

　그러나 인간은 자연 가운데서 가장 유약한 존재—한 방울의 물로도
인간의 생명을 앗아갈 수 있고 한가락의 연기로도 인간의 생명을 단
절시킬 수 있지만, 인간의 위대성은 지혜—이성이라는 지혜의 힘에 의
해 靈長으로 군림하는 특성을 가지고 있다. 악마 메피스토펠레스의 유
혹에서 끝내 벗어나는 괴테—인간의 승리는 곧 이성과 지혜의 깨달음
에서 밝은 빛을 쟁취할 수 있었기 때문이다.

　차성욱의 의지는 마치 마지막 스퍼트를 감행하는 의지로 <결단>을
준비하고 있어 안도감을 준다. 그 구체적인 조짐을 아래 시로 구체화
한다.

詩를 쓰자
불현듯이 일어나는 충동

정신적 여유와 시간을 박탈당한
건조한 삶은 정말 싫어

이젠 술을 마셔야지
잃어버렸던 낭만도 찾아야지

눈을 뜨자
하늘을 보자
먼 여행을 떠나기 전 날밤
큰 가방을 준비하는 마음으로
짐을 꾸리자

――〈결단〉

　결단의 원인이 '건조한 삶'을 벗어나기 위한 일이고, 여기서 술이나 낭만을 자제하였던 지금까지의 상황을 역전하려는 發心으로 '큰 가방'을 꾸리면서 여행을 떠나려는 작심을 하게 된다. 이는 정신적인 여유와 시간을 되찾으려는 의지의 표현 때문에 '눈을 뜨자'와 '하늘을 보자'라는 청유적인 조건을 내세우면서 답보의 현재를 일신하기 위한 조짐― 새로운 미래로 향하려는 신념의 공고화라는 점에서 변화를 준비하는 자세를 보인다.

4. 空 혹은 비움과 채움

　허무라는 말은 동서양을 막론하고 삶을 해석하는 본질로 남는다. 허무를 반복했던 성경 구절이나 空即色이요 色即空이라는 불가의 가르침 등 한결같이 허무적인 이름으로 살아가는 일의 종착을 설명하고 있다. 차시인의 경우도 이런 비움과 채움의 반복을 주요한 시적 모티브로 삼으면서 형이상학적인 깊이를 표현하고 있다. 그러나 종점은 항

상 허무라는 이름에 모습을 감추는 일—이것이 인간의 살아가는 본질
이라는 점에서 무거운 철학의 세계를 방황하게 된다.

있음으로 비롯되고
내어 주고 비움으로
공존하는 너와 나
공유되는 나의 너

————〈空〉에서

있음은 없음의 시작이고 없음은 또 있음의 비롯됨이라는 뜻은 동양
적인 사상의 근저였다. 가령 노자도 '얼굴 없는 얼굴, 소리 없는 소리'
는 道의 출발이었고 돌아가는 길이라는 점에서 있음과 없음은 아무런
의미도 갖추지 못하는 일이다. 실재하는 것 혹은 확실히 존재하는 것
은 언젠가 비움의 큰 입으로 들어가고 또 채움의 일도 이런 공간에서
비롯된다는 것은 인간의 살아 있음과 죽음이 교차하는 일과 같을 것
이다. 죽음에서 부활을 기다리는 것도 같은 이치인지 모른다. <하느님
께 빚만 지고 떠나갑니다>처럼 소유하는 것이 아니라 비우는 것이 곧
살아가는 일의 본질이라는 점에서 명상적인 길을 걷고 있는 시인의
마음은 더욱 깊어지는 것 같다. 다음 시는 더욱 명료한 인식의 일단을
보여주는 작품이다.

왔다 갔다
갔다 왔다
우리는 모두
가서 머물지 못하고
되돌아온다

————〈괘종시계〉에서

1. 별 그리고 순수의 그림그리기 331

「왔다」가 가는 것과 「갔다」가 오는 것과는 인간의 개념으로는 다를지 모른다. 왔다는 현재 혹은 현실이고 갔다는 과거라는 시간의 함량이 더욱 많기 때문이다. 인간은 현실을 향유하는데서 허무를 인식할 수 있지만 갔다에서는 허무라는 구분조차도 필요 없는 개념이 된다. 허무를 깨닫는 것도 존재라는 형체를 느끼는데서 오는 것처럼, 살아 있는 사람의 호흡에서부터 인식의 문을 열게 되기 때문이다. 궁극적으로 인간사의 모든 것—정치도 경제도 역사도—모두가 왔다 가는 시계의 추와 같다는 인식으로부터 차성욱의 명상적인 세계는 인간 존재의 마지막을 확보하는 없음에서 있음으로 돌아눕는 길을 깨닫고 있는 것 같다.

5. 時事인식

인간은 살아가는 道程에서 다가오는 공기에 반응하는 특성을 가지고 있다. 왜냐하면 존재란 모순이고 그 모순을 어떻게 대응하는 가의 여부에 따라 존재의 특성은 다른 형태로 살아가게 된다. 앞에서 언급했지만 투사적인 행동보다는 사고의 깊이로 사물을 바라보면서 대응하는 다소 소극성의 특징이 사회 상황을 바라보는 인식으로 자리잡고 있다. 즉 사회의 모순에 뛰어들어 피홀리는 간섭자가 되기보다는 한 발 물러나서 생각하는 관심의 작품이 <무관심>이나 <망월동 가는 길>, <양심 선언> 또는 <역사의 호령> 등으로 역사 의식을 나타내고 있다.

역사는 죽은 사람들의 것이 아니라 오로지 살아 있는 사람들의 이야기를 엮어 놓은 것이라는 점에서 생동적인 이름에 알맞다.

그대

흰 와이샤츠를 벗어라

주름진 바지의 각을 내리고
양심을 공개하라

지상에서 누릴 수 있은 자유와
부르고 싶은 노래와
갖고 싶은 꿈을 마음껏 꾸어라

그러나
그대의 자유를 지배하는 것은
그대의 의지다

———〈양심 선언〉

　　양심은 선언으로 증명되는 것은 아니다. 오로지 자기의 의지로 결정
되는 신념의 문제라는 점에서 양식과 상관되는 뜻이라면 양심 선언은
'흰색의' 와이셔츠 색깔과 관계되는 점에서 때로 추상적이다. 누릴 수
있는 자유와 노래 그리고 갖고 싶은 꿈을 꿀 수 있는 요건은 오로지
「자기」라는 존재의 영역을 확보하고 있는 사람에 의해 조건은 만들어
질 수 있다. 그러나 이런 요건을 이룩할 수 있는 것은 스스로의 의지
를 갖고 있을 때 비로소 조건의 합치는 이루어 질 수 있다. 양심은 하
나이지 둘도 아니고 그리고 숫자로 셀 수 있는 이름도 아니다. 양심은
오로지 자기라는 이름에서 빚어지는 이름일 뿐 어디서 빌려 올 수 있
는 명칭이 아니라는 점에서 자기적일 수밖에 없다. 자유라는 이름은 자
유를 얻고자 하는 스스로의 의지라는 점에서 독자적인 명칭이다. <무관
심>에는 전교조의 이름이 드러나고 ─매우 약하고 비유적인─<역사의
호칭>은 시대의 의식이 채색된 이름으로 그려져 있고 <위령제>엔 진
리를 의해 죽음을 마다 않는 대상을 시화하고 있다. 죽음은 때로

추함과 아름다움을 동시에 갖추고 있은 이름이라면, 어느 것을 선택하는가의 여부에 따라 추와 아름다움은 나누어지게 된다. <망월동 가는 길>은 80년대의 비극을 대상화했지만 명료한 것은 아니다. 이는 시인의 정서에 자리잡은 의식의 특성으로 돌릴 수 있는 이름이다. 문제는 시인의 사고와 지향이 결정하는 문제로 돌릴 수 있는 부분이라는 암시다.

> 도심을 질주하는 차량의 굉음과
> 바쁜 군화발 소리
> 임신한 여인의 신음과
> 쫓기는 행인의 분주한
> 공포가 흐르고
> 침묵은 흐른다
>
> ──〈망월동 가는 길〉에서

군화발은 80년대의 비극을 일으킨 장본의 이름이고 임신한 여인이나 행인이 분주함은 공포와 침묵의 직접적인 요소로 상징되었다. 망월동은 80년대의 아픔이고 슬픔 혹은 역사에서 정리해야 할 문제이지만 문제의 핵심 앞에서는 언어가 빈곤한 이유가 무얼까를 모른다. 망월동은 아직도 역사 앞에서 당당하지 못함으로 남는, 이 땅의 비극일 뿐만 아니라 현대사가 안고 있는 모순의 역사를 뜻한다. 그러나 이 또한 우리들 자신의 평균 수준에서 불러들인 편견의 늪이라는 점에서 민족 구성원이 떠 안아야 할 이름일 지 모른다. 물론 오랜 기간을 지내도 해결의 명쾌한 답안이 마련될 수 없을 것이라는 점에서 한국 역사의 참담함일 것이다. 시인이 역사의식은 침잠적이고 조용한 것은 시인의 심성이라는 점으로 돌리는 데서 미완의 일이 남고 있다.

6. 가족의 음성

　가족은 하늘의 이름을 대신하는 구체적인 공간이다. 그러나 이런 원초적인 공간은 항상 부족할지라도 사랑으로 따스함이 깃들이어 있는 이름이 가족애이다. 거기엔 용서와 화해 그리고 인간의 원초적인 에너지가 저장된 보고이자 인간이 출발을 알리는 본질이라는 점이다.

> 가족이 함께 더불어 사는 것은 참으로 행복하여라
> ……약……
> 평생을 두고 갚아야 할 큰 빛을
> 아내에게 졌다
> 그녀가 쏟은 눈물만큼
> 나의 고통과 시련도 이젠 그만
> '끝'했으면 좋겠다
>
> 　　　　　　　　　——〈행복 불감증〉에서

　차성욱의 정신 속에는 아내를 위시해서 부모나 자식에 대한 정감이 유다른 느낌을 준다. 이는 그의 인간미와 성품의 일단을 보여주는 이유가 될 뿐만 아니라 생활 속에서 삶의 진로와 밀접한 인상을 남기게 된다. 修身齊家를 小康이라 했고 수신제가를 이룬 후에 비로소 大同의 경지로 나가는 절차를 말한 공자의 견해도 가정에서 인간사의 모든 일들이 이룩될 수 있다는—가정은 삶의 원동력을 제공하는 사랑의 공간이어야 한다. 시인도 가정의 소중함을 '더불어 사는 것은 참으로 행복'하다는 의미를 더하고 있다. 아울러 '상처 속에 피어나는\진주처럼\아름다운 향기 간직한 채\묵묵히 떠 있는 섬'<보물찾기>으로 아내의 큰 자리를 생각하고 '꽃가루 덮인 행복의 다리를 건너\희망의 고개를 손잡고 넘어 올 때'<부부>의 자리를 행복의 근원으로 생각하면서 사랑과 평화의 이름과 함께 하려는 자세를 견지한다. 이런 따스함은 '팔순 노부부의 뒷모습에'<불효 자식>서 어버이에 효심을 보이는 마음은 시인이 간직한 인간미의 결정체로 생각하는 향기로 보인다.

7. 마무리에서

시가 인간의 마음을 그리는 그림이라면 차성욱이 그리는 그림은 안온하고 따스한 정감을 표출하는 가을 햇살 같은 상징을 남긴다. 이는 화려한 것도 그리고 열정적인 모습도 아니지만 자기 자리에서 조용한 향기를 발산한다. 차성욱의 시는 내면을 침잠하여 은은하게 향기를 전달하는 가을볕 아래 풀꽃 같은 이름으로 다가오는 정감의 시인이다.

2. 시와 예술 그리고 의식의 함수

―배명식의 시―

1. 의식의 그림

시가 의식의 그림을 그린다는 가설은 신기한 말은 아닐 것이다. 왜냐하면 시는 언제나 시인의 정신을 응축이라는 언어의 기교를 통해 그림을 그리는 방도에 지나지 않기 때문이다. 물론 인간의 특징은 그가 살아온 삶에의 전과정과 경험의 요소들이 농축되어 표출되기 때문에 일단의 개성을 나타내는 방법을 취하게 된다. 결국 시는 이런 개성을 만나는 절차를 수행하면서 언어의 미감 속에 시인의 사상을 담게 된다. 물론 시는 단순한 언어와 경험의 조립이 아니라―언어를 통해 우주를 포착하는 ―신의 대리적인 역할을 감당하게 된다. 여기서 시인의 임무는 비단 인간만의 대상이 아니라 신의 영역까지도 커버해야 하는 광범한 자연현상을 포괄하게 된다. 시의 어려움은 여기에서 일차적인 난관을 만나면서 또 여기서 시의 특성을 유지하기 위한 새로운 길을 확보하게 된다. 다시 말해서 위험과 전환을 구분할 수 있을 때 새로운 세계를 열게 된다는 의미이다.

시와 시인은 무관한 것이 아니라 결합으로의 총체적인 특성을 유지한다는 점에서 삶의 기록이다. 시인이 지향하는 목표는 곧 시의 진로를 형성하는 방향이 되는가 하면 시인의 사상을 담게 되는 容器의 기능을 수행하게 되기에 시와 시인의 상관은 분리할 수 없을 정도로 밀착된다.

배명식은 다재다능한 영역의 정신을 소유하고 있다. 언어를 통한 시의 세계와 선과 색채를 통해서 그림의 화사함을 구축하는가 하면 그는 목사로 신의 음성을 전달하는 성스런 일을 수행하고 있다. 세 가지의 일은 모두 정신의 작업이면서 표현의 방도에서는 다를지라도 궁극적인 지향은 아름다움을 전제로 신의 음성을 구현하려는 임무에 귀속하고 있다. 그림이나 시나 종교의 영역은 모두 절대의 영역을 구축하는 특성을 갖추어야 한다. 미라는 것도 절대의 미를 향하는데서 개성을 발현할 수 있다면 종교 역시 절대의 대상을 향한 일념에 헌신하기 때문이다.

배명식은 이런 독특한 결합의 전제가 따로 분리되는 형태가 아니라 하나로 귀속하는데서 배명식의 정신의 깊이를 만나게 된다.

2. 의식의 갈래들

1) 그대를 향한 일념

신의 소리는 언어일까? 이런 물음을 던져 놓고 보면 상당히 당황하게 된다. 왜냐하면 신의 음성은 언어로 설명되는 것이 아니라 가슴으로 전달되는 의미에 한정되기 때문이다. 다시 말해서 침묵의 의미를 터득할 수 있을 때 신의 음성을 만나게 된다는 점이다.

남녀가 사랑하는 순간은 말이 아니라 눈과 눈으로 전달되는—언어 이전의 언어가 존재하기 때문이다. 신의 음성은 언어 이전의 의미를 터득하는데서 길을 만들게 된다. 이를 쉽게 알아차린다는 것은 매우 至難한 일이기 때문에 각고의 노력과 찾음이 전제되어야 한다. 배명식의 시는 일차적으로 그대라는 미지의 대상을 향한 일념으로 출발의 단초를 마련하게 된다.

> 당신은 잴 수 없는 바다가 되면
> 나는 바다에 뜬 섬,
> 거기 늘 서 있는 한 그루 나무지만
> 당신은 시간 속에 요동하는 파도의 손을 내밉니다
> 파문을 이는 바람이 아니래도
> 파도가 쉬지 않음을 알지만
> 가는 가지들 같은 실눈으로 나는
> 당신을 바라봅니다
> ……략……
> 나는 결국
> 당신의 바다 안에 있고
> 당신은 나를 가만히 적시고 있습니다.
>
> ──〈연가. 5〉에서

연가는 의미상 너와 나라는 상관에서 출발하고 절실성을 호소하는 형태로 나타난다. 아울러 의미 구조상 시적 화자 나는 그대라는 대상을 향해 열정을 호소하는 형태로 진행한다. '당신'은 무한의 포용력을 가진 '바다'의 이미지를 구축하면서 '나'는 그대를 향한 일관성의 호소로 터득된다.

'나'는 바다의 파도와 시련을 감내 하면서 그대의 무한 사랑에 깨달음을 키우게 되고 결국 바다의 은혜로움을 알면서 '당신의 바다 안에 있고'라는 자각의 문으로 들어가는 절차를 갖는다. 여기까지의 암시는 배명식의 의식이 신에 대한 각성을 피력하는 절차를 암시하고 또 실제의 그대와 나라는 상관을 유추하는 상징으로도 허용의 의미를 넓힌다. 시가 의미의 애매성(ambiguity)을 특성으로 하는 이유도 의미의 다양성을 뜻하기 때문이라면 배명식의 시는 이런 암시에 충실한 영역을 확보하고 있는 느낌이다.

<한강을 자주 지나가며>에서의 그대를 향한 일념과 <이촌역에 내리면>의 그대와의 결합에 대한 정념, <첫눈을 기다리며>에서 그대를 향한 그리움, <언덕에서>의 그대 안에 내 존재를, <연가. 6>에의 그대를 향한 마음이 산으로 설정된 시들에서 배명식의 정서는 종교와 생활을 하나로 통합하는 상징의 폭을 넓히고 있다.

> 대합실 계단에서 찹쌀떡 파는 주름진 얼굴의 아줌마가 비니루 봉지에 넣어 준 다섯 개의 찹쌀떡과 최현수의 가곡이 담긴 녹음기를 들고 나온 나는 이제 그대 안에서 사랑의 시간을 접고 유리바다가 있는 나라에 함께 설 때까지 내가 그대 안에 살고 그대가 내 안에 산 마음의 조각들을 약 속의 언어들처럼 심어 둘 것입니다
>
> ──〈이촌역에 내리면〉에서

그대와 나라는 상관이 궁극적으로는 그대 속에서 사랑의 시간을 다스리는 마음을 견지하면서 연결의 끈을 유지하려는 발상을 갖는다. '유리바다가 있는 나라에 함께 존재할 때'까지라는 영원의 시간을 함께할 수 있을 것이라는 소망으로 의도를 설정한다. 이런 소망은 시인이 삶을 총체적으로 결합하여 삶의 지표를 이룩하면서, 흔들림 없는 좌표로 인생의 길에 동반자적인 염원을 투척하는데서 소망의 뜻이 더욱 절실해진다. 이는 마음의 조각들을 상징하는 언어가 그대 안에 살기를 뜻하는 '약속의 언어들처럼 심어 둘 것입니다'에 오면 확연한 암시를 피력하게 된다.

2)삶의 자세

살아간다는 것은 존재의 의무이자 권리일 것이다. 물론 어떻게 라는

방법의 문제는 누구에게나 다르게 설정된 삶의 임무이겠지만 저마다의 생활에 개성을 표현하는 방도는 각기 다른 절차를 갖게 된다.

배명식의 의식에는 두 개의 혼돈스러운 흔적이 보인다. 하나는 삶에 대한 긍정의 암시가 있고 다른 한쪽은 허무적인 나이브함이 드러난다는 점이다. 물론 둘의 암시는 살고 있는 현존재의 인간에게 필연적인 현상이지만 어떤 절차로 나타나는가는 매우 중요한 상징의 옷을 입게 된다. '나는 사는 것이 아직 무겁다'<시인 브로드스키가 타계한 날>와 같이 삶의 무게를 실감하는 배시인의 정서는 그만큼 진실을 표백하는 점에서 투명한 의식의 절차를 진행하는 점이다. 삶의 무게는 곧 삶의 진실을 다녀온 사람의 가슴에서 우러나오는 뜻이기 때문이다. 피상적이고 관념적으로만 살아가는 사람에게서 무게란 없고 오직 虛華의 꽃잎만 있고 향기란 애당초 없기 때문이다.

> 밤거리에 아름다운 것은
> 나무들이다
> 나는 사십이 넘어
> 0시가 지난 거리를 달리는 차안에서
> 도시 한 복판에 늘어선 나무들이
> 아름답다는 생각으로 본다
> ··········· 략 ············
> 내 삶의 시간 다시 이어주는 크낙한 손이
> 다시 온다는 약속을 믿는
> 그 믿음으로 나도 살면서
> 네 아름다움을 다시 본다
>
> ——〈밤거리에 아름다운 나무〉에서

삶을 어떻게 바라보는가는 중요하다. 가령 한 사물을 긍정의 눈으로 보는 것과 부정의 눈으로 보는 것의 차이는 대상과 나와의 관계에서 다른 반응을 나타낼 수 있게 된다. 이런 근거는 모든 삼라만상이 죽어 있는 것이 아니라 살아 있다는 뜻과 같다. 이런 物活論의 근거는 우주를 하나의 생명체로 파악할 때 다른 의미를 남긴다는 뜻이다. 가령 아무런 반응이 없는 것 같은 무심한 바윗돌을 살아 있다는 생각을 갖고 바라보면 돌도 상대를 위해 반응하는 것 같은 느낌을 주는가 하면, 죽어 있다고 치부하면 돌은 분명 대화의 문을 닫는 법이다. 이처럼 긍정의 자세와 부정의 자세는 결국 자기라는 중심에서 서로 다른 분기점을 마련한다는 뜻이다. 배명식의 삶에 대한 자세는 분명하게 사물을 살아나게 하려는 따스한 마음의 에너지를 보내기 때문에 무심한 나무에서 의미를 발견하게 된다. 사십이 넘어 무심결에 도시의 한 복판에 서 있는 나무를 새삼 '아름답다는 생각으로 본다'라는 것은 과거의 생활과는 다른 마음의 눈이 떠진 상태를 고백을 하게 된다. 즉 '그 믿음으로 나도 살면서'의 조건을 합치하기 때문에 '네 아름다움을 다시 본다'라는 부사 '다시'의 새로운 발견을 갖게 된다는 점이다. 이런 자세는 마음속에 훈훈하고 따스한 에너지를 가져야만 가능하다.

> 서해에 타는 놀빛을
> 오래도록 바라보며
> 사는 것을
> 사랑하렵니다
>
> ──〈새벽을 볼 수 있기에〉서

　배명식 시인의 마음에는 「사랑」이라는 에너지가 마련되었기에 무심한 사물에서조차 대화의 문을 열게 되는 이치를 발견하게 된다. 이는 '사는 것을 사랑하렵니다'의 긍정이요 삶에 대한 확고한 의지를 발성하는 일로 확인된다. 사랑이라는 당의정은 인간을 가장 인간답게 하는 원소요 삶의 의미를 한층 高揚하는 순수의 상징이면서 생의 의미를 더욱 값지게 만드는 절대의 요소로 자리잡는다. 이런 이치를 증명하는 것이 '사랑은 여전히 신비로구나\나는 너로 인해\세상 시름 쌓인 가슴 다 잊었다' <小曲>와 같이 사랑의 힘에 의해 배명식의 시는 고단한 삶에 긍정의 문을 넓히는 역할을 다하고 생의 의미를 확충하는 에너지를 보급 받게 된다. 사랑은 주는 것이면서 마르지 않는 영원한 샘물과 같이 충만한 영혼의 휴머니즘이기 때문이다.

        아침 안개가 번진 구담봉에 가서
        이끼로 몸을 가린 바위로 살고자 한다
        푸른 소나무로 살고자 한다

                        ——〈단양에서〉중

    脫俗의 삶을 소망하는 진지함이 엿보이는 시구이다. 아마도 배명식의 정신 문법은 서양적인 것이기보다는 동양적인 은은함과 담백한 靜的인 미를 구수하게 풀어내는 명상적인 뇌수의 소유자라는 생각이 든다. 가볍지 않고 둔중하고 찬란하게 밝은 것이 아니라 은은하게 다가오는 것 같은 느낌이 단순성을 넘어서는 이치—소나무로 살고자 하는 소망에서 배명식의 정서는 언제나 역사의 때묻은 소리를 건네려는 의도를 만나기 때문이다.

        마른 갈대들이 울고
        노을 빛이 머무는 세상 건너
        내일을 위한 견고한 처소가
        변함없는 손잡고 함께 나아가자

                        ——〈남한강 가에서〉중

    휴머니즘이란 비단 인간을 사랑하는 일이라는 단순한 언어로 포장할 일이 아니다. 절대자의 기준으로 보면 부족한 인간에게 소유할 수 있는 유일한 재산은 인간을 사랑하는 일 밖에 없다. 인간이 인간을 사랑하는 일은 결국 자기의 체온을 데우는 일이고 타인을 사랑하는 일은 자기를 사랑하는 부메랑의 효과로 돌아오는 일이기에 인간이 인간을 사랑하는 일은 신의 임무를 대행하는 일이리라. 배명식은 이런 이치를 가슴에 담고 인간을 위한 송가를 부르는—'변함없는 손잡고 함께 나아가자'—의 시인이다.

허무란 성경에 Vanity로 거듭 반복된다. 인생의 의미를 허무하다라는 발성이나, 無常을 언급한 석가의 경우도 인생의 진리가 무엇인가를 숙고하는 뜻을 담고 있다. 생의 의미는 곧 「없다」라는 반복의 일상에서 어떻게 의미를 추구하는가는 전적으로 인간의 생에 대한 자각을 뜻하게 된다. 예의 배명식에게서도 인생을 관조하는 어휘가 허무라는 늪에서 크게 벗어나는 일이 아님을 알 수 있게 된다.

> 산장에 이르면
> 이 허전함 재워줄 자리 있을까
>
> 아,영혼은 혼자인 것
>
> 무등을 다 넘어도
> 아픈 역사 일으킬 손 없고
> 비처럼 쏟아져 안기는 비애 또 비애
>
> ——〈무등을 다 넘어도〉에서

인간의 삶은 언제나 혼자라는 자리를 벗어나는 것이 아닐 것이다. 숙명의 자리를 넓히면서 하루하루를 살아간들 손에 잡히는 것 보다 오히려 빠져 달아나는 허무를 발견할 때, 세월의 켜는 어느 새 돌아보는 나이에 접어들게 된다. '이 허전함'의 이유는 배시인이 추적할 숙명적인 삶의 어떤 것이지만 굳이 분석의 날을 들이 댈 이유가 없다. 다만 사는 일은 하루하루를 넘어가는 일에 다름이 아니기 때문이다. 그 渦中에서 의미와 무의미를 분간하면서 의미 쌓기를 계속하다 보면 삶의 가치는 높아지는 이치를 대입하면 될 뿐이다. 그러나 인간의 역사는 항상 모순과 불합리에 옷을 벗을 줄 모르고 달아나는 꼬리를 바라보아야 하는 것이 인간의 숙명적인 역사관일 것이다. '아픈 역사'의 의미는 배명식의 뇌리에 간직된 일들이지만 이를 삭여 줄 방도가 없을 때 '비애 또 비애'라는 탄식을 남길 뿐이다. <눈동자>와 <평창동에서 본 첫눈>, 그리고 <양수리에 와서>, <무등을 다 넘어도>에 담겨진 삶의 허무는 배명식시인이 현실을 밟고 느끼는 삶에의 달관된 토로를 뜻하면서 오늘을 어떻게 살아야 하는가를 뜻하는 간접화법의 목청이 들어 있다.

3) 고향과 추억

고향은 어머니의 심상이라면 여기엔 벗어날 수 없는 친근미가 도사리고 있을 것이다. 누구나 인간은 어머니의 모태 심상을 지향하는 首邱初心의 정감이 있고 또 이를 간절하게 그리워하는 마음을 간직하고 살게 된다. 더불어 아련한 추억을 심어 놓아 돌아가고 싶어하는 열정을 불태우게 된다. 그러나 고향이나 어머니가 멀리 떨어져 있을 때 그 曲盡함은 더욱 기승을 부리는 형태로 변형하게 된다.

> 증심사나 잣고개로 가는 길이 보이고
> 초가을 무등산 수박 서리하던
> 유년의 친구들, 형아들의 아픈 삶의 자취
> 멀리 떨어져 사는 나는
> 꿈속에서나 김현승 시인의 시비를 보고

그 시비에 적힌 눈물이 흐르는
산장의 개울에 앉는다

어머니의 옥비녀를 닮은
무등산에 걸린 구름이 그리우면
남산이나 우면산에 오르고
드들강이나 극락강이 몹시 보고 싶으면
인천 앞바다나 동해로 달려가지만
마음이 채워지지 않는 것은
더 큰 고향의 뿌리가 있어 설까
그 뿌리의 흔들림에
내 현존의 등불도 깜박이는가

　　　　　　　——〈고향 가는 길은〉에서

　　배명식의 고향은 남쪽—추억제의 아름다움과 가난 그리고 형제들과
의 자잘한 흔적들이 오늘에도 떠날 줄 모르는 이름으로 남고 있다. 어
머니의 옥비녀 같은 무등산에 대한 그리움과 드들강이나 극락강의 추
억을 인천 바다에 대입하는 절절함은 고향의 추억을 되살리기 위한
방편이지만 이는 곧 삶의 요소를 이루는 절대의 심상을 뜻하고 있다.
고향은 유년과 어울려 있고 또 이런 추억들이 오늘의 삶을 낳아 준 모
태로서의 고향을 뜻하기에 배명식의 고향은 그의 종교적인 발심과 예
술성이 분리되는 것이 아니라 하나로 통합되어 작용하는 느낌을 준다.
다시 말해서 고향은 —큰 고향으로 구원의 의미에 닿고 있다는 뜻이
다.

　　산나리 꽃 캐러 밤싯길 가거나
　　극락강에 발가벗고 몸을 담그거나
　　코스모스 핀 증심사에서 밤을 줍거나

무등산 입석대 벗은 나무에 얹힌 눈구경 하거나
사직공원에 올라 연 날리고 썰매 타던 나는

마른 햇살 뿌려진 학교 운동장 돌아
월사금 못내 울면서 찾은 드들강에
수숫대만 하늘로 치솟고
타는 놀빛이 아름다워 시간을 잊다가
긴 철뚝을 걸어 집으로 돌아오고 있었습니다

　　　　　　　——〈빛고을 유년의 추억〉에서

　배명식의 고향 광주—빛고을에서의 유년은 애환이 교차하는 기억을
남긴다. '산나리꽃 캐러'의 행위나 '발가벗고 몸을 담그거나'와 '밤을
줍거나'와 무등산에서 나무에 걸린 눈 구경을 하는 행위와 연 날리던
어린 시절의 기억 등은 결국 오늘을 살아가는 배시인의 精神 質感에
지대한 영향을 남기는 원소가 되었다. 반면에 아픈 추억들—월사금 못
내서— 서러움에서 파생되는 일들은 아슬한 동양화를 연상하는 형태
로 전개된다. 결국 배명식시인에 고향은 현재로 모아 드는 길을 살찌
게 하는 요인이 되면서 살아 있음을 증거하는 형태로 詩心을 움직이
는 것 같다. 이 또한 각박한 현실을 넘어가기 위한 현명한 방편으로
생각되는 정신의 위안 거점인 셈이다.

4) 바람의 변형
　시인마다 일정한 시어의 되풀이가 두드러질 때는 심리적인 지향점
으로 나타나는 경향이 있다. 배명식의 경우 바람이라는 시어가 상당한
빈도로 출몰한다. 시를 빚기 위한 매개체의 역할을 뜻하기에 상당한
비중으로 다루게 된다는 암시를 발견한다.

가)우리 가슴 위를 지나는 바람은
　　강물처럼 쉼없이 가고

　　　　　　　　　──〈한강을 자주 지나가며〉에서

나)바람은 우리가 예견한대로 돌고
　　영혼에 새길 깃대를 준비한다.

　　　　　　　　　──〈첫 눈을 기다리며〉에서

다)푸른 나뭇가지들을 바람은
　　흔들고 있다

　　　　　　　　　──〈북한산〉에서

라)바람에 꽃잎 날리고
　　흔들리는 빈 가지들이
　　아름답습니다

　　　　　　　　　──〈언덕에서〉

마)바람 부는 전신주에
　　참새 몇 마리 아침 잠 깨우다 가고

　　　　　　　　　──〈빛고을 유년의 기억은〉

바)바람에 쏟아지는 벚꽃 잎이
　　마음에 외로움을 세례요한처럼
　　씻어 주고 있다

　　　　　　　　　──〈안성행〉

사)산새 울음이나 강가의 풀들 재우는
　　나의 바람

　바람의 상징은 능동적이고 창조적인 생명력을 뜻하고 우주의 공간을 배회하고 방문하는 상징으로 설정된다. 가)는 바람이 이동의 이미지로 작용하는 뜻과, 나)에서는 보이지 않는 바람의 기능이 인간의 영혼에 미치는 무한 에너지를 뜻하고, 다) 푸른 나무를 흔드는데서 바람의 확실한 존재를 바라보는 시인의 통찰력이 드러난다면, 라)에서는 다)와 같이 바람이 빚어내는 세상의 아름다움을, 마)는 인간과 참새를 연결해 주는 바람의 역할이 드러난다. 이는 보이지 않는 것이 비단 없다라는 뜻이 아니라 그 이면을 통찰해 보면 무한의 실상들이 존재한다는 것은 뜻하게 된다. 바)는 바람에서 위안의 의미를 찾아 나서는 것과, 사)에 오면 바람이 세상을 재우는 위력을 발견하면서 '나의 바람'이라는 어의에서 바람과 시인과 동일성의 자리를 만들려는 發心을 엿보게 한다. 결국 바람은 배명식의 의식과 의식을 연결하는 매개체의 기능과 시인의 의도를 구체화하는 작용을 하면서 시의 표정을 생동감으로 일으켜 세우는 일을 수행하고 있다.

　다시 말해서 시인의 의도를 연결하기 위해 바람은 사물과 사물을 연결하기도하고 또 시인의 생각을 구체화하기 위한 역할로 데포르마시용이라는 절차를 완수하면서 시의 표정을 변화의 숲으로 인도하는 기능을 감당한다는 뜻이다.

　인간의 생명을 숨이라는 의미로 환치하면 이는 곧 바람이라는 뜻이기에 생명의 확실한 진단과 현상을 상징하게 된다. 그러나 보이지 않는다는 것에서 보이는 의미를 추가할 때 바람은 배시인의 시를 한층 역동적으로 움직이는 생명의 표현으로 인식되는 매개체로 남고 있다.

5. 인간미와 자기 찾기

　모든 글은 고백적인 형태를 취하면서 시인 자신의 정서로 귀환하려는 특성을 갖는다. 그러나 시는 낯설게하기라는 언어의 유희에 의해 신선감을 부추길 수 있고 또 탄력을 획득하게 된다. 그렇다면 시어는 곧 시인의 사상과 감정 혹은 체험의 모두를 수용하면서 언어의 남다른 의복을 입고 독자의 문을 두드리게 된다. 어떻든 시는 시인의 정신과 사고 혹은 체험들의 복합이기에 한 편의 시는 곧 인간의 개성은 읽는 일과 같아진다는 뜻이다.

　　　이제 너는 우리에게 올 수 없지만
　　　나는 너에게로 가는 길을 안다해도
　　　꽃이 피고 새가 나는 이 땅에서
　　　너는 나를 보러 금방 달려올 것 같구나

　　　　　　　　　──〈시인 박종권을 묻고〉에서

　아내와 자식들을 두고 이승을 하직한 친구에 대한 절절한 그리움을 쓰고 있다. 인연으로 엮어진 인간과의 관계에서 죽음의 강으로 갈라놓은 일은 처절한 아픔일 것이다. 그것도 가까운 사람과의 생이별은 그리움의 농도만큼 심각한 고통을 낳게 된다.
　배명식은 떠나 버린 친구를 생각하는 일이 비록 평범한 듯 하지만 한 편의 시로 형상화할 수 있는 그 마음의 깊이는 따스함을 간직하지 않으면 불가능한 노릇이 될 것이다. 우정에 대한 깊이를 확인하는 배 시인의 마음은 인간에 대한 신뢰와 사랑이 모태로 출발의 단초를 마련하고 있다.

시간 속에 무너지는 삶의 여로가
고달픔을 느끼지만
더 견고한 나무로 서서 새순 드러내고
푸른 잎새 지닌 가지로 흔들리며 살고 싶다
먼저 세상 건너간 친구가 몹시 보고 싶고
병으로 고통하는 이웃들을 축복하다가
나도 어디쯤 가면
세상을 이사할 때는
무엇으로 기억하며 사람들은 말할까
보고 싶은 사람들 있어 마음에 남을까

——〈백운초등학교에서〉중

　인간의 정은 무한의 깊이를 가지고 있어 마음 바탕을 이루는 인격
이 될 수도 있다. '삶의 여로가 고달픔을 느끼지만'에서 배시인의 생은
보이지 않는 아픔과 어울리면서 살고 있는 발성을 느낀다. 그러나 애
환을 지니면서도 죽어간 친구를 보고 싶어하고 이웃의 아픔을 나누고
싶어하는 휴머니티는 배명식의 시를 안온한 체온으로 포장하는 구체
적인 증거가 된다.

　인간은 인간으로 남아야 하고 인간은 인간에 의해 사랑을 교감할
수 있을 때 삶의 의미는 더욱 고귀한 뜻으로 남게 된다면 배명식은 이
런 이치를 실천으로 증거 하는 시를 몸으로 쓰고 있는 것 같다.

　자기를 찾는다는 것은 인간의 생에 가장 至難한 일일 것이다. 이를
의식의 행로라 한다면 배명식은 이런 의식의 출구를 마련하기 위해
엄정한 자기 찾기의 모험을 보이고 있다. 이는 이 세상을 살아가는데
가장 어려운 일이기에 완성의 척도로 자기를 찾으라는 말을 하게 된
다. 그렇다면 자기란 어디에 있는 것이 아니라 바로 자기의 마음에 간
직된 품성일 것이다.

텅빈 내 방을 혼자 거닐고 있다. 요사이 와선 아무도 찾아오지 않는다. 그렇다고 사무엘 베케트씨가 고도를 기다린다고 말하듯 세상이 만들어 내는 메시아를 기다리고 허망에 젖고 싶지 않다. 그 동안 나는 나 자신을 학대하였고 내 방을 찾아오기를 두려워했었다. 순간을 두고 영원을 찾기 위해 내 방을 떠나서 스스로 내 방으로 걸어오기까지는 그만큼 힘든 여행이었다

——〈의식의 방〉에서

자기를 찾는다는 것은 자기의 모순을 발견하는 일일 것이다. 자기의 모순 앞에 전율하지 않을 사람이 없고 또 자기의 모순 앞에 두려움을 갖지 않을 사람도 없을 것이다. 그러나 용감한 사람은 자기의 아픔을 드러낼 줄 알고, 부족한 사람은 자기의 아픔을 감추는 사람인 것이다. 배명식은 이런 힘든 일을 터득하기 위해 긴 의식의 여행을 감행하는 셈이다. 이는 자기를 찾는 일이 곧 인간의 길을 바르게 걷는 신의 기준과 부합되기 때문일 것이다. '내 방을 떠나서' 비로소 내 존재를 확인할 수 있다는 것은 삶의 가치를 얻을 수 있다는 이치에 머물기 때문에 부풀어오르는 생의 의미를 자기화 할 수 있다는 결과가 된다.

3. 에필로그

배명식의 시는 나이브하면서도 중심을 逸脫하지 않는 줄기를 발견하게 된다. 이는 미지의 그대라는 대상을 향해 생의 의미를 투척하면서 합일하기를 염원하는 노래를 시의 언어로 형상화한다. 물론 자기를 연소하여 빛에서 구원의 방편을 삼는 생각 때문에 배명식의 시는 범상한 노래의 여운이 아니라 절절한 내면의 호소로 인식된다. 이는 '나는 세상 어둠 안고\한없이 우는 새가 되고 싶다'<광화문에서>와 같은 언어의 묘미로 구체화된다.

고향과 추억은 배명식의 정신 질감을 이루는 원인이면서 오늘의 삶에 진실성을 더하는 요소로 작용하고 있다. 그의 삶의 자세는 올곧은 판단으로 인간미를 포장하는 방편이기에 시와 종교는 분리되는 것이 아니라 하나의 공간으로 통합되는 예술과 종교의 하모니가 배명식시인의 시에 담겨진 특성이 된다.

3. 햇빛 받아 들이기 혹은 그리움 찾기
—임영희의 시—

1. 프롤로그— 바라보기

시인의 눈은 항상 현실에서 미래의 창문을 향한 출구를 갖고 있다. 다시 말해서 그가 살고 있는 땅에 뿌리를 튼실히 내리고 다시 먼 미지의 공간을 향해 손짓하고 하소하는 언어를 창조한다는 뜻이다. 마치 어린 날에 날려보냈던 종이 비행기의 소식을 기다리는 슬픔이 있는가 하면 냉엄한 이지로 현실의 아픔을 소화하려는 표정을 감지하게 된다. 이런 절차는 결국 시라는 언어의 창문을 통해 비롯되지만 시인의 정신 속에서 솟구치는 의식의 파문이라는 점에서 심리적인 절차를 외면할 수 없게 된다. 아울러 시인이 그려가는 그림은 때로 파스텔톤의 추억이 있는가 하면 전율할 만한 리얼리티를 불러오는 이미지의 숲을 발견할 때, 그가 그리는 풍경화는 시공을 벗어나는 영원성을 획득하게 된다.

임영희의 시에는 우수 깊은 인생의 열쇠가 들어 있는 것도 아니고 또 무지개 환상을 일렁이게 하는 현란한 의식의 색채가 엮어진 것도 아니다. 그러나 그녀의 시는 감각적이면서도 에스프리가 반짝이는가

하면 산뜻하면서도 상큼한 묘미를 나타내는 섬세한 因子를 가지고 있다. 이런 원인들은 정신적인 요소들이 빚어내는 상호 의미의 연관성에서 잉태되는 아름다움일 것이다. 다음 시를 살피면서 임영희의 정신 質感을 해체하는 순서로 들어간다.

> 자동 탈수를 마친
> 낙엽 한 장이
> 발치에 엎드려 운다
> 몸바쳐서 살았어도
> 남은 건
> 바스러질 몸뚱이 뿐이다
> 뭇 발길에 채이고
> 바람에 날리다
> 어느 쓸쓸한 무덤 가에서
> 생명줄 놓는 순간이 오면
> 장송곡 한 가락 들을 수 있을까
> 노을이 타는 길목에서
> 탈수를 마친 낙엽이 운다

——〈단상〉

가을을 떠나가는 낙엽의 운명이 인간의 운명과 오버랩 된다는 사실은 시가 주는 비유의 적절성에서 비롯될 것이다. 특히 임영희의 산뜻한 에스프리를 감지하는 것은 낙엽이 '자동 탈수'라는 운명적인 슬픔 ─전혀 선택적인 운명으로 돌릴 수 없고, 또 스스로를 추스를 수 없는 처절한 상황에서 결코 벗어날 길이 없기 때문에 '발치에 엎드려 운다'의 비극성은 곧 인간의 경우와 다름없다는 생각으로 유추된다. 더구나 다가오는 운명에 온갖 정성을 바쳐 살았어도 돌아오는 소리는 '바스러질'이라는 처연함과 난도질당하는 무덤가의 풍경은 인간의 삶에 어떤 옷을 입혀도 비극의 본질에서 벗어날 길이 없는 눈물과 만난다. 이와 같은 임영희의 인간 해석은 '탈수를 마친 낙엽이 운다'라는 객관적인 현상을 제시하면서 시인의 육성이 후면으로 숨어 버리는 재치를 보여 준다.

시는 단순한 언어의 조립이 아니고, 현상을 보여주는 이미지 연결의 묘미에 우선하기 때문에 짧은 언어의 행간에서 자연의 소리와 인간의 육성을 동시에 포괄하는 절차를 맛볼 수 있어 임영희의 시속에는 작으면서도 맛깔스런 향기와 안온하면서도 은근한 손짓이 동시에 들어 있다.

2. 어둠에서 빛 찾아가기

임영희의 시는 어둠이거나 절망 혹은 아픔에서 빛이나 무지개 혹은 희망의 길을 찾아가는 건강성을 발견하게 된다. 이런 절차는 삶을 긍정의 자세로 바라보는 눈으로부터 의식을 깨우쳐가는 삶의 지표를 세운 사람에게서 발견할 수 있는 현상과 일치한다. <장마>연작시들은 어둠으로 상징되는 처지에서 탈출을 결심하는 표정이 감지되고 또 상실된 추억의 어떤 그림자를 느끼게 한다. 이런 절차는 여러 갈래로 변형하고 있다

1) 탈출의 노력

우주의 질서는 공간에서 또다른 공간을 지향하기 위해 무언가를 찾아 나서는 방랑의 변화를 추구한다. 마치 흐르는 물과 같이 어딘 가로 가야만 하는 목적지가 있는 것처럼 바쁜 몸놀림을 계속하지만 실상은 가고 오는 것들이 모두 한곳에서 벗어나는 일이 아닐 것이다.

임영희의 정신 속에서 장마는 무언가 비밀스런 자취를 갖고 있는 소리들의 변형이다. 그러나 뚜렷하게 잡을 수 없는 어떤 사람이거나

추억의 자취를 잊지 못하는 과거의 소리에 묶여 있는 느낌을 준다. 장마처럼 다가오는 기억들에서 지난날들을 후회하고 때로 그리워하는 이중의 의식이 교차하면서 시의 맥락을 織造하고 있다. '집안 곳곳에 \베어 있는 흔적이다\암울한 흔적이다'<장마. 1>에서 처럼 떠나지 않는, 마치 영원한 그림자와 같은 동반의 느낌을 주면서 '햇빛'이나 '피아노 음률'로 변하는 반가움을 남긴다. 물론 <장마2>에 오면 애당초 가슴에 강을 만든 것은 '내 탓이다\내 잘못이다'처럼 과거의 바람을 불러오는 절차를 취하면서 '언제쯤이면 햇살 반짝이는\맑은 강물로 흐를 수 있을까'의 장탄식을 신음하고 있다. 여기서 햇빛이나 피아노의 소리 혹은 햇살이 흐르는 강물이 밝음으로 향하는 -어둠을 떨치고 나가려는 의식의 일단을 만나는 일이다.

    암울한 절망이 걷히고

    고운 빛깔로 무지개 뜨면

    너와 나 바람으로 만날까

    눈 먼 바람으로 섞이면

    우리는 느낌으로 만날까

                    ——〈장마 4〉

   장마라는 절망의 이미지가 '걷히면'이라는 가정법을 구사하여 시인의 의도가 명백한 얼굴로 돌아온다. '고운 빛깔 무지개로 뜨면'이 '걷히면'과의 조건이 합치하면 너와 나라는 둘의 개념은 '바람'으로 만날 것이라는 미래의 예감을 앞세워-서러움이 내장된 정신에서 오늘의 현실적인 문제가 과거의 길을 추적거리게 된다. 즉 바람이라는 무형 이미지의 슬픔은 결코 현실적인 느낌으로 다가오지 않을 뿐만 아니라 형체도 자취도 있을 수 없다는 아픔이 수반되기 때문이다. 이런 결과는 '눈 먼 바람으로 섞이면'의 허무를 동원하게 되고 결국 너와 나의 결합인 「우리」는 서러운 추억의 느낌만을 동원하는 파문으로 끝나게 된다.

2) 목마름 혹은 벽두드리기

인간의 의식은 다기한 갈래로 삶의 내용을 담고 있지만 실제로 문자로 나타내는 데포르마시옹의 형태—내면 의식은 복잡하지만 언어로 나타내는 표현은 단순하게 표출된다. 가령 어떤 容器속에 들어 있는 내용들은 여러 가지가 혼합되어 있을지라도 의식의 출구는 항상 하나일 수밖에 없다는 점에서 임영희의 시적 표현에는 장마와 버팀목은 별개의 의미가 아닌 것 같다.

인간사는 항상 넘기 어려운 벽을 어떻게 돌파할 수 있는가의 가슴에 인간의 능력을 보이려 한다. 그러나 막힌 것은 자연스레 터지는 절차를 갖고 상실되는 안타까움—영원한 막힘은 없을 것이다. 임영희의 시에는 이런 순리의 법칙을 원용하는 시로 의지의 일단을 시험하고 있다.

> 안으로
> 안으로만
> 삭여 온 설움들이
> 가슴에 강물 되어 흐르는데
>
> 오늘 같은 날
> 물꼬를 트면 어떨까?

아무도 모르라고
아무도 . . . . .

──〈장마 9〉에서

장마의 沛然함은 지상의 더러움을 완전히 쓸어 가는데서 시원한 느낌을 배가한다면, 이는 슬픔만을 강조하는 의미는 아닐 것 같다. 임영희의 의식은 안으로 안으로 다독이던 설움들이 강물 되어 흐른 데서 '물꼬를 트면 어떨까'의 모험을 생각하지만 실행으로 옮길 수 있는 파워는 예비된 것 같지 않다. 왜냐하면 '아무도 모르라고\아무도 . . . . . .'의 말없음표에 들어 있는 비밀을 간직하고 싶은 이유 때문에 범람하는 강물에 담겨 있는 생각들을 쏟아 버리지 못하는 슬픔이 여전 남고 있기 때문이다. 이처럼 상실에 대한 보상 개념이 스스로에 의해 처리되지 못할 때, 시인의 노래는 더욱 애절한 가락을 만들게 된다.

이런 처지의 심리적인 상황은 <버팀목>에서 주는 뉴앙스—무너지지 않으려는 노력의 표정과 무차별로 다가오는 <장마>의 파도를 외면하려 노력하지만 결국 젖을 수밖에 없고 또 피할 길 없는 운명적인데서 버팀목이나 장마는 유사한 이미지들로 결합되었고 또 이런 이미지들은 과거의 추억을 변형하는 절차로 시의 옷을 입고 있는 것 같다.

열병처럼 시작된 가슴앓이는
때로는
설레임과 절망을 잉태하고
실오라기 같은 생명의 버팀목이 되어줍니다

당신을 향한 타는 목마름으로
핏빛 울음 토해내고

간절한 눈빛으로 그리움을 불살라도
당신의 창은 너무나 견고했습니다

이젠, 모진 눈보라를 견딘
성큼, 성숙해진 단아한 자태로
새롭게 당신과 마주서는 날
내 기인 가슴앓이도
담담히 끝낼 수 있겠습니다

──〈버팀목 3〉에서

임시인의 의식은 과거를 잃고 싶지 않는 애달픈 기억에 항상 한계를 느끼는 목마름에 젖어 있는 느낌을 준다. 이는 그의 내면에 저장된 일들을 풀어헤칠 수 있는 언어의 조짐은 매우 은폐적인 특성을 갖고 있다. 이는 '희디흰 웃음이 차라리 서럽던\백목련 스러지던 날'의 과거 형태에서 오는 서럽던의 의미와 '백목련 스러지던 날'의 결합에서 '빛나던 청춘도'와 '꽃다운 스무 살도 조용히 접었습니다'의 완료형 시간이 결합하여 상상력의 발동을 재촉한다. 그렇다면 과거형의 가슴앓이를 돌아보는 오늘의 시인에게서 느껴 오는 안타까움은 여전히 버팀목으로 지탱되는 '생명의 버팀목이 되어 줍니다'의 현재형으로 다가드는 데서 시인이 풀어야 할 문제를 내포한다. 그러나 '당신의 창은 너무나 견고했습니다'의 실감에서 모든 것을 접어놓으려는 성숙한 단계를 예상하면서 '새롭게 마주서는 날'의 기다림이 아름다움으로 포장된다.

3) 이별에서 돌아보기

이별이란 언제나 아픔을 수반하면서 과거지향의 늪에서 벗어나올 줄 모르는 회억을 간직한다. 그러나 따라붙는 특성의 의복을 걸치고 떠날 줄 모르는 머뭇거림으로 인간을 괴롭힌다. 물론 인간사는 만남을 위해 다시 이별을 반복하면서 일상을 되풀이하는 절차에도 반복되는 행위에 스스로를 투척한다. 임영희의 시에는 이런 흔적들이 상당한 분량으로 산재해 있다. 그러나 이별을 꿈꾸면서도 정작 이별 앞에서는 전혀 다른 생각에 이끌리는 모습을 눈 여기게 된다.

> 너 떠나고
> 나의 빈 가슴엔
> 황량한 바람이 분다
>
> 노을진 들녘엔
> 미루나무 한 그루
> 맨 몸으로 서 있고

──〈이별 연습3〉에서

'너 떠나고'의 상황은 고통과 아픔을 수반하면서 삶에의 질곡을 가져왔다. 그러나 인간은 이별에서 새로운 매듭을 만들 수 있다는 것과 고통과 비례해서 성숙으로 이어진다는 이중성을 갖는다. '너'의 不在라는 공허의 상황 때문에 '황량한 바람이 분다'라는 슬픔이 휘감기고 맨몸으로 미루나무 한 그루의 참담한 처지에 비유된다. 이는 '너'라는 대상이 부재의 허망에서 오는 결과이지만 이를 어떻게 대처할 수 있을 것인가는 전적으로 운명적인 현상일 것이다. '비가 내리면\하염없이 비가 내리면\그대의\해맑은 미소만 기억하리'<이별 연습2>의 '해맑은 미소만 기억하리'의 정리에는 세월의 매듭을 이성적으로 풀어내는데서 오는 임시인의 인간미를 내포한다.

> 맑게 씻은 별 하나
> 가슴에 묻고

기다림만으로
오늘을 사는 여자

——〈이별 연습1〉에서

깨끗하다는 이별이 있다면 아마도 아름답게 정리된 마음일 것이다. 그러나 이런 경지에 이르기 위해서는 넘어온 감정의 산은 높았고 의식에 젖어진 슬픔은 깊은 강을 이루었을 것이니, 임영희의 가슴에 젖어진 기억들을 잠재울 수 있었던 일들이 성숙의 이름으로 돌아온 것 같다. 이는 '맑게 씻은 별 하나'의 밝고 깨끗하고 순결한 이름으로 창공에 걸어 놓을 수 있는 용기가 있기 때문이다. 물론 여전히 떠날 줄 모르는 幻影을 '기다림만으로\오늘을 사는 여자'라는 선언적인 현상에서 만나는 감정의 편향성을 어떻게 처리할 수 있을 것인가는 전적으로 미래로 가는 길에서 임영희가 어떤 모습을 보일 것인가에 대한 판단은 시인이 써야 할 앞으로의 시적인 임무로 남고 있다.

3. 그리운 사람의 소리 따라가기

사랑은 인간을 盲目으로 만들고 이성적인 것보다는 오히려 감정에 사로잡히는 포로의 운명을 어떻게 판단할 수 있는 가에서 가치를 부여하게 된다. 그러나 인간은 사랑 속에서 자기를 발견한다는 것은 단순한 이성만으로는 불가능하지만 얼마간의 세월이라는 시간을 감당할 때 비로소 자화상을 발견하게 될 것이다. 임영희의 시에는 그리움의 갈증이 들어 있다.

산처럼 커다란 외로움이 밀려와
이 작은 몸뚱이를 휩싸고 돌면
가을하늘 같은 사람을 만나고 싶다

비단 고독만의 이유 때문에 그리움이 발동되지는 않을 것이다. '산처럼'이라는 높이를 끌어들여 외로움의 높이와 키를 겨루면서 투명하고 깨끗한 '사람을 만나고 싶다'라는 소망에는 갈증이 심각하게 따라붙는다. 물론 '가을하늘'이라는 개념을 비유로 끌어들이면서 아름다움으로 치장되는 시적인 암시는 한층 의문의 여지를 많이 남겨 놓는다. 그렇다면 가을하늘 같은 사람을 만나려는 이유는 뭘까?

          한 걸음 다가서면
          그만큼 멀어지고

          두 걸음 다가서면
          그만큼 멀어진다
          ……략……
          잡힐 듯
          잡힐 듯 하여
          팔 뻗어 보면

          안개 속으로
          사라지는
          그리운 얼굴 하나
                    ——〈그리운 얼굴 하나〉에서

여기서 임영희의 그리움에 대한 해답은 마련된다. 다가가면 멀어지는 안타까움이라는 요소 때문에 더욱 간절해지는 애달픈 요소가 세월의 켜(層)와 더불어 아름답게 채색되는 형태를 취하고 있다. 다시 말해서 '안개 속으로'라는 모호한 상태에서 '사라지는' 幻影을 붙잡기 위해 그리운 얼굴로 가까이 가려 하지만 점차 멀어지는 거리감에서 느끼는 애절함이 가슴을 떠나지 못하는 이유가 증가되면서 시를 불러오는 원인으로 감춰진다.

그리운 사람을 그리워하는 추억은 그 거리distance의 안타까움만큼 아름다운 의상을 걸치는 무지개의 꿈으로 변형되어 시인의 정신을 채색하는 요소가 되고 또 시를 이끌고 가는 구체적인 動因이 되는 것 같다. 이제 임시인의 그리움의 진원지가 어디로 정착되는 가는 다음의 시로 확인된다.

> 북풍한설에
> 문풍지 떨던 날도
> 나의 염원은 오직 하나
> 당신의 꽃이고저
>
> ──〈꽃의 기원〉에서

이제 임영희의 그리움은 대상과 대상을 하나로 통합하는 꽃의 이미지로 귀착된다. 물론 시는 상상력─붙잡을 길 없는 바람의 속성과 같이 자유스런 의식을 명백하게 분석하여 「이것이다」라는 해답을 제시할 수는 없다. 그리움의 대상이 추억제에서 남아 있는 대상일 수도 있고, 또 현재진행형의 가족일 수도 있다. 이점에서 시의 상상력을 현실에 개입한다는 것은 어리석은 일이라는 말은 당연하다. 어떻든 임영희의 꽃은 그리움에 대한 결정체를 뜻한다.

꽃은 땅에 뿌리를 두고 하늘로 향기를 보내는 점에서 환상미를 자극한다. 다시 말해서 땅에의 나와 하늘의 향기로 퍼지는 너를 결합하여 '당신의 꽃이고저'의 소망이 응결될 때 시의 의미는 더욱 고귀한 이름으로 시의 깊이를 보여준다.

4. 가정과 추억의 모습

가정은 인간의 삶이 구체적으로 펼쳐지는 가장 안온한 공간이다. 물론 가정으로부터 삶의 진원이 펼쳐지고 또 가족간의 사랑으로 삶의 진행은 의미를 갖추게 된다. 우선 작품의 표정을 바라보면서 논지의 길을 재촉할 일이다.

> 귀밑머리 풀어서
> 백년을 약속한 사람
> 지아비라 이름 붙이고
> 우리 하나가 되어
> 작은 왕국 세웠습니다
>
> 당신은 왕이 되고
> 나는 왕비가 되어
> 어여쁜 세 공주가 태어났지요
>
> ──〈작은 왕국1〉에서

가정은 비록 가장 작은 왕국이지만 우주의 모습이 축도되는 의미를 갖는다. 이는 왕과 왕비의 결합으로 시작된 시인의 가정은 셋의 공주가 탄생되었고─행복한 정경이 펼쳐진다. '지아비'라는 대상과 「하나」가 되었을 때 임영희의 자화상은 행복과 더불어 충만된 공간의 주인으로 다가온다.

> 비잉 둘러앉은
> 식탁 위에선
> 도란도란 행복이

익고

——〈작은 왕국 2〉에서

   햅쌀밥과 뚝배기에 담겨진 찌개와 텃밭에서 캔 열무김치와 애호박
을 끓인 국물을 앞에 놓고 둘러앉은 식솔들의 모습이 고귀한 장면으
로 비춰 있다. 이는 사랑의 풍경이고 행복한 정경이다. 이런 가정의
안온함에서 임영희의 정신 구조는 상상력의 여행을 떠날 수 있는 因
子를 발견할 수 있는- 시는 언제나 정신의 바탕 위에서 발원하는 수
원지와 같다는 뜻이다.
   추억은 아름답다. 이는 과거로 돌아가는 길은 항상 넓고 또 그리움
으로 다가들기 때문에 애절함으로 떠날 줄 모르는 길을 갖는다.

        감꽃을 만지면
        불꽃처럼 타오르던
        고향집 뒤뜰의
        가을도 보여요
                          ——〈감꽃〉에서

   임영희의 고향은 따스함을 불러오는 시골의 정경이 보이고 어린 날
들의 추억들이 다가온다. 불혹의 나이가 넘은 지금에서도 과거로 돌아
가는 길을 넓게 확보하고 있는 삶-정신의 넓이와 연결되고 있다는
뜻이다. 물론 임시인이 생각하는 추억은 그리움의 요소들과 분리되는
것이 아니라 하나로 통합되어 정신의 그림들이 스펙타클한 연상을 자
극한다.

        달빛 머금고
        함초롬히 박꽃이 피고

마당 한 켠에
모깃불 지피면
모락모락 그리움
하늘로 피어오르는

—〈鄕愁〉에서

향수는 시간의 간격을 뒤쪽으로 돌릴 때, 시각과 청각을 동원하는 공감각적인 의식으로 생성된다. 물론 과거를 현재로 도입하는 절차를 통해서 출구가 마련되지만 임영희의 의식은 <해후>에서 국민학교 친구들의 격의없는 순수의 인간 체온을 발견하면서 소중한 성숙한 공간으로 채우려 노력한다. 소중함을 아름다움으로 간직하려는 마음이 곧 시의 표정을 부드러움으로 채우면서 불혹의 세월에서 느끼는 성숙한 여인의 모습-시적인 삶의 표정을 바라보게 된다.

5. 에필로그를 위해

시인은 자화상을 그리기 위해 상상력을 발동하게 된다. 다시 말해서 상상력은 현실의 재료는 아닐지라도 시의 행로를 좌우하는 재능으로 귀속할 때 시의 깊이와 의미를 생성하게 된다.

임영희의 시는 에스프리의 감각적인 기교를 간직하고 있고, 삶의 진솔성을 투명하게 보여주는 형태로 이미지의 숲을 만들어 가는 길이 넓고 시원하다. 물론 그의 시는 그리움이라는 용어에 담겨진 구름 같은 손짓이 있기도 하고 또는 눈물 짙은 여인의 모습이 처연한 호소로 머물기도 한다. 이런 시적인 무드는 삶의 정직성과 의식의 개방성에서 만나는 진솔함의 의미에 연결될 때 유연미를 담게 된다.

임영희의 시는 감각적인 에스프리와 감수성의 따스함이 交織하면서 순수하고 안온함을 전달한다. 이런 因子는 시인의 삶을 담백하게 반영하여 시의 의미를 채우기 때문에 부드러움과 깊이를 동시에 간직할 수 있는 한국 시의 가능성에 한층 다가가는 느낌을 준다.

4. 서른 세 살의 정신 지도

—김혜선의 시—

1.

시를 대상으로 생각할 때, 시인은 시를 향한 높이에 경외감을 보낼 수 있고 또 시를 바라보는 시선이 호소의 대상으로 전환할 수도 있다. 이런 전제는 시를 쓰는 일이 어떻게 시인의 뇌수를 통해서 나올 수 있는가의 검토가 전제되어야 할 수도 있지만 시를 호사가의 생각으로 접근하는 것과 시를 절대의 대상으로 생각하는 것과는 시의 빛과 무늬에 다름을 느끼게 된다. 물론 시는 전자에서보다는 후자에서 참된 영토를 만나게 될 뿐만 아니라 시의 진경에 이르는 길을 확보하게 된다.

시는 의식의 포장이라는 점에서 상징이나 비유 다시 말해서 이미지의 기능이 생동감을 느끼는 것은 시와 시인과의 관계가 밀착되었을 때, 비로소 살아 있는 생명체로 교감을 가질 수 있게 된다.

김혜선의 시는 그가 살고 있는 오늘의 지점에서 비상 혹은 탈출의 공간을 바라보는 생각으로 주변의 사물을 응시하는 면과 다가오는 것들에 애정의 눈길을 보내는 복합된 정서를 사용하고 있다. 그 첫 번째

의 특성은 은신에서 비상을 꿈꾸는 탈출의 일면과 현실에 헌신하는
자세와 자신을 돌아보는 중년의 나이에서 오는 감수성의 흔적들이 시
의 주조를 이루고 있다. 그 얼굴들을 만나는 길로 들어간다.

2.

예술의 발생에 대한 이론은 모방론과 표현론 그리고 효용론과 존재
론이 있다. 저마다의 독특한 특성을 가지고 있지만 표현의 본능을 가
졌다는 것은 인간의 生來的인 특성을 지적하는 말일 것이다. 비단 예
술적인 특성이거나 일상의 필요를 충족하는 일이든 표현의 본능은 인
간의 이성과 상상력이 결합하여 빚어지는 예술의 고귀한 영역을 첨가
하는 의미를 가질 수 있을 뿐이다.

김혜선의 시에서 만나는 가장 두드러진 특성은 잠재된 의식의 탈출
로를 확보하고 있다는·점이다. 이는 어떤 요소가 촉매의 역할을 감당
했는지는 명백한 단서를 발견하기 어렵지만 달팽이의 느린 걸음으로
스스로를 위장하면서 새로운 변신을 모색한다. 그 첫째의 음성은 포로
의 <그물>에서 벗어나기 위한 <구멍>으로 조짐을 마련한다.

> 내 몸에 작은 구멍이 생기기 시작하오. \……략…… \융통성 없는
> 저들에게 보내는\창이고 문일 것이오 \\내 몸에 작은 구멍이 생기기
> 시작하오. \\내 몸에 작은 구멍이 생기기 시작하면서\그 구멍으로\내가
> 풀려나기 시작하면서\내 살에서 흘러내리는 검붉은 피가 이젠 두렵지
> 않소.

> ──〈구멍〉에서

시는 맞춤법이나 여백의 묘미를 간직 한데서 의미 전달로의 여운을
갖는다. 이 여운은 상상력의 자극을 통해 새로운 세계로의 여행을 촉

진하면서 의식의 화려한 마당을 만나게 된다. '시작하오.'와 '시작하오.'의 반복의 뉴앙스에서 시작의 단초가 구멍으로부터─어둠에서 빛으로의 탈출을 예감하는 진전으로 이어진다. 이런 확신을 부추기는 뜻이 「하오」라는 다소 자만심의 암시를 덧붙이면서 '두렵지 않소.'라는 신념의 단계로 이어진다. 이런 유추는 「지금까지」라는 단계에서 「새로운」영지를 발견한─자발성의 암시를 나타내는 '내 몸에 작은 구멍이 생기기 시작하오'라는 점으로 이어질 때 시인의 의도는 보다 명확한 느낌으로 다가온다. 이런 조짐은 스스로가 풀려지는 것을 깨닫게 되면서 '검붉은 피'에 두려움을 갖지 않는 경지로 행동을 예비하는 용감성이 표출된다. 이와같은 단서는 김혜선의 시에 상당 부분을 점하고 있는 바 <번데기의 밤>을 위시해서 <겨울비>와 <우화>, <그물>등 많은 시에서 발견되는 의미망이 된다.

　　겨울비 내리는 날엔\내 곁의 누군가 세상을 오가는 발자국 소리\살
　을 가르며 뼈를 녹이며\잠자는 나를 흔들어 깨우는 소리.

　　　　　　　　　　　　　　　　　　──〈겨울 비〉에서

　'잠자는 나를 흔들어 깨우는 소리'를 들을 수 있다는 것과 <구멍>에서의 변화가 일치점을 갖게 된다. 결국 겨울비는 잠들어 있는 어떤 의식을 전면으로 부상하는 역할을 감당하면서 시인의 내면에 들어 있는 어둠의 무게를 밀어내는 에너지의 역할을 수행하고 있다. 그렇다면 이런 변화를 위한 전제는 '내 곁에 누군가 세상을 오가는 발자국 소리'를 들을 수 있는 소리에의 이미지는 시인 자신의 정신적인 내면성에 이유를 돌려야 할 것 같다.

　한 인간의 행동이 신중하게 변화하는 이유는 심리적인 자극이나 오랫동안 잠재된 水路를 통해서 현실의 전면으로 부상하게 된다.

김혜선의 시에서 달팽이는 스스로의 삶에 대한 무게를 뜻하는 것 같다. 폐칩에서 탈출을 도모하는 <번데기의 잠>이나 <영혼의 집>그리고 <달팽이는 제 그림자를 지우지 않는다.>와 <달팽이의 길>, <달팽이는 간다>, <달팽이에 관하여> 등은 시인의 내면성에 어둠에 짓눌린 혼적을 나타내는 제목들로 엮어진다.

　　　어머니 내 짐은 왜 이렇게 무거운가요\어둡고 축축하고 쓸쓸해요
　\가만히 서 있으면\뒤뚱거리며 쓰러질 것만 같아\마냥 걸어갑니다.

　　　　　　　　　　　　　　　　　　　　　——〈달팽이는 간다〉에서

　　인간에게 다가오는 삶의 무게를 감당하는데는 두 가지의 형태가 있다. 하나는 양성적인 행동으로 나타내는 몸짓과 수동적으로 받아들이는 숙명적인 행동이다. 전자는 활동적이고 개방적이라면 후자는 보다 정적이기고 내성적인 모습으로 투영된다. 김혜선의 행동 양식은 후자에서 스스로를 접어 가는 호소에 만족하는 일단의 폐쇄적인 느낌을 준다. 이런 징후는 짓눌리는 무게에 '마냥 걸어가는' 피곤한 사연이 들어 있는 것 같다. 이런 이유는 시인 자신이 발견하고 또 알고 있는 스스로의 답안으로 돌려야 할 부분이다. '제집의 오랜 어둠이 달팽이의 눈을 멀게 했을까.\스스로 만들어 가는 굴레의 절제된 욕망이\세상 빛을 영원히 거부하게 만들었을지도 모른다.' <달팽이의 길>이라는 발성에서 김혜선이 발하는 고독은 제집의 오랜 어둠에 젖어 있었다는 스스로의 자각과 이런 자각의 발판에서 '눈이 멀었고' '절제된 욕망' 과 '세상'의 빛을 「영원히」 '거부하게'의 숙명에 길들여진 삶이라는 해답이다. 결국 이런 원인에 의해서 김혜선의 고독과 아픔들이 복합적으로 작용하면서 달팽이의 운명을 예감하는 형태로 의식의 걸음으로 진전 —아울러 빛으로 찾아가는 문을 열려는 생각이 대두된다.

날아오르리라. \\한 가닥 운명의 실 끝에 매달려\팽팽한 긴장감으로 허공을 가르는\검은 매 한 마리\날카로운 부리로 차가운 바람의 어깨를 쪼으며\전율의 순간을 온 몸으로 맞으리라. \\좌우를 살피며\긴 꼬리의 자유도 흔들어 보고\잊혀진 날개 대신\하늘거리는 꿈을\양쪽 겨드랑이에 달고서\무한의 하늘을 높이 높이 날아오르리라.

—〈연〉에서

김혜선은 현실을 어둠으로 생각하고 이 공간을 떠나 빛으로 다가가기 위해서 날개를 필요로 했다. 그러나 그 날개는 쉽게 의식의 문 앞에 찾아온 것이 아니었고, 내면으로부터 고심에 찬 나날을 견디면서, 봄이 오는 에너지에 의해 확실한 외출의 단안을 확인하고서야 문을 나서는 절차를 마련했다. 아울러 자유를 얻기 위해 의식의 문을 열고 비상을 꿈꾸는 것이 <연>으로 환치된다. '높이 높이 날아오르리라'라는 환성은 앞에서 언급한 확신의 경우에 이어진다.

그렇다면 김혜선의 날아오르는 궁극의 목적지는 어디인가?

시는 의식과 상상력의 결합으로 그림을 그리는 행위에 다름이 아니다. 그렇다고 상상력의 기저에서 파생되는 결과가 현실과 어떻게 일치하는가를 따진다는 것도 어리석은 일이다. 문학의 특성은 개연성(probability)의 범주에서 일탈하는 것이 아니라는 점에서 자유—자유라는 정신의 고귀함을 실현하려는 세계의 일부인 점이다.

떠나리라. \서서히 육탈해 가는\생의 따뜻한 장면들을 찾아서.

—〈미운 오리 새끼의 길 떠나기. 1〉에서

날아 오르고자 하는 열망을 실제의 장면으로 전환하기 위해 「미운 오리 새끼」로 자화상을 만들고 행로를 터벅이게 된다. 모든 새끼는 어떤 종류든 아름다운 법인 데 하필이면 「미운」 오리 새끼라는 시어를 구사하는가? 이는 '길모퉁이를 돌아설 때마다\알 수 없는 불안으로 흔들거리며'에서 길을 떠나려는 작심이 얼마나 불안하고 초조한 노릇인가를 엿보는 부분들이다. 그러나 단호한 의지를 앞세우고 목적지를 향하는 결의는 상당히 완강한 느낌을 주는 이유가 '그렇게 쉽게 흐르고 싶지는 않아\나를 떠미는 마음의 역마를 따라나선다\뒤돌아보지 않는 자에게 평화있으라.'<미운오리새끼 길 떠나기. 2>라는 당부를 보내면서 길을 떠나려는 파괴의 자화상은 결국 '생의 따뜻한 장면을 찾아서'라는 목적지를 확인하고 있기 때문에 신념을 강화하는 행동으로의 자화상을 그리게 된다. 물론 「미운」의 의미는 결말에 백로의 설화로 둔갑할 때 고귀한 상징을 생성하는 빌미를 제공하는 절차가 남게 된다. 떠나는 유동성의 이미지를 동원하여 '내 마음에 목선 하나 갖고 싶습니다'라는 김혜선의 여행은 그만큼 정서의 충전을 받고 있다는 점에서 시의 변화와 더불어 이해할 수 있는 단서가 된다.

3.

헌신이라는 뜻은 삶의 장면을 아름다움으로 채우기 위한 전제일 것이다. 그리고 아가페적인 자세에서 삶의 영역은 무한으로 치닫게 되고 삶의 가치를 至高한 이름으로 환치하게 된다. 김혜선의 시에 모성애적 발상은 내 아픔으로 너의 행복을 얻을 수 있는 것에 대한 <고로쇠나무의 비밀>이나 고향으로 돌아가는 행로의 <연어의 힘> 혹은 자유를 먹이기 위해 꽁치를 굽고 있는 <꽁치를 구우며>, 제 살을 풀어 맑은 향으로 돌아가는 <유자차를 담그며>, 동화적인 발상의 <씨앗에 관한 명상>등으로 시의 옷을 입고 있다.

이 끝모를 모성의 힘은\어디서 오는 것인가. \\지난 날 치어의 무리

에 섞여\바다로 바다로만 쓰러질 때\먼 고향에서 달려오던\정겨운 햇
볕과 새들의 언어를\나는 아직 기억한다.

──〈연어의 힘〉에서

고향으로의 회귀는 곧 원형으로 돌아가는 길을 찾기 위한 상징의
뜻이 된다. 원형이란 본질이고 본질은 곧 자기를 찾아 나서는 나그네
의 행로를 연상하게 된다. 이는 본질을 찾아 나서는 일 때문에 미궁의
어둠과 신산한 고통을 감내 하면서 길을 만들게 되기 때문에 '모성의
힘'이란 궁극적으로 원형을 찾아야 한다는 생래의 에너지일 뿐만 아니
라 자기를 확인하기 위한 고달픈 여정의 삶으로 돌아간다. 이런 해답
은 <꽁치를 구우며>에서 확연하게 이유를 설명하고 있다.

아이야 엄마를 울리지 말아라\내가 뿌린 소금만큼의 눈물을 흘리
며\풍요의 한 시절 힘차게 굽이치며 달려 온\맨발의 푸른 등살, 그 어
딘가에 있다는\바다 빛깔 생생하게 물무늬진\자유를 먹이기 위해 꽁
치를 굽는\엄마를 울리지 말아다오.

──〈꽁치를 구우며〉에서

풍요한 식탁의 행복을 위해 꽁치를 굽는 어머니의 영상이 아니다.
'소금만큼의 눈물을 흘리며'라는 눈물 깃들인 나그네길은 결국 의미의
城을 쌓기 위해 '그 어딘가에 있다는' 미지의 공간을 위해 삶의 지표
를 설정하고 있다는 점에서 다층적인 의미를 내포한다.
자유를 먹이기 위해서는 곧 자기를 위한 고통의 부메랑으로 돌아오
는 일이지만 그 우회적인 방법은 상징의 숲을 해체하는 절차가 있어
야 이해할 수 있다. 이런 행로의 나그네는 무언가 대가를 바라는 요망
이 아니라 '제 살들이 풀어낸 더운 피 삭아 내리고\추운 세상의 모퉁
이에서\하얗게 부서지는 날\그대의 맑은 향기 될 수 있을 거라고'<유

4. 서른 세 살의 정신 지도　375

자차를 담그며>에 이르러 김혜선이 지향하는 마음의 여백은 본질에
이르게 된다. 자기 아픔의 대가를 치르고 보상을 바라지 않는 헌신 위
에서 고담한 향기의 유자차는 곧 시인 자신의 향으로 바뀌어지는 중
층적인 의미의 옷을 입게 된다.

4.

김혜선의 시는 너와 나라는 대상을 하나로 결합하는 구조를 시의
전개로 내세운다. 이는 단순한 나열의 방도가 아니라 일체를 이루기
위한 정신의 질감으로 인식되는 부분에서 그렇다. <강물>은 이런 단서
를 확인하는 매듭이 될 것이다.

> '그대와 나 사이에 보이지 않는 강물이 흐른다\…략… \그대와 나
> 의 경계에서\강물은 우리를 배경으로\강폭만큼의 거리를 두고 홀러가
> 지만\언젠가 한 번은 만나게 될 것이라고\희망은 그대와 나 사이를
> 떠다닌다.

──〈강물〉에서

김혜선의 정신에서 의미를 만나기 위한 방법론을 제시해 주는 구조
의 시이다. 대상을 그대라는 미지에 두고 갈등과 대립을 유지하지만
언젠가는 「하나의 공간」으로 통합을 믿는데서 그의 시는 건강하다.
서른 세 살의 지도를 그리는 김혜선의 정서는 표표히 날리는 자유
를 위해 길 떠나기를 결행하지만, 삶의 무게를 아름다움으로 채색하는
방도를 카타르시스의 묘미로 변환하는데서 그의 시는 서정의 숲을 연
상하게 한다. 아울러 먼 미지의 대상을 위해 하나이기를 소망하는 신
호를 외롭게 보내는 머리칼 날리는 중년의 모습이 연상되는 페이셔스
의 시인이다.

5. 시적 조화를 위한 팡세

—임인숙의 시—

1. 시를 위한 팡세

시의 얼굴은 어떻게 나타나는가? 이런 의문을 설정하고 나면 해답을 찾아야 하는 방도가 묘연하다. 시는 결코 현상적인 문제로 해결되는 대상이 아니라 추상의 숲에서 만나야 되는 개념의 일종이기 때문이다. 안개의 숲에서 파스텔톤의 모습으로 다가올 때, 명징하게 증명으로 설정할 수는 없지만 시는 그렇게 우리 앞에 아름다움으로 나타난다. 다시 말해서 부정의 깃발을 달기에는 무지가 앞서고 또 긍정의 답안을 제출하기에는 확실한 인식의 방법이 없다는 점이리라. 그렇더라도 시는 보이지 않는 음성으로 지상과 천상의 소리를 메신저로 전달하면서 인간의 가슴에 아름다움의 불을 지핀다. 이럴 때 시의 임무를 부인할 수는 없고 또 시의 고귀한 자태를 찬양하는 결론에 이르게 된다. 하여 시의 임무는 인간의 곁에서 확고한 영역을 구축하고 존재의 길을 넓히고 있다.

시는 생활 속에서 시작되고 또 살아 있는 자를 위한 헌신에 손짓을 보내지만 이를 알아차리는 일은 인간의 의식이 깨어 있는가 그렇지 않는가의 여부—인간의 지적인 여유에 의해 필요의 문을 확보하게 된다. 어려운 생활에서 시는 인도자의 임무를 수행할 수 있고 또 행복한 사람에게는 시의 역할이 치장으로의 고귀함을 인식하게 되었다. 요컨대 시는 살아 있는 사람의 곁에서 격려와 위안과 아름다움으로 삶의 터전에서 힘으로의 에너지를 공급한다. 결국 시는 인간의 생에 풍요와 신념의 因子로 모성애를 발휘한다. 결국 시의 신은 사랑으로 시작해서 사랑으로 삶의 터전을 풍성하게 조장한다는 결론에 이른다.

임인숙의 시는 생활 속에서 힘의 에너지를 간직하고 있고 추억의 깊이에서 아름다움을 노래하는 줄기를 가지고 있다. 너와 나의 인식에서 어떻게 융합되는가의 여부 그리고 삶의 모순에서 갈등으로 빚어지는 가지가지의 표정, 그리고 삶의 진지성과 어머니의 헌신, 주홍 바다에 그려진 아름다운 추억의 사랑 등이 교직되면서 의식의 그림을 그리고 있다. 이제 그 모습을 대면하면서 임인숙시인의 연기를 조감한다.

2. 삶, 그리고 모순

살아야 한다는 것은 인간이 선택하든 그렇지 않든 어찌할 수 없는 필연의 길이라는 점에서 숙명의 칼날 위에 서게 된다. 무서움에 떨면 떨수록 두려움의 얼굴은 더욱 크게 다가오고 또 도전의 용감을 발휘하면 그럴수록 삶의 표정은 작아진다는 점에서 인간 앞에 다가온 운명적인 손짓이다. 칼과 방패의 모순도 이런 이치에서 빚어지는 노릇이고 또 벗어나려는 오만을 보일수록 모순의 양날은 더욱 큰 형상으로 압도한다. 그렇다면 어떻게 살아야 하는가의 의문에 대한 대답은 이미 철학의 사냥으로 마감된다. 존재하는 것에 대한 소회를 임인숙의 육성으로 접한다

내가 떠나면 나의 그림자가 사라지듯
그의 그림자도 사라진다
내가 바람에 불리면 그도 휩쓸리듯

나는 나의 그림자를 만들고 싶어한다
나무처럼 서 있는
박혀있는 나의 그림자는.

——〈그림자〉

　존재하는 자만이 그림자를 만들 수 있다. 죽어 있는 사람은 그림자를 가질 수 없다는 점에서 그림자는 곧 자화상으로 확인된다. 여기 존재라는 말은 곧 그림자를 이끌고 가는 일이 사는 일이고 여기서 모순이라는 어휘는 파생된다. 왜냐하면 산다는 일은 하나의 길이 아니라 多技한 갈래에서 선택의 문제를 끊임없이 강요당하는 일이기 때문이다. '내가 떠나면'이라는 가정을 앞세워 놓고 '그림자가 사라지는'것과 동시에 '그'라는 인칭의 존재도 소멸된다. 결국 이 세상의 주인은 「나」로 시작하고 나를 벗어나서는 우주의 숨소리조차 없어지게 된다. 임인숙의 인식은 「나」라는 중심에서 대상을 숙고하면서 삶의 일정을 계산한다. 이리하여 강렬한 존재 문제는 '나무처럼'이라는 곧은 의지를 내세우면서 '나는 나의 그림자를 만들고 싶어한다'라는 존재관을 나타낸다.

　나무처럼 확고한 의지를 세우면서 살아간다는 것은 어려운 일이다. 그러나 이런 목표를 설정하고 살아가는 인간은 선한 목표에 이르는 길을 확보한 사람이기에 그의 행위는 도덕적 가치의 문제로 남는다. 임인숙의 의식은 그림자를 만드는 명료함으로 존재의 길을 떠나는 셈이다.

　인간은 살아야 한다는 명제를 충족하기 위해 모순의 양날을 왕래하는 길을 만든다. 누구도 대답을 마련해 주는 사람이 없다는 점에서 임인숙의 고민은 이렇게 시작된다.

> 가난의 사슬이 죄의 구슬을 엮어
> 목에 걸었다
> 아무리 칼라 깃을 높여도
> 드러나는 목
> 그 목을 감출 수 없다

——〈해바라기의 슬픔〉

시는 언어의 상징에서 시인의 정신계를 조감하는 비법을 간직하고 있다. 해바라기라는 이미지를 통해서 결국 자화상을 그려 나가는 점에서 시와 임인숙의 정서는 일치점을 형성하면서 현재의 상황을 적시하고 있다. 즉 해바라기 알알의 많은 숫자의 개념들이 가난으로 전환하면서 그 아픔의 목을 감추려 할수록 오히려 선연하게 드러나는 일이 생활의 아픔이자 고통으로 삶의 표정을 감지하게 될 때 처연한 연민이 상정된다.

사는 일의 반복은 선과 악의 교차에서 행과 불행 혹은 일상의 일들이 일정한 의미로 전달된다. '살다 보면 흉이 되는 이야기가\내 이야기로 되는 일이 있지'라는 상반된 암시로 교훈을 남기면서 타인의 아픔이 나에게는 위안이 될 수도 있고 또 타인의 불행에서 의사전염의 통증을 느끼는 일이 결코 무의미를 생산하는 일만은 아닐 것으로 요약된다. 임인숙의 시에서 이런 동질성을 느끼는 일은 그의 성품에서 오는 따스함의 진원으로 인식된다.

살아가는 일이 기쁨이기보다 오히려 눈물 쪽에 근접한다는 것은 누구나의 인식일 것이다. 그러나 다가오는 슬픔을 어떤 모습으로 맞이하는가는 인간의 품성에 따라 다르게 반응한다. 임인숙의 경우 확연한 구분에서 화합의 손을 내민다.

> 혹 아니면 백이기를 원하는 내 삶이 모순이라면
> 어쩔 수 없이 나는 모순에 살해되어야 한다
>
> 꿈을 꾸며 정신병을 앓으며 살아야 하는 나는
> 필수과목으로 선택한 일상생활이
> 절대 가치로부터 멀리 존재한다면
> 하루 빨리 정신의 자유를 회복해야 한다
>
> ──〈모순의 팡세〉에서

모순된 두 개의 상황을 어떻게 처리하는가는 인간사의 문제이고 또 벗어날 수 없는 일이지만 이를 어떻게 처리할 수 있는가는 결국 개인의 문제로부터 변화를 맞게 된다. '혹 아니면 백'이라는 두 개의 상반성이 풀어야 할 명제이면서 아울러 삶의 방향을 결정 지우는 대상이된다. 그러나 '어쩔 수 없이'라는 절박함의 절벽에서 '모순에 살해되어야 한다'라는 단호한 입장은 곧 시인의 삶의 반복성에서 결론으로도출된 문제이지만 피나는 싸움으로 승리자의 깃발을 움켜쥐겠다는의미보다는 순명에 따르겠다는 작심이 보인다. 모순은 인간에게 다가오는 필연적인 이름이지만 이를 벗어나는 방도가 없을 때, 도전의 자세와 따르는 자세로 분리된다면 임인숙의 경우는 후자 쪽에서 삶의표정을 일구는 느낌을 준다.

3. 너와 나 그리고 융합

하나와 하나를 따로 떼어놓기보다는 둘로 결합한다는 것은 이상이지만 인간은 이상의 높이를 위해 헌신하는 자세를 보이는 것이 常情

이다. 임인숙의 경우 너와 나로 갈라진 개체를 하나로 융합하기 위한 작용을 생각한다. <수평이 된 수직1. 2>와 <너는 나의>, <너와 내가 둥지를 틀고> 등에서 나를 중심으로 『하나』로의 길을 제시하고 있다.

> 수직이 수직을 바라보며 수평이 된다.
> 수직의 머리가 90도로 되고
> 수직의 손이 싹싹 비벼지고
> 수직이 수평이 된 수직을 바라보고 있다.
> 수평이 된 수직이 빌고 있다
> 수직이 수평이 되어야 하는 그 하나의 이유 때문에
> 수직이 뻘뻘 땀을 흘리며 어처구니없이
> 수평이 된 수직을 바라보고 있다.
>
> 수평의 깨달음을 읽은
> 말이 없는 수직이
> 수평이 되어야 하는 그 하나의 이유로
> 용서하고 있다
> 용서하고 있다.

——〈수평이 된 수직. 1〉

수평이라는 것은 수직이라는 상황이 급변하는 처지를 이름하는 것 같다. 수직과 수평은 본질적으로 서로 다른 상황이지만 둘이 하나가 되는 방도는 없을까라는 의문에서 '수직의 손이 싹싹 비벼지고\수평이 된 수직이 빌고 있다'에 이르면 수직이라는 처지가 수평이라는 화학적인 반응으로 변모하는 것 — 순리로 돌아가는 일이라는 암시를 갖는다. 수직은 키의 높이가 수평과는 다르다. 그러나 수직이 항상 수직으로만 고집될 때, 인간의 주변은 끊임없는 불화의 요소들이 들끓게 된다. 결국 키를 낮춰 수평의 낮은 키로 돌아갈 때 화평이 다가온다. 이리하여

'수평이 되어야 하는 그 하나의 이유로' 용서하고 있다를 반복하는데서 화해의 장면으로 이어진다. 이런 문법은 「나」라는 개성의 주장보다는 오히려 나를 너라는 대상에 용해할 때 행복한 키 낮춤이 이루어질 수 있다. '수직은 수직이 되어도 상관이 없지만\맞서 있는 수직을 위하여 낮춰야 한다'<수평이 된 수직. 2>에서 수직은 개성을 없애는 것이 아니라 수직의 개성을 버리지 않으면서 상대를 이해할 수 있을 때 비로소 '상관 없음이 아니라 상관 있음의 관계이므로'라는 「하나로의」 장면을 연출하게 된다. 그러나 화해로의 길을 넓히는 방도는 전조를 가져야 한다. 다시 말해서 예비적인 일이 있음으로 본론의 단계를 밟게 된다는 점이다. <너는 나의>에 이르면 이런 예비는 무엇을 지향하는가의 이해가 앞선다. '너와 나의 관계가 고요, 폭풍, 눈물, 고뇌,생명, 암흑, 희망, 파도, 바람, 빗줄기, 햇볕, 구름, 웃음, 콧물, 부모, 자식이다가\끝내 너는 나의 눈물이 되어 만나는 만남' <너는 나의>으로 이어지면서 생의 모든 것을 내포하고 있는 함축성을 나타낸다.

고요를 위시해서 인간의 내면적인 아픔과 행복 그리고 자연현상의 파도와 바람에 이르기까지 살아 있는 사람이 직면하는 모든 것들이 포함되어 있다. 다시 말해서 자연과 인간의 일들이 모두가 너와 나라는 관계에 끼어들 수 있다는 것은 그만큼 가까움다는 암시로 변환된다. 결국 너와 나라는 이원성에서 끝내 눈물이 되어 만나는 결합에 이르러 목표의 완성에 도달하게 된다는 점이다. 결국 융합을 위한 질서가 수많은 무질서의 숲을 헤쳐 온 승리의 결과— 눈물을 지불하고 만나는 이야기가 된다. '그래서 내 피가 너의 피와 둥지를 틀고' <너와 내가 둥지를 틀고>에 이르러 둥지라는 일정한 공간을 마련하는 안주처를 갖는 임인숙의 정신문법이 형성된다.

4. 바다에 이르는 풍경

바다에 이르는 길은 각기 다르다. 작은 공간을 흐르는 냇물이 모여들어 커다란 흐름을 형성하여 진행하다 보면 넓이로 진행하는 大海를 만나게 된다. 흐름은 결국 대해라는 공간을 위해 헌신하는 자세일 때 감격의 이름이 함께 하게 된다. 아울러 임인숙의 주홍빛 바다 연작시는 일정한 목표를 가지고 의식의 초점을 형성하면서 그 최초의 조짐은 <주홍빛 바다의 풍경>으로 시작된다. 물론 시어의 뉘앙스—주홍빛에서 낙조의 형상이거나 일출의 경우인가는 경우에 따라 다르게 다가온다.

> 한 여자를 한 남자가 꽃잎 밟듯 밟고
> 만남을 한다.
> 불나비처럼 어둠의 춤을 춘다.
> 그래도 태양은 머리 위로 뜬다
> 더 밝게 더 크게 더 높게
> 영원한 테마로
> 으드득 이를 가는 한 여자 한 남자가 거기 서 있다
>
> ——〈주홍빛 바다의 풍경〉

시적인 페르조나는 남자로 분한다. 주도적인 행위의 주체가 여자를 대면하면서 시의 진로를 결정할 때—그 모순의 처지를 '으드득 이를 가는 한 여자와 한 남자가 거기 서 있다'에 이르러 여자를 '꽃잎 밟듯'의 모순에 대한 주홍빛 바다의 풍경이 드러난다. 그러나 둘의 결합은 '태양'과 밝게 크게 높게라는 이상적인 목표를 위한 발돋움 때문에 영원한 테마는 변함없는 진리로의 방향을 결정한다.

사랑은 갈등에서 행복을 발견하는 일이라면 갈등은 행복을 위한 문이라는 점에서 긍정으로 맞을 일이다. 다만 아픔을 참는 일에 능숙해야 한다는 조건이 따르는 일이지만. . . . .

> 기억만으로도 나는 아프다
> 가슴이 저리고 어지럽다
> 숨이 차다
> 피할 수 없는 기억을 피하는 방법은
> 확실히 기억하는 것
>
> ——〈주홍빛 바다. 1〉

과거를 현실로 이끌어 올 때는 행복하다는 기억과 외면하고픈 기억들이 교차한다. 임인숙의 경우는 피하고 싶은 기억을 외면하는 것이 아니라 '확실히 기억하는 것'이라는 정면 승부에서 기억의 편린들을 소유하려는 발상을 갖는다. 물론 어지럽고 가슴이 저리고 숨이찬 절박성조차 용해하려는 것 때문에 기억들이 오히려 소중함으로 전환된다는 뜻이다. 그러나 애달픈 풍경화로 기억들을 채색하는 이름이 여백으로 남는다.

> 조각이 되어 버린 너의 모습
> 나는 돌이 되어 그 위를 걷는 바람이네
> 나의 바램은 너의 꽃이 되길 원했지만
> 키를 넘어 불어오는 너의 찬바람
> 너는 나의 눈물을 키우는 심지
> 나는 눈물을 키우는 흔들리는 불.
>
> ——〈주홍빛 바다에서. 2〉

시간의 간격이 멀어졌을 때 기억을 붙잡는 아픔이 스며 있는 작품이다. '너의 꽃이 되길 원했는데'라는 데서 애절함이 파생되고―너의 찬바람 때문에 슬픔의 바다가 일렁이고 주홍빛의 처절함이 눈물을 키우는 심지로 불이 붙어, 영원을 지키려는 애절함과 그리움의 키와 비례하고 있다. '멀기만 한 너\같아질 수 없는 마음에\맘놓고 뿌리 내릴 수 있는\커버려 슬픈 눈빛만 오면'<주홍빛 바다. 3>으로 참혹한 그리움의 이유가 피빛 바다의 색깔과 같아지기를 바라는 소망만으로 이름을 각인 된다. 결국 임인숙의 주홍빛 바다는 멀리 있는 대상과 하나로의 길을 만들고 싶어하는 소망이 이미지의 옷을 걸치고 의식의 이름을 깨우치고 있다는 점이다.

5. 표정 바꾸기 연습과 어머니

배우는 행동으로 상황을 연기하는 이름이다. 표정을 처지에 따라 변모시켜야 하는 일은 기쁨이기보다는 오히려 슬픔의 누선을 자극하는 일이다. 그렇다면 자기의 본색을 감추고 어디까지 변화의 길을 넓혀야 할 것인가? 그리고 이런 일은 무엇을 위함인가의 여부가 슬픔으로 바뀌는 일이 될 때, 배우의 연기는 피에로의 운명을 자극해야 한다. 그것도 살아가는 도정에서의 변호를 위함이라면 그 슬픔의 깊이는 푸르게 다가온다.

> 반쯤은 짐승이 되자
> 보리싹처럼 자라는 가슴 싹뚝 자르고
> 넘치는 사랑도 마셔버리고
> 술처럼 태워 버리고
> 나는 없음으로 오오 나는 없음으로
> 무엇이 되기 위한 목숨인가

풍성한 만찬 앞에 생명도 값없다
그 어떤 것도
흐르는 물에 거꾸러지는 허상들
어쩌다 짐승이 된 허수아비가 운다
사람이 되기 위한 인간의 연습은 어떤 것일까
무대에서 울고 웃던 배우의 작은 몸짓은?
짐승이 된 허수아비는 욕망의 탑을 하나하나 부수며
기침을 한다

—〈배우1〉

　인간은 누구나 배우로의 삶을 살게 된다. 셰익스피어의 말처럼 누구
나 무대 위에서 띠뚝거리다 사라지는 존재로의 인간의 운명을 처연스
레 바라본 시선에서 인간의 삶에 대한 아련함을 불러온다. 능동적인
주연으로의 삶을 살았는가 아니면 조연으로의 움츠린 일생인가의 여
부는 전적으로 자기 자신의 문제로 돌아간다. 임인숙의 경우는 살아가
는 길에서 만나는 일에서 느끼는 애환의 교차가 빈번함을 느끼게 한
다. 짐승으로의 허수아비와 사람이 되기 위한 인간의 연습에서 파생되
는 갖은 일들의 소감이 저마다의 다른 표정으로의 유추를 남기고 있
기 때문이다.
　'관객을 바라보아야 한다\하나만의 관객을 위해서도 비린내 나는\삶
의 대사를 외워야 한다\울기 위해 웃어야 하고\웃기 위해 울어야 하
고'<배우3>처럼 '나는 너를 위해' 웃음과 울음을 바꾸어 연기해야 하
는 일이 배우의 슬픈 운명으로 남고 있다. 임인숙은 배우라는 스스로
의 처지에서 변화를 위함이 너라는 대상을 위함이라는 점에서 질축한
슬픔의 연기가 아니라 고단한 일상을 충직하게 살기 위한 조화의 길
을 만들기 위한 연기라는 느낌이 우선한다.
　어머니의 삶은 헌신에서 자기를 버리는 운명을 사랑한다. 그러나 희

생의 깊이를 계산하지 않는 그의 삶은 커다란 사랑이 되어 자식의 삶에 동력을 제공하는 큰 삶이 된다. 임인숙의 시의 어머니에 대한 곡진함은 흔하지 않지만 떠나지 않는 사랑의 바다에 이르기를 소망하는 느낌을 준다.

> 어머니는 시집의 십자가를 지시고
> 또 어머니는 딸의 십자가를 지시고
> 물레방아처럼 돈다
> 물레방아처럼 돈다
>
> ──〈어머니2〉

어머니의 일생은 스스로의 아픔을 견디는 시집살이에서 시작되고 이내 자식들을 위한 헌신에 생애를 걸면서 그 일생은 단조하지만 끊임없는 반복의 희생을 마다하지 않을 때 그의 자리는 빛나는 길을 만들게 된다. '생활의 지뢰밭 속에서 푯말을 알려주는 손\말을 잃고 헤매일때마다 말을 찾아 주고\신발이 벗겨지지 않도록\신발이 바뀌지 않도록 항시 염려하는 손\오늘도 입술이 부르튼 모습인 채로\십자가처럼 메달려있는 마른 가슴. '<어머니1>으로 사랑의 키를 늘이는 어머니의 모습은 가히 인도자의 자리를 벗어나는 법이 없다. 임인숙은 어머니의 사랑에서 스스로의 키를 알았고 여인의 길을 터득하는 머나먼 생의 고단함을 위로하는 삶의 이정표를 세우고 있는 느낌이다.

6. 나가는 길에서

시는 인간의 전부를 보여주는 거울이라는 점에서 시인이 살아온 전 도정이 거울로 나타난다. 임인숙의 시에는 포근한 햇살이 아늑하게 펼쳐진다. 물론 삶의 고단함이나 너라는 미지의 대상에 이르기 위한 아품조차도 아름다움으로 포장된 미학을 내포하고 있기 때문에 친근미를 유발한다.

삶의 모순을 용해하려는 의지의 표정이나 대상을 하나의 공간에 포괄하려는 생각들이 시의 뼈대를 이루면서 주홍빛 바다는 연출된다.

비록 명징하고 투명하지는 않을지라도 시를 위한 먼길을 쉬임없이 가고 있을 때 염려는 희망으로 변환될 것이라는 위안을 건네며 논지의 책무를 마무리한다.

6. 정서의 갈래와 의식의 調律

—우보환의 시—

1. 시의 입구로부터— 제복과 시

시의 특성이 자유라는 옷을 입는다면 제복은 자유라는 의미와는 다를 것이다. 그렇다면 제복과 시는 전혀 어울리지 않을 것 같지만 이런 발상을 넘어서는데서 새로운 영지가 확보될 것이다.

우보환은 제복—군인의 세계에서 시를 일구는 사람이다. 시는 환경과 밀접하게 정서를 결합하는 예술이라면 제복은 획일성과 제한적인 의미로 사용된다. 그러나 참된 강함은 부드러움이고 부드러움은 곧 강함을 이길 수 있다는 이치에서 제복—군인의 경우와 시는 이질적인 것이 아니다.

그 첫째는 정신의 산물이라는 점에서 공통점이 있다. 군인은 조국을 수호하는 임무에 신명을 걸고 산다면 시 또한 정신—시정신이라는 말은 기초적인 뜻이다. 정신을 집중하여 조국을 지키는 일이나 시를 쓰기 위한 일념의 정신은 곧 일치점을 형성하게 된다. 이 점에서 군인의 정신과 시인의 정신은 다른 것이 아니라 하나의 속성으로 합치된다.

두 번째는 군인이나 시인은 깨끗함을 추구하는데서 일치점이 있다.

깨끗함은 순수를 지향하는 일이고 순수는 곧 인간의 아름다움을 추구하는 일이 귀일 된다.

　군인은 조국을 지키는 일에 邪됨이 없는 일이 최종의 목표라면 시인은 순수와 질박함에서 군인의 경우와 같아지고 여기서 감동을 줄 수 있는 계기를 마련하게 된다. 결국 군인은 조국을 위한 순수라면 시인은 감동의 산물을 위해 순수함을 지키려 한다. 이런 공통점은 전혀 이질적인 것처럼 생각하지만 진실로 가는 길에서는 완전하게 일치하는 군인과 시인의 길인 셈이다.

　우보환은 두 번째 시집을 상재하는 시인이자 군인이다. 그의 시는 선입견을 벗어 두면 전혀 군인이라는 생각이 드러나지 않는 순수한 마음을 가지고 산다. 그러나 그의 정신 속에는 강함이 번뜩이고 조국을 사랑하는 의식이 확고하다. 겉으로 드러내는 선전이 아니라 안으로 감추고 살아갈 줄 아는데는 의지가 있어야 하기 때문이다. 이는 그의 정신을 나타내는 시의 흔적으로 증명되는 절차를 밟아 갈 것이다.

2. 정신의 갈래들

1) 어머니와 고향

　어머니와 고향은 별개의 공간이 아니라 하나의 공간으로 설정된다. 다시 말해서 어머니는 생명의 고향이라면 실제의 고향은 생명을 키워 준 공간으로의 역할을 뜻한다.

　두 개의 공간은 어느 때나 애절하고 간절한 그리움으로 가슴 깊이에 사랑을 남기게 된다. 이는 가슴에 영원히 刻印된 흔적을 결코 지울 수 없다는 인식을 앞세울 때 영원한 이름으로 자리잡게 된다.

> 비오는 여름날에는 내 고향에 가리라
> 흙냄새 물씬 풍기는 그 맛따라

비닐우산 빙빙돌리며
옥수수, 감자 무르익는 텃밭에 마음을 두고
내 어릴 때 소꿉친구와
미꾸라지, 당치잡아 매운탕 끓여
땀 펄펄 홀리며 단숨에 먹던
그 시절 그 추억 가슴에 새기며
초가지붕 굴뚝에서 밥 짓는 연기가 무르익고
소를 몰고 들어오는 목동 뒤편 너머로
저녁놀이 붉게 타는
내 고향 성뚝길 그 길 따라 가리라

———〈비오는 여름날에는〉

　　고향의 정감이 짙게 스며 있는 회상조의 작품이다. 추억은 항상 아름답지만 어린 날들의 기억과 결합하면 더욱 애조를 띤 파스텔화적인 환상미를 부추긴다. 비닐 우산을 빙빙 돌리던 어린 날의 기억이 우보환에게는 크게 작용하고 있기 때문에 첫 머리에 '비오는 여름날에는 내 고향에 가리라'라는 시어를 동원하게 된다. 농촌의 정서가 어른이 된 오늘에도 변함없이 기억을 붙잡는 자잘한 일들에서 '그 시절 그 추억 가슴에 새기며'라는 아름다운 자연과 동화된 풍경을 만나게 된다.
　　시는 자연을 결합하는 예술이라야 한다. 다시 말해서 인간이 시를 쓰지만 인간도 대상화 할 때는 자연의 일부이고 또 자연을 벗어나지 못하는 존재일 뿐이다. 자연이라는 대상은 가시적인 범위가 아니라 不可視의 대상이기 때문에 心眼이라는 것을 통해서만 자연의 眞有를 확인하게 된다. 그러나 마음의 눈을 갖는다는 일은 아무나 이룰 수 없는 속성을 뜻한다. 가령 하늘 한 쪽에는 무수한 현상이 내포되어 있지만 이를 알아차리는 것은 아무나 깨닫는 것이 아니다. 전화 소리를 듣고 전파를 이해한다는 것은 이미 무지한 일이다. 여기서 심안은 시인의 의식을 깨우치는 가장 절실성의 문제가 된다. 시인 일 수 있는가 아닌

가는 바로 마음의 눈에 따라 달라진다 해도 과언이 아니다. 우보환은 마음으로 찾아가는 길이 매우 넓다는 인상이 '저녁놀이 붉게 타는\내 고향 성뚝길 그 길 따라 가리라'를 연상하는데서 떠날 수 없는 환상적인 추억제를 올리고 있다.

　우보환의 고향은 <내 고향 강화도>의 시를 볼 때, 역사의 흔적이 짙게 스며 있는 강화도의 정경이 들어온다, 그리고 역사의 자취가 오욕으로 스며 있고 몽고와 청나라의 침략에 저항했던 뼈대를 자랑스레 생각하고 있다. 그러나 轉轉하면서 살고 있는 우보환에게 때로 고향은 낯선 이방의 심정을 느끼게 된다.

　　　　고향은
　　　　늘
　　　　제자리에 있는데
　　　　타향같이 느껴진다
　　　　마음은 언제나 고향을 넘나들지만
　　　　발길은 타향에서
　　　　분주하기만 하다
　　　　타향의 내음이
　　　　짜릿하게 물씬 풍기면
　　　　타향같은 고향에 가슴 적시네
　　　　타향같은 고향
　　　　내 마음의 동경은
　　　　고향의 그 냄새
　　　　어쩔 수 없는 향수

　　　　　　　　　　〈타향같은 고향〉

　생활에 묶이어 어쩌다 찾아가는 고향은 때로 낯선 이방 의식을 느낄 때 서운한 감정이 앞설 것이다. 고향의 산천은 언제나 그대로인데도 느끼는 감정에서 고독감을 불러일으킨다. 결국 향수에 고향을 묻고 타향에서 고향 같은 생각을 가져야 한다는 위안은 '어쩔 수 없는 향수'라는 체념을 남기는 걸로 마무리 된다. 물론 그 타당한 이유가 드러나 있지 않지만 고향을 생각하는 농도가 짙으면 짙을수록 실망의 농도 역시 깊어지는 것 같다.

어머니는 항상 자식 생각으로 전전긍긍하면서 하루도 편한 날을 갖지 못하는 것은 예나 이제나 다름없는 일일 것이다.

> 어머니가 우신다
> 자식이 다자라 한 아이의 아버지가 되도
> 그 자식이 자라 커가는 그만큼
> 한없는 눈물을 흘리며 어머니가 우신다
>
> 어머니가 우신다
> 모진 세월 다 이기시고
> 이제는 자식들 덕좀보며
> 편안한 잠 주무셔도 되건마는
>
> 그래도 미더워 자식들 어이될라
> 샛별같은 정성으로 오늘도 우신다
>
> ──〈어머니〉에서

우보환의 시에 아내와 어머니의 시 이외에 가족 관계의 작품은 거의 없는 편이다. 이는 깊게 각인된 절실성을 지적하게 되는 바, 아내는 사랑의 절대성에서 시의 이름으로 다시 탄생한다면 어머니는 이와는 달리 자식을 염려하고 근심하는 정에 이끌린 결과로 보인다. 이젠 장성한 자식들 걱정을 안해도 되련만 항상 근심과 걱정을 껴안고 살아가는 어머니의 정감은 누구의 어머니나 다를 바가 없을 것이다. '어머니가 우신다'를 반복한 강조는 결국 우보환의 가슴에 강한 파문으로 남아 있음을 뜻한다. 이런 애틋한 마음은 그의 일상생활에 대한 근면한 삶의 표정으로 나타난다는 점에서 인간미와 결부되는 점이다.

2) 사랑의 노래

사랑이란 인간의 근원으로 돌아가는 자각의 문이 될 것이다. 물론 남녀의 사랑을 전제로 할 때 사랑은 창조의 빌미를 제공하는 원인이 된다. 至高하고 아름다운 사랑은 인간의 가치에서 가장 고귀한 의미를 담고 있기 때문에 안타까운 갈증으로 남게 된다. 그렇더라도 신기루와 같은 사랑을 위해 먼길을 터벅이는 나그네의 행로를 마다하지 않는다. 물론 사랑은 어머니의 모성애를 위시해서 남녀간의 이성적인 사랑이나 우정으로의 사랑 등 헤아릴 수 없는 갈래를 갖지만 아무래도 사랑은 이성적인 사랑에서 기쁨과 悅樂을 예외로 하지 않는다. 우보환의 시에서 맨 처음 만나는 것은 사랑을 승화시키려는 작심을 읽게 된다. 이는 그의 인간미를 투영한 일면 삶의 진솔성을 응축하는데서 스스로의 세계를 織造해 가는 인간화의 또 다른 변형으로 보인다.

그리움이라 말하고픈
이내 심정
허공에 띄우면서
영혼의 그림자도 없는
발가벗은 소망으로
난 너를 여지껏 내 품에서 잊은 적이 없다

찌든 삶, 괴로운 삶, 허무한 삶
늘 일상의 반복이지만
인간의 삶은 그리움 하나
먹고사는 것

——〈그리움이라 말하고 싶다〉에서

　　사랑은 그리움으로 시작되기에 그리움은 사랑을 위한 전초의 역할을 수행한다. 이리하여 사랑으로 가는 길을 찾기 위해 온갖 심혈을 태우지만 사랑은 언제나 확연하게 모습을 드러내 놓지 않기 때문에 안타까움을 갖게 된다. 우보환의 사랑은 일차적으로 대상에 그리움을 표출함으로 사랑을 찾아가는 길을 만들게 된다. '찌든 삶, 괴로운 삶, 허무한 삶'에서도 그리움의 발동은 곧 사랑으로의 전환을 마련하기 위해 희망의 높이를 설정해야만 한다. 인간은 양식을 먹고사는 것이 아니라 사랑을 먹고 살 때 참된 인간의 길을 가게 된다. 왜냐하면 사랑이란 에너지를 갖고 있고 또 이 에너지를 발산할 수 있을 때 인간의 행복은 찾아오기 때문이다. 우보환은 일차적으로 순서를 마련하면서 사랑의 깊이로 향하는 문을 찾는다.

> 내가 그토록 사랑하는 님은
> 날버리려 해도
> 항상 풋풋한 싱그러움으로 나의 가슴에 와 있다
> ……략……
> 그녀는 내 마음을 아는지 모르는지
> 늘 외길이지만
> 난 언제나 그대 향한 그리움으로
> 소나기 뒤의 무지개를 본다
> 내가 그토록 사랑한 님은
> 내 마음 몰라도
> 나의 마음은 늘 그녀
> 언제나 일방통행
>
> ——〈사랑. 1〉에서

사랑은 한 쪽만으로 갈 때도 항상 헌신을 전제로 시작된다. 참된 사랑이란 바라보는 것으로도 사랑의 농도는 아름다움일 것이다. 우보환의 사랑은 대상이 버린다 해도 변함없는 애정으로 '나의 가슴에 와 있다'라는 고백을 심음으로 깨끗하고 至純한 마음을 보내고 있다. 결국 '늘 외길이지만'의 한계를 절감하면서 그리움의 깊이가 '소나기 뒤의 무지개를 본다'라는 환희의 경지를 찾아가는 결과로 사랑의 즐거움은 보상적인 결말에 이른다. 결국 '일방통행'이라는 결말을 이해할 수 있다는 것은 아름다움과 깨끗함을 공유했을 때 다가오는 발자국소리에 만족을 남기게 된다.

우보환에게는 옛날의 사랑을 우연스레 만났을 때, 그저 친구와 같은 감성을 가질 수 있다는 냉철함을 나타낸다.

> 서로 사랑하면서도
> 그냥 그렇게 헤어지기까지
> 사랑한다는 말은 서로가 한 마디도 없었습니다
> 우리가 헤어진 것은 어쩌면 당연한 일인지도 모릅니다
>
> 그런 그녀를
> 이십년 동안 잊고 살다가
> 우연처럼 만났을 때
> 그저 친구 같았습니다
>
> ──〈보라빛 향기 날리며 가슴 조이던 시절〉에서

짝사랑의 옛사람을 만났을 때, 설레임과 아쉬움보다는 오히려 감정이 고갈된 담담함에 스스로를 확인하고 있다. 여기에 추억과 진한 흔적들이 사라진 감정의 변화에서 '사랑한다는 말은 서로가 한마디도 없었습니다'에서 확인되지 않은 결말에 공허를 만나는 셈이다. 물론 20

년전 갈대밭으로 바람이 오는 때에 만났던 추억은 이미 고갈된 감정으로 추억의 흔적들이 날아간 반추의 기억만 남아 있다는 점이다. <x+y=z>에서 느끼는 여운과 같이 사랑과 증오가 결합하면 결국 그 해답은 이별로 결판이 나듯 우보환의 사랑은 아내의 사랑을 떠나서는 별로 절실성을 느끼기 어려운 인상을 갖게 된다. 아내와의 사랑은 숙명적인 마음으로 생각하는 인상을 준다. 이는 그의 또 다른 품성을 나타내는 증거가 된다는 뜻이다.

3) 아내

아내는 분신이라는 점에서 자기의 모든 것이 된다. 사랑한다는 확인을 안해도 아내는 사랑의 중심이고 핵이면서 삶의 중심을 이룬다. 우보환에게는 유난히 집착하는 아내와의 신뢰는 곧 그의 삶을 이루는 원동력의 기능을 수행하고 있다. 이는 가정으로부터 모든 일이 이루어지는 기초의 역할이 修身齊家治國平天下의 단초를 제공하는 것이다. 다시 말해서 오늘의 우보환을 이루는 인자는 곧 그의 부인으로부터 출발의 시초를 마련한다는 확인이다.

> 나의 아내는 언제나 평범한 여인입니다
> 평범한 여자가 아닌 것 같습니다
> 살수록 단맛나는 여자이기에
> 행복할 뿐입니다
> 잘 해 주는 것도 없는데
> 늘 당신이 최고라고 치켜세웁니다
> 내 생전 백점 받아본 적이 별로없는데
> 나의 아내는
> 늘
> 나보고 백점이라 합니다

　가정은 사회를 이루는 세포 단위이지만 가장 중요한 출발을 마련하는 공간이다. 가정으로부터 삶의 건강한 에너지를 보급 받아 다시 사회에 환원할 수 있는 원인은 가정을 지키는 아내로부터 시작된다.

　백점이라는 단위는 일종의 칭찬에 불과할지라도 무한정으로 신뢰하는 마음을 표출하는 말이리라. 이런 칭찬은 서로의 믿음이 없다면 공허한 일일 뿐 아무런 감동도 제공할 수는 없을 것이다. 그러나 우보환의 경우 '살수록 단맛나는 여자'의 단맛을 깨닫기까지는 쉽게 느껴지지 않을 것이다. '황홀해지는' 스스로에 감동을 받을 수 있다는 것은 곧 사랑의 탑으로 세워진 한 가정을 지킬 수 있는 동력으로의 작용을 배제할 수는 없을 것이다. 결국 '이렇게\행복한가는\오직 그녀 그녀의 덕분입니다'라는 고백으로 우보환의 사랑은 가정으로부터 시작되었음을 알 수 있다.

> 아내는 싸우고 나서도 어김없이 콩나물국을
> 따끈하게 끓여줍니다
> 아내는 늘 지면서도 이깁니다
>
> ——〈아내는 지면서도 이깁니다〉에서

　부부의 관계는 이기고 지는 게임이 아니다. 다만 얼마나 신뢰할 수 있는가의 여부에 따라 가정의 건강 지수는 달라지게 된다.

　우보환은 가정에서 아내의 역할이 훨씬 크고 또 아내의 조언에 따르는 절차를 갖는 것 같다. 이런 양보는 곧 가정을 꾸려 가는 아름다움이라는 점에서 '싸우고 나서도 어김없이 콩나물국을 \따끈하게 끓여줍니다'로 사랑의 헌신을 증명하고 있다. 영원한 걸음을 함께 할 두

사람의 걸음은 한 치의 차이도 없이 삶의 벌판을 가로질러 갈 수 있는
원인은 곧 아내의 역할에서 비롯되는 정경을 바라보는 넉넉함이 있는
가정이다.

4) 이사

집을 옮기는 일은 괴로운 일이다. 정든 사람들을 내버려두고 낯선
곳으로 생활의 터전을 마련해야 하는 일은 우선 귀찮은 점을 제외하
고라도 번거로운 일에 틀림없을 것이다. 명령에 따라 집을 옮겨야 하
는 직업이라면 이런 이사의 경우는 더없이 서글픔을 자극하기에 충분
하다.

> 흩알 하나 날려
> 그냥 거기 앉 듯
> 때가 되면
> 으레 떠나야 하는
> 그런 삶
>
> ——〈이사〉에서

바람에 날리는 씨앗과 같이 이곳 저곳으로 날려 가 정착하는 운명
의 직업을 가졌을 때, 어른들로는 매우 번거로운 일이지만 새로운 세
계에 호기심을 가진 어린애들에게 일종의 재미에 해당될 수도 있다.
'서툰 짐 다닥다닥 쌓아 놓고'의 을씨년스러운 생활에서도 또다시 정
착해야 하는 삶에의 집념을 심어야 하는 생활이다. 이런 일이 분단이
라는 국가의 처지에서 비롯되었겠지만 결국 이런 삶에 충성해야 하는
직업의 특징과 벗어나는 일이 아닐 것이다. 우보환은 이런 삶에서 누
구나 그렇듯, 이골난 생활을 다소 쓸쓸하게 극복해 가는 느낌이다.

개구장이 성진이는
늘 새로운 세계가 좋은 양
아빠 또 어디로 가
음,좋은 곳으로
애들보기 안쓰럽지만
이것이
분단의 한 현실이려니

————〈새로운 세계〉에서

어른은 새로운 적응보다는 오히려 *安存*의 생활을 좋아한다면 '늘 새로운 세계가 좋은 양'을 즐겨 하는 아들의 경우는 오히려 즐거운 모습이다. 어른은 새로운 적응에 많은 시간이 걸리지만 아이들은 전혀 낯선 의식을 갖지 않기 때문이다.

군인의 생활에서 애환을 교차하면서 국가에 충성하는 생활의 단면들을 살피게 된다. 잦은 이사를 통해 국가의 현실을 더욱 공고히 할 수 있는 생각들의 일단도 가족들에게는 미안하고 안쓰러운 일들이지만 이런 생활 속에서 삶의 의의를 찾아가는 성실함을 대면할 때 오히려 믿음직스러운 신뢰가 있다. 국가에 충성하는 성실성을 담보로 하기 때문에 「새로운 세계」가 곧 낯설지 않는 신념으로 생각되기 때문이다.

5) 통일의 염원

분단의 땅에 세월이 바뀐지 근 50여년이 흘렀다. 갈라져야 할 이유가 없는 이 땅에 분단의 고착은 그 시간만큼 아픔과 시련의 시간으로 상쇄되어 왔다.

통일을 염원하는 일은 우보한이 국방의 임무를 맡고 있다는 직업에서 더욱 간절한 소망을 투영할 수 있는 절실성을 가지고 있다. 물론 나라의 통일을 소망하는 것은 비단 군인만의 일이 아닐지라도 절대

절명의 명제로 우리 앞에 서 있는— 풀어야 할 숙제인 점에서 외면할
수 없는 민족의 과제인 셈이다.

> 풀릴 듯 하면서도
> 꼬인 실타래처럼
> 왠지 멀어져만 가는
> 우리 둘의 알 수 없는 관계
>
> ——〈통일 염원. 1〉

간결하면서도 함축적인 이유를 내장하고 있다. '풀릴 듯'이라는 해
답이 있을 것 같지만 항상 꼬여 드는 이상한 문제를 우리 민족은 풀어
야만 한다. 이런 명제는 곧 민족의 갈라짐을 하나로 결합하는 일보다
우선하는 문제는 없기 때문이다. 같은 피를 나눈 동족이라는 사실에서
「우리 둘의 알 수 없는 관계」는 곧 알 수 있는 관계로 바꿀 수 있을
때 진정한 화해의 날을 고대하는 이유가 기쁨의 날이 되어야 한다.

> 나에게 꽤나 관심 있는 척
> 하면서
> 실은 뚱딴지같은 짓만 하는
> 우리 둘의 사이처럼
> 그래서 결국은 갈라서는
> 그런 사이처럼
>
> 곧 하나가 될 듯 하면서
> 하나가 될 수 없는
> 너는 적(赤)
> 나는 청(靑)
>
> ——〈통일 염원. 2〉

피를 함께한 형제가 서로 갈라져서 나는 너를 욕해야 하고 또 너는 나를 욕해야 하는 이유를 찾기엔 너무 답답한 일이다. 이데올로기란 민족이란 단위보다 결코 앞서거나 상위 개념이 아니기 때문에 이런 현상은 어떤 이유로도 합리적이지 못하다. '뚱딴지같은 짓'만을 되풀이하는 너의 소행을 바로잡지 않는 한 동족의 역사는 슬픔의 역사로 점철된다. 이런 이유로 갈라져서 살아야 하는 미명은 적색과 청색이라는 다름에서라면 이는 어리석은 역사를 달려가고 있는 일이다. 우보환은 통일의 염원을 여러 각도에서 찾지만 결국 그 대답은 공허하다는 데서 답답한 현실만 남는다.

3. 에필로그

우보환의 시는 서정성의 바탕 위에 민족적인 생각을 담으려는 發心으로 그의 시적 출발은 의미를 갖는다. 물론 그의 마음은 인간을 사랑하는 생각에서 항상 휴머니티를 앞세우는 것을 기조로 아내를 사랑하고 조국을 사랑하는 생각으로 시의 얼굴을 만들어 나아간다.

고향을 생각하는 정감이나 어머니의 情 등 잊지 못할 사람들과의 관계를 포착하여 시의 무리를 創造하는 자세는 항상 성실하고 따스하다. 이런 모든 생각들은 조국의 통일이라는 생각에서도 다를 바 없이 절실하고 따스함으로 포괄한다. 우보환 시인은 그런 시를 쓰고 있어 다음을 기대할 수 있을 것이다. *

8. 가파른 존재의 이름 또는 조화를 향한 행보
—김하리의 시—

1. 시를 위한 프롤로그

시를 쓴다는 것은 인생을 해석하는 일이고 그 해석은 명징하고 투명한 삶의 기록들로 남게 된다. 물론 시인의 의도는 항상 위대한 시를 위한 呪文을 밤낮없이 염원하지만 정작 이런 소망은 지극히 빈한한 결과를 한탄하면서도 시의 밭을 떠나지 못하는 운명적인 존재이다.

그렇다면 시인의 운명은 삶의 도정과 어떤 상관으로 유추할 수 있을 것인가? 여기에 명확한 답안을 제시할 수 있다는 것은 사실상 至難한 일이다. 왜냐하면 시는 삶을 압축하는 기교를 소유할 수 있는 조건과 언어의 운용에 남다른 재치를 갖는다는 것과 사물을 통찰하는 지혜의 축적 등이 종합적으로 이루어져야 되기 때문이다. 그렇더라도 이를 종합하여 해석하는 독특성을 가질 때 시의 세계는 화려한 득명을 얻을 수 있게 된다. 물론 시는 살아 있는 존재물이다. 이는 생명을 부여받은 하나의 객관물로 탄생할 때 시인과는 상관이 없는 고유한 이름으로 존재를 형성하게 되고 끝없는 해석의 요구를 갖는 생명체가 된다. 여기서 시와 시인은 하나의 줄기에서 출발하지만 시가 완성으로 끝날 때 시의 길과 시인의 길은 달라지게 된다. 시인은 유한의 존재이지만 그 유한의 존재인 시인이 빚은 시는 무한의 공간을 소유하는 득명을 얻게 된다는 뜻이다. 이런 이유 때문에 시인은 고심 참담한 과정을 마다하지 않고 시인의 길을 걷고자 열망한다.

한 사람의 진솔한 시인을 만나면 세계가 밝아지고, 한 사람의 화려한 시인을 만나면 행복해지고, 한 사람의 따스한 시인을 만나면 사랑을 느끼게 된다. 행복과 사랑은 인간이 살아가면서 얻고자 하는 본질이지만 시인에게는 슬픔과 고행의 도정일 것이다.

시인은 일차적으로 언어를 부리는 연금술 혹은 물질과 물질을 결합하여 또다른 물질을 만드는 화학반응을 조작하는 기술자이다. 이런 기술은 항상 어떻게 살고 또 어디로 향하는 가의 목표와 목적을 명료하게 제시하고 설정할 때, 독자에게 감동의 책무를 전달할 수 있게 된다. 시인의 소임은 언제나 언어를 이용해서 얼마나 맛좋은 음식을 제공할 수 있는 가의 여부에 따라 그의 재능은 다르게 평가받을 수 있다는 점에서 요리사의 책무와 다름이 없을 것이다.

시인이 즐겨 쓰는 시인의 언어 빈도는 결국 시인의 정신적인 흐름을 판별하는 근거를 제공받게 된다. 이런 현상은 시인이 살아온 삶의 道程과 일치하는 경우가 대부분이다. 물론 시인은 언제나 자기를 위장하는 방도를 생각하고 또 이런 절차가 때로는 신선한 현상으로 변모시킬 수 있는 경우가 될 수도 있다. 어떻든 시인은 언어를 통해 세계 ─보편적인 세계를 창조하는 임무에 헌신적일 때 그가 쓰는 한 편의 시는 가치의 의복을 입게 된다.

이제 김하리의 정신적인 추이가 어떻게 표정을 연출하는가를 점검하는 길로 들어간다.

김하리의 시에는 길 찾기의 모색이 전반적인 암시를 갖고 있고 여기에 따른 존재 문제에 고뇌하는 모습과 물의 특성이 조화를 향하는 방향으로 설정된 큰 틀이 보인다. 이런 대체적인 윤곽은 김하리의 삶의 족적과 무관하지 않으리라는 점이다.

  이제 한사람의 시인에게서 다가오는 체취를 분석함으로 그의 세계를 만나는 일로 시작한다.

2. 길 찾기 혹은 자기 찾기

  길을 찾아 나서는 일은 인간의 삶이 숙명적으로 직면한 현상일 것이다. 그러나 인생에서 길은 존재하지 않고 추상적인 암시라는 점을 알고 있는 사람은 별로 없다. 가령 시간이란 말도 우주에서는 없다. 그러나 인간은 시간을 만들어 스스로를 함몰하여 시간을 조종하는 척하다가 결국 시간에 먹히우고 시간에 노예가 되는 비참한 운명이 인간과 시간의 상관이다. 길이라는 말도 시간의 경우와 다름이 없다. 즉 길은 인간의 필요에 의해 만들었지만 정작 길에 이끌려 삶을 모두 투척하는 일로 매달리게 된다. 결국 시간과 길은 인간이 만들고 또 인간을 노예로 만든 업보라는 점에서 행복과 불행을 감싼 상징으로 남는다. 시간이나 길은 인간이 유용하게 사용하면 득의로운 행복을 가져오지만 실패의 경우 비참한 결말이 예비되기 때문에 선택해야 하는 운명적인 것이고 또 피할 수 없는 대상이라는 점에서 추상과 현실적인 특성을 구유하고 있다. 삶의 길은 추상이고 실재의 길은 엄정한 현실이기 때문에 이를 어떻게 대처해야 할 것인가는 한 인간의 전 삶을 투척해야 한다는 점에서 고뇌하게 된다.

> 올라가고 내려가고 하늘보고
> 시이소 타면 재미있기나 하지
> 지겹다. 지겨워
> 이리 피하고 저리 피하고

하기 싫은 짓거리
내내 낮 밤 없는 숨바꼭질

——〈숨바꼭질〉

삶은 반복 속에서 새로움을 찾는다고 한다. 그러나 새로운 것은 없고 반복의 일상이 권태를 가져온다. 땀흘려 올라가면 다시 내려가야 하고 또 미로를 헤매는 일로 '지겹다 지겨워'를 소리치게 된다. 다시 말해서 피하고 또 맞아들이면서 새로운 얼굴 표정을 연출해야 하는 일은 다소의 양식을 가진 인간에게는 '지겹다. 지겨워'라는 말이 자연스레 나올 수 있는 뜻이다. 이리하여 내내 밤낮없이 「숨바꼭질」이라는 행위를 반복해야 한다는 것은 인간에게 직면한 아픔일 것이다. 이런 아픔을 김하리의 정신 속에서는 방황으로 설정되어 있지만, 여기에 주저앉는 것이 아니라 다시 새로운 활로를 모색하려는 발상의 근거로 '하기 싫은 짓거리'에 혐오를 앞세우는 걸로 확인된다.

나의 몸 안에서
나의 크기만큼
나의 슬픔만큼
새하얗게 돋아나는
길들여진 그의 늪에서
그만큼 자라나고
자라나는 만큼 꿈꾸며
풀어진다. 몸이 저리도록
익혀지는 단단한 씨앗이
성근 악기로 타고 있다

〈땅. 1〉에서

땅은 인간이 소유하려는 발상에서 비극이 잉태한다. 소유 자체가 아

무런 의미를 갖지 못하지만 땅을 많이 갖기 위해 요망을 앞세우는데
서 슬픔과 아픔은 다가오지만 이를 굳이 외면하고 더 많은 욕심을 채
우려 할 때 수반되는 고통이 남게 된다. 아마도 땅이라는 의미는 김하
리에게 자기 공간의 확보를 위한 뜻이 수반된 것 같지만 정작 자기 운
명의 한계를 절감하는데서 나온 상징으로 보인다. 안분지족의 염원을
갖기로 했지만 정작 이런 한계는 항상 무너지기 때문에 꿈의 기대는
역작용으로 남게 된다. 그러나 인간의 특성은 고통 속에서 찬란한 자
기 발견을 할 수 있게 되고 여기서 새로운 세계를 만나게 된다면 '단
단한 씨앗이 성근 악기로 타고 있다'에 이르러 김하리의 정신은 굳센
자기 확립의 길을 만나게 된다.

> 무너지고 무너져 더 이상
> 무너질 땅이 없는가 싶었지
> 그러나 아직도
> 무너질 나의 거친 땅
> 코 쳐 박고
> 머리 박혀 남은 피
> 몽땅 쏟아 내놓아야
> 돌아갈 수 있는 길
> 멀다. 참 멀다
> 발걸음 한 번 잘못 넣어
> 온통 낯설고 어둠 속의 땅
> 얼마나 많은 나날 속에
> 길을 찾아 나섰지만
> 어미 잃은 작고 여린 짐승
> 무섭고 힘들어라
> 여기저기 햇줄기 찾아 헤맸던 날들
> 아아 보일 듯 말 듯

아직 희망만 같고
질척질척

　　　　——〈구멍 뚫기 혹은 구멍 찾기〉

　김하리는 한줄기의 빛을 그리워한다. 그리고 따스한 햇살 아래 삶의 고단한 순간을 위로 받아 보고 싶어하지만 정작 이런 기대는 '발걸음 한 번 잘못 넣어'에서 결정적으로 무너지는 아픔과 슬픔을 감내 하는 인상을 준다. '많은 나날 속에 길을 찾아 나섰지만'이라는 완료형 「지만」의 암시에서 어긋난 길로 떨어진 자화상 때문에 기진맥진한 인상을 전달한다. 이리하여 '무섭고 힘들어라'의 고단한 일상이 이어지고 '멀다 참 멀다'의 고통이 배가된다.

　'실컷 뛰어 보지만\나뒹그라진 곳은\내 그림자 안'<그 날,그 낮, 그 밤>과 같이 처참한 절망의 늪에서 철저하게 대면하게 된다. 이런 처지를 벗어나려는 발상이 김하리의 정신 속에 간직된 원소의 증거는 탈출을 모색하는 상징으로 처리된다. 그렇더라도 절망은 인간을 단단하게 만드는 특성을 가지고 있다. 이런 위안은 인류사가 진행하면서 계속되어 온 특성이었기에 얼마나 자기를 이끌고 힘든 언덕을 오를 수 있는가의 정신적인 공고함으로 돌파할 수 있는가 아닌가를 결정하게 된다. 인간의 문화는 결국 고통에 직면해서 이를 답파하는 사람들의 이야기일 뿐이다. 위대한 예술가들의 명성은 그들의 땀과 눈물 그리고 가난이 남긴 산물이었다면 김하리에게 다가오는 고통의 파도는 결국 그의 삶이 승리자의 깃발을 달 수 있는가 아닌가의 여부를 가늠하게 된다. 햇살을 찾아 헤매는 일은 인생의 무의미가 아니라 의미를 구축하는 단 쌓기의 오늘이고 또 '보일 듯 말 듯'에서 목표로 삼고 있는 길이 커질 수 있는 공간으로의 이동을 기대하게 된다. <구멍 뚫기 혹은……>에서 부사 「아직」을 동원하여 희망이 '질척질척'하다는 현실감을 앞세우지만 빛살이 김하리의 의식을 환하게 감싸는 느낌이 우선한

다. 어둠과 고통 속에서 길 찾기를 열심히 노력하는 사람은 언젠가 길을 찾아낼 수 있기 때문이다

> 잠기어 출렁이는
> 내 아름다운 절망이
> 푸르게 피어날 것을.

──〈아름다운 절망〉에서

탈출은 곤경에서 벗어나는 궁극적인 목표라면 김하리의 절망은 언젠가 돌아보는 날 아름다움으로 채색된 풍경화가 될 것이라는 암시다. 김하리에게서 절망은 <상처> 등에서 기대로 향하는 마음을 키우는 것은 시인의 의식에 간직된 굳센 의지의 요소들이면서 넘어야 할 구체적인 대상으로 인식된다. 이렇기 때문에 '푸르게 피어날 것'이라는 대상은 절망의 씨앗이고 절망은 곧 미래의 아름다움으로 연결될 것을 의지로 전환할 수 있는 정신의 에너지가 충전을 기다리고 있기 때문이다. 고통과 아픔은 그런 에너지를 충전해 주는 결정적인 요소가 될 것이다.

3. 존재 그리고 존재를 위한 노력

인간이 존재한다는 것은 문제 앞에서 숙제를 풀기 위한 반응의 일상일 뿐, 어느 것도 정답이 될 수 없다는 점에서 살아가는 자의 몫은 항상 불안과의 대면일 것이다. 목표를 설정하여 치열한 삶의 가치를 추구하는 일생이 있는가 하면 흐르는 물살에 자기를 放棄하면서 살아가는 사람의 태도 등 여러 가지의 양태가 노출되지만 어느 것도 합리의 기준자로 풀어낼 수는 없다. 희망의 칼날과 절망의 함정에서 어떻게 자기를 추스를 것인가의 여부는 존재의 형태를 이끌고 가는 자기

만의 임무인 것이다. 다시 말해서 절망은 인간의 특성을 나타내는 존재의 형태라는 뜻이다.

> 절망할 일이 남아 있음은
> 아직 살아 있음인가
> 시동 멈춘 차안에서
> 몸 안 가득 고여 있는 고요가
> 먼지처럼 털썩 털썩
> 깨진다. 갑자기 '욱'하고
> 밀려오는 막연한 슬픔들
> 자꾸만 등뒤에서 사라지는
> 안개 같은 그리움 따위들이
> 잃어 가는 것에 대한
> 안타까움 혹은 애처러움
>
> ──〈잃어 가는 것에 대한 미학〉

동물에게는 절망은 없다. 절망은 인간을 인간으로 만드는 유일한 교육의 암시를 갖는다. 절망에 주저앉을 때 인간의 삶은 비참해지지만 절망의 숲을 헤치고 찬란한 빛을 맞을 수 있을 때, 인간의 승리가 다가온다. 결국 절망은 인간을 인간의 특성으로 만드는 유일한 방편이지만 막상 절망에 빠진 인간에게는 가혹하고 심대한 불행의 옷이 된다는 점에서 피하고 싶은 것도 사실이다. 그러나 절망에 정면으로 맞설 수 있을 때 절망은 꼬리를 감추게 된다. 김하리는 절망에서 벗어 나오는 존재의 형태를 위해 과거의 그리움에 손짓을 보내는 면도 보인다. 그러나 이를 과감히 벗어날 수 있을 때 김하리의 존재는 벌거벗은 스스로를 깨닫는데서 길이 만들어진다.

> 아무 것도

남아있지 않은
바람일 뿐
흙일 뿐

　　　　　　──〈하룻밤의 외출〉

　없다는 것은 우주에 아무런 개념도 되지 않는다. 있다와 없다라는
말조차 인간의 개념일 뿐 인간 이외의 개념과는 하등에 의미를 가질
수 없다. 그러나 '아무 것도' 없다는 점에서 있다는 것의 공간이 기다
리고 있다. 왜냐하면 물리학에서 질량 불변의 법칙처럼 있음의 공간이
있다면 한쪽에서는 없음의 공간이 있는 것과 같이 허무와 절망의 반
대편에는 희망과 행복이 자리하고 있기 때문에 인간은 찾아가야 하는
걸음이 요구된다. 이에는 자발적인 걸음이 있느냐 없느냐의 여부에 따
라 희망과 절망의 구분이 있을 뿐이다. 절망은 일상이고 이를 극복하
는 것은 일상이 아닌 용기에 해당된다면, 절망은 두려움이 아니라 희
망의 반대편에 있는 것을 선택하는 점에서 김하리의 의식은 단순한
외출이 아니라 승리를 위한 출발로 기대를 채운다.

4. 물과 원형

　물은 인간의 생명이 출발한 원형일 것이다. 다시 말해서 태내 공간
에서 10달의 생명을 키운 것도 어머니 뱃속에 양수라는 물을 통해서
생명을 이어받고 키웠다. 물은 태어난 생명을 보호하는 기능을 수행하
기도 하고 또 생명을 연장하는 원소가 된다. 물이 없을 때 갈증은 삶
의 연장에 결정적인 의미가 되고 또 물은 인간의 정신을 이어가는 본
질로 영향력을 남긴다. 결국 물은 곧 생명의 고향이기 때문에 모든 생
물은 물에서 자기 존재의 원형을 보호하고 연장하게 된다. 여자는 물
이 아닌가?

질 안에 제대로
방생된 여자는
사랑이 되는 슬픔을
길들이고 기쁨이 되는
절망을 키우고
자유가 될 수 있는
외로움을
하얗게 비워 내는 연습 속에
그림자 뒤에서 길다랗게
웃는다

─〈자화상. 1─여자─〉

　　여자가 물이라면 남자는 물을 필요로 하는 대상일 것이다. 왜냐하면
여자로부터 생명의 이름을 이어받을 수 있는 원형으로의 공간이 되기
때문이다. 물론 물을 필요로 하는 것은 여자와 남자의 구분이 없는 일
이지만 물은 생명의 이름을 간직한다는 점에서 여자는 인간의 고향으
로 가는 본질이다. '질 안에서'의 膣은 여성의 內性器의 하나로 여성만
의 특성을 가진 기구로 볼 때 ─김하리의 작품에는 이런 여성의 자궁
이 자주 등장한다. 여자의 특성이 여자로 인식되는 자궁은 생명을 잉
태하고 키우는 본질의 역할을 수행하는 어머니의 본성을 뜻하는 것
같다.

자궁 속에 가득 고여 있는
배설물을
정액으로 여기며

─〈통화 중〉에서

돌아서 누워 보는 자리
그 자리, 어머니 자궁 속
알파파로
좀 더 길게
더욱 깊게

        ──〈알파파로 숨쉬기〉에서

배꼽과 배꼽
자궁과 배꼽으로 이어지던 끈
잘라 버린다. 떠나는 것을 위하여

        ──〈떠나는 것들을 위하여. 1〉에서

시는 심리적인 인간의 상태를 언어로 표출하는 점에서 변용의 일종이다. 아무리 언어로 위장한다 하더라도 시의 내용에는 언어의 흔적으로 나타날 수밖에 없다. 이점에서 김하리의 자궁은 고향과 어머니의 정서를 표출하는 근거를 마련한다. <통화 중>의 연상은 자궁과 배설물의 결합은 생명의 화합을 가져오는 성행위로 이어지고 또 생명을 탄생시키는 구체적인 공간으로 인식을 심는다. <알파파로 숨어>는 보다 구체적으로, '어머니의 자궁 속'에 더욱 깊게 또는 더욱 길게 자궁 속에서 생명의 확실한 이름을 키우게 된다. 이런 자궁 속의 암시는 언젠가 떠나는 길을 만들 때 보다 확실한 생명의 이름을 득하게 된다는 점에서 자궁과 배꼽으로부터 세상으로의 이름을 가져야 한다. 떠나는 것은 돌아오는 것이고 돌아오는 것을 위해 떠나는 길을 마련하는 것이 삶의 본질이라면 물의 이미지─자궁은 인간이 인간으로 출발한 가장 원초적인 이름이다. 김하리는 이런 원초적인 이름에서 자기 존재의 始原에서 서성이는 방랑을 마다하지 않으면서 더불어 갈증 ─좀더 많은 물에의 갈망을 가지고 있다는 이유도 동반된다.

5. 조화의 이름을 위해

　대상과 대상을 하나로 결합하기란 서로의 성분에 따른 반응이 전제
되고 이런 반응은 다시 결합을 위한 길이 성립되어야 한다. 여기서 서
로를 결합하는 조화의 이름은 곧 하나되기의 세계로 이어진다. 김하리
의 시는 이런 조화의 이름에 가까이 가기 위해 무당 같은 신명을 발휘
한다. 그러나 그 무대는 어딘가 쓸쓸하고 조용하다는 인상이다.

> 발자국 남기는 나는
> 행복하다. 깊이 들어갈수록
> 아무 곳도 남지 않는
> 그립고 외로운 땅
>
> ──⟨땅. 3⟩에서

　흙은 모든 물상을 하나로 용해하는 특성을 갖는다. 인간은 사물을
분석하고 쪼개는 일에 열성이지만 쪼갠다는 것은 아무런 의미를 발견
하지 못한다. 분석은 허무를 낳고 결국 결합해야 하는 일을 위해서 노
력해야 한다. 하나 더하기 하나는 둘이 아닌 하나가 되어야 한다는 점
에서 땅은 하나의 이름을 남긴다. 왜냐하면 물과 흙은 모든 것을 수용
하는 일이 우선되기 때문이다. 김하리가 행복해지는 이유는 '아무 것
도 남지 않는'의 대상과 대상을 구분하는 것이 아닌 조건 없는 결합에
서 '그립고 외로운 땅'의 통합이 가능해진다. <자화상. 2>에서 딸과 시
인과의 유사점을 발견하는 동화의 암시에서 '세상 속으로 걸어가는'이
름을 얻게 되고, <전철 안에서> 역시 딸아이의 모습에서 자화상의 동
질성을 발견하고 또 이런 깨달음이 어머니의 얼굴로 이어질 때 「나」
라는 존재는 단순히 떨어진 내가 아니라 역사성과 연결된 나의 의미

를 느끼게 한다. 이는 대상과의 대화 즉 이해와 화합의 이름에서 가능
한 결말일 것이다.

> 자빠지면 빠져 죽을
> 바다가 있어
> 더욱 아름다운
> 봅데강 모슬포에서
> 아름다운 우리
> 모두 가슴 열고
> 서로
> 빠져 죽자
>
> ──〈모슬포〉

시의 구조는 매우 간명하다. 바다가 있는 아름다움의 풍경에 모두
하나가 되어 죽음에 이르러도 행복해지는 마음의 同化를 생각하게 한
다. 이는 가슴을 열 수 있기 때문에 라는 조건이 따라붙고 또 이런 조
건은 아름다움이라는 동일성의 원칙에서 근거를 설정하게 된다. 만약
아름다움을 따로 느낀다면 죽음이라는 일치에 이르지 못하게 되고
「가슴 열고」라는 일치화에서 죽음은 죽음이 아니라 행복을 함께 느끼
는 이름으로 다가간다. 이런 조화를 위해 마음을 열어야 하는 길은 아
름다움에 가까이 하려는 발상에서 가능한 이름이 된다.

6. 마무리에서

김하리의 정신 구조는 그가 짊어지고 있는 삶에의 고통을 아름다움
으로 바꾸는 절차로 시의 이름을 쓰고 있다. 이는 일정한 주기에서 느
끼는 생의 이름으로 돌릴 수 있는 점이다. 절망이 있고 또 고통이 있
지만 질축하지 않고 또 희망의 자리가 설정되었기에 안도감을 준다.

고통으로부터 생의 굳건한 줄기를 만들게 된다면 김하리의 시는 그런 조짐으로 출발한다. '눈물 마를 날 없이\시인이 되었습니다'<눈물 반응>로 터득되는 눈물은 단순한 눈물의 의미가 아니라 생의 갈증을 위로하기 위한 전제가 된다. 인생은 패배로의 운명이 아니라 자기가 만들어 나가는 길이기 때문에 희망과 진지함으로 살아가는 사람의 모습은 아름다움으로 느껴진다. 눈물을 감추기 위해 마스카라를 칠하는 위장의 생이거나 <날마다 용서해 주는 여자>처럼 김하리의 생은 눈물과 아픔이 섞바뀌어 오늘을 엮어 가면서 내일을 찾아간다. 여기서 안도감을 주는 이유는 끈질긴 대상과 대상과의 자기화를 이룩하려는 신념이 있기 때문이다. 이런 이유는 자기를 찾아가는 길이 곧 행복의 땅을 찾아가기 위한 방편으로 아픔의 상처를 감싸면서 목적지를 향하는 전사의 모습처럼 엄숙하다.

蔡洙永(Chae, soo young)

· 시인. 문학평론가
· 동국대 국문과와 대학원(문학석사). 행정대학원(행정학석사). 경기대 대학원
  (문학박사)
· 미래시 창립회장. 신광여고 교감. 청주신흥학원이사 역임
· 동국대. 경기대. 홍익대. 대전대. 인천대. 서울여대 강사역임
· 한국문인협회감사 · 이사, 한국문학평론가협회이사, 국제 PEN클럽이사 역임.
  한국비평문학회이사, 현대시인협회이사, 한국문학비평가협회부회장.
· 「시와 의식」 평론상. 조국문학상 본상. 한국비평문학상 본상. 예술문화특별공
  로상 수상(예총)
· 월간 「문학세계」 주간.
· 현재: 신흥대학 문예창작과 교수

· 시집: 목마른 盞(현대문학사), 바람의 얼굴(월간문학사)
       世上圖(혜진서관), 율도국(시인의 집)
       내가 그리움을 띄운다면(청학)시선집
       그림자로 가는 여행(인문당)
       푸른 절망을 위하여(혜화당)
       아득하면 그리워지리라(문단)
       새들은 세상 어디를 보았는가(새미)
       들꽃의 집(새미)

· 저서: 韓國文學의 距離論(시인의 집)
       韓國現代詩의 色彩意識硏究(집문당)
       申瞳集 詩 硏究(대일)
       表情文學論(인문당)
       詩精神의 變形硏究(동천)
       解禁詩人의 精神地理(느티나무)
       韓國現代詩人硏究(대한)
       創造文學論(대한)
       문학생태학(새미)
       한국 문학의 자화상(고려원)
       현실 인식과 시적 상상력(국학자료원)
       시적 감수성과 정신변형(국학자료원)
       인간학과 시적 에스프리(국학자료원)

· 수필집:기억들의 언덕(대한)

현실인식과 시적 상상력

인쇄일 초판 1쇄 1999년 03월 15일
        2쇄 2015년 07월 01일
발행일 초판 1쇄 1999년 03월 25일
        2쇄 2015년 07월 03일

지은이 채 수 영
발행인 정 구 형
발행처 **국학자료원**
등록일 2006.11.02 제2007-12호

서울시 강동구 성내동 447-11 현영빌딩 2층
Tel : 442-4623~4 Fax : 442-4625
www.kookhak.co.kr
E- mail : kookhak2001@hanmail.net
ISBN 978-89-8206-356-5 *03810
가격 20,000